"记住,你现在是龙GH战队,陪你走这里共肩作战的数你是我,这些就为这了你不需要像以前那样每自己一个人来扛"

# 炙热 ZhiRe 2

青梅酱 / 著

长江出版社
CHANGJIANG PRESS

图书在版编目（CIP）数据

炙热 2 / 青梅酱著 . — 武汉 ： 长江出版社，
2024.9—ISBN 978-7-5492-9558-6
Ⅰ .Ⅰ247.5
中国国家版本馆 CIP 数据核字第 2024XK4208 号

## 炙热 . 2　　青梅酱　著
ZHI RE

| | |
|---|---|
| 出　　版 | 长江出版社 |
| | （武汉市解放大道 1863 号） |
| 选题策划 | 眸　眸 |
| 市场发行 | 长江出版社发行部 |
| 网　　址 | http://www.cjpress.cn |
| 责任编辑 | 陈　辉 |
| 封面设计 | 樱　瑄 |
| 印　　刷 | 长沙鸿发印务实业有限公司 |
| 版　　次 | 2024 年 9 月第 1 版 |
| 印　　次 | 2024 年 9 月第 1 次印刷 |
| 开　　本 | 710mm×1000mm　1/16 |
| 印　　张 | 22 |
| 字　　数 | 390 千字 |
| 书　　号 | ISBN 978-7-5492-9558-6 |
| 定　　价 | 54.80 元 |

版权所有，翻版必究。如有质量问题，请联系本社退换。
电话：027-82926557（总编室）　027-82926806（市场营销部）

# 目录
## Contents

001　第一章
　　　面对质疑，集体开播

033　第二章
　　　送上门的训练赛

060　第三章
　　　战队赛直播

092　第四章
　　　秋季赛

122　第五章
　　　你相信我吗？

164　第六章
　　　边路之神 Titans

193　**第七章**
　　　职业联赛练英雄

220　**第八章**
　　　我做事，从不后悔

246　**第九章**
　　　我在想，是不是该营业了？

273　**第十章**
　　　双隐身绝杀

296　**第十一章**
　　　GH 终于把 QOG 打解散了

320　**第十二章**
　　　他们真的做到了！

343　**番外**
　　　训练篇

## 第一章
## 面对质疑，集体开播

**1**

来都来了，GH 战队众人干脆都留在医院陪顾洛挂点滴。

虽然输液室里来往的人络绎不绝，但是他们这一片五颜六色的头发加上统一的队服，实在是过分引人注目，毫无意外引得周围人频频投来目光。

偏偏顾洛这两瓶点滴得实在是慢，等结束出去时，外面的天色已经完全暗了，众人显然也没有去庆功宴的兴致，直接坐上了商务车返回基地。

林延想了想，庆祝还是必需的，于是在回去的路上给骆默打了个电话，让他提前点一些外卖送到 GH 基地。

顾洛身体不舒服，上车后就缩在副驾驶座上睡着了。其他人生怕吵到他，都坐着安静玩手机。

不出所料，《炙热集结号》总决赛的比赛结果早在网上传开了，光是热搜就不客气地占领了前三个词条。别的不说，节目组在宣传方面还挺舍得花钱的。

林延随便翻了翻，发现热搜下面恶意抹黑的人比想象中的要少很多。虽然不难猜，那些人大概率是在养精蓄锐，等他们战败后再来落井下石，但他还是心情不错地低笑一声。

就在这个时候，坐在林延旁边的人用胳膊肘轻轻地碰了碰他。他抬头看去，只见景元洲无声地用嘴型说了句"看这个"，就把手机递到了他眼前。

林延不知道景元洲葫芦里卖的什么药，他有些狐疑地垂了垂眼，然后他清楚地看到了显示在屏幕上的聊天记录。

Luni：终于回职业联赛了，恭喜啊！

景元洲：谢谢。

Luni：很快就要迎战秋季赛了，紧不紧张？

景元洲：我说紧张你信吗？

Luni：信是不可能信的……不过我就这么随口一问，你居然还随口回答了？

景元洲：马上就要八进四了，这个时候不去调整状态跑来找我，有什么事直说吧。

Luni：喀，其实也没什么，就是想提前和你们约个训练赛。

景元洲：季中赛还没结束呢，你是不是太着急了一点。

Luni：谁让你们GH现在是黑马战队，早约早放心。

景元洲：哦，知道了。

Luni：那是答应了？

景元洲：再说吧，看我们领导心情。

Luni：……

林延快速看完了全部内容，微挑眉梢。不出意外的话，在秋季赛到来前，他确实还要想办法重新调整一下全队状态。这样一来，正式的训练赛自然就需要提前安排起来了。在原本的计划里，等明天四强赛打完，除了总决赛的两支战队，其他队伍都可以试着约约看。

虽说GH已经拿到了职业联赛资格，但是毕竟是第一个从综艺节目里出来的队伍，所谓的综艺冠军在职业联赛那些队伍眼里根本没有任何含金量。所以说，到时候如果能争取约到四五场训练赛最好，运气不好只有一两队，那么其他次级联赛的队伍也是可以考虑一下的。

连林延都没想到LDF这支顶级战队居然会表现得这么积极，下午GH才确定职业联赛的资格，晚上他们就主动和景元洲联系。他抬头看了一眼副驾驶座上的背影，点开了微信，在屏幕上迅速敲击，发送消息：别的不说，Luni不愧是顶级选手，眼光确实长远。

景元洲拿到手机就看到林延已经发出去的这条看似夸别人，实则是在变相吹嘘自己的内容，嘴角勾起了几分："不用着急回答他，先看看其他战队约战的情况，到时候找不到人，再拿LDF来顶。"

林延忍笑忍得有些辛苦。他大概可以猜到，Luni 作为节目组邀请来的嘉宾，是看到 GH 一路打到冠军的，也留意到了他们无穷的潜力，所以才急切地把自家战队送上来打训练赛，也是想要借此摸清他们的底。

本意当然是没有任何问题，可惜的是，这位中单大神还是低估了他们战队的心黑程度，原本能联系到 LDF 打训练赛是求之不得的，可现在直接送上门，反倒让他们半点都不觉得着急了。这大概就是"被偏爱的有恃无恐"吧。

也不知道如果让 Luni 知道自己这一举动，反而让 LDF 这支豪门战队沦为了 GH 训练赛的备胎，会不会当场气死？

其实，就算景元洲不提，林延也准备这么做。不管什么时候，在坑人这件事情上，他们总能不谋而合。

同样是现象级的顶尖选手，Luni 和景元洲比起来，还是显得纯良太多了。

商务车在 GH 基地门口停下，众人陆续下车。

骆默点的是附近一家饭店的外卖，所以这时已经送到了。他将外卖全部摆在了大厅中央的圆桌上，众人进门时一眼望去居然还颇有气势。

顾洛在车上睡了一觉，这个时候精神恢复得不错，也跟着众人坐在桌边吃了一些饭，就是饮料喝不了，只能抱着提前准备好的热水乖乖喝了起来。

因为上次吃烧烤后定下的规矩，今天的饭桌上一瓶啤酒都没有。

但是大家还是抵不住拿到节目总冠军的喜悦，热热闹闹地拿着可乐干了一杯又一杯，最后一个个回宿舍休息时都在连番打嗝。

等林延与骆默确认好战队之后的宣传细节回来时，热闹的人群已经全部散去。

前几天大家都为了总决赛憋着一股劲，现在所有的努力终于得到了回报，松了一口气后终于可以睡上一个好觉了。

林延没有着急回房间，而是照例去二楼训练室检查了一圈，关上门正准备回去休息，却看到了靠在栏杆边的熟悉背影。

因为没有开灯，他只能隐约看到垂落在地上被月光拉得老长的影子，仿佛对方周身镀了一层若隐若现的光。

周围一片寂静，景元洲趴在栏杆上吸着烟，薄烟淡淡地飘浮在他周围，盘踞着久久没有散开。

林延准备离开的脚步不知不觉间停了下来，不知为什么，他忽然又想起了Luni的那段聊天记录。

当时对方打招呼的第一句就是：终于回职业联赛了，恭喜啊！

对于GH俱乐部的绝大部分队员而言，拿下秋季赛的参赛资格就是对实力最好的认同，但是对曾经站在顶峰的景元洲而言，还有着另外一层含义——短暂离开后的再次回归。

虽然最初确实是林延主动找的景元洲没错，但是其实他一直知道，GH战队并不是景元洲离开BK战队之后最好的选择。林延很清楚对于一位顶级职业选手而言，要放下自己曾经的荣耀从头开始是一件多么困难的事，他也很清楚，景元洲的内心远没有在外面表现出的这么云淡风轻。而很多事情他之所以没有过问，是因为他知道景元洲并不愿意多提。

大概是听到了身后传来的脚步声，景元洲回头看了过来。

林延在这样的目光下走进了露台，靠上栏杆，他似笑非笑地抬了下眼："还有烟吗？"

景元洲从口袋里摸出了烟盒，递了一根过去。

林延接过烟叼在嘴边："借个火？"下一秒微微俯身朝着景元洲手中的打火机靠了过去。

此情此景，似曾相识。

那时候也是这个露台，只是借火的人悄无声息间互换了。

林延点上烟，重新背靠着栏杆，他的视线掠过外面斑斓的灯光："今天大家发挥得都很不错，虽然第三局Gloy出了点小状况，但是整体节奏没有乱，配合也越来越默契了。等后面我想办法再针对性地加强一下个人实力，让滚仔也尽快把指挥的位置接过手去，到时候就可以让你完全放开了打。"

景元洲狭长的眼微微眯起，缓缓地吐出了一口烟："不用把他们逼得太紧，顺其自然就好。团队节奏你不用太在意，我觉得现在的节奏就挺好的，放心吧，我能配合。"

"有个问题你有没有想过？"林延的声音响起，"都是一个队的，为什么要你去配合别人，而不是让别人来配合你呢？"

景元洲微微垂了垂眼，没有说话。

林延早前就评估过所有队员的实力，对景元洲更是花了不少心思，这时候表达得也非常直接："我刚才说了，后面我会努力把他们都调整到最佳状态，然后把你完全解放出来。GH不是以前的BK，不需要任何牺牲和迁就，每个队员都能相辅相成，那才是一个队伍最该有的状态。第一次见到Gloy的时候，你说，这个孩子什么都好，就是太'独'了，现在你也看到了，全队提升节奏完全适应这种激进的打法，本身就不是什么大问题。"说到这里，他看着景元洲淡淡一笑，"既然战队可以完美地适应Gloy，为什么不能一样去适应你呢？"

景元洲看着林延，沉默了片刻后不由得有些失笑："你就这么喜欢给自己制造各种各样的难题吗？"

"有挑战才有意思。"林延不置可否地眨了眨眼，嘴角勾起一抹笑，"但是能怎么办呢，我不愿意委屈队里的任何选手，尤其不愿意……委屈你。"

夜风吹来，景元洲的发丝在空中飘散。

这么多年的职业生涯，不知不觉间他初入联盟的年少气盛早已散去，在BK战队的几年时间让他磨尽了棱角，完美地融入了BK节奏中。一切都是自然而顺利，也正因此，再也没人提过，让他重新回到那肆意张扬的时候。

《炙热》原本就是一款团队游戏，景元洲也深知这样的团队理念没有任何问题。更何况在BK他一次又一次地配合团队打出了荣耀，更是证明了他舍弃自己配合团队的选择是无比正确的。

但其实只有景元洲自己知道，他内心藏着的猛虎虽然沉眠，却并不是完全没有遗憾。

只不过，个人遗憾在团队的荣耀面前，完全不值一提。

其实，景元洲一直以为自己会平平淡淡地打完最后一两年，然后和所有的退役选手一样，在粉丝们的祝福中告别这个奋斗多年的赛场。

原本一切也确实按部就班地进行着，唯一的变故就是BK管理层忽然做出选择，才让他在正式退役前认识了林延，也因此，他有了一些不一样的期待。

此时景元洲整个人沉浸在夜色中，侧身靠着栏杆，即将燃尽的烟头只剩下了微弱的火光，宛若眸底闪动的神采："我可以理解成，你是为我着想吗？"

林延在他的注视下回答："我有义务对所有选手负责。"

景元洲将手中的烟蒂随手扔进了旁边的垃圾桶，"嗯"了一声后轻轻一笑，没再说什么。

忽然笼罩而来的沉默长久地横亘在两人之间。

林延避开了景元洲的目光，没再继续刚才的话题，看着远处的霓虹开始寻找话题："对了，说起来你为什么会用个海绵宝宝做微信头像？"

其实第一次加微信的那晚，林延就注意到了这个完全不符合职业选手气质的头像，今天看到景元洲和Luni的聊天记录才重新想起，趁着这个机会随口将心里的问题问了出来。

景元洲没有回答，反而问道："不可爱吗？"

林延实话实说："倒还……挺可爱的。"

景元洲抬眸看他，勾了勾嘴角："觉得可爱的话，我还有个派大星的图片，需要我发给你吗？"

## 2

翌日，队员们陆续醒来时，已经到了中午。

大家原本还睡眼蒙眬的，但在留意到战队群里的消息后纷纷清醒了过来。

林饲养员：都醒了吗？

景元洲·Titans：应该还没有。

林饲养员：看来这几天是真的累到他们了，都这个时间了居然还没起床。

林饲养员：景元洲你饿吗？饿就先下来吃饭。

景元洲·Titans：还行。

林饲养员：那再等等吧，我让阿姨把午饭都保温了，他们什么时候睡醒了再一起吃。

景元洲·Titans：嗯。

明明是平淡至极的一段对话，内容也是再寻常不过，可现在关键在于林延的新头像乍一眼看上去好似少女心泛滥的派大星？

简野点开战队群时还躺在床上，心想：教练怎么换了个这么粉红的头像？

他定定地盯着天花板发了会儿呆，隐约感到手机振动了两下，拿起一看，发现众人有着和他同样的疑问。

顾洛·Gloy：教练，你怎么换头像了？

林饲养员：嗯？醒了一个？

林饲养员：这是昨天Titans发给我的，可爱吗？

顾洛·Gloy：可……

顾洛·Gloy：可爱。

林饲养员：刚才看你们没醒，我还特意去找了一圈。

林饲养员：你看看这几个头像怎么样，觉得可爱的话你们也换上？

只见林延转眼间在群里发了好几张图片。

简野定睛看去，依次是章鱼哥、小蜗、珊迪、凯伦。

简野一阵无语，忍不住开始在群里说话。

简野·Gun：教练你眼光真好。

林饲养员：滚仔仔你也睡醒了，看看你喜欢哪个，给你也换上？

顾洛·Gloy：啊？我们都要吗？

景元洲·Titans：你们想换吗？

顾洛·Gloy：应该……不想。

毕姚华·BB：换什么换，教练你和队长用就挺好，我们就不凑热闹了。

简野·Gun：哎呀，你们都起床了？我好饿，吃饭吧，吃饭吧！

林饲养员：行吧，先下来吃饭吧。

过了片刻，所有人都陆续下楼，在餐厅依次坐下。

今天阿姨做的饭菜非常丰盛，林延和大家一起吃了一会儿，依旧不死心地问道："你们真的不想换头像？"

景元洲看着众人微微一笑："对啊，你们想换吗？"

顾洛不由得把头埋得更低了。

毕姚华低咳了一声，道："不必了教练。"

简野没有多想，琢磨了一会儿边吃饭边应道："我倒是没什……"

话未说完，简野就被旁边的顾洛暗暗地踩了一脚。简野吃痛，顿时把后半句话咽了回去："哐，Gloy，你干吗？"

顾洛依旧乖巧地低头吃着饭，头也没抬一下，人畜无害地应道："不好意思啊滚哥，身体还有些不太舒服，脚有点不受控制。"

简野心想：你只是肠胃有点不舒服，不是脚不受控制啊？

林延见自己的提议连续被拒绝两次，暗暗地撇了撇嘴，"啧"了一声："确实都挺可爱的啊……"

景元洲适时地在旁边安慰："嗯，都可爱，是他们不懂欣赏。"

GH 众人心想：队长你的良心真的不会痛吗？

沉默了片刻，众人终于控制住了自己抽搐的嘴角，埋头吃饭。

眼见用餐即将结束，林延终于放弃换头像的劝说，把话题引到了正事上："对了，你们看过微博了吗？"

GH 众人："嗯？"

林延看他们的表情就知道了答案，毫不意外地说道："《炙热》官方已经正式宣布了我们战队的职业赛资格，官博已经配合进行了宣传。等会儿你们记得登录自己的微博转发一下置顶内容，至于下面的那些评论就不用看了，没什么营养，搭理那些闲人反而浪费时间。"

听到林延这么说，众人也心知肚明肯定是恶意抹黑他们的人又开始在评论区带节奏了。

他们毫不犹豫地掏出了手机，一个接一个地完成转发，然后当机立断……点开了评论区。

一连串的动作宛若行云流水，要多娴熟就有多娴熟。

林延真心实意道："如果你们每场比赛能保持现在的执行力，真的，想不赢都难。"

景元洲无声地笑了一下。

不管是《炙热》官方还是 GH 官博的内容，用的都是中规中矩的官方模式，无外乎祝贺一下《炙热集结号》第一季的圆满落幕，恭喜 GH 成为第一支成功晋级职业联赛的战队，并且公布了接下来秋季赛的所有参赛队伍名单，预祝各个队伍都能在本赛季取得理想的成绩。

因为早上就发布了消息，所以此时评论已经高达数万条，并且还保持着持续增长的趋势。

随着这会儿 GH 选手们陆续冒泡转发，本就如群魔乱舞的评论区更加硝烟弥漫。

《炙热》官方微博下面的评论大概是这样的——

"以前我以为官方只是头脑一热随便搞个综艺节目玩玩，居然还真的弄了支队伍进职业联盟？"

"这玩得也太大了吧？"

"就是，选秀战队能有什么实力，打败 IBB 那些次级联赛队伍就了不起了？"

"职业联赛现役队伍哪个不是辛辛苦苦地打上来的，GH这种队伍凭什么空降占名额？"

"喂喂喂，前面的看节目了吗？没看别瞎说。"

"给你们科普一下，GH和LARK那场完胜，怎么就不配了？"

"这种闹着玩的垃圾节目有什么好看的？"

"等着吧，到时候职业联赛一轮游就笑死人了。"

"官方提供的晋级渠道那就是正规的，不服你们找官方闹啊！"

"电子竞技本来就实力说话，投机取巧的队伍，还不能嘲笑了？"

……

GH的官博下面更是成了粉丝和恶意抹黑之人的战场——

"笑死了，第一次见官方公布晋级名额一堆嘲讽的。"

"没实力的队伍肯定得不到认可，早猜到了。"

"不会以为赢了次级联赛的队伍，就真有职业联赛的实力了吧。"

"客观地说一句，GH战队确实是有实力的，如果按部就班走流程，估计也不会这么多人嘲讽。"

"靠本事赢来的职业资格凭什么不行？"

"等着呗！秋季联赛看我们GH把你们正主一支支全送回家。"

"补一句，林教练早说了，回家机票报销哦！"

"GH的粉们也就嘴上厉害，现在职业联赛里的哪支队伍好欺负？小心在赛场上被人打哭！"

"有一说一，GH选手问题一个比一个恶劣，别没开赛就被联盟处罚了吧。"

"倒是提醒我了，说个笑话：BB的禁赛期还有半个月才结束。"

"哈哈哈，B哥被嘲讽急了，会不会给他的禁赛套餐续个费？"

……

毕姚华翻评论正翻得兴起，冷不丁看到最后这么一句，没等指尖再触上屏幕，就感受到几道目光落在自己身上。

抬头对上队友们，他疑惑地眨了眨眼："都看着我干吗？"

简野一脸严肃道："我们在想，你准备什么时候发挥真正的实力。"

毕姚华低头又看了一眼微博评论，他不屑地"啧"了一声："放心吧，我可没这么闲。在微博上和这些人对骂有什么意思，真要玩也不是这么玩，还不如开个直播，至少可以正面回击啊。"

其他人看了评论区也都气得不轻，闻言眼睛都跟着亮了起来："对，就应该开直播！"

和那些无脑抹黑的人争辩确实没有任何意义，还不如开直播——展现足够的实力，堵住那些人的脏嘴！

这样想着，他们纷纷向林延投去了询问的目光。

林延看着他们，嘴角挂着淡淡的笑意："今天没有训练安排，你们想直播，我还能拦着不成？没什么好说的，自由活动前，记得把罚款提前准备好，这个可不能报销。"

毕姚华咧嘴笑了一声："那是必须的！"

简野活动了一下手腕："行了，还愣在这里做什么？都吃饱了吧，去训练室开机，干呀！"

恶意抹黑的人眼见GH选手们转发了宣传微博，正在评论区蹦跶得欢，还没闹够就纷纷收到了直播平台的开播提示。这群人为了了解GH最新动态专门给GH众人设置了特别关心。而现在，包括Titans在内的五个直播间，同时开播！

这也是GH战队成员在获得职业联赛资格后，第一次公开露面。

景元洲刚开播，直播间的人气就涨到了几百万。

今天没人开摄像头，直播间只剩下调试设备的细碎声响。

景元洲淡淡的声音传出："今天双排吗？"

片刻后，另一个声音通过耳麦，也传进了直播间："等我开机。"

弹幕一片震惊。

## 3

粉丝们盼了好久的双排终于来了，自从上次直播后，林延就没和景元洲公开双排了。

万万没想到今天居然有这么好的待遇，粉丝们当即在公屏上刷起了弹幕：

"哇，这是进入职业联盟的福利吗？"

"总决赛那天Titans的死亡流浪者一直让我感到魂牵梦萦，今天能有幸看到吗？"

"对对对，我也想看死流！Titans你用你的拿手英雄保护教练呗。"

"带人上分就应该让人享受躺赢的感觉，我真的不是为了自己，我是为了教练。"

……

景元洲调完设备，看到弹幕，纠正道："不是我带他，是他带我。"

林延刚进入游戏就听到这么一句，忍不住侧头看向景元洲："你的良心不会痛吗？"

景元洲不为所动："我说的是实话。"

林延没继续接话，接受了组队邀请后，趁着游戏排队的当口打开了景元洲的直播间。

屏幕正中央的弹幕还在滚动着：

"哈哈哈，就是啊，良心不会痛吗？"

"原来你是这样的Titans。"

"果然职业选手的嘴，都是骗人的鬼。"

"居然不带飞？你小心下次教练不跟你双排！"

……

直播间的弹幕看上去还算和谐，但是不可避免时不时冒出阴阳怪气的人，不过很快就被房管们禁言了。

连景元洲的直播间里都出现了妖魔鬼怪，这还是有一大批粉丝护着的情况下，足以想象其他直播间里会是个怎样的情况。

想到这里，林延的视线朝训练室看去。

扫了一圈见其他几人的神态还算正常，才稍微放心地收回视线。

耳边传来景元洲的声音："你玩什么？"

林延这才发现游戏已经开始了，他随手禁掉了一个英雄应道："补位吧。"

一切都非常顺理成章，除了禁选区出现的英雄头像。

当直播间的观众们看清楚林延禁用的英雄后，弹幕顿时被铺天盖地的问号覆盖。

"不是……林教练，你如果被绑架了就眨眨眼？"

"醒醒啊教练，Titans是你的队友！你禁死流干吗？让他带你躺赢啊！"

"教练是手抖了吗？这英雄难道不是留给对面禁的吗？"

"你傻呀，对面怎么知道 Titans 在这边，根本不可能禁！"

"Titans 你是不是得罪林教练了？"

……

景元洲在 BP（BAN 和 PICK 的简写。在本文中指在游戏开局之前，玩家对本局出场的游戏角色进行禁用和挑选）界面亮了一下边路标识后抬头看弹幕上的内容："讨好还来不及，怎么可能得罪？"

林延眼见着弹幕彻底变成了一片"啊啊啊"的海洋，忍不住开口道："想看 Titans 的死流？有机会赛场上见吧，直播间就不用了。万一直播的时候秀得太过，真的就要全赛季死在禁选位了。"

"教练你想多了，这个英雄在禁选位上的坟头草都已经十几米高了。"

"不是我说，职业联赛里敢放 Titans 死流的队伍还没出生。"

"想在职业联赛看到 Titans 的死流？我还不如直接带束花给这个英雄上坟。"

……

"人生嘛，还是应该存一点希望的。"林延不置可否，淡淡道，"说不定运气好，就遇到哪个战队手抖了呢？"

弹幕："哈哈哈！"

也有粉丝仍然不死心："Titans 你管管教练啊。"

景元洲："管不了，平常都是他管我。"

弹幕瞬间刷屏。

"Titans 你变了。"

"Titans 你变了。"

"Titans 你变了。"

……

说话间，第一局正式开始了。

这局林延拿到的是辅助的位置，他看了一眼自家那个提着镰刀走在兵线前头的边路选手，林延慢悠悠地往中路走去，帮中单清了一波兵线后留在下路保护射手。

路人局不需要考虑太多战术，省了很多的脑细胞。

林延蹲在草丛中帮射手看着场子，视线却时不时地往上路而去。

景元洲非常有效率地收获第一个人头后，没过几分钟就把敌方边路压得不敢出防御塔了。

别的不说，和景元洲双排确实挺省心的。毕竟不管匹配到什么样的队友，上路总能稳稳地打爆通关。在路人局中有一路碾压比什么都重要。

林延已经很久没有这样开着语音和人双排了。然而最近与景元洲几次双排后，他发现自己对景元洲声音的适应程度居然远超出预期。

同样是在封闭的语音环境中，以前和别人尝试的结果都不太乐观。可现在只是耳边的声音换成了景元洲，他居然没有那种不适感。

因为太久没有这样惬意地玩游戏了，不知不觉林延沉浸其中。以目前的情况来看，他们就算一口气打几个小时他也不会排斥。

想到这里，蹲在草丛里"划水"的林延脑海中突然冒出一个奇怪的想法：如果可以搞来四个景元洲打团队赛，或许重返赛场也不是没有可能。

这局景元洲一个人将上路全部打通，而在林延的保护下，他们的射手发育得也非常不错，最后获胜得毫无悬念。

两人出来后很快进入了下一局排队中。

景元洲的声音传来："这局别补位了，打野（在游戏里指的是主要游走在野区，通过消灭野怪来获取经验、金币等资源的一种游戏职业）怎么样？"

林延没听明白他的意思："嗯？"

景元洲说："你的辅助一直待在下路，离上路太远了。"

弹幕：

"是我的错觉吗，这猝不及防的？"

"世界上最遥远的距离就是上路和下路，是不是可以这样理解？"

"我好了，我真的好了，不愧是我等了那么久的组合！"

就在这时候，游戏已经开始了，只见再次处在BAN位的林延毫不犹豫地禁用了死亡流浪者。

弹幕：

"我怀疑教练是在暗示我们闭嘴，可是没有证据。"

"不怪你，我也这么怀疑。"

"到底什么仇什么怨，我们就想看一眼Titans的死流而已！"

林延扫过弹幕上的内容，不置可否地低笑一声："看到禁选位置上的那个死亡流浪者的头像了吗，坟头都在这里了，想看几眼就看几眼，不收费。"

说完，他才继续和景元洲对话："玩辅助也可以不在下路，跟着打野 gank（多人有目的地抓人。在本文中 gank 指游戏角色离开自己的分路位置，前往其他分路进行埋伏、支援、包抄等抓人的行为）也行啊。"

景元洲"嗯"了一声，又问道："满地图跑，你不觉得累吗？"

林延想了想，觉得有点道理："确实，反正都要跑地图，不如把刀握在自己手上。"

于是他在 BP 界面上面亮了下打野标识，提醒其他人自己想打的位置。

两人运气不错，连续两局排到的都是讲道理的队友，没有发生抢位置的情况，最后都顺利拿到想要的位置。

游戏正式开始。

常规开局，并没有什么特别的地方。

林延打野的时候比较随和，一般开局也懒得去入侵敌方野区，在确认敌方打野也没有入侵我方的意图后，先扫了一圈野怪，才开始考虑去线上做文章。

地图上，可以看到景元洲和往常一样在上路压着对面打。

一般这个时候应该已经爆发一血了，但现在看去，敌方边路选手的气血值还处在一个相对健康的状态。

林延正觉得奇怪，就听到耳机中传来了景元洲的声音："小心点敌方打野，我们应该排到 PAY 的人了。"

"PAY？"林延脑海中冒出了两个名字，"DeMen 和 AI？"

"嗯，这个边路我很肯定是 DeMen。"景元洲手上的操作没有停顿，视线一直留意着敌方的每一个走位细节，"如果我没猜错的话，和他双排的只可能是 AI。"

他顿了一下，又道："他们应该也认出我了。"

对话内容毫无遗漏地落入直播间。

原本就热闹的弹幕此刻轰然炸开：

"天哪，排到 DeMen 和 AI 了？教练和 Titans 的积分居然已经这么高了吗？！"

"这不是重点！教练这局玩的打野，遇到 AI 这种毫无感情的打野机器，怎么办？"

"呜呜呜，我还为季中赛没看到 Titans 和 DeMen 的巅峰对决感到遗憾，现在是老天要帮我圆梦了吗？"

"这算哪门子的巅峰对决，DeMen 一直都打不过 Titans 好吧？"

"以前打不过现在可不一定啊，Titans 自甘堕落在次级联赛玩了这么久，谁知道实力有没有退化？"

"退化你个头！"

"重点错了啊！明明关键是对面还加了个 AI！"

"没事啊，巅峰赛而已，游戏嘛，输一把就输一把呗。"

"就是，Titans 你和教练不用有太大的压力，随便打就行。"

……

恶意抹黑的人之前一直不吭声，这时候也纷纷冒了出来：

"哎哟喂，这一个个的送什么人间温暖，不是说 GH 的实力可以与职业战队匹敌吗，现在尿了？"

"就是啊，你们 Titans 那么神，PAY 的人怎么了，回家队的目标不是世界冠军吗？"

"我就觉得 Titans 现在真的不行了，也就能打次级联赛了，要不然 BK 会不要他？"

"全网嘲笑 GH 实力不够是有原因的，躺平让 AI 打就完事了。"

"刚才就想说了，打赢素人吹什么吹，现在傻眼了吧，呵呵。"

"Titans 就是一年不如一年，也就你们这些粉丝无理由护着，啧。"

……

恶意抹黑的人还没来得及刷几句，就被房管们眼明手快地禁了言。不过林延已经全都看在眼里了。

"荣耀赛里排到职业选手不是很正常的事吗？没什么好紧张的。"林延勾了勾唇，不疾不徐地说道，"大家也很奇怪我们战队为什么会在今天集体开播吧，其实就是对网上某些言论进行一下正面回应。GH 确实是第一支通过综艺节目拿到职业联赛资格的队伍，但是这并不应该成为我们备受质疑的原罪。其他几位选手的实力如何这里就不说了，大家只要去他们的直播间看过，就会有非常直观的感受。至于 Titans……"说到这里他停顿了一瞬，狭长的眼微微眯起，

"众所周知他是我们俱乐部花了高价挖过来的,他和 BK 战队之间到底是谁不要的谁,还真不好说。不过既然有人质疑我们的实力,那就好好看看这一局吧,Titans 到底是变弱了还是更强了,相信很快就会有答案。"

景元洲对弹幕上的内容早已习以为常,真没想到林延会忽然说这番话。他下意识地侧头看去,看到那双眼中闪烁着的,是难得的战意。

仿佛受到了林延的感染一般,景元洲的嘴角也勾起了一抹弧度。

那就,赢下这一局吧。

## 4

PAY 战队基地。

DeMen 端正地坐在电脑桌前,话是通过团队语音说给 AI 的:"对面的上单是 Titans。"

虽然语意是提醒,但是手上的操作并没有因此打乱。

AI 刚清理完下半野区的野怪,鼠标微微停顿了一瞬:"是双排还是单排?"

"这个就不知道了。"DeMen 看了眼敌方其他玩家使用的英雄,拧了拧眉心,"没有关注过 GH,看不出来。"

AI "嗯"了一声:"那不是挺好的?之前你还说 BK 战队换了新上单后你感到对线缺了些趣味,现在在游戏里遇到 Titans,就借机过过瘾。"

他说着,还象征性地询问了一句:"需要远离上路,把空间完全留给你们吗?"

DeMen 没有正面回答,只是在地图上标了个信号:"准备来抓上吧。"

AI 对此毫不意外:"来了。"

众所周知,PAY 的边路选手 DeMen 和景元洲 Titans 是同一年进入联盟的。

不过,两人的经历天差地别。

当初景元洲还是个被媒体疯狂批判"太独"的新人时,DeMen 就已经凭着他与团队完美的契合度,给 PAY 战队在赛场上拿下了一场又一场的胜利。

因为是同期新晋的边路选手,难免会被放在一起比较。

现在回想,当时景元洲的个人实力有多突出,DeMen 的团战发挥就有多醒目。

可是《炙热》毕竟是一款团队游戏,所以当时大家更看好的其实是 DeMen

这个团队型选手，可是谁也没想到，自BK吃了败绩后景元洲毫不犹豫地选择转型，至此登顶封神。

在景元洲过分耀眼的光芒下，DeMen自然而然就显得黯淡了许多。

其实，也不乏有媒体惋惜过DeMen生错了时代。但凡能与景元洲错开一两年，这个名字也不至于像现在这样处在尴尬的位置——沉寂与荣耀间。

目前炙热联盟中有五大现象级魔王选手：边路Titans，打野AI，中单Luni，射手Wuhoo，辅助Come。

原本，DeMen也应该有一席之地。

林延从准备创办俱乐部开始就深入了解过所有顶级选手，自然也清楚PAY战队这位神级边路选手的绝对实力。

但是现在毕竟只是路人局，而他的边路选手，还是景元洲。这两人在赛场早就交锋过无数次了，现在也不过是多添一笔而已。

相比起DeMen，此时林延更在意的是敌方打野AI。

这位现象级打野就像他的ID一样，拥有绝对统筹全场的能力。

外界传闻，AI不管是对打野路线的选择还是gank的节奏，都精准得宛若人工智能。

直播间还在议论着林延刚才的那番话，他也并没有再分心回复，而是回忆了一下AI最后冒头的位置，在地图上打了个信号。

林延语调平淡："他们准备针对你了。"

景元洲："嗯，我知道。"

林延："不用后撤，和他们打，我反蹲。"

景元洲："好。"

直播间的游戏画面中，两方的边路选手你来我往地进行着交锋。

因为彼此之间都太过熟悉，再加上季中赛没有接触，所以此时的对线多了几分试探的意味。

看过景元洲以往的比赛就不难发现，在对线期间他的打法往往是激进的，但是因为考虑到团队的配合，在保持住强势压线的前提下他总会给自己留一条退路。

可是此时，DeMen产生了一种说不出来的怪异感，眉心微微拧着。明明是熟悉的打法，可是不知道为什么，他总觉得Titans和以前在BK时有一些不同。

DeMen 低头看了一眼 AI 所在的位置，暂时收起了心中的疑惑，目测了下 AI 和自己的距离。

景元洲压得很紧，此时血量上他有些吃亏，这样一来反倒是给了打野很好的 gank 机会。

"打！"

眼见景元洲往右前方迈进一步，藏匿在草丛中的 AI 毫无预兆地迎面扑出，宛若捕食的野狼。

一个照面，完整地打出了一套连招，伤害爆炸。可以看到，景元洲的气血值肉眼可见地迅速下降。

但这突如其来的变故并没有打乱景元洲的节奏，在退避的同时，他不疾不徐地连放着技能，硬生生地把 AI 这个脆皮打野的血量削掉了近半。

眼见景元洲有继续后撤的打算，DeMen 迅速跟上，三人再次纠缠在一起。

激烈无比的交锋中，眼见就要爆发全场的第一个人头，且战且退的三人恰好经过左后方的草坪。

没等 DeMen 手中的大刀落下，一个身影闪出，直直地拦在了他的跟前。

短暂的眩晕，给景元洲的撤离提供了契机。

DeMen 显然也没想到敌方打野会埋伏在这么刁钻的位置，恰好大招刚好可以升级，他在眩晕结束的第一时间做出了极限的操作。

简单的蓄力后，呼啸的气刃朝着气血值几乎见底的景元洲迎面斩去。一旦命中，必然尸横当场。

然而就在这时，林延用出了短位移技能，落点正好险险地擦过那锋利的气刃。

接触到第一个目标之后，毫无意外地打出了巨额伤害。

这样的一挡，让 DeMen 有了不好的预感。这种范围伤害技能是逐次减弱的，林延承受了巨额伤害后，再接触到景元洲时已经不足以清空对方最后的气血值。

AI 的补刀技能被景元洲极限走位避开，他反手劈了个地裂斩帮林延给敌方减速后，顶着仅剩的几滴气血回到泉水补充状态。

而另一方面，林延刚才吃下 DeMen 那记大招伤害后触发了自身角色的红血状态。

攻击速度同步上升，自此进入收割模式。

本就气血值不多的 DeMen 率先交出了人头。

"First blood（第一滴血）！"

剩下两个刺客型打野对拼，最后两人齐齐地躺下，同归于尽。

"Double kill（双杀）！"

林延看着变暗的电脑屏幕，眉目间多少有些赞许之色。不愧是顶级选手，果然有两下子。

刚才的一番交锋看起来惊险万分，实际上不过半分钟而已。

但是，已经足以让直播间沸腾。

"我以前就知道教练的打野很厉害，万万没想到，居然这么厉害？！"

"对面的打野是 AI 吗？确定真的是 AI？"

"不是都说了边路是 DeMen，还找了打野来抓，肯定是双排啊！"

"刚才教练帮 Titans 挡技能那一下，也太细节了吧！"

"我也想有一个愿意帮我位移挡伤害的人。"

"不知道你们在兴奋什么，运气好刚巧反蹲一波而已，这还没赢呢。"

"AI 的打野水准你们不知道吗？现在得意，小心一会儿在野区被打哭，呵呵。"

"对的，教练你还有看弹幕吗？虽然那些恶意抹黑的人狗嘴里吐不出象牙，但是这话他们没说错。"

"是啊，教练在野区小心一点，AI 那个打野机器真的什么事都做得出来！"

林延借着等复活的时间看了会弹幕，随口应道："嗯，知道了，让他来就是。"语气懒散得没有起伏，嚣张的意味瞬间更浓了。

整个直播间里瞬间被一片"厉害"的字样覆盖。

也有恶意抹黑的人纷纷冒头：

"现在还装，等会儿有你哭的！"

而 PAY 这边，DeMen 和 AI 也已经复活。

DeMen 一边往线上赶一边在语音里问："刚才那个打野……是 GH 的选手吗？"

AI 想了想说："我记得 GH 打野是个新人，这个打野意识很强，感觉是个老手。"

DeMen 拧眉："我们还排到哪个战队的打野了？"

AI 沉默，一时不知道应该怎么回答："目前看不出来风格像谁，总之你小心点，我再试探一下。"

如果只是一次单纯的反 gank 确实很大概率是凑巧，但是刚才敌方打野反蹲时埋伏的草丛，位置过于刁钻，显然是经过深思熟虑的，仿佛早就猜到会被他们伏击。正是这一点，才让 AI 一时间拿捏不准对方的身份，只能把猜测范围暂时锁定在了几个老牌职业选手中。

可是随着后面一次又一次的交锋，假设很快被一个接一个推翻。

AI 看着战斗数据统计里敌方打野的头像，眼神越发深邃。

这个打野的人不是他认识的任何选手，他的意识，比那些人要强很多。

众所周知，《炙热》的打野位对于全队战斗节奏的把控起到了至关重要的作用。而 AI 作为目前联盟当之无愧的顶级打野，正是因为他每一次 gank 都能近乎完美布局，才获得了"野区人工智能"的称号。

可偏偏在这一局比赛中，虽然也有路人队友跟不上节奏的原因在内，但是敌方打野总能看破他的计划路线，精准地针对他的 gank 做出完美的阻拦。不只如此，就连他入侵敌方野区时，也从未蹲到那个身影。对方不管是侦察还是反侦察意识，都是一流的。

接连 gank 失败，这种太过频繁的无用功对于一个打野来说，无疑是十分可怕的。

虽然游戏还在继续，但是 AI 已经迫不及待想要结束游戏了。他想去看看，对方的打野到底是何方神圣。

林延作为顶尖的战术分析师，在作战意识方面自然已经到了登峰造极的地步。

虽然他没有深入研究过这位神级打野，但是他通过前期游戏的 gank 节奏以及敌方路人的走位，就能快速推断出一整套移动路线，于是就有了接下来那些完美的反 gank 发挥。

但是此时不只 AI 在感慨林延敏锐的判断，林延心里其实也多少有些不满。AI 不愧是能和景元洲并称的现象级选手，整个打野节奏实在是太快了！不仅要避免被敌方打野带起全场的节奏，还要思考后续布局，这让林延必须全程紧绷，几乎一瞬也不敢放松。

整局下来，林延连喘口气的机会都没有。而这一切还是在他单方面防守，没有主动组织进攻的前提下。过分紧密的节奏，带来的压力也是巨大的。这不过是一场普通的巅峰赛而已，压迫感就强烈到如此地步，如果是在赛场上正式遇到 PAY 这支队伍……想到这里，林延唇角不由得抿紧了几分，更是瞬间冒出了两个念头：其一，AI 这个打野他再也不想遇到了；其二，后面的训练计划必须尽快安排起来，需要准备的太多了。

林延边在心里琢磨，边开口："打快点吧。"

景元洲应道："好。"

十分钟后比赛结束，这局游戏用时四十五分钟，已经算是打到了大后期。

好在队友们没有辜负林延的严防死守，加上景元洲在和 DeMen 对线期间逐渐拉开了经济差距，最后一波三换五，终于压上了高地。

"Victory（胜利）！"

林延已经很久没有在游戏对局中进行这么精密的计算了，长长地舒了一口气，忍不住伸手去揉太阳穴："以前只是听说过，现在我算是知道 AI 的'人工智能'真不是白叫的了。他平时玩游戏都是这么打野吗？我才玩这么一局就累到够呛，他不会累的吗？"

观众听到林延的话，纷纷活跃起来：

"哈哈哈，没有感情的打野机器了解一下。"

"这局 AI 还没有起飞，教练你有空去看看他完全放飞的样子啊！"

"五大魔王不是盖的，这个问题以前有人在采访时问过了，据 AI 本人说他属于意识流打野，一点都不累。"

"看把教练给折腾的，Titans 你不好好安慰一下？"

"啊啊啊，真的太厉害了，对面可是 AI！真的 AI 啊！教练居然把 AI 给压制了！"

"这算什么压制！满地图跑，苦哈哈地避免对方 gank，叫压制？"

"哎哟喂，前面的你这么有本事你上啊！在这儿说个什么劲儿。"

"实话不让说了？路人局找什么存在感，上了赛场还不是被 PAY 打？"

林延的视线停留在最后几句弹幕上，像是忽然想起来："对了，Titans，把本场数据点开。"

景元洲不用问也知道林延要做什么，无比配合地点开了数据统计界面。

结束对局后，已经可以看到对战双方的游戏ID。

就如之前推测的那样，对面的边路和打野确实是PAY战队的DeMen和AI。

此时游戏ID下面，每个人的当局比赛数据都清晰在列。

双方边路选手的数据对比中，景元洲不管是输出还是经济都明显比DeMen要高了很多。

林延满意地看了一眼数据："刚才跳的那些人还在吗？现在数据已经全部出来了，来看看？本局的两个边路英雄本身并不存在压制关系，对比非常客观，不说Titans和DeMen到底谁更强的这个问题，只从刚才的发挥来看，我现在说一句Titans就是顶级的边路选手，应该不为过吧？"说完，他微不可察地嗤笑一声，"当然，如果你们硬要说自己瞎，这么大的数据还看不见的话，那我也是可以理解的。毕竟恶意抹黑且没有脑子的人也不容易，是不是这个意思？"

潜伏在直播间里打算随时抹黑嘲讽的人：怎么还惦记着我们呢？！

## 5

林延本来还想说些什么，只见旁边的景元洲歪头看了过来："还玩吗？"

刚刚结束的两局加起来，已经很长时间了，按照正常情况，林延确实应该准备休息了。

然而他估计了一下精神状态，觉得自己的承受能力的确提高了很多，决定再试着逼一下自己。

他思考片刻，回答道："玩！"

景元洲视线里有了几分错愕。

林延知道景元洲想问什么，扯了下嘴角："没事，我不累，还想和你多排一会儿，再来两把。"

直播间里的弹幕瞬间被点燃。

"教练你这样真的好吗？"

"羡慕了，羡慕了！"

"多排一会儿好啊，上次都没看过瘾！"

"教练真的不考虑也开个直播间吗，我都快成你的技术粉了。"

景元洲的视线从弹幕上扫过，悄无声息地藏下眼底的笑意。

接下来两局他们没有再遇到路人王或者职业选手，一个打边路一个走野区，赢得毫无压力。

眼见敌方水晶再次被击碎，林延深吸一口气。

他正考虑着要不要再开一局，就在这个时候，桌边的手机振动了两下。

林延没有着急接受景元洲发来的组队邀请，他拿起手机看了一眼。

一条来自骆默的微信消息："老大你在基地吗，看看BB的直播间？"

因为战队刚刚拿下综艺节目的冠军，骆默此时正在炙热联盟总部进行战队的职业资格登记。今天下午GH集体开播的事已经在联盟传开了，联盟的工作人员恰好点进BB的直播间，就看到他在违规边缘疯狂试探。帮骆默做登记的人眼神都有些不太对劲了，神情也是审视中带着一丝警惕。骆默实在没有办法，不得不向林延求助。

林延知道这位经理人下午的重要行程，也不敢忽视他百忙中发来的提醒，当即把耳机摘下来挂在了脖子上，向毕姚华的方向探了探头。

毕姚华整张脸都埋在电脑屏幕后面，从林延这个角度看过去，只能看到那半个"五颜六色的孔雀头"既招摇又醒目。

训练室里除了键盘的敲击声，只剩下了几人偶尔的游戏交流。所以毕姚华那喷涌而出的冷言冷语显得尤为突出。

林延多少有些感到意外。因为毕姚华的表情一副竭力忍耐又控制不住的样子。

虽然毕姚华平日里嘴上没个把门的，但很少有这样情绪过分外露的样子。

景元洲留意到林延的动作，侧头看了过来："怎么了？"

林延见景元洲还戴着耳机，没有多说什么。他将麦拉近了放在嘴边："没什么，就是有点累了。今天就玩到这里吧，我去忙点其他事情。"

景元洲点头："嗯，去吧，我再打一会儿单排。"

等景元洲重新进入匹配列后，林延拿起手机给骆默回了一条"我现在就去"的信息，然后就从景元洲的直播间退了出来，直接点进毕姚华直播间。

林延随手摘下了脖子上的隔音耳机，换上了一副普通耳机。

就像之前说的，今天下午GH众人就是准备用直播的方式来展现一下自己的实力。

目前简野和顾洛一组，毕姚华和辰宇深一组，正在各自进行双排。

林延刚进直播间，就听到毕姚华的充满不屑的声音传出："不是我说，Roser这个边路玩得是真的烂到家了，QOG今年勉强只挤进八强不是没有原因的。就这几个连个排位都打不好的选手，还指望他们在职业联赛上打出好成绩来？有个八强资格就知足的人，居然还好意思吹自己是职业选手，也不嫌丢人。"

林延本来还奇怪毕姚华怎么能让骆默紧张到了这个地步，这时候听到"Roser""QOG"这两个关键词，瞬间明白了过来。

原来是撞见QOG的人了，那就难怪了。只能说，真是冤家路窄。

毕姚华和辰宇深双排的是普通的天梯模式，对战双方的游戏ID清清楚楚地展示在游戏面板上。

而敌方边路和打野赫然是QOG战队的队长Roser和打野Puga。

此时比赛已经进行了十来分钟，不难猜测，毕姚华的冷嘲热讽也已经持续了十来分钟。

林延看到整个直播间弹幕更是刷得一片飞快。

画面中，毕姚华和辰宇深特意一起去野区蹲QOG的打野Puga。他刚打完元素怪，就被毕姚华和辰宇深干脆利落地收走了人头，随后毕姚华还不忘嘲讽地站在他的尸体上跳了支舞，才美滋滋地带着红buff（增益）回到线上继续清理兵线。

这时候Roser的复活时间还在倒计时，毕姚华很有闲心地开始与那些闹翻天的弹幕互动。

弹幕：

"哎呀呀，今天好凶哦，可是凶起来也好帅。"

"B哥搞笑吗？看到对面是Roser就直接主动换线，二打一欺负人家就算了，还反手嘲讽人家不行？"

毕姚华漫不经心道："帮QOG说话的看过我们GH队长的比赛吗，换线怕过谁？Roser这种三级残废的边路，躺平任嘲OK？"

弹幕：

"我一直很好奇QOG到底怎么得罪BB的，就因为那场比赛没打好？"

"当时场上都已经被B哥嘲讽成那样了，过了这么久还要继续被嘲讽，惨也是真的惨。"

毕姚华讥笑:"挨两句骂就是惨了?你们同情心这么泛滥的话,平日里怎么没见少嘲讽我几句?说别人之前先看看自己,谁比谁高贵?"

弹幕:

"呵,别狡辩了,这件事只能说明B哥狠起来向来不分敌友,毕竟队友都随时可能变成前队友。"

"现在一起双排的是GH打野吧,小心着点哟!什么时候BB退队了,QOG的今天就是你们的明天,嘻嘻。"

毕姚华:"不好意思,别把过去的人跟我现在的队友相提并论。"

弹幕:

"呵呵,赢了个综艺冠军真以为自己多了不起了?"

"既然说QOG不行,我倒想看看GH在秋季赛能熬过几轮。"

"有一说一,QOG不行你们GH就行了?半斤笑什么八两?"

毕姚华没有着急回应,低头在地图上给辰宇深打了个信号。

两人离开线上,千里迢迢从上路跑到了下路。

刚抵达,就撞上了为了避开他们试图换线的Roser。毫无意外,Roser再次被收走了人头。

别的不说,毕姚华泄私愤的时候真的怎么损怎么来,先将对面节奏打乱,再动手就是往死里揍,结果就是QOG两人的战斗数据要多难看就有多难看。

毕姚华再次完成一个人头击杀后,扯了下嘴角:"我不管行不行,都比QOG强。看到了吗,这种边路你们都敢护?别的不说,勇气是真的让人佩服。"

在直播间里这样舌战群雄,毕姚华也不是第一次了,一边打排位一边骂骂咧咧的操作简直炉火纯青。此时不仅半点没有影响操作,还把直播间里的一众故意找碴的人气得火冒三丈。

林延看到这里,自然也明白了骆默为什么会来找他。

林延看到快死成"超鬼"的QOG双人组,他勾起嘴角,非但没有出面阻止的意思,反倒饶有兴致地看了起来。

骆默的一腔真心终究是错付了。

林延虽然不支持选手们试探联盟底线的举动,但是对QOG这种毫无职业操守的队伍更是无法认同。反正后面的事情骆默这个战队经理会去公关,所以林延也乐得让毕姚华放飞一会儿。毕竟从他主观的角度来看，BB这波嘲讽在他看来确实挺爽的。

QOG那两人一开始还算沉得住气，直到被辰宇深第六次在野区完成单杀后，Puga终于按捺不住了，在公屏上开始打字："GH的，你们别太嚣张了！不过拿到个职业联赛资格而已，狂什么，有本事秋季赛别跑！"

林延笑出了声。

难怪QOG那两人一直没敢隔空喊话，和毕姚华比起来，这两人简直没眼看。不开口是对的，一开口估计得遭受双重碾压。

果然，公屏上也出现了毕姚华的回复：你们别跑就行，秋季赛可没那么好运让你们进八强，早早送你们回家。

Puga：我这局用的新英雄练打野，开局不小心被你们带乱节奏了而已。

Roser：就是，别吹牛吹太过了，综艺战队先担心怎么保级吧！

毕姚华：呵呵，保证打到你们降级吗？

QOG的两人到底还是保守，另一方面也确实说不过毕姚华，骂骂咧咧几句后就彻底闭嘴了。

五分钟后游戏结束，这局的MVP毫无疑问落在了毕姚华身上。

直播间观众显然并不关注战绩，都被他刚才的"狂言"所吸引。

"BB进了GH后居然还这么自信吗，一开口就要把QOG打出八强？"

"别的不说，虽然QOG不强，但还是每个赛季都能勉强进入八强的。"

"选手这么嚣张，GH的管理层居然都不出来管一下。"

"以前看网上说GH的人膨胀，现在才发现是真的膨胀。"

"QOG没说错啊，进职业联盟的第一个赛季能保级就差不多了，有必要争这一口气吗？"

"一个比一个能吹牛，打到QOG降级？你咋不直接说GH今年就是冠军呢！"

"等着，刚才的话我都已经截图了，我们热搜见。"

"招了个这么会搞事情的选手，不知道GH的管理层知道今天的直播情况后还能不能笑得出来。"

毕姚华已经爽完了，他对直播间这些恶意嘲讽的话向来不放心上，但看到最后两句的时候还是稍稍迟疑了一下。

先前他是个人主播，不需要考虑太多，但是今天开直播的时候他答应了教练要悠着点说话，结果遇到QOG后就全忘记了，也不知道会不会……

就在毕姚华沉默的这会儿，直播间疯狂刷新的弹幕突然多了一排排金光闪烁的字幕。

"谁还不是小公举在GH射手没事多BB的直播间投了10个深水鱼。"

"谁还不是小公举在GH射手没事多BB的直播间投了10个深水鱼。"

"谁还不是小公举在GH射手没事多BB的直播间投了10个深水鱼。"

毕姚华，在看到这个ID时虎躯一震。

他已经很久没有过这种感觉了，上一次这样心虚好像还是准备摸小抄时，监考老师刚好从他身边路过……

毕姚华故作掩饰状地清了清嗓子。

然而还没等他挽救一下，林延便顶着金光闪闪的土豪金ID"谁还不是小公举"高调无比地发了一条弹幕：

"GH管理层确实对BB刚才的行为感到丢人，怎么能说要把QOG狙降级，这话确实太不严谨了。"

弹幕中顿时一片幸灾乐祸的人：

"哈哈哈，BB你完了，你领导来了。"

下一秒，"谁还不是小公举"又发了一条弹幕：

"要打就直接打解散吧。"

弹幕被铺天盖地的问号层层覆盖。

GH战队的这位管理确定吗？！

# 6

当天下午GH的直播进行得异常热闹，最主要的功臣还是林延这位"俱乐部管理"。

顺利点炸了毕姚华直播间后，他似乎爱上了这种感觉，随后又去其他几个队员的直播间里刷了一堆的深水鱼。

最后还不忘高调无比地回到了景元洲直播间。

弹幕：

"Titans快看，教练来发零花钱了！"

"原来有钱真的可以为所欲为！"

"林教练居然这么有钱？"

景元洲刚打完一把排位出来，就看到了那土豪气息十足的提示，眼里闪过了一丝笑意。

他平时并没有感谢打赏的习惯，今天破天荒地念出声来："感谢谁还不是小公举送来的深水鱼。"

这样的细节让粉丝把弹幕刷得飞快。

就在同一时间，景元洲操作娴熟地给林延加了一个房管。

"有没有一种随时欢迎老板来查房的既视感？"

"前面的，你怎么会知道我心里在想什么？"

"别的不说，我感觉林教练走后Titans单排都没什么热情了。"

"是的，普通排位局才打了个10-1-3的战绩。"

"这绝对不是正常发挥。"

"对了，我要打小报告，教练看我，刚才有个主播妄想加Titans好友。"

"我要帮忙澄清，后来Titans没有通过好友申请！"

"哈哈哈，你们知道教练刚才干吗去了吗？GH其他人的直播间全炸了好吗！"

"容我去隔壁看看！"

"我已经回来了，林教练真的是个狠人！"

景元洲留意到弹幕的内容，关上麦克风后侧眸看向林延："刚刚干吗去了？"

林延回答得很是随意："没什么，发点零花钱，就当提前安慰队员了。"

临近五点，众人才陆续下播。

随着直播行业的兴起，每个俱乐部都和直播平台签有合同，每个选手每个月都有着一定时间的直播指标。这也就导致了每逢月底，一部分不喜欢直播的选手蜂拥而出补时长。

拖延症这种东西，连景元洲这种顶级选手都不能避免。

好在林延帮景元洲谈的那份合约中时长要求并不高，这两天稍微加个班就能补回来。

下午GH众人都很尽兴，特别是林延的那番助攻后，下播后都一扫之前的状态，纷纷扬眉吐气。

可惜这种愉快都是别人的，骆默什么都没有。从联盟总部回来后，他将一沓文件放在了桌子上，语调要多公事公办就有多公事公办："俱乐部的职业资格认证，我这里已经全部登记完毕。包括目前队内几个选手的证件注册也都在这里了，老大你看一下还有没有其他遗漏的，如果没有问题的话，我就拿回去和其他资料一起存档了。"

林延一目十行地翻了翻："整理一下归档吧，没有问题。"

骆默点头应了声，思考了片刻，才把手中的另一个薄薄的信封递到了毕姚华的眼前："BB，这份是你的。"

众人正式完成了职业选手的注册，正觉兴奋，闻言齐齐回头看了过来。

毕姚华一脸疑惑地伸手接过："这是什么？我记得我的禁赛期差不多到了啊，联盟总不能不允许我参加秋季赛吧？"

周围的气氛瞬间紧张了起来。

"和秋季赛无关。"骆默深吸了口气，控制着情绪面无表情地继续往下说，"下午，因为我们已经完成了正式登记，鉴于大家在直播间的优秀表现，特别是对于BB选手过分突出的言行，联盟公证处决定正式发出罚款通知。本来这份通知应该是寄到俱乐部的，巧的是他们见我刚好在联盟总部办事，就省了这份邮费，直接让我带回来了。"

虽然骆默说话的时候一副公事公办的态度，但是众人却在这张没有表情的脸上，看出了几分生无可恋。

短期内，骆默都不想在联盟总部出现了。从刚进联盟总部大门时无人知道他GH战队经理的身份，到办完登记出门时周围被那如芒刺背的视线扫描，鬼知道他都经历了什么！

听完这番话后众人轰然大笑。

毕姚华的表情一时间也有些微妙。视线扫过手中的信封，他清了清嗓子："你们知道我手中这份是什么吗？"

顾洛已经放弃控制自己的表情了，但还是捧了个场："知道，是B哥你荣耀的证明！"

简野在旁边捧腹大笑。

毕姚华控制着打顾洛头的冲动,再次掩饰般地咳了两声:"Gloy,你能看得这么透彻,哥我真的非常欣慰。"

这一回连辰宇深都忍不住了,嘴角抽了抽,难得笑出声来。

毕姚华看着这些幸灾乐祸的家伙,到底还是放弃了给他们灌输队友情的打算。

没再多说,他直接打开了信封。

等看完了罚款内容,眉头拧起:"联盟这次怎么回事,是不是QOG那帮人跑去煽风点火了,居然罚这么多钱?!"

林延抬头看了毕姚华一眼:"怎么,我给你砸的那些打赏还不够你罚款?"

毕姚华闻言一愣,瞬间喜笑颜开:"那是肯定够了!果然还是教练心疼我们!"

顾洛迟疑道:"可是我们其他人不需要罚款,这些钱是不是需要……"

"不用退我,这些打赏本来就不是给你们罚款用的。"林延摆了摆手,"我早就说了,下午的直播你们自己掌握尺度,出了什么事被联盟盯上,罚款什么的一律自己承担,俱乐部可不管那么多。"

毕姚华:"啊?不是罚款用,那干吗给我们砸这些?"

景元洲一直没说话,此时开口道:"是你们林教练发的慰问金。"

众人齐齐疑惑地朝林延看去。

林延对上这样的视线,朝他们露出了一抹无比和善的笑容:"没错,就是慰问金。今天之后自由活动的时间也差不多结束了,我会尽快制订出下阶段的针对性训练计划。在秋季赛开始之前,你们估计也都没有什么时间可以出去玩了,今晚好好调整一下状态,都要加油哦!"

神态温柔,言语和蔼,目光怜爱……随着林延最后一个"哦"字落下,GH众人只觉得背后渗上一股凉意,脸上的笑意荡然无存。

GH众人:确定是……慰问金吗?可是教练这个样子,为什么总感觉更像是提前给我们的安葬费?

今晚作为最后的狂欢,吃完晚饭后GH几人约着去附近的商业广场玩。

林延对此没有任何意见:"嗯,让司机大哥送你们去吧。明天下午正式开始训练,晚点回来也没事,但是不能通宵。"

GH众人："教练你不和我们一起去吗？"

"不了。"林延把最后一口饭送进了嘴里，看了眼时间，"晚上我要赶你们的训练计划，不然来不及。"

景元洲闻言微微地抬了抬眼，没有说话。

林延吃完晚饭就直接回了房间，打开桌上的笔记本电脑开始工作。

虽然他之前也考虑过提升战队整体实力，但是从来没有像现在这样迫切过。他很清楚，是下午双排的时候遇到的AI，让他产生了紧迫感。

但这显然不是一件坏事。毕竟职业联赛的战队不像他们之前在综艺中接触的次级联赛队伍，像AI这样强势的顶级选手大有人在，更何况，秋季赛并不是他们战队的终点，而是通往世界赛场上的其中一站。

在电子竞技的赛场上向来如逆水行舟，不进则退。

林延习惯在工作期间将额前的刘海扎在头顶，手里捏着一根未点火的烟在紧拧的眉心前摆弄。

短时间内，需要补充每个队员的短板，就比如简野这个辅助位置的指挥能力以及辰宇深入侵野区的成功率……

林延每想到一条，就在文档当中记录一条。

时间一分一秒地过去，等林延听到敲门声时他才发现居然已经临近晚上九点了。但是这个时间点，大家不是都出去玩了吗？怎么回来得这么快？林延疑惑地打开房门，一眼就看到了站在门口的景元洲。

林延发现其他人并没有回来，不由得愣住："你没跟他们一起出去玩？"

"没有，年纪大了跟他们玩不到一块儿，就出去跑了会儿步。"景元洲说着视线掠过屋内亮着的电脑屏幕，"训练计划制订得怎么样了？"

林延随手在头上揉了一把："也就这样吧！刚刚确定了一下短期的提升目标，后面准备把具体的训练计划确定下来。之前没有这么深入地分析过，结果今天一看，才发现队内的问题居然这么多。季中赛很快就要结束了，也不知道秋季赛开始之前来不来得及调整到最佳状态。"

景元洲问："时间很紧张？"

林延答："也不是解决不了，我回头看看能不能把训练周期压到最短。"

景元洲将手中的咖啡递到林延的手上，"嗯"了一声，问："那有什么是我可以效劳的吗？"

林延说："那我就……不客气了？"

林延握着咖啡杯的指尖微微紧了几分，语气一片平静："接下来几天战队估计需要进行很多训练赛。职业战队那边我没有你熟，麻烦你去帮忙问问，看有哪些队伍有约训练赛的意向。"

景元洲定定地看着林延。

就在林延以为他不愿意的时候，景元洲缓缓地开了口："可以。"

"谢谢。"林延低头看了眼时间，"不早了，先去休息吧。我也回去继续了。"

他微微顿了一下："也……谢谢你的咖啡。"

说完，不等景元洲再说什么，林延转身就进了房间。

林延关上房门后，隐约间听到对面门关上的声音。

林延就这样靠在门后面，有些走神地看着手中的咖啡。

刚磨的咖啡豆，冒着让人沉溺的香气，咖啡的热意灼烧着林延的指尖。

# 第二章
## 送上门的训练赛

**1**

景元洲回到房间后,在床边站了一会儿,才直直地躺了下去。

他把床头的手机捞了过来,正考虑先向哪家战队询问训练赛的事,微信界面上就弹出了一个加入群聊的邀请。

邀请人是 Luni,邀请他加入的正是前阵子退掉的职业选手群。

Luni:现在 GH 也是职业战队了,你总能加回来了吧?大家都等着你,别扭捏。

景元洲盯着这条消息看了片刻,最后点下确定。

他进群的一瞬间,原本聊得火热的职业选手都停顿了一瞬,才开始铺天盖地欢迎起来。

"哇,欢迎 Titans 回归!"

"欢迎!自从景神退群之后我一直感觉群里少了点什么,现在终于觉得我们群又完整了!"

"这波马屁拍得好,你平常这么说话你们队长都不管你吗?"

"Titans 就是 Titans,说退联盟就退联盟,说回来就回来,是真的服气。"

"菜鸟边路在线卑微,季中赛好不容易缓了口气,秋季赛感觉又透不过气了。"

"你这么说话把 DeMen 放在什么境地?"

"别说那综艺还是挺好看的,后来我去看,真香。"

"你们今天晚上都不用训练吗，怎么都在这里聊天？"

"嘘——趁着队长不在，稍微放松一会儿。"

景元洲扫了一圈，在群里发了个微笑的表情就没有再看聊天界面，他打开群列表开始翻看了起来。

这个职业选手群创建得比较早，目前联盟中比较老牌的几支战队都在里面。虽然之前也有人提议过把近几年新入联盟的队伍加进来，但是因为每年晋级和降级实在太过频繁了，为避免日后谁家有降去次级联赛的尴尬，干脆保持了原状。主旨是为了内部和谐，毕竟目前这几个队伍都算是关系不错的友队，平时私下里打打闹闹省了很多的约束。

景元洲以前对这个决定也没怎么在意，现在想来，倒的确因此避免了QOG这种不入流战队的加入。

看了一圈后，他发现一个一个问多少有些麻烦，干脆在群里@Luni这个管理："帮我@一下全体成员。"

Luni发了个问号，虽然他不知道有什么事情，但还是乖乖配合地进行了操作。

没一会儿，之前没有说话的人纷纷出现。

眼见着各队的大佬们发出的问号铺满了屏幕，刚才还聊得兴起的一众选手纷纷闭了麦，生怕在这季中赛的关键时期被自家队长抓典型。

一时间，聊天频道顿时变成了各队队长的交流专区。

景元洲也是直白得很。

GH·Titans：都在啊，那正好，我问一下，打完季中赛后有哪个队伍想跟我们约训练赛的吗？

Luni没有在群里直接问，而是迅速地发了条私聊消息过来：Titans你什么意思，之前不是说好了考虑跟我们打的吗？

景元洲：你们LDF难道要把我们GH包月？不是的话我多约几个队轮流打，对你们有任何影响吗？

Luni：我恨！

景元洲失笑，却是也没有多安慰两句的打算，重新将页面切回了群聊界面。

这个时候，各支职业战队的当家选手也已经陆续表态。

BK·Luuu：我们BK都可以，想什么时候打，随时喊我们就行。

BK·Mini：师父我最近又强了很多，到时候对线表现给你看看！

UL·BALL：都可以啊景神，我们后面的训练赛还没开始安排，可以商量。

Three·Wuhoo：这个我说了还真不算，回头等我问下教练啊。

Three·Come：我对GH还挺感兴趣的。

Three·Wuhoo：那就约吧，反正训练赛而已，跟谁打都一样。

LDF·Luni发了一个微笑表情包。

UL·BALL：Luni你干吗笑得这么吓人？

LDF·Luni：懂的人懂。

景元洲无视了Luni那明显充满怨念的微笑，给其他人逐一回了消息。

就在这时候，忽然有人在群里@了他。

PAY·AI：下午跟你双排的是你们队的打野？ @GH·Titans

这个ID一出，瞬间冒出了一群截图留念的人。

"哇，A神现身，今天晚上天降异象！"

"什么双排，Titans和AI今天遇到过了吗？"

"什么情况，AI还有关注其他打野的时候？"

"一大奇事AI空降群聊，二大奇事AI居然对别家打野产生了兴趣？"

"不是说任何打野在人工智能的眼里都是尸体吗！"

"天哪，有生之年我居然可以看到A神冒泡！进群两年了，我还以为A神的微信号都已经注销了！"

"两年算什么，我三年了也没见过好吗……"

其实也不怪这些选手少见多怪，毕竟AI不只打野操作像AI，就连平日里为人处世也宛若一个没有感情的人工智能。除了日常训练之外，他对任何事情都没有太大的兴趣，更别说在群里聊天了，从他进这个群，出来聊天的次数屈指可数。就连上次景元洲突然退队，都没能把这个冷酷的男人炸出来。

也正因为AI几乎不参与社交，所以他虽然身为联盟当中的顶级选手，PAY战队的队长也一直是由边路的DeMen担任。

只是眼见DeMen已经是即将退役的年龄，也不知道等队长身份落在AI身上后，PAY又会迎来一番什么样的气象。

景元洲也没想到会是AI在找他，但是错愕之后再稍稍回想一下，下午林延发挥得的确太好，会引起这个野王的注意也并不奇怪。

GH·Titans：不是。

PAY·AI：什么？

GH·Titans：是我们家教练。

PAY·AI：啊？

PAY·DeMen：意识强成这样，居然不是选手？

GH·Titans：我知道你们要说什么。其实他想打职业的话随时能打，就是现在没有这个打算。

GH·Titans：所以你们PAY考虑跟我们打训练赛吗？

PAY·AI：教练上场吗？

GH·Titans：你说呢？

PAY·AI：也是。

PAY·AI：行吧，打也没什么问题。

GH·Titans：DeMen怎么说？你是队长。

PAY·DeMen：AI说打就打呗。

景元洲得到了满意的答案，刚准备结束对话，只见Luni忽然在群里出现：Titans，GH现在就你一个人在群里吧？要不要把你们家教练也拉进来，约训练赛什么的也方便一点？

Luni作为群内的资深管理，说话自然有一定的话语权。这个群里虽然最初是一群职业选手，但是也有人退役后转幕后的，因此有不少人现在的身份是战队教练。

虽然现在Luni提议，有很大一部分原因是他对这位林教练产生了兴趣，不过看起来确实没有不妥。

景元洲：等会儿，我问问。

Luni：以前在BK的时候怎么没见你这么听教练的话啊？

景元洲不置可否，从微信列表中找到了那个粉红色的派大星，发了条消息过去。

林延很快做出回复：职业选手群？都有哪些战队，QOG和SUU在吗？在就不去。

景元洲的眉梢微微挑起。

林延因为什么与QOG敌对他当然知道，但是SUU不过是前两年刚兴起的战队，给大众的印象基本停留在幕后老板超有钱，以及招募了不少外籍选手上。这样的一支队伍，又是什么时候得罪林教练的？

不过景元洲也没有多问，他的指尖轻轻地触碰着屏幕：不在，就那几支你惦记很久的老牌战队。训练赛的事情我已经提了，你进来就可以随时跟他们约时间。

林延听他这么一说，回答得很是干脆：没问题，拉我吧。

景元洲发了个群聊邀请过去。

片刻后，微信群里众人看到了一条新成员加入的提示。

只见新人迅速地改好了昵称，向大家打招呼。

GH·教练：大家好，新人求罩！

GH·Titans：欢迎！

整个聊天界面没人接话。

众职业选手的视线都盯着那个粉色的派大星头像，再往下是一个笑容猥琐的海绵宝宝头像。

景元洲没有什么修改资料的习惯，群里的人当然认得这个和他本人气质完全不符却又醒目的头像。

而现在，突然间又空降了一个少女粉。

一串又一串的省略号滑过群聊界面。

## 2

季中赛如火如荼地进行着。

通过八进四的激烈角逐，LDF、SUU、Three、PAY四支队伍顺利入围四强。

除了三支老牌豪强战队外，今年引入两位外援的SUU战队成了本赛季的最强黑马。

最让人遗憾的当属BK战队。

因为其在关键的那场比赛中状态不佳，最后输给了LDF，成为唯一一支无缘半决赛和总决赛的老牌豪门战队。

过早的淘汰不可避免地让粉丝们爆炸了一波，最大的矛头毫无疑问地都指向了新晋边路选手蓝闽。

网上的不良评论铺天盖地，好在还有不少理智的声音夹杂在其中。

随着季中赛的进行，有人已经发现了蓝闽进入转型期，他们看到了他与 BK 战队越来越默契的配合，一切都在往好的方向发展。

虽然暂时失利，但是有一部分 BK 粉丝还是选择了对秋季赛充满了期待。

景元洲给库天路打电话的时候，对方的声音听起来并不算沮丧："没办法，LDF 那把打得太狠了。我实在怀疑你是不是什么时候得罪了 Luni，让他在赛场上逮着你那小徒弟一通狠揍，看得我都有些于心不忍。"

景元洲想了想，说："我能得罪 Luni 什么？"

"这我怎么知道啊景队，不是应该问你吗？"库天路紧接着又叹了口气，自我安慰道，"不过在这个时间淘汰了也没什么不好。反正我们已经拿到了春季赛的亚军，全球资格赛的门票至少还是稳在手里的。季中赛这种没有世界赛保送名额的过渡赛事，对我们来说确实意义不大。现在算是提前解放吧，战队内部还需要磨合，正好借着这些多出来的时间积极备战一下后面的秋季赛了。"

景元洲："想好怎么备战了吗？"

库天路刚想回答，也终于回过味："你是不是早就等着我这句话了？有什么事直接说吧，后面反正也没比赛了，大把时光可以挥霍。"

景元洲也不客气，转达了一下自家教练的意愿："后面如果没安排的话，约个时间打几局训练赛吧。"

库天路多少也猜到了，回答得非常干脆："没问题，时间你们定。"

林延已经给队员们制订了针对性训练计划，绝大多数都是加强个人实力的练习内容，只有简野急需提升的团队指挥需要全员陪练。

这几天 GH 众人除了专项训练外都在没日没夜地进行着组排，这个时候眼见 BK 战队惨遭淘汰，林延眼睛一亮，毫不犹豫地就直接盯上了他们。

全局意识这种东西，没有比和职业战队打训练赛提升更快速的了。

某天下午两点，约好训练赛的两支队伍齐齐上线。

之前没有进入职业联盟的时候，因为 GH 的选手们没有官方服务器的账号，才导致对战信息泄露。这样的错误自然不能再犯第二次了。

现在俱乐部已经登记完成，官方账号也早就完成了申请，GH 众人终于可以登录属于他们的战队账号了。

简野还一直惦记着训练赛成绩泄露的事，进入房间后还反复确认了一下："现在登录的是自定义服务器没错吧？"

毕姚华忍着笑道："滚，我怎么感觉你一副未老先衰的样子，老年人都是你现在这样，唠叨得很。"

简野毫不客气地"呸"了一声："滚一边去。"

BK战队的成员也陆续进入自定义房间。训练赛正式开始。

林延抱着本子站在众人的身后，按下屏幕录制按钮，在后面来回走动着，时刻观察着队员们的对战情况。

今天的训练赛关注重点是简野的指挥节奏。

林延这几天一有空就抓着简野灌输大局观，看得出来确实成效显著。

刚一开局，GH众人就和BK的人在野区里展开了一系列的拉扯交锋。

在简野有条不紊的指挥下，并没有让BK的人讨到半点好处。

有简野负责指挥后，景元洲的上路就完全释放出来了。

虽然蓝闽在季中赛的磨炼中成长了不少，但是师父到底是师父，在对线的过程中蓝闽还是不可避免地被打得抱头鼠窜，最后只能躲在防御塔下不敢出来。

和其他意气用事的边路选手不同，蓝闽对景元洲的实力有着清晰的认识，所以他不会干出硬着头皮强上的傻事。

景元洲压完线后还有余力入侵BK野区，和辰宇深一起连抓了几波库天路后，GH战队的整个节奏彻底起来了。

第一局训练赛，GH拿下了胜利。

结束比赛后回到自定义房间中，库天路不佩服都不行。

BK·Luuu：厉害啊，才这么点时间没见，你们战队到底是怎么做到进步这么快的？

GH·BB：这个就说来话长了，不过我可以长话短说。

BK·Luuu：洗耳恭听？

GH·BB：总而言之就是一句话，都是我们教练的功劳。

GH·Titans：还有两把，开始吧。

训练赛一共是三局。

因为两边是友队，今天的训练本来就不是为了分个胜负，所以按照之前的约定，不管比分如何都会打满三局。

第二局的时候库天路突然发力，各种出其不意的gank将BK的中下两路联动得飞起，替BK战队扳回一城。

等到第三局，局势再次扭转。

辰宇深观察了两局库天路的打野习惯，非但没有乱了阵脚，反而试图反蹲。

简野这几天满脑子都是林延灌输的指挥思路，上一局的教训也吸取得飞快。

在游戏中期时，他非常敏锐地抓住了一波团战，不仅团灭了BK战队，还彻底拉开了两队的经济差距。

三局训练赛结束，最后GH战队以2:1的成绩成为此次训练赛的获胜方。

林延对队员们今天的发挥还算满意，至少这段时间的训练都有了非常明显的成效。

唯一美中不足的是，比起这些职业选手，GH很多细节都不够到位。虽然比起之前的情况，大家都在逐渐适应队友们的操作习惯，大体的节奏已经调动起来，团战配合默契也提高了很多，但是还是有很大的提升空间。

而BK战队的选手很明显受到了季中赛失利的影响，今天整体状态都不算太好，按照林延的理想情况，他们队应该赢得更加干脆利落才是。

打完训练赛，两边都没有人退出自定义房间。

蓝闽一直没有和景元洲说上话，这个时候显然憋不住了。

BK·Mini：师父，我们连个语音吗？

景元洲对此倒是没什么意见。刚才的对战过程中，他发现自己这位小徒弟确实成长了不少，但是也存在不少问题，正好借着这个机会好好聊聊。

景元洲刚准备答应，就感到领子被人轻轻地拉了一下。

他回头看去，看到笑意盈盈的林延一脸狡黠地冲他眨眼："帮忙指导什么的，是不是应该礼尚往来？"

景元洲落在键盘上的指尖微微一顿，瞬间明白了过来："说得也是。"

GH·Titans：库队，让其他队员也开语音吧？

GH·Titans：刚刚对完线，正好交流一下。

BK·Luuu：也……行？

虽然没有明说，但是库天路这样通透的人自然看懂了景元洲话里的意思。

他知道他们已经不在一个队了，要让景元洲这样的大神帮忙指导蓝闽，BK战队这边提供一些相应的回馈也是必要的。

于是，库天路和其他队员交代了几句后，也添加了辰宇深的好友，单独打了语音。

虽然他在刚知道辰宇深身份的时候，确实担心过景元洲会被其牵连，但是随着真相大白，他反倒挺佩服这个敢作敢为的少年。再加上今天的训练赛和上次交手比起来堪称神速的进步更是让他赞许无比，一进语音后他就开门见山地问道："交流一下刚才的打野节奏？"

辰宇深答："嗯。"

库天路问："有什么想要问我的吗？"

辰宇深有些迟疑："什么都可以问吗？"

库天路拿出了前辈的和善："嗯，随便问。"

辰宇深想到了林延给他指出的那个问题，想了想，问道："能不能告诉我，怎么提高打野 gank 的成功率呢？教练说我和 A 神的差距还很大，希望我至少可以提升到 A 神精准程度的百分之八十以上。"

库天路万万没想到作为前辈进行指导的第一个问题，居然远超他的个人实力。

嘴角微微抽了一下，他脸上的笑容差点没能保持住。

提升到 AI 实力的百分之八十？这个新人打野还真是挺敢想！就连 BK 每次在赛场上撞见 PAY 这支队伍，向来都是稳住野区不崩就算胜利好吗！

库天路缓缓地吸了一口气，让自己的回答听起尽量客观："就……保持满怀期待的初心就好。"

辰宇深的脑海中缓缓地浮现出一个问号。

语音频道里一时间有些诡异。

库天路清了清嗓子后装作无事发生转移话题："那啥，关于 AI 的问题你还是回头留着跟 PAY 打训练赛的时候自己问他吧。刚才比赛的过程中我发现了你的几个问题，要听听吗？"

辰宇深毫不犹豫地应道："要。"

库天路听着这颇为谦虚的态度，稍稍松了口气。

这年头，指导新人可真是一件不容易的事啊！

同一时间，毕姚华也进入了语音频道，等了半天不见 BK 射手吭声，率先开了麦："你怎么不说话啊？不是说好了赛后和谐讨论的吗，喂喂喂，能听到我的声音吗？"

半天后对面传来了一个弱小的声音："听到……"

"啊，听到就好，我还以为是设备出了什么问题。"毕姚华放下心来，随手翻了翻刚刚录下的比赛视频，诚心地问，"你觉得我们从哪里开始讨论比较好呢？"

BB 名声在外，BK 射手实在不敢造次，这时候态度比在库天路这个新晋队长面前都要来得温顺几分："您……咳，你说了算。"

毕姚华陷入了沉思："我主要是想了解一下你想讨论哪方面的内容。不过，不清楚的话也没关系。我这还是有不少选项的，所以先说十二分钟那次 gank 你放到了小兵身上的大招；还是聊越塔时你自信回头，结果被我一技能反杀的那次？其实都是职业选手，细节问题大家抓得都挺好，但是我觉得你心理素质还是要练练。兵线都快送到你脸上了你还不补，不知道的还以为你玩的是近战呢。"

毕姚华也发现自己说得不够严谨，不忘纠正道："哦，不对，近战至少有手。你那厮得，快跟个双手全断的残废似的。"

BK 射手一愣。

虽然库天路说语音交流的时候他已经做好了接受语言攻击的准备，但他万万没想到，BB 对友队的火力居然也可以密集到这个地步。

BK 射手内心：呜呜呜，队长你们那边还没好吗，我想回家！

这边叫苦不迭，而中单两个人的交流就和谐很多。

顾洛有个很大的一个问题——在比赛当中容易太过激进。

他一上头就容易把团队赛当成个人舞台，总是频繁地需要队友去帮他善后。于是他主要针对这个问题，向 BK 中单好好地求教了一番。

BK 中单反倒有点羡慕顾洛这种天赋型的选手，非常乐意地分享了一下团战心得。

BK 中单谈完后没有控制住自己的好奇心，委婉地问了一下 GH 战队整体进步神速的秘诀。

顾洛也不藏着，把集训开始后战队内部的作息简单地交了个底。

听完之后，BK 中单沉默了片刻："难怪你们进步！"

这种非人的训练强度……活命要紧，告辞！

辅助那边简野最近在努力钻研指挥诀窍，目前也初有心得。难得有现在这么好的机会，他自然要跟BK战队的这位辅助前辈好好讨教一下。

BK战队内部其实能担任指挥的人很多，除了库天路这个打野偶尔负责带动节奏外，平常的指挥工作都归这位资深辅助。

前面库天路特意叮嘱过BK辅助要帮新人捋一下思路，这个时候他也就顺着刚才几局训练赛，颇有耐心地帮简野从头到尾分析了一遍。

简野一边听一边记，转眼间就密密麻麻地写满了一份文档。

只听BK辅助做完分析后忽然放低了声音："今天对局的节奏问题就这样了，你回去可以好好看看，不过……我这里还有一个比较私人的问题，不知道方不方便问。"

简野："你说。"

BK辅助的声音又压低了几分，平白带上了几分神秘："玩这种治疗工作量大的奶妈时，会……很爽吗？"

简野疑惑："嗯？"

林延站在几人的身后，只觉得满意无比。

所有的训练赛他都进行过复盘，但是这种和对手直接交流的机会却更加难得。毕竟在一场对局之中，最能直观感受到优缺点的就是与你对战的敌人。

很多你自己容易忽略的细节，早就被对手看在了眼中。

这样的针对性讨论，不只对GH来说非常有利，对目前因为季中赛失利的BK重回巅峰也有极大助力。

至少对蓝闽这样的边路选手而言，光是能被景元洲指导，就足以让他领悟到很多了。

想到这里，林延朝着景元洲的方向看去。

蓝闽自从被林延虐待过后，就改变了自己的对战套路。

虽然不可否认，目前蓝闽的边路风格还没有完全成熟，但是他季中赛期间的表现很明显地一场比一场突出，和BK战队的其他选手一起也渐渐形成了一套全新的体系。

这种体系和景元洲在BK时完全不同，是属于蓝闽的。

也正因为这种特殊性，虽然季中赛 BK 无缘四强，网上不可避免地有很多冷嘲热讽，但是凭着蓝闽在赛场上肉眼可见的迅速成长，BK 战队的粉丝还是对他们充满期待。

以前 Titans 的标签给蓝闽带来了太多沉重的压力，现在，少年也开始发光发热。

在今天的训练赛中林延就已经发现，虽然 BK 战队的其他选手或多或少有些情绪低迷，但是蓝闽这个边路却很有韧劲，不管被景元洲如何压制，始终都在积极寻找机会。单从这一点上已经足以证明，这个年轻的选手虽然泪腺发达，但是有着一颗坚韧不拔的强大心脏。

以后他也会成长为一个值得被所有职业战队重点关注的对手。

林延这样想着，拿起笔记本来正准备写上一笔，恰好听到男人的声音不轻不重地落入耳中："林教练？嗯，他在。"

林延拿笔的动作一顿，抬眸看了过去。

这个时候其他人都戴着隔音耳机，自然听不到景元洲说的话，可是林延听得一清二楚。

似乎感受到了背后的视线，景元洲回头看了过来。

从脸上的神态来看，他没有半点议论别人被抓包的心虚，反倒是嘴角勾起一抹淡淡的笑意，无声地朝林延招了招手。

林延的眉梢挑起几分，本不想搭理，最后还是没忍住走了过去。

景元洲无声地用嘴型示意道："再近一点。"

林延疑惑地又往前迈了一步。

下一秒没等林延反应过来，景元洲毫无预兆地伸出手，将他拉了过去。

林延几乎是本能地想要后撤，然而景元洲已经拉开了自己右耳边的耳机。

耳机里的声音就这样落入了林延耳中。

蓝闽完全不知道自己就这样被师父给卖了，还在斟酌着用词："以前真的没有发现，现在才知道……我是说，林教练是真的好厉害。就因为他上次的指导，我的思路整个都通顺了。我是真的很想找个机会好好谢谢他，可是每次没说上几句话，就被他气得把这事给忘了……"

少年的声音很低，似乎觉得说这样的话有点矫情，说出口后不好意思地沉默了一会儿，才继续说道："道谢这种事情，专程跑去说会不会也怪怪的？要不，师父你帮我转达一下？"

听清楚整个内容，林延侧头看去，正好对上了那双含笑的眼睛。

景元洲将麦拉到了嘴边，连语调里也带着浅浅的笑意："不用转达了。你的谢意，林教练已经收到了。"

蓝闽显然还没回过神来："啊？"

林延没好气地瞪了景元洲一眼。

随后抓过景元洲手里的麦送到了嘴边："如果真的想道谢，我们基地的咖啡豆倒是快用完了，挑几款你师父喜欢的口味寄到我们基地里来吧。"

林延完全没有听清楚蓝闽回了句什么，说完就本能地起身，结果一个没留意扯到了旁边的鼠标线……

BK 战队基地。

蓝闽在听到林延的声音后就彻底陷入了石化，好不容易反应过来，狠狠地抓了一把凌乱的头发。

控制着想挖个地洞钻进去的尴尬心情，他有些磕巴地应了一声："好……好的。"

蓝闽实在很少说这种话，连他都感到肉麻无比，本以为对方多少得跟着调侃两句，结果只听耳机那头传来了一阵物品掉落的巨大声响。

紧接着，景元洲的语音也突然切断了。

蓝闽心想：我不就是答应买咖啡豆而已，居然这么激动？

他一动不动地坐在电脑桌前，轻轻地挠了挠侧脸，最后在心里默默地做了个决定。

如果林教练真的那么喜欢的话，那就……多买一点好了。

## 3

GH 战队训练室内。

过大的动静，将戴着隔音耳机的几人都给惊动了。

众人抬头看去的时候，只见林延因为突然后退的动作先是被连接耳机的线绊到了，他本能地伸手扒拉，结果一把抓到了桌面上的鼠标，在线被扯动的过程中又拽动了主机箱。

随着身体失去平衡，林延觉得一阵天旋地转，虽然在这千钧一发之际景元洲倒是眼明手快地扶住了他，可他在众目睽睽下磕到了旁边电竞椅的扶手。

"嘭"的一声，林延额前肉眼可见地红了一块。

GH众人纷纷愣在原地。

此时林延身上还乱七八糟地缠着几根线，被完全扯下来的隔音耳机还挂在他脚上，看起来多少有几分滑稽。

他低着头没有去看景元洲，手忙脚乱地将自己解脱出来，才吃痛地揉了揉额头："你们继续，不用管我。我去……找创可贴。"

他说完，无视了训练室中那些视线，头也不回地转身就走。

随着这个身影消失，训练室依旧一片寂静。

景元洲还保持着伸手去扶林延的姿势，他先看了一眼空空的掌心，再看向门口林延离开的方向，眼神复杂。

林延刚才的一系列反应让他有些哭笑不得。

毕姚华利落地关闭了耳麦的声音，微微朝景元洲的身边靠近了几分。

随后他用只有两人可以听到的声音，小心翼翼地问道："队长，你这是……和教练吵架了？"

"没有。"景元洲回答的时候脸上没太多的表情，沉默了片刻后眉心微微拧起几分，"不过，确实要想办法让他别生气了。"

景元洲说话的声音很轻，听起来是在回答前面的问题，但更像是在说给自己听。

毕姚华的脑回路显然清奇，喃喃道："真的吵架了啊……"

感慨归感慨，他帮不上什么忙，除了默默祝福队长好运，还不忘对景元洲这种"不管问题在哪儿反正都是我的错"的态度表达了足够的赞许。

趁着别人没注意，他暗暗地伸出了大拇指："队长，真是个好人！"

林延在储物间找到了医药箱，撕了个创可贴贴在了额前红肿的位置。

那一下看起来撞得狠，倒也不是很重。

林延把医药箱放回去后稍稍发了会儿呆，并没有再回训练室，直接靠在墙边，在这样狭隘的空间里摸出一根烟，叼在嘴边点上。

接下来一段时间，林延额前的创可贴变成了他现阶段的独有标识之一。

然而对 GH 的队员们来说，总感觉他们家教练自从有了这个创可贴后，仿佛忽然间爆发了洪荒之力。

原本的训练计划就已经让他们处在了虚脱边缘，现在更是变本加厉，几乎没有半点喘息时间，所有人在这样极致的压榨下，被迫成了毫无感情的训练机器。

直到林延额前的创可贴终于揭了下来，众人才后知后觉地发现，季中赛居然已经进行到了最关键的总决赛环节。

总决赛当天林延大发慈悲地没有继续折腾大家，反而放了个假，让所有人围在会议室中看现场直播。

季中赛的这场巅峰对决围绕 Three 和 PAY 展开。因为两队的主要作战核心截然不同，也使这场比赛的结果更加扑朔迷离。

三小时之后，PAY 以 3 : 1 的成绩拿下了最后的胜利。

现场只剩下了粉丝们的雀跃的欢呼声。

林延对后面的采访环节没有太大的兴趣，拿起遥控器来随手关掉了投影："AI 好像变得更厉害了。"

景元洲："不奇怪，PAY 在春季赛的时候表现不佳，季中赛肯定憋着一口气。"

林延微微拧了拧眉，陷入了沉思。

毕姚华生怕林延一开口说出一句"继续加训"，忙不迭插话道："时间不早了，好饿啊！要不先去吃饭吧？"

骆默恰好推门进来："忘记跟你们说了，今天阿姨家里有事没来，就随便凑合吃一下。你们想去外面吃还是点外卖？"

顾洛脱口而出："去外面吃吧！"

骆默顿了一下，提醒道："外面雨下得那么大，你们确定去外面吃？我个人建议还是点外卖回来比较好，也省得一来一回路上麻烦。"

辰宇深默默道："还是去外面吃吧。"

骆默："你们真想去外面吃也行，我喊司机把车开到门口。"

简野已经站了起来："不用了，附近不是有很多不错的馆子吗？不用专门开车了，我们走过去就行！"

骆默显然对他们这种不嫌麻烦的举动感到无法理解。

简野深深地叹了口气："骆经理，你成天在外面跑，当然不懂我们这种不见天日的人的心情。"

毕姚华转眼已经从角落里摸了几把雨伞出来，认同地附和道："就是！别说阳光了，我们连天空是什么颜色的都快给忘了！外面下的那是雨吗？那是大自然的眼泪，是自由的甘露啊！"

林延淡淡地抬头看了一眼："大家这是对最近的加训怨念很重？"

"没有的事，我们甘之如饴！"毕姚华当即闭嘴，开始给队友们发伞。

很快雨伞分完，他却发现伞少了一把，景元洲没有。

骆默："没了吗？我去储物间给你们找找？"

景元洲随手从林延手中将伞接过，语调平静地说道："不用麻烦了，我和林延用一把就好。"

林延听到自己名字时微微顿了一瞬，才应道："也行。"

## 4

那几家口碑不错的饭店都在小区对面。

就像骆默说的那样，外面雨下得很大。地面上已经积了不少的小水坑，脚踩下去会激开一片水花。红绿灯附近，来来往往的车辆络绎不绝。

林延与景元洲挤在一把伞下。

为了照顾林延，景元洲有意地把伞往林延那边靠，而他另外半边的肩膀已经湿了一片。

林延看了一眼后收回视线，沉默片刻后开始状似不经意地盯着自己的鞋尖。

因为是下雨天，原本拥挤的饭馆难得还有空位。

进了包厢后，众人依次坐下。

林延和景元洲走在最后面，等他们进去时只剩下两个相邻的位置了。

视线来回扫了好几圈，林延随便拉了其中一把椅子坐下。

看得出来，这几天的训练确实把众人折腾得够呛。

等服务员陆续开始上菜后，每送上一份就是一阵风卷残云的扫荡，转眼间就见了底。

这阵仗，不知道的人还以为他们好几天没吃饭了。

景元洲原本没有加入战场的准备，直到无意中发现林延抱着一杯白开水在旁边坐了许久。

等下一盘菜上桌的时候，景元洲忽然拿起了筷子，飞快地连夹了几大片肉。

毕姚华看着肉都被放进了林延的碗里，了然一笑："拼手速，果然还是比不过队长啊！"

林延也确实感到饿了，他没多想就把景元洲夹的肉送入嘴里，不小心呛了一口。

等缓过气来，他面无表情地抬头看了毕姚华一眼："比不过就练。"

毕姚华瞬间噤了声。

大概是被这句话给震到了，BB 这一顿饭都吃得前所未有安静。

大半个小时后，大家的战斗力陆续消耗殆尽。

林延吃饱后就坐在椅子上开始刷微博。

不出意外，现在大家都在讨论 PAY 和 Three 刚结束的那场巅峰对决。

虽然 Three 这个春季赛冠军没能延续辉煌，但是因为这两队的交锋过程实在是太过激烈了，所以即使最后输给了 PAY，除了偶尔几个上蹿下跳恶意抹黑的人，正常粉丝们还是表达了对 Three 的支持。

至于 PAY 那边就更不用说了。

今天这几局比赛当中，AI 顶着"野区人工智能"的名号发挥到了极致，全程下来 gank 成功率高达百分之七十八，不只刷新了联盟中的最高纪录，更是以三场胜方 MVP 的战绩成了全场最佳。

林延继续往后面翻，他的视线停顿在了网友们做出的 gank 集锦上。

他看得非常专注，随着 AI 各种切入角度的直观展现，不知道这人想到了什么，眉心不知不觉间微微拧了起来。

旁边的景元洲留意到林延的神情，缓缓靠了过来："怎么了，有新想法了？"

熟悉的声音拉回了林延的思绪。

抬眸时对上景元洲的视线，他微微挑了下眉梢，应道："嗯，有一点。"

景元洲"嗯"了一声，拿起椅背上的薄外套递了过去："出来吃饭就别想着公事了。走了，有什么想法等回去后再继续研究吧。"

林延留意到其他人已经陆续站了起来，应了一声后伸手接过外套。

回去的时候，雨下得比来时还大。

遥遥看去，整个视野里一片水幕。

旁边的毕姚华对着大雨骂骂咧咧。

林延心里还想着刚才那一瞬间浮现在脑海中的念头。

因为只是一时的灵光，整个想法显得有些虚无缥缈，所以他走在路上多少有些心不在焉。

因为想着事情，回去的一路上他都没有转身，于是自然没看到景元洲为了不让他淋雨，那亦步亦趋的小心模样。

GH 的其他人都是人手一把雨伞，自然要走得快些。

眼见十字路口的红绿灯开始闪烁，大家纷纷加快了脚步，卡在最后几秒的时间快速地跑了过去。

林延脑海中正在反复模拟着对战画面，没发现前面已经跑没的身影，更不用说那闪烁的黄灯。

正要继续迈着步子往前走时，林延听见一声突兀的惊呼："小心！"

话音未落，他只觉得有人用力地拽了自己一把。

紧接着，视野中的画面一阵翻转。

等回过神来的时候，林延已经重重地撞到了一个人。

不远处是呼啸而过的车辆，车轮过时，生生溅开一片水花。

看得出来司机也惊魂未定，渐渐开远了，还不忘打开车窗朝他们遥遥咒骂一声："看着点路，找死啊！"

林延扫过马路对面醒目的红灯，很快反应了过来。

然后，他才留意到了自己现在的窘境。

因为需要撑伞，景元洲只能用一只手去拉住他，而他惊魂未定下本能地拽紧了景元洲的衣衫。

景元洲现在是什么样的表情他不清楚，但是林延知道，自己的表情一定非常精彩。

许久的沉默之下，林延依旧没有反应。

景元洲的声音从林延头顶上传来："发什么呆？"

林延可以感觉到低低的笑意，认命地闭了闭眼，深深吸了口气才稍微调整了一下心情，从牙缝里面挤出一句话来："好像……扭到脚了。"

林延最后是被队员们众星拱月般送回基地的。

当时GH众人已经往前走了一段距离，直到接到景元洲的电话后才发现少了两人。

林延扭到的地方虽然稍微一动就不可避免地有些疼，不过看上去不像非常严重的样子。

他缓缓地吸了口气，单脚跳到浴室当中简单地冲洗了一下，正准备开始工作，就听到有人敲响了房门。

景元洲身上的外套湿了一大片，裤脚、发丝上都悬挂着分明的水滴，像是刚去雨里冲刷过一样。

林延不可避免地愣了一下。

只见景元洲不动声色地朝里面看了一眼："都这样了还准备工作？"

林延也不知道自己为什么会有一瞬的心虚，低低地清了清嗓子："反正我工作又用不到脚……"

话音未落，景元洲忽然搀住了林延，径直将他扶到了床上："别的再说，你先把药上了。"

这时候，林延才留意到景元洲手中拿着的那盒药膏。他意识到对方刚才是去了何处，想要拒绝的话一下子就说不出口了。

景元洲也没有多说什么，把药膏递给了他。

林延将扭到的那只脚慢慢挪到床上，挤出些许药膏后在脚踝处轻轻地揉了起来。

景元洲就在林延面前，林延一抬头就对上了他的视线："林延，我觉得，我们应该好好谈谈。"

虽然景元洲什么都还没说，但就在他开口的一瞬间林延就已经知道他要说什么了。他应该是想劝自己不要太紧张，要更有节奏感、更从容地管理战队。

## 5

许久之后，景元洲低不可闻地叹了口气："看你这态度，是不想谈？"

林延本来还考虑着怎么拒绝，又莫名地觉得说开了也没什么不好。

"也不是，要谈也行。"林延道。

景元洲很轻地笑了一声，盯着林延继续抹着药膏揉起来。

林延看了眼景元洲给他买的药膏，问道："景元洲，我可以理解成你是在故意用这样的举动来讨好我吗？万一我不领情怎么办？"

景元洲抬头看了林延一眼："你会领情的。"

林延被这么一句话给噎到，最后不由得"啧"了一声："这过分自信的样子，确实是你的行事风格。"

景元洲闻言顿了一下。沉默了片刻后，他说道："其实也没有那么自信。"

想了想，他又说，"至少我不清楚你到底怎么想的。"

林延没有接话，只是下意识地想要去摸烟，结果发现口袋里空荡荡的什么都没有。

景元洲留意到了林延的动作，掏出一盒烟递到他的跟前："想抽？"

林延伸手拿出一根烟，却没有点上的意思，而是在手心里反复地揉搓着："不抽。"

景元洲也没多问什么，"嗯"了一声后，将烟盒收了回去。

周围再次安静了下来。林延手中的烟不知不觉被他捏得变了形。

他似乎是觉得这样的举动不足以缓解情绪，又将变形的烟送到嘴边叼上，烟随着他说话一上一下地晃动了起来："那你呢，又是怎么想的？"

林延原以为，像景元洲这种临近退役年纪的资深大神，应该和他一样对战队的发展有着同样的担忧，只是怎么也没想到，此时景元洲只是稍微沉默了一瞬，就也捏了一根烟叼在了嘴边，语调是从未有过的认真："不知道。"

林延忍不住在心里暗骂了一声。

借着室内的灯光，景元洲留意到了林延的反应，眉目间不由闪过一抹不易觉察的笑意："怎么不说话了，难道是我错了吗？"

"不是你的问题，是我自己。"林延沉默了片刻，忍不住伸手抓了抓发丝，"这个战队是我一手组建起来的，我必须要对你们负责。"

很简洁的话，让景元洲瞬间明白了。他哭笑不得："这就是你的原因？"

林延瞥了他一眼，一字一句道："一个选手能有几年的职业生涯？景元洲，你又还有几年可以拿去挥霍？"

景元洲脸上的神色在这句话后渐渐地收敛了起来。

林延说每一句话都无比理智和客观，不管是从战队老板还是教练的身份出发，这些考虑全部无可厚非。

二十三岁，一个随时可能退役的年纪。

林延见景元洲忽然陷入了沉默，只感觉心头有什么狠狠地揪了一下，正要说什么，便见景元洲忽然站了起来，把烟头往旁边一扔。

　　景元洲的声音响起："试都没有试过，怎么知道不可以呢？"

　　林延眸底的神色微微一变。

　　景元洲定定地看着林延的眼睛，竭力控制着自己的情绪："当然，如果你实在担心的话，不试也没有关系。"

　　林延定定地对上了景元洲的一眼："景元洲，你……"

　　景元洲一派淡然："两个月时间，提前适应一下。说不定你会发现一切并没有想象中那么复杂呢，你说是不是？"

　　林延想要拒绝的话硬生生被卡在嗓子里。

　　他面无表情地垂眸扫过景元洲眼底的笑意，狭长的眼眯起。

## 6

　　翌日，当景元洲扶着林延下楼的时候，其他人已经聚在了餐厅。

　　季中赛已经正式结束，知道马上又要投入没日没夜的训练中，大家都已认命。

　　顾洛看到林延一瘸一拐的样子，关心地问道："教练，你的脚没事吧？"

　　"没事。"林延说话间，旁边的景元洲已经替林延拉开了一把椅子，林延毫不客气地坐了下来。

　　林延扯了扯嘴角，正准备给大家重新安排一下训练计划，眼前忽然出现了一双筷子。

　　景元洲将一块肉放到了林延的碗里，不动声色地堵住了他的嘴："试试看，这肉不错。"

　　林延夹起肉来，愤愤地咬了一口。

　　简野正好坐在最外层的位置，从入桌开始，就开始觊觎角落里的那盘肉，此时，他频频朝这边看来。

　　景元洲留意到他的视线："怎么了？"

　　简野似乎也有些不好意思，沉默了片刻，暗示得非常直接："队长，我也想吃那个肉。"

　　"哦。"景元洲应了一声，"想吃就自己拿吧。"

简野："嗯？"

毕姚华忍不住地笑出声来。

顾洛特别善良地去接过了他的碗："哥，你想吃肉是吗？要多少，我帮你夹吧。"

林延转眼间就吃完了一整块肉，垫过肚子后起床气终于消了不少。

他抽了张纸巾擦嘴，才开始公布今天的安排："午饭大家都吃饱一点，等会儿我们就要继续进行专项训练了。四点半左右结束这个阶段的内容，到时候大家再调整一下状态，准备晚上打训练赛。等会儿我先去看看约哪队合适，如果 LDF 有时间的话，倒是可以先和他们打几局试试。"

"晚上跟 LDF 打？"一想到要和 Luni 对线，顾洛默默地咽了下口水，但是眼里却又有着跃跃欲试的兴奋，"能约到吗？"

林延笑了笑："那就要看 LDF 那边愿不愿意接受我开的条件了。"

"让他们接受……我们的条件？"顾洛一度以为自己听错了，"教练，你确定没有说反？"

"没说反。"林延抬头看了他一眼，"你以为现在有多少战队等着跟我们打训练赛？LDF 确实不好约，但是不夸张地说，现在想找我们打训练赛的战队也很多。"

辰宇深有些不太理解："很多战队找我们？"

"没错。"林延笑了笑，"真要说起来，得好好谢谢 AI 了。"

随着季中赛正式结束，所有职业战队的工作重心都转移到了接下去的秋季赛上。

对于职业联盟的这些队伍来说，GH 这种从选秀发家的战队确实有走捷径的嫌疑，在没有战绩来证明实力的情况下，原本并不是那些职业战队训练赛的最佳选择。就像之前刚刚晋级职业联赛的 MEN 战队，很长一段时间，他们都只能找原来次级联赛的老对手们去打训练赛。

所以林延才说最需要感谢的就是 AI。

本来在他的预期中，他们最后能够约到两三支职业队伍就已经很好了，结果就因为 AI 那天在群里突然冒泡，三言两语就引起了其他战队选手们对他们战队的好奇心。

毕竟是新队伍，网上有关 GH 的资料实在是太少了。

所以这支队伍是不是真的很强，如果是，又到底能强到什么样的地步，这一切所有俱乐部都无从得知。

再加上，队内还有一个 Titans。

离开 BK 后借着这么一支综艺战队卷土重来，将会自此彻底跌落神坛还是重新走上高峰，一切都充满了变数。

那些职业俱乐部一旦重视起来，训练赛无疑就是他们进行摸底试探的最佳选择。

其他队伍尚是这样考虑，更不用说 LDF 了。

正是因为 Luni 在节目中见证了 GH 战队一路以来的飞速成长，才会一早就这样迫不及待地联系了景元洲，想要提前进行训练赛。

联盟中，没有人比 Luni 更清楚 GH 战队的成长速度有多可怕。

很显然，在其他队伍还没有对 GH 战队足够重视的时候，LDF 已经因为 Luni 敏锐的直觉注意到了这支随时可能会搅乱联盟内部平衡的新生力量。

林延很敬佩那些顶级选手们的眼光。

不管是 Luni 还是 AI，只是通过那么简单的接触，就已经敏锐地察觉潜在的对手。因此才会让 GH 这支原本约战困难的队伍，转眼间变成了各家俱乐部眼中的香饽饽。这个结果林延自然是乐见的。

虽然林延感谢工具人 Luni 为他们的付出，但是一码归一码。

以林延的性格，绝对不会错过任何"得寸进尺"的机会。

就比如，现在。

当天下午的语音通话中，当 Luni 听林延说完约战条件时，第一反应和顾洛如出一辙，险些以为是自己听错了："你确定我们两队打训练赛，还需要我们先答应你方开出的条件？"

"非常确定。"林延笑了笑，"你们也知道，距离秋季赛开始只有不到半个月的时间了。但是现在联盟当中想要跟我们约战的战队实在是太多了，而且训练赛这种事情本身也只能量力而为，想要全部答应实在有些难度。所以在这样有限的时间中，作为 GH 战队的教练，我当然要做出最利于战队的选择，尽可能选能使利益最大化的队伍，你说是不是？"

说得这么现实而且毫无避讳，最重要的是，还特别理直气壮。

这样的语气就像是生怕对方不知道他们 GH 目前有多吃香一样，就差将"联盟新贵"四个字直接贴在脸上了。

　　Luni 听得一口气差点没顺过来，只能盯着屏幕中间的派大星头像暗暗咬牙。

　　难怪能跟景元洲混在一起！果然是物以类聚人以群分，玩起套路来一个比一个厉害！

　　LDF 作为联盟当中当之无愧的豪门战队，向来都是别人求着他们约训练赛。特别是自从 Luni 接替队长以来，更是风头大盛，他们什么时候受过这样的委屈？

　　如果搁其他队伍身上，Luni 恐怕早就毫不犹豫地回绝了，可偏偏这一回是 GH 的林延，而 Luni 是真的很期待能和 GH 有正面过招的机会。

　　Luni 抓了一把绑在脑后面的小发鬏，强迫自己冷静下来。

　　再次开口，他尽可能让自己的声音听起来心平气和一些："所以你的意思是说，到时候打完三场训练赛后，希望我能和你们战队的中单再打三把个人赛？"

　　"嗯，是这样没错。"林延应得很是坦然，"两队之间的交流，都是彼此相互的，也不能说我们有多占便宜。这么跟你说吧，我们家 Gloy 虽然是个新人，但是实力绝对没有任何的问题。相信上次节目时你也已经感受到了，抛开个人实力来说，他和顶级选手之间本质的差距就是比赛经验，也是因为这部分的缺陷，才导致了他在细节处理方面有一点瑕疵而已。"

　　说到这里，林延低低地笑了一声："毫不夸张地说，现在 Gloy 比那时候进步了可不止一星半点，真要切磋，我相信你也会受益匪浅。"

　　一个新人能让魔王级的中单选手受益匪浅，这话估计也就林延这种厚颜无耻到一定程度的人才敢说了。

　　听林延说完，就连 Luni 这个联盟里出了名的好脾气先生都忍不住笑出声来："先不说到底谁更占便宜，就算我真的答应了这个附加条件，你就不怕我随便选几个英雄应付？"

　　"怕啊，所以今晚的流程要先确定一下。"林延显然早就想好了对策，笑吟吟地说道，"我们打完一局单独的比赛，再打一局训练赛。你如果随便应付，我们训练赛也随便应付。反正这种私下切磋的局胜负也没什么所谓，说白了，不就是要不要互相伤害的问题！一切的决定权都在你，我们都可以的。"

　　Luni 心想：鬼的决定权在他！

他深深地吸了口气："行吧，等我和队员商量一下再回复你。"

林延对此倒是无所谓："没问题，等你们消息哦。"

没等最后一个"哦"字落下，Luni 已经面无表情地挂断了语音通话。

景元洲在旁边听了全程，忍不住笑出声来："不知道为什么，我很怀疑如果现在 Luni 手上有一把刀，他会直接杀到我们基地来。"

林延耸肩："这能怪我？要怪只能怪 Luni 这么大一尊神，实在太吸引人了，如果不想办法物尽其用一下，总感觉有些对不起我自己。"

景元洲听到这里，一脸的笑意藏都有些藏不住。

他想了想，到底还是问出了心里的那个问题："你这么绞尽脑汁地给 Gloy 争取 solo（单挑）的机会，是真的觉得他的个人实力已经可以和 Luni 相提并论了？"

林延沉思了片刻："只能说单纯局限在一对一的前提下，Gloy 的个人技术在我看来，确实已经足够了。所以这次和 Luni 的 solo，就作为给他的一场考试吧。最后如果可以 3∶0 拿下全部的胜利，就说明最近的训练项目没白做，只当是他为最近的训练交出完美的答卷了。"

景元洲回忆道："我记得你最近让他在练的项目是……"

林延答道："身体肌肉记忆。这种超脱于思考先一步存在的操作意识，会让他所有的操作节奏更加快。"

景元洲失笑："如果 Gloy 知道你对他的期待这么高，不知道会有什么样的表情？"

"是不是觉得 3∶0 有点太敢想了？"林延笑一声，"但是如果想要未来在赛场上打败 LDF，Gloy 至关重要。别忘了，Luni 可是实打实的团战型中单，不管是双方擅长使用的英雄还是这种单方面的 solo 模式，都更利于 Gloy 发挥。如果在这样的前提下，Gloy 依旧无法完成对 Luni 的击杀，那怎么能指望到了以团队为主的赛场上，他能在中路对 Luni 做出更好的应对呢？所以不是我不听你的，而是时间紧迫。"

说到这里，林延摊了摊手："毕竟马上就是秋季赛了，不管是 Gloy 还是其他人，都确实应该给我上交成绩单了。"

景元洲看了他一眼："Luni 要是知道你拿他当考题，估计连砍人都省了，得当场气疯过去。"

林延懒懒地靠在了椅子上，勾起嘴角："没办法，你们这些选手们在赛场上冲锋陷阵，剩下的就是我们教练组的战场了。只把战术布局放在比赛环节是没有用的，我必须提前为你们把可能遇到的所有情况都考虑到。不然怎么能像允诺的那样，当那个站在你身后的人呢。你说是不是，Titans？"

　　景元洲稍稍停顿了片刻，纠正道："这种时候可以直接叫我的名字。"

　　林延微愣，继而低笑一声："嗯，景元洲。"

　　Luni 和林延通话的时候人在 LDF 战队训练室内。

　　因为开着扬声器，对话内容也被其他队员们听了个一清二楚。

　　留意到周围投来的视线，Luni 也是一阵头大："别看我，GH 战队的这个教练摆明了比 Titans 还要狡猾，不止想法一套套的，最主要的是真敢想！"

　　"确实敢想！整个联盟里谁不是求着我们约战的？"辅助一脸无语，"就连那几家豪门，也不敢提出用 Luni 换训练赛吧？"

　　打野附和："就是，怎么整得我们求着他们打一样？不就一个新队嘛，实在不行就换一家打呗！愿意和他们打训练赛都已经算卖面子了，就说 SUU、PAY、Three，哪家实力不比他们强？"

　　Luni 拧了拧眉心："不知道怎么跟你们说，但……现在不是实力谁更强的问题。"

　　副队长 ROMM 在队内担任的是射手位，有些好奇地问："你这么执着，是因为 Titans 的关系吗？还是说你觉得 GH 这支队伍真能在秋季赛掀起什么风浪来？"

　　"具体我也说不上来。"Luni 沉思片刻，道，"老实说，在《炙热集结号》中 GH 确实一路赢得相当漂亮。但毕竟对手的水平放在那里，次级联赛的卡级队伍和职业联赛的四强还是有着很大的实力差距的，就算能赢也不过是证明他们比次级联赛的卡级队伍强一点。照理说 GH 本身也只是官方试验新晋级渠道的一个产物而已，但就在现场看的那几次比赛而言，他们偏偏又给了我一种……非常奇怪的感觉。"

　　辅助茫然："什么奇怪的感觉？"

　　"最要命的就是，真的只是一种感觉。如果硬是要我说清楚了，还真说不上来！"Luni 也感到很是头疼，"但是我可以确定，并不是只有我有这种感觉。

前几天在职业选手群里你们也看到了，连 AI 都冒出来了！在这之前，你们见过他对哪个战队产生过这样的兴趣？"

"这倒是真的。"ROMM 点头，"如果放在平常，PAY 确实不是卖谁面子的队伍。就算是 Titans 出面，如果 AI 自己没有兴趣，DeMen 估计也会当场拒绝了这份邀请。"

Luni："所以我说吧……就是这个感觉，你们懂吧？"

"知道了，不用懂。"ROMM 敲板道，"既然想打那就跟他们打吧，你的直觉从来没有错过，在这一点上我们绝对相信你。"

Luni 对队友的信任有些小感动："你们……"

ROMM 看着他淡然一笑："反正 GH 教练点名要出面 solo 的人是你。队长，想打训练赛就靠自己，我觉得这个逻辑完全没有毛病。"

其他人闻言忍不住笑出声来："这么一想确实也没啥好纠结的。"

所有感动的情绪瞬间荡然无存，Luni 的嘴角微微抽搐了一下："行吧，你们真是我的好队友！"

他长长地吁出了一口气，打开微信找到了那个粉红色的头像。

片刻后，在 GH 战队基地的林延收到了一条新的微信消息。

Luni：训练赛我们接了，晚上七点见。

## 第三章
## 战队赛直播

### 1

临近晚上七点，GH战队训练室内灯火通明。

虽然之前林延就和队员们提过了约战LDF的事，但是当训练赛流程确认后，大家依旧感到有些惊讶。

特别是顾洛。

明白了教练的特殊关照，一头奶奶灰的头发都快被他给薅秃了："教练，真的要我跟Luni打solo赛吗？"

之前在录综艺节目时，他就和Luni打过一把，当时是以失败告终。

现在能有这样的机会，他知道林延肯定花了不少心思，但是跃跃欲试之余，又不可避免地感到有些担心。

毕竟要在打完solo后才进入正式的训练赛环节，那就意味着他和Luni的对线将会当着两队所有队员的面进行。众目睽睽之下，胜负的结果很可能会影响接下去训练赛时的气势，毕竟关系重大，想不紧张都难。

"这有什么真的假的？"林延瞥了眼顾洛这副没出息的样子，"不只要打，还要赢下来知道吗？去卫生间照一下镜子，什么时候把表情控制好了什么时候回来。"

顾洛苦着一张脸："哦……"

他很是听话地出了训练室。

等再次从卫生间回来的时候，脸上挂着一层薄薄的水，显然是顺便洗了把脸。不过从表情上看起来，确实比刚才要轻松了许多。

看样子也算是找到了缓解紧张情绪的办法。

林延终于感到满意了些，正好看到 Luni 发来了消息，便拍了拍手招呼道："都准备上线吧，要开始了。"

按照之前的约定，在训练赛开始前，先进行 solo 对局。

Luni 倒是一个说到做到的人，很快打开了一个自定义房间把顾洛拉了进去，而且还主动提出先打完三局 solo 赛。

这样一来，solo 结束后就可以直接进入训练赛环节了，正好也避免了两种比赛穿插进行的麻烦。

林延对此没有任何意见。

GH 其他人懒得去游戏房间里观战，干脆直接在顾洛的身后依次站开，准备实时观战。

顾洛感受到背后那一片视线，放在鼠标上的手指微微地抖了一下，他缓缓地吁了一口气，尽可能地让自己放松下来。

随着地图导入完成，双方的角色很快刷新在了复活点上。

因为林延有话在先，Luni 为了保证后面训练赛的质量，确实没有随便应付了事。

第一局 solo，他选的是自己比较拿手的英雄蓝色魔女。

这个英雄是目前职业联赛中上场率最高的中单英雄之一，大家看中的是它在团战过程中的强势控场能力。

因为从第一技能到第四技能全是控制技能，所以它被玩家们戏称为"控女"（全身上下都是控制技能）。

如果非要说这个蓝色魔女有什么缺陷的话，那大概只能说太缺乏机动性了。四个控制技能，导致蓝色魔女本身没有任何位移，这也让她在生存能力方面大打折扣。

因此，蓝色魔女面对刺客英雄的时候往往只会出现两种结果——要么利用控制技能把刺客控制到死；要么被刺客近身后，毫无反抗之力地被按在地上疯狂"摩擦"。

高手和菜鸟手中的蓝色魔女，完全是两个英雄。

很显然，Luni 是高手。

这一局，Luni 对上顾洛的法刺坦吉拉，必然会是一场针尖对麦芒的直面碰撞。

两人一出复活点就直奔线上。

顾洛虽然一开始表现得有些紧张，但是开始对线后，只剩下专注。

每个英雄都有一定的制衡，不管是法术系还是物理系，但凡高爆发的刺客型英雄，大都有攻击距离短的限制。

顾洛这局用的坦吉拉也是一样。

刚一开局，Luni 就利用蓝色魔女的远程输出优势牢牢地堵死了顾洛上来清兵的后路。

只要顾洛稍微接近一点就会落入输出范围，很快被 Luni 用第一技能消耗了一波。

几波下来，顾洛的血线被压在了最低线。

顾洛没有办法，只能依靠英雄自带的恢复技能勉强补充一点气血值。

毕姚华在后方将一切都看在眼里，忍不住地摇了摇头："真的难，Luni 的操作真的是太有细节了！关键他还故意把技能都留在 Gloy 上去吃兵的时候用，这是铁了心要将 Gloy 压死在前期啊！"

林延并不觉得奇怪："刺客类的英雄本来就吃发育（指英雄在游戏中的成长和发展），而蓝色魔女这个英雄又没有利用爆发秒杀的优势。Luni 要想赢，就必须把前期优势发挥到最大化，这个时候积极一点确实是正确的。"

辰宇深看着有些担心："Gloy 能赢吗？"

笑了笑："看下去就知道了。"

其实因为之前总决赛的事情，林延本来还有点担心顾洛的心理素质会影响他的发挥。

不过从目前的情况来看，这位小朋友适应得非常好。

虽然说 Luni 的每一个技能都放得无比精准，但是如果细心观察就可以发现，其实顾洛每次上去清理兵线的时机也很是刁钻。

他利用一套技能完美地吃下所有经济（指玩家在游戏内获得的金币或虚拟货币的数量）后，表面上看起来总会被 Luni 磨掉些许气血值，但是一波兵线清完，双方的经验和经济实际上没有拉开太大的距离。

只要稳住，就是机会。

林延嘴角满意地勾起了几分，扫了一眼游戏画面中的蓝色魔女。

对于 Gloy 最后能不能完成对 Luni 的击杀，他也确实非常好奇。毕竟不管他怎么放着大话说要 3∶0 拿下 solo 局，但是一切还是要看顾洛的发挥，毕竟 Luni 确实不是一个容易应付的对手。

虽然全联盟都知道这位顶级中单并不是专注个人实力的选手，但并不代表 Luni 打不了 solo 赛。

恰恰相反，如果职业联赛赛场上真的设置个人对战的环节，Luni 必然会是一个让各大战队都非常头疼的存在。不是因为输出有多强势，而是因为他实在太难单杀。

如果有人关注过往年联赛的数据统计，就可以发现 Luni 是所有的中单选手中死亡数最低的，即使偶尔有被击杀的情况，也都是在 LDF 被团灭的情况下。真正对线的过程当中，他被击杀的概率，趋近于零。

这无疑是一个非常恐怖的数据。

在对战 LDF 的时候，就连 AI 这种非人的打野都会本能地减少去中路 gank。

也正因此，在近几年的比赛中，LDF 战队的对手战队几乎没有人使用过刺客类型英雄去中路对线。

毕竟无法拿到人头的刺客，在赛场上注定是鸡肋。

这样一来，不管从哪个角度看，Luni 的存在对于擅长玩爆发型中单的顾洛来说，都是天生克制的存在。

既然 Luni 注定要成为顾洛职业生涯里的那道沟壑，那他想尽办法帮他跨过去就是了。

林延微微垂了垂眼帘，藏下了眼底淡淡的笑意。

随着时间一分一秒过去，他看到蓝色魔女已经悄然改变了走位范围。

很显然，对面的 Luni 也已经察觉到了。

如果继续保持这样的节奏，蓝色魔女这个英雄来自攻击范围的优势将会越来越弱，与此同时，也将很快进入坦吉拉的优势时期。

到那时候，可就有好戏看了。

LDF 训练室内，Luni 的眉心已经不知不觉间拧了起来。

起初他想利用开局施压让对面的新人知难而退，但是他怎么也没想到，对方非但没有任何退缩，反倒用最少的气血损耗强硬地稳住了经济差距。

Luni 抬头，看向屏幕中那个熟悉的 ID。

他还记得当时在录制现场，也是这个 ID。

但是和现在比起来，不管是进退的细节还是操作的精准度，都完全不像是同一个人。

仔细回想，GH 这支战队每进行一场比赛，总能表现出一种让人震惊的全新面貌。

这个队里的每个人，仿佛都在经历着近乎脱胎换骨的蜕变。

Luni 看着电脑屏幕，逐渐严肃了起来。solo 赛并不像团队赛，胜负往往出现在转瞬间。他很清楚，这一局的决胜关键已经快到了。

突然坦吉拉的身上闪过一道光。

第四技能大招升级的瞬间 Gloy 清掉最后一只小兵，与此同时，他身影仿若离弦之箭般朝 Luni 冲了过去。

虽然已经借助防御塔后方的泉水果实恢复了部分气血，但顾洛身上的气血还是只有一半。

这样的状态下，他只要被 Luni 随便一个技能控住，就可以被拥有大招的蓝色魔女用一套技能秒杀。

这就是 solo 的魅力所在。

很多时候局面就像眼前这样——不是生，就是死！

Luni 等的显然就是这个时刻。

早有准备的他丝毫不惊慌于顾洛的突然暴起，反而举起黑色权杖，升起一抹蓝色光束，落点正是顾洛脚下。

地面上忽然出现的蓝色火焰烧开一圈图腾，禁锢的咒语眼见就要将顾洛的坦吉拉束缚在原地。一旦命中，胜负即分。

Luni 的指尖已经落在了第三技能上。

然而就在这千钧一发之际，顾洛借助闪现技能，做出了一段小距离位移。

画面中，坦吉拉的身影在跃出图腾范围的同时，也瞬间拉近了和蓝色魔女的距离。

Luni 心头一跳。

在坦吉拉将利刃甩过来的同时，他的指尖一转，顷刻间利用第二技能竖起了一道火焰高墙。

撞上火焰的瞬间，顾洛气血值又生生地掉了一大截，然而他依旧没有退却的意思，仿佛彻底化身舍生取义的刺客。

顾洛身上的减速效果，让他彻底地暴露在了 Luni 的施法范围中，对方甚至只要让他中一个普通技能，就足以收走他最后的气血值。

顾洛牢牢地锁定 Luni 的一举一动，仿佛没有觉察到自己的气血状态，逼近，再逼近！

终于，黑色权杖上蓝光再次升起。Luni 的技能落点一如既往地刁钻且完美。

眼见蓝光就要划过坦吉拉娇弱的身躯，刺客如势如破竹般的身躯毫无预兆地停顿了一瞬。

借助位移技能的后撤，顾洛无比精准地接了一个 S 形走位。

避开致命一击的同时进入自身技能范围内，他直接在此时开启大招。

围观的众人只见坦吉拉宛若鬼魅地出现在了蓝色魔女的身后。

黑色气息笼上的瞬间，血光四溢。

近身后的坦吉拉就如遁入夜色中的死神，一套收走了蓝色魔女所有的气血值。

胜负已分！

眼见电脑屏幕彻底暗下来，Luni 沉默地摘下了隔音耳机。

LDF 的训练室内一片寂静，他可以感受到落在自己背后欲言又止的眼神。

他缓缓地舒了一口气。

看着对战数据统计面板上的对手 ID，Luni 眼中却是难得地笼上了分明的战意："看来联盟的顶级选手，在秋季赛后又要重新洗盘了。"

## 2

GH 基地的训练室内，顾洛依旧保持着对战姿势坐在电脑桌前。

一时间没有人说话，大家的视线都停留在顾洛的背影上。

许久后顾洛才终于回过神，伸手摘下了隔音耳机，回头看向林延时依旧有些迟疑："教练，刚刚……我是赢了Luni吗？"

林延失笑："嗯，你赢了。"

顾洛眼神色摇晃，渐渐地又升起了一抹光色："真的赢了？"

"是啊，你真的赢了。"站在顾洛身后的简野搭话，有些感慨又有些唏嘘，"可惜啊训练赛内容不能外传，要不然光是solo赢了Luni，传出去网友起码得炸吧？"

顾洛眼中的激动一时有些藏不住，但是又不太好意思表露得太过，他挠了挠后脑勺，最后低调地笑了笑。

正好Luni又发来了邀请，他慌忙回过神，点下了确认键。

两人瞬间又进入了游戏准备界面。

顾洛想到刚刚赢下的那一局，正犹豫着是不是应该和Luni说些什么，对方却直接开始了第二局。

顾洛准备打字的指尖一时停在了键盘上方不知所措，他不确定Luni是不是不高兴了。

林延一眼就看穿了顾洛心里的想法，轻轻地拍了拍他的肩膀道："别想多了，输赢什么的都很正常，Luni不是那种小肚鸡肠的人，反而他现在应该很期待接下来跟你的这两场对局，保持状态好好发挥。"

顾洛"嗯"了一声，收回了多余的心思，问："教练，我这局用什么？"

林延想了想说："还是继续用坦吉拉吧。"

顾洛原以为林延会让他换个英雄试试，闻言微愣了下，也没有多问，非常听话地直接锁定坦吉拉。

第二局solo正式开始。

一切正如林延猜测，这次Luni没再使用蓝色魔女，而是换成了时空巫师库里玛。

林延在第一时间拿出笔记本，认真地记录起来。

开局进行到半分钟的时候，双方在线上发生了第一次碰撞。

虽然时空巫师同样是法师英雄，但是技能范围要比蓝色魔女更广，再加上第二技能释放后可以将魔法值转换成护盾，让这个英雄在购买了回蓝装备后，在线上的续航能力直线上升。

因此第二局一开场，顾洛打得比上一局要被动很多。

GH 众人一瞬不瞬地关注着场上激烈的交锋。

大家都以为顾洛会在大招升级后重复上一局的击杀，却不想在至关紧要的对拼中，Luni 却借助自身英雄第二技能的护盾挡下了顾洛的致命一击，并在顾洛准备抽身的一瞬间，在他的身上挂上了一个点燃。

召唤师技能是脱离英雄本身而独立存在的附带技能，不同英雄在具体选择上也有着不同搭配。对于时空巫师这种超远程英雄来说，除了会选择带闪现外也有人会选择带一个额外的治疗技能，点燃不管怎么看都不是最好的选择。

可是 Luni 在这一局里偏偏选择了点燃，而此刻点燃还成了决定胜负的关键。

那一团看似微不足道的火苗慢慢蚕食着顾洛身上的气血值。

Luni 的魔法值在回蓝装备的作用下缓慢回升，他眼见顾洛的坦吉拉即将撤出时空巫师的施法范围，而时空巫师因魔法值不足而处在灰暗状态的第一技能图标再次亮起，同一瞬间，Luni 也毫不犹豫地施放技能。

幽暗的弧光不偏不倚地从坦吉拉身上割过。

不多不少的伤害值，配合点燃效果，成功收走顾洛最后的气血值。

Luni 非常漂亮地赢下了第二局 solo 赛。

整个对线的过程，他不管是对技能释放时机还是对伤害数值的计算，都精准得让人心生敬畏。

输了这一局，让顾洛原本喜悦的心情也在瞬间冲散了大半。

他知道自己最后一波没有处理好，一时间有些不好意思地看向林延。

林延倒是对这个结局不太意外："没事，第三局好好打。"

很显然，Luni 在输了一局后拿出时空巫师，是想借机测试一下这个英雄和顾洛的对线手感。

林延顺水推舟地给了 Luni 这个机会，但林延也不会让自己吃亏，他也收集了不少坦吉拉对线时空巫师时的利弊数据，在阵容配置方面，仅针对目前接触过的几个英雄完善了下想法。

已经收集到了想要的资料，林延迅速记录完毕后，用笔尖轻轻地敲了敲笔记本："下一局用猎焰女妖试试。"

第三局开始，Luni 使用的依旧是时空巫师。

吸取上一局失败的经验，顾洛这一次在进攻过程中将细节处理得更加细致。

猎焰女妖虽然没有坦吉拉那么高的爆发，但是机动性极强。

忽进忽退的过程中，猎焰女妖红色的腰肢摇曳在游戏画面当中，像极了一团燃烧在峡谷中的热情火焰，随风飞散，缥缈无着。

顾洛在操作方面相当注重细节，时空巫师的护盾强度和自身的魔法值挂钩，他利用几次进退逼得Luni用出第二技能，时空巫师的魔法条恢复明显跟不上消耗节奏。

长期被压在极限的数值下，这让Luni一时间无比被动。

对于一个法术系英雄来说，魔法值一旦无法续航，显然是致命的。

对线进行到八分钟时，顾洛非常敏锐地抓住了一个绝佳时机。他借助一套连招，先是打出了Luni的第二技能护盾，打完就退。他反身踩在小兵的身上，清完兵线的瞬间触发了灼烧效果。

紧接着一个闪现，再次近身Luni，卡在对方护盾消失的瞬间，释放了大招夺命莲华。

红色的火焰在Luni的时空巫师身上烧出了一片绝美的莲花形状，他的气血值也随之清空。

三局solo正式结束，最终成绩2∶1！

虽然没有完成林延最初吹牛的3∶0，但是从今天的发挥来看，两个法刺英雄在顾洛手中堪称发挥完美。他向来不吝夸奖："打得不错。"

顾洛有些不好意思地笑了笑。回过头去，他的视线在所有人身上缓缓掠过，最后满是期待地落在了景元洲的身上。

景元洲感受到视线，也露出了一抹笑容："确实很'秀'。"

顾洛眼底的神采彻底藏不住了："我会继续努力的！"

林延失笑。差点忘了，他们家小中单还是这位边路大神的首席小迷弟来着。

看了眼时间，林延拍手招呼道："好了，都回去坐好，准备打训练赛了。"

大家看solo有些上头，要不是林延提醒，都快要忘了还有训练赛这回事了。本来看顾洛在场上'秀'得飞起，大家都不可避免地感到有些手热，闻言当即坐回到各自电脑前，跃跃欲试地想要上场表现一番。

而LDF也是这么想的。

通常的情况下，各大战队在私下约训练赛时都会保留一些战术和实力。但是今天因为 Luni 居然在一个新人手上输了两场 solo 赛，这让 LDF 的队员们心里都憋着一口气。他们非但没有因此影响士气，反倒在训练赛中彻底地爆发了出来，打得那叫一个前所未有的凶狠。

三局训练赛结束。

GH 战队在训练赛的结果和 solo 赛刚好相反，是 1:2。

全部结束后，GH 众人齐齐瘫倒在电竞椅上，看着头顶上的天花板，久久没能从刚才的血雨腥风中回过神来。

"那个……"毕姚华语调感慨，"LDF 以前的打法有这么凶吗？我怎么记得他们在职业联赛上向来都是以中后期见长的啊。"

景元洲笑了笑，半真半假道："你没记错，大概是 LDF 今天想换个新风格吧。"

"这个新风格针对性未免也太强了。"简野神色安详，"你们没看到他们打野抓中路的那个狠劲，我已经很久没有遇到这种心有余而治疗量不足的时候了。以后谁再说 LDF 脾气好，我就和谁拼命。"

辰宇深拧眉："不好意思，是我节奏没有带好。"

"不是你的问题，节奏已经很好了。"顾洛双唇紧抿，"是我赢了两次 solo 后有点膨胀，还以为真的能够在线上单杀 Luni，结果……"

顿了一下，他沉声道："三局下来只成功了两次。"

总计十次的击杀机会，除了那两次外，其中六次被对方丝血逃生，还有两次被 Luni 当场反杀。

从整体的完成率来看，确实已经低到了极点。

景元洲闻言有些失笑："我倒是觉得你现在的想法比较膨胀。"

顾洛疑惑地抬头："啊？"

"如果我没记错的话，LDF 在整个季中赛的所有比赛当中，Luni 被对手单杀只有在和 PAY 打八强赛的那一次。"景元洲说到这里看了顾洛一眼，"三局训练赛里就完成了其他职业战队都没能完成的任务，你还说没有过分膨胀？"

顾洛听得一愣一愣地，好不容易消化完话里的内容，才发现好像确实是这么一回事。

原本苦涩的表情终于化为了脸上的笑容："队长你说得对！是我膨胀了！"

毕姚华在旁边附和："就是！不用怀疑，Gloy 你进步是真大。等什么时候我能把 Wuhoo 摁在地上'摩擦'了，就彻底圆满了。"

林延不忘继续动员："我已经把下阶段的训练计划都安排好了，你们只要配合我把这些计划全部完成，保证一切皆有可能。"

这句话落入众人耳中，只觉得生理反应下本能地眼前一黑。

但是今天顾洛的表现实在振奋人心，简野扶着桌面，豁出去般咬了咬牙："来吧教练！扶我起来，我还能练！"

虽然训练过程确实十分辛苦，但是比起训练成果，一切的辛苦都显得无比值得。

秋季赛将是他们在职业赛场上的第一次正式亮相，不管是为了答谢支持他们的粉丝，还是为了堵住那些上蹿下跳的抹黑他们的人的嘴，他们只想向整个电竞圈证明，他们的实力配得上这个位置！

林延对这样积极的态度非常满意："其实个人能力部分在上个阶段大家已经基本完成了，在秋季赛正式开始前，接下来的重心我会安排在和各队的训练赛上。如果没意外的话，目前联盟中排得上名字的战队我都会尽量地帮你安排一遍。虽然很多队伍在训练赛的状态和正式比赛会差距很大，不过也算是战队实力的侧面评估了。"

说到这里他停顿了一下，想了想说："这样吧，除了战队目标外，我给你们每个人都定一个阶段性的小目标吧。别的不说，这些只要全部实现，今年的冠军想不是我们 GH 的都难。"

这话一出，所有人瞬间被吊起了胃口。

什么小目标居然这么神？

林延在周围投来的视线下清了清嗓子："其实也简单，只要 Gloy 努力超越 Luni，Abyss 看齐 AI，BB 和滚仔搞定 Wuhoo 和 Come 那对下路双人组，秋季赛就肯定是我们 GH 的天下。"

虽然无处不是槽点，但是一时间他们居然无法反驳。

这话说起来就好像是"当你拥有了世界冠军的实力后，就一定可以成为世界冠军"一样。

到那时候他们 GH 全员把五大魔王都给顶替了，那可不是千秋万载一统江湖吗？！

林延等了半天见众人没有反应，开口问道："怎么，我说得不对吗？"

GH众人面无表情："对，太对了。"

林延又扫了他们一眼："那是没信心？"

又是一阵沉默后，周围响起了几个此起彼伏的声音："有……"

林延觉得这种气势非常不可取，拧了拧眉心刚想说些什么，有人轻轻地拍了拍他的肩膀。

他回头看去，正好对上了景元洲的视线。

低低的声音传来，带着一抹淡淡的笑意："所有人的目标都定好了，那我的呢？"

林延这才想起来漏了一人。

他在这样的目光下不由得沉默了一瞬："你……做自己就好。"

**3**

在接下来的日子里，GH战队正式开启了和各大职业联赛队伍打循环赛的高强度生活。

如之前说的那样，林延精挑细选后将职业联盟里的几支顶级战队都约了一圈。

借着这个过程，他也顺便在不暴露战术的前提下暗暗地试了好几套新打法。

最后的结果自然是有输有赢，但是训练赛的成绩不计入职业联赛中的道理大家都懂，所以也没有人因为训练赛的输赢而影响心情，大家的关注重心都在训练赛后的复盘上。

汲取经验，保留优点。

不知不觉，时间就这样一天天过去了。

某日，吃完午饭，GH众人和往常一样正准备去训练室上机，恰好看到骆默指挥着几个人从外面陆续搬了几个大箱子进来。

大家齐齐地停顿了一下。

顾洛揉了揉刚睡醒依旧有些酸胀的眼睛，迷糊地问："骆经理，你这是又买了些什么？"

大赛在即，隔三岔五就有周边之类的物品寄到俱乐部，大家都见怪不怪了。

　　骆默对这个"又"字表示很不满意，很是冤枉地澄清道："这个不是我的快递。刚从外面回来时在门口遇到，就让他们帮忙搬进来了。"

　　这么一说顾洛更加好奇了，忍不住地探了探头："那是谁的？"

　　骆默凑到旁边的一个箱子上面看了看贴着的快递单，慢吞吞地念道："上面写着的收件人好像是……林教练？"

　　林延刚好从旁边的楼梯上走下来，听到自己的名字脚下一歪，好不容易才养好的脚踝差点又给崴了。

　　旁边的景元洲眼明手快地扶了他一把，但是也没能忍住笑了一声。

　　林延转头暗暗地瞪了景元洲一眼，然而也没有别的办法，只能在一片茫然中主动认领："这些东西估计是寄给我的。"

　　毕姚华走过去绕着几个大箱子前前后后地转了几圈，也被勾起了几分好奇心："教练你这都买了些什么啊？"

　　林延的嘴角微微地抽搐了一下，尽可能让自己的语调听起来心平气和一些："没猜错的话，这些箱子里的应该都是咖啡豆。"

　　他想起当时让蓝闽买咖啡豆作报答的那件事。

　　因为实在已经过去很久了，他真的都快忘了，也不知道蓝闽为什么时隔那么久才突然想起给他寄来。

　　想到这里，林延转身朝景元洲投去了询问的目光。

　　景元洲倒是知道一些其中的曲折，解释道："你不是让 Mini 去买我最喜欢的那种咖啡豆吗？这种豆子国内没有在售，他只能托关系找人去国外代购，一来一回就花了这么多的时间。"

　　转眼间，骆默已经又喊人从外面陆续搬进来了几个箱子，一边搬一边遥遥地问道："老大你确定买的是咖啡豆，没有下错单？我看这前前后后至少有十来箱，你买这么多回来，是准备把俱乐部改造成咖啡厅吗？"

　　毕姚华本来还凑着热闹，闻言也不知道忽然想到了什么，脸上的表情微妙地一变。酝酿了一下，他才试探性地问道："对啊，教练你忽然买那么多咖啡豆干吗？你不会是准备让我们晚上拿咖啡当茶喝吧，这是……又要给我们增加训练强度了？"

　　话落，全场氛围瞬间凝重。

林延被他们一个比一个丰富的想象力搞得无语，头疼得不想说话，面无表情地向景元洲看去。

景元洲一脸无辜："Mini 说你看起来好像特别喜欢这种咖啡豆的样子，他就直接把那个商家所有的豆子都批发了。这几天还天天问我到货了没，说是如果觉得不够的话，他回头还能再买些回来。"

林延心想：这还不够？只要不过期，他怀疑整个俱乐部上下都能喝个好几年了！

为了不浪费，今年俱乐部的年货礼包干脆就换成咖啡豆礼盒吧。

林延懒得去回答那些一个比一个不靠谱的问题，无力地摆了摆手："行了，都搬到储物间去吧。是 BK 战队的 Mini 买来送给大家的，没任何用意，真的不用多想。"

毕姚华拧眉："BK 的人送的？无事献殷勤非奸即盗，一下子送那么多，要不要找个专业点的医院先验个毒？"

林延懒得理他，转身看向了骆默："阿默，你这几天不是在弄战队宣传吗，搞得怎么样了？"

骆默一经提醒也终于想起了正事："哦对，我就是来跟大家说这个事的！宣传计划已经正式定下来了，最近需要把时间安排一下。"

随着秋季赛的临近，目前职业联盟里各大俱乐部的运营部也都积极地运作了起来。

而 GH 作为职业联赛的新晋战队，在宣传造势方面自然不能马虎。

这次骆默联系到的合作方是他们签约的极星直播平台，已经确定会在这几天进行一场全员直播，直播的内容是五人组排战队赛。到时候平台方会预留出首页最醒目的推荐位提供流量支持，再配合前期热搜、营销号等同步造势，不管噱头还是曝光度绝对都是爆炸式的。

这份方案当时是经过林延的手才正式确认下来的。

他对骆默的工作效率向来放心，等听完粗略的介绍后不忘补充道："这算是我们战队以官方形式第一次集体露面，到时候我会特意控制一下战队赛的排位难度。我会找人先弄一个服务器排名前一百的新队伍出来，到时候开播前把我们账号加入这个战队，再把队伍权限接手过来。总之，除了空出直播当天的时间外，不会影响到你们平时的训练。"

毕姚华问："教练，这是准备新搞一个战队赛队伍的意思？这样的话队名起了吗，我起名贼好，要起名找我啊！"

林延看了他一眼："不用了，队名我已经起好了。"

毕姚华失望地"哦"了一声，又忍不住问道："所以，最后定的什么名字？"

林延淡淡地勾了下嘴角："就叫'回家的诱惑'。"

GH战队众人："妙啊！"

简直神仙队名，神仙寓意。

战队赛直播安排在三天后。

因为GH俱乐部的官方微博早已经发了宣传，当天下午有很多网友早早地就蹲在了平台，随时准备第一时间涌入观战。

开播之前，骆默专门找造型团队来给GH众人彻底地整理了一下门面。

这个时候大家各自坐在自己的位置上，进行着最后的准备工作。

真别说，这种正式营业的感觉确实比平常开直播要紧张得多。

辰宇深缓缓地吁了口气，一抬头就看到旁边的简野一口气喝了大半瓶水。

现在他们队内的指挥权已经正式转移到了滚哥这个辅助身上，今天是第一次公开展示。虽然表面上看没有什么，但光是从这个举动就看得出来，滚哥现在内心是相当忐忑。

而身经百战的毕姚华，此时趁着直播还没开始，靠在电竞椅上刷微博。

他一边和微博下面的恶意抹黑的人进行着"友好交流"，一边不忘和队友们分享最新情报："哈哈哈，你们死定了，知道有多少战队准备在线'狙'你们的五排直播吗？啥玩意儿？什么战队这么闲啊，这年头居然还有人喜欢赶着来送人头的吗？"

顾洛抬头看了过来："狙我们战队赛？真的假的？"

毕姚华拧了拧眉，迟疑道："估计是假的吧？那群人就喜欢天天来我微博秀下线，干啥啥不行，造谣第一名。"

"真的。"景元洲淡淡地加入了对话当中，"今天早上有朋友和我说了。好像是有几支队伍没能跟我们约到训练赛，就到处打听了一下这次战队赛直播的情况。现在想想，估计就是为的这个事。下午如果真的被那些队伍狙到的话，也算是变相的摸底训练赛了。"

林延之前确实拒绝过好几支队伍的训练赛邀请，闻言笑了一声："别的不说，执着是真的。"

简野听愣了："现在的职业战队路子都这么野吗？"

"谁让我们现在太吃香了呢。"林延想了想说，"别说职业联赛战队了，次级联赛有不少队伍估计也觉得不太甘心。毕竟他们辛辛苦苦摸爬滚打那么多年，结果好端端的晋级名额被我们这支突然冒出来的队伍给拿去了，多少也想趁着这次的机会来看看我们到底有几斤几两。"

说到这里，林延忽然停顿了一下，回头看向了旁边的骆默："哎，这倒是给了我一个灵感！阿默，把我们战队名字和排名在官博上公布出去怎么样？直接欢迎各大战队随时来狙！这噱头，总感觉能免费上热搜啊！"

所有人都被林延这种唯恐天下不乱的做派震惊到了。

只有骆默大加赞赏："我现在就去！还有半小时才开播，完全来得及！"

说做就做，不一会儿，GH战队官方微博就发布出了一条全新的消息——

@GH俱乐部：

开播20分钟倒计时，"回家的诱惑"战队，不服来战！战队赛目前排名九十六位，秋季赛最强势黑马战队在线求狙！欢迎享受免费回家的待遇，等你们哟！

本来粉丝和恶意抹黑的人都蓄势待发地等着直播正式开始，结果无意中看到这么一条消息。

看完具体的内容，下面的评论区毫无意外地爆炸了。

"回家队终于疯了吗，这是在号召其他战队去现场狙他们？"

"有点好玩的样子，我在的战队好像刚好排名九十多，感觉可以试试看，万一真排到了呢？"

"战队赛排九十六位很牛吗，这有什么好嚣张的？"

"GH也太把自己当回事了吧，搞得别家俱乐部真的想理你们一样。"

"啊啊啊，别说得那么肯定，万一真的有队伍过来玩了呢？"

"其实我觉得GH官方真的不用这么跳，今天的直播打普通队伍可以保持连胜就已经很好了，输得太惨那是真的打自己脸。"

"啧,这破战队真以为自己多厉害了?学别家俱乐部搞秋季赛造势,小心在线翻车。"

"上面的人酸什么酸,我就不一样了,这种嚣张的调调简直爱死了!"

"GH还在这里发什么破微博,到底播不播了?我的腿都快蹲麻了!"

"这是嚣张到明面上了吧?刚晋级职业战队就这么狂,别的俱乐部的人呢?换我我都忍不了。"

毕姚华正刷着手机,还没来得及看官博下面的具体评论,就被最后那一串红色的嘴唇给深深吸引了:"骆经理你的这吻真的是……"

林延抬了下眼:"不是用得挺好的吗!不然怎么配得上我们战队独特的气质呢?"

说着,林延动了动指尖,用自己的小号给这条微博点了个赞。

## 4

到了直播的时间,各条线路准备就绪。即使早有准备,随着五个直播间同时开播,瞬间涌入的流量依旧让画面停顿了一下,足见人气之高。

不过人气不完全来自战队粉丝,还有蜂拥而至的恶意抹黑的人。

原本各直播间里的房管一个个蓄势待发,做好了随时和恶意抹黑的人"殊死搏斗"的准备,但是在直播正式开始之后才惊讶地发现,弹幕中的情况比想象中的要好太多了,虽然不时地夹杂着一些冷嘲热讽,但是基本上话题的内容还算是比较乐观向上的。

在五个直播间里,毫无疑问当属景元洲那里的人气最高,其次是毕姚华。

这两人属于直播画风迥然不同的存在。

林延没什么事做,抱着手机靠在旁边的沙发上,在选手们的直播间到处溜达。

他进到景元洲的直播间时,一眼就被弹幕的内容给吸引了注意。

"啊啊啊,终于开播了!"

"咦,林教练呢?今天打五排,教练难道不来帮忙安排BP(是BAN和PICK的英文首字母,BAN指禁用,而PICK指挑选。在队长模式中,比赛双方需要通过若干轮的禁用和挑选最终确定本场比赛对决的内容)的吗?"

"就是,任何一场比赛都要认真对待嘛,叫教练出来露个脸啊。"

"最近你们一个个都不冒泡，寂寞如雪。"

"这么重要的时刻，怎么可以没有教练的陪伴呢？"

"今天景神准备用什么英雄啊，其他人的直播间我不去了就蹲这里了。"

这个时候明明没什么人注意到林延，他故作掩饰地清了清嗓子。

恰在此时，听到景元洲不轻不重地说了一句："这几天大家都在忙训练的事，就没有开播。特别是林教练，确实累坏了。今天下午他难得可以休息一下，就不营业了。"

林延动了动手指，在直播间里一口气连砸了几个深水鱼。

直播画面中，景元洲看到突然飘过的打赏横幅，微微愣了一下。

他似乎想要回头朝林延的方向看去，但是最后还是忍住了，只剩下了低低的一声轻笑："谢谢谁还不是小公举的深水鱼。"

直播间的整个弹幕安静了一瞬，随后仿佛捅了土拨鼠的老巢，被一片"啊啊啊"的尖叫声彻底覆盖。

闹腾归闹腾，战队赛的事情也在按部就班地进行。

很快五人就进入了组排的界面中，开始了当天下午的第一局比赛。

同时排位，五人直播齐开，让网友们可以根据自己的喜好来观看不同视角的画面，一时间观众在几人的直播间里反复横跳，好不热闹。

第一局战队赛很快完成了匹配。

为了不引起不必要的躁动，战队所有人用的都是小号。乱七八糟的游戏ID在不知情的人眼中，不管怎么看都是一支普普通通的路人战队。但是真的一交手，双方实力上的差距瞬间就暴露了出来。

这局的对手虽然也是战队赛排名前一百的队伍，但是在GH面前还是显得有些不太够看。

刚开局没几分钟，几条路齐齐爆发人头，十分钟后正式进入碾压局面，二十五分钟就压上高地结束了游戏。

今天本来就是团战直播福利，等到其他人返回组队界面后，景元洲迅速地又开了下一局。

这种团体直播的另一大趣味无疑就是队内语音了。

等到接连赢下几局后，战队赛排名一路飙升到了八十几，几个直播间里的观众们都清晰地听到了毕姚华的声音："这高手是不是都去玩巅峰荣耀赛去了？战排前一百的队伍就这点水平？不至于吧？"

"B哥到底还是憋不住了。"

"我就知道他迟早得出来嘚瑟，赢了几局路人就这么膨胀，真是没格调！"

"别急啊，别的战队已经在狙了，到时候被狙到了别哭。"

"听句劝吧，牛别吹太早，小心吹破。"

毕姚华早就习惯了弹幕的这种节奏，如果没人嘲讽才反倒觉得提不起劲。

看了一眼刷得飞快的内容，他在团队语音里低笑了一声："兄弟们，为什么他们会觉得我们害怕被人狙？"

简野想了想说："可能是因为不知者无畏？"

顾洛听两人语调不爽，默默安慰："等会有队伍真的狙到我们就好了，打爆对面就可以证明自己了吧。"

辰宇深不是很懂地问："有这么难狙吗？"

景元洲回答了这个问题："同时进入队列匹配的队伍都有被匹配到的可能，如果对方和我们进入队列的误差在零点五秒时间内，排到的概率相对高一些。所以如果想要成功狙到我们，建议最好先测试一下直播在同步过程中的时间误差问题，应该就可以提高一些成功率了。"

说完他抬头瞥了一眼摄像头，淡淡一笑："蹲在直播间里的各位，都学到了吗？"

围观群众：GH这支战队一个个到底都怎么回事？直播拽还不够，还隔空教学狙击技巧？！

众人说话间，又开了一局。

从对面的游戏ID来看，应该和之前一样也是一支普通的路人战队。

大家也都没有多想，该怎么打就怎么打。

前期一如既往保持了线上的压制，但是随着时间一分一秒过去，中后期几波本该完美埋伏的团战反而被对手一一击破，局面瞬间紧张了起来。

简野没有空去看嘲讽得飞起的弹幕，拧了下眉心："你们有没有觉得哪里怪怪的？"

简野很清楚刚才那几次埋伏的地点都没有任何视野，但是对面的人刚一照面就毫不犹豫地将大招直接砸了过来，很明显就提前知道了他们所在的位置。

毕姚华冷笑了一声，到底还是没有直接说破："不用猜了，老手段了。"

这种情况他在直播期间早就遇到过了。

和好友观战模式不同，直播画面都是实时同步的，如果真的有观众狙到了排位还继续蹲在直播间里同步窥屏，他们是真的没有半点办法。

而且，这种情况往往比作弊要来得更恶劣。

像他们现在开着团队语音的战队赛，通过直播间不止可以提前确定他们所在的位置，还能通过语音了解到接下来的战术安排。

普通玩家没有职业战队那么高的道德觉悟，有的人就是为了故意搞事情来的，可以说是防不胜防。

更何况对方有没有蹲直播间也确实说不清楚，在没有证据的情况下如果在直播间里强行解释一波，恐怕还要被人嘲讽输不起，反正死活讨不到好处。

辰宇深之前接连几次gank失败就已经意识到了不对，起初没说是什么，这时候一听队友哑谜一样的对话也瞬间明白了过来。

就在这个时候，仿佛为了验证他们的猜测般，频道里陆续弹出了几条消息。

狂暴小灰灰：嗨，忽然发现对面是GH战队的大神啊！

狂暴小娇娇：哇哇哇，我们居然排到了职业战队吗？

狂暴小灰灰：不愧是大神啊，打得就是凶。

狂暴小娇娇：忽然好激动啊怎么办，我们居然跟职业战队打到了三十分钟。

无辜得那叫一个真，所有人的脸色瞬间沉了下来。

辰宇深的声音从团队语音里响起："怎么打？"

一片沉默中，景元洲的声音随之响起："人机（一般用于游戏中，指的是玩家打游戏打得特别菜，就像是电脑人一样，被别的玩家嘲讽）会打吗？"

话音落下，其他人都愣了。

片刻后简野第一个反应过来，忍不住笑了一声："会！那可太熟了！"

弹幕：

"人机？都给人打成这样了还装什么呢？"

"什么意思，把战队赛当人机打？"

"刚才几波团战明显打不过对面啊，这是要输给路人队的意思吗？"

"笑死了，职业战队还没碰到，如果先输给路人那就有意思了。"

"哎等等，这是在干吗，怎么就全员分散了？"

一经提醒后观众们发现，GH战队的几人忽然彻底分散开去。

他们在上中下三路各吃各的兵线，一副准备无脑推进的节奏。

什么意思，这不是都没多少优势吗？还真准备当人机打了？

毕姚华直播间里更是弹幕飞起。

"啥情况？对面都摆明了嘲讽了，B哥居然不准备反击？"

"团输了几波所以觉得没脸反击？按照我对BB脸皮的认知，不至于啊。"

"是不是今天俱乐部下了禁令了，这货今天乖到不可思议。"

"我都准备好看世纪骂战了，你居然就给我看这个？！"

"哈哈哈，BB这是刚结束禁赛期怕了吧。"

"可不是，如果秋季赛还没开始就再给禁个几个月，那就真的搞笑了。"

"BB真想骂人能留下禁赛的机会？呵，天真！"

毕姚华正在线上清理兵线，看到了弹幕内容，慢悠悠地开口："别猜了，哥的心思是你们能猜的？不都说了这局当人机打吗，有一说一，就对面那几个人的水平都还没电脑高。跟他们噂，我嫌掉价知道吗？"

毕姚华视线扫向地图。

毫不意外地看到对面的几个人影一闪而过。

从这移动路线来看，显然是被他刚说的几句话刺激到了，这是准备来下路包围他了。

正合他意。

毕姚华看了眼简野所在的位置，没有半点退缩的意思，就这样光明正大地站在路中央继续清理兵线。

没一会儿，旁边的草丛中毫无意外地冲出了三个人影。

毕姚华眉梢微挑，在第一时间后撤了一步，随后不疾不徐地装枪上膛。

那三人本想来杀个措手不及，却没想到迎接他们的是一波碾压式的反杀。

短短几秒钟，毕姚华先杀打野，后秒射手，紧接着一个闪现收下了辅助暴躁小娇娇的人头，整个过程行云流水，一气呵成。

三杀的提示出现的同一时间，中路的顾洛和上路的景元洲也相继完成了线上单杀。

直接团灭！

新一波兵线抵达，他们也不着急回家，继续往前压。

前面的几次团战失利，主要的问题出在埋伏意图被提前曝光，而现在GH所有人一分散，没有任何遮掩，仿佛回到了刚开局的对线阶段。这样没有任何战术可言的对战模式，反倒让对手在直播间的窥屏失去了意义，一旦回归到最为直接的实力比拼，本就压倒性的优势再次得以发挥，局面顿时又倒了回来。

对方再也没空在公屏上打字。

随着三路全破，兵线齐齐压上了高地，对方干脆直接点下投降退出了游戏。

毕姚华扫了一眼自己本局超神的击杀数据，活动了下放在鼠标上的手指："怎么样，就说打的是人机吧？刚才那谁叫什么名字来着？狂暴小灰灰，还有什么暴躁小娇娇？怎么样，还在直播间吗？我就好奇问一句，从直播间的观战视角看去，会不会让你们对自己的实力有全新的认知啊？那么喜欢打字，发个弹幕交流一下呗？"

简野也笑道："GH战队，专治各种下三烂。"

话音落下，直播间里的观众纷纷震惊，他们稍微回想了一下刚才的过程，也都明白过来了，难怪刚才那支队伍看起来忽强忽弱，原来玩得这么脏吗！

GH的粉丝按捺不住了，有人在公屏上问了一下刚才那几人的游戏ID，随后纷纷跑去游戏里加好友骂人去了。结果没过一会儿，就有人反映游戏账号不存在，显然是用改名卡修改了游戏ID。

毕姚华其实也就过过嘴瘾，对那些搞小动作的小人没太大兴趣，简单的一个小插曲结束后，排位继续。

新的一局完成匹配。

结束BP环节进入游戏加载界面，顾洛在语音频道中惊讶地叫了一声："对面这是……"

与此同时，直播间里的观众们也看清楚了对战方的游戏ID。

直播间的弹幕彻底炸了。

这五个游戏ID丝毫没有掩饰，正是季中赛时表现优异的新豪强队伍——SUU。

坐在沙发上的林延也愣了一下，他没想到自己拒绝了SUU那么多次的训练赛邀请，现在双方居然会以这种方式偶遇。

他下意识地朝辰宇深的方向看去。

视线过处，少年的脸色分明低沉了些许。

## 5

SUU 是近两年崛起的新队，只不过发展历程和其他队伍多少有些不同。

这支战队最初在联盟中崭露头角，是因为他们的东家彭氏集团一掷千金，直接斥巨资从老队伍 OR 手中买下了整支战队，随后改名 SUU 成立了这支全新的战队。

可惜的是，虽然 SUU 在各方面的造势很足，但他们在联盟中第一年并没有拿到理想的成绩，最好的结果也仅仅只是入围八强，这让整支队伍在第二年的转会期直接迎来了一次洗牌。

如果说 BK、LDF 等战队属于联盟中的豪门，那么 SUU 无疑就是名副其实的"豪"门了。

雄厚的资金支持，让这个战队每年都会大规模地更替队内选手阵容。在一批批筛选后，今年又引入了边路、打野两大外援，这才让他们在今年的夏季赛和季中赛这两场重大职业联赛中取得了不错的成绩。

据说目前 SUU 的两位外援正在努力学习用简单的中文沟通，整支战队内部也处于非常关键的磨合期，一旦顺利完成必然会是秋季赛中无比强势的存在。

作为目前联盟中势头正盛的新兴力量，林延对 SUU 这支战队的发家历史自然多少有过一些了解。

不过比起这些，更加让他在意的是目前 SUU 战队的队长——Mirror。

Mirror 原名彭河，当年青训营小团体里的那些训练生对他马首是瞻。目前那个小团体里的其他人都被禁赛，唯有彭河，因为没有任何证据证明他曾参与其中，所以他非但没有受到牵连，甚至依旧活跃在职业联赛的赛场上。

当初林延拜托谢威去帮忙调查就是因为相信好友的查证能力，既然连谢威都说了这次的判决结果没有任何问题，那么很大的可能性就是——彭河和当年的事确实没有什么关联。

可是如果真的无关，当年彭氏集团又为什么要花那么大的力气为这两起事件收尾呢？

这也是林延百思不得其解的地方，再加上辰宇深的那层原因，让他在滤镜之下再看 SUU 这支战队，多少就有了些许微妙的感觉。

连他都拥有这么复杂的心情，更别说是辰宇深这个当事人了。

其实林延也曾经担心过，战队如果在秋季赛的赛场上遇到了 SUU，不知道辰宇深在比赛过程中会是什么样的状态。

不过从今天的这次偶遇来看，他们家的这位打野小朋友除了看起来脸色比平日臭了一些，似乎并没有表现出任何多余的情绪。

"比想象中调整得要好很多啊……"林延眉目间不由得闪过了一丝赞许，点下录像按钮后，靠在沙发上开始认真关注起了这局对战。

毕竟人的本质都是喜欢看热闹的，在 SUU 战队的名字一出现后，直播间里的弹幕早就已经一浪接一浪地刷得更疯了。

"真的假的，SUU 这种战队来狙 GH？没必要吧！"

"我以为大家开玩笑而已，还真有职业战队蹲？"

"巧合吧，我就知道 SUU 最近在带他们的外援选手练组排，估计正好匹配到了而已。"

"所以他们还不知道这边的战队是 GH？那就有意思了。"

"SUU 之前在季中赛的表现是真的凶，这回 GH 是真的踢到钢板了吧。"

"之前回家队粉不是一直吹得很厉害吗，现在正好可以看看职业战队的实力差距在哪儿了。"

"我倒觉得不一定，平时组排都是随便玩玩，拿的肯定不是强势阵容啊。"

"是骡子是马，遛过不就知道了？"

这边弹幕刷得风生水起，直播画面当中，对战双方已经在野区中发生了第一波碰撞。

原本是二对二的试探，后来两边的中单也陆续加入了战斗。

SUU 的中单彭河这局玩的是法刺，与辰宇深照面的一瞬间直接一个位移技能踩上了草丛，在辰宇深的面前打出了高额的暴击伤害。

然而画面仿佛在两人面对面的瞬间被定格。

彭河并没有在第一时间回到自己的初始位置上，而是这样直愣愣地在那多停留了两秒。

虽然是极短的时间，但已经足够让辰宇深把拳头毫不客气地砸在了彭河操作的角色脸上了。

侧面，顾洛迅速地配合辰宇深打出伤害。

在两人集火下，辰宇深收走了一个人头。

"First blood（第一滴血）！"

然而拿到首杀后，辰宇深并没有露出高兴的表情。他甚至没有再看脚底下的那具尸体，趁着SUU其他人后撤，开始毫不客气地清理起了敌方野区。

弹幕一片问号飘过。

"什么情况，这是故意送人头还是卡了？SUU基地的网速这么差的吗，不至于吧？"

同样满头问号的还有SUU的队员们。

外援之一的打野选手Hand在语音频道中用蹩脚的中文问道："Mirror，杠（刚）才……你肿（怎）么了？"

坐在Hand旁边的少年脸上没有太多的表情，直到死亡倒计时结束回到了复活点，才回过神来。

他一边操作着角色往兵线上赶去，一边语调平淡地应道："没什么。"

虽然彭河今天也听说过GH战队开直播战排的事情，但是确实没有想到，居然真的这么好运被他们排到了。

刚才游戏加载的时候他去倒水了没有注意，直到刚才探入草丛的一瞬间，在敌方打野的头顶上看到了那个游戏ID——冥王带你飞。

不得不说，真的是一个过分熟悉的名字。

再回到中路塔下的时候，彭河不可避免地错过了第一波兵线。

他迅速地用一波技能收走了聚在塔下的小兵后，到底没忍住点开对战列表，看了一眼对面打野的ID。

关上对战列表后，他眼底的神色微微变了一下，调整心情般缓缓地呼出了一口气。

随后彭河很快发现，这个ID在接下来的游戏过程中，频繁地出现在了他中路的视野当中。

第一滴血的可观经济让辰宇深拿到了绝对的主动权。

迅速地完成大招升级后，他在短短十分钟内就光顾了中路两次，都时机非常精准地协助顾洛完成了两波越塔强杀。

顾洛人头拿得非常舒服，忍不住地称赞："Abyss，你现在的 gank 节奏真的是越来越好了。"

辰宇深应了一声："嗯，你继续压线，一会儿我还来。"

辰宇深说话的时候没带任何的情绪，直播间里的观众们看着他这副冷酷无情的样子，弹幕里一片活跃。

"拿了人头都不笑一下，有必要这么酷的吗？"

"我怎么觉得冷酷无情的打野机器又要多一台了呢？"

"粉丝们能有点数吗，就这水准还想跟 AI 相提并论？瞎吗！"

"你们这些恶意抹黑的人能有点数吗？刚才几波 gank 确实漂亮，还不让夸了？"

"别的不说，这臭脸我是真的爱了。"

"是我的错觉吗，为什么我总感觉 AA 在针对 SUU 中路呢……"

"别的不说，SUU 那边现在中路 Mirror 的经济最差，换我我也针对中路。"

仿佛为了证明弹幕的正确性，在接下来的十几分钟里，辰宇深除了去 SUU 的野区反野之外，不管彭河留在线上对线还是去别路 gank，他都如影随形地盯着抓。

以至于比赛进行到三十五分钟的时候，SUU 中单那 2-8-4 的战绩显得无比醒目。

这一下就连 SUU 的其他队员们都感到不对劲了。

SUU 辅助问："队长，对面这么针对你，要不我跟你？"

彭河眼见辰宇深又消失在了地图中，没有犹豫地答道："不用了，你跟好打野，让他抓就是了。"

不知道为什么，这话听起来总觉得哪里不对。

SUU 辅助微微拧了下眉心，琢磨不透彭河的心思，到底还是没有说些什么。

这一局比赛进行到最后，几乎变成了打野间的角逐。

辰宇深这边在死抓中路，SUU 的外援打野则是疯狂针对下路做文章，但是两边拉锯到最后，上路反倒成了最后打破僵局的突破口。

景元洲把敌方外援边路选手压得节节败退，逼得 SUU 的其他队员不得不齐聚上路。

早就埋伏在草丛中的顾洛趁机拦路打出了一套爆炸的伤害，辰宇深再次收走了彭河的人头。

最后 GH 以二换五赢下了这一波团战，直接推上了对方高地。

这一局整体来说 GH 打得相当漂亮，虽然对战过程中使用的阵容并不具备战术的参考价值，但不管怎么说，GH 战队凭着实力堵住了黑粉们的嘴。

GH 粉丝们一阵狂欢。

"厉害，谁说 GH 就打不赢职业战队的？都站出来！"

"我猜猜，现在是不是要说战队排位赛说明不了任何问题啊？"

"战队排位赛怎么了，SUU 是乱选的战排阵容，我们 GH 就不是了？"

"哈哈哈，脸疼吗，我们 GH 就是赢了 SUU。"

"来吧，让我们看看还有哪支队伍在继续狙啊？"

"恶意嘲讽的人真的是够了，终于可以扬眉吐气了。"

"笑死了，刚才蹦跶的那些人呢，都哑巴了？"

SUU 俱乐部基地。

Kong 作为 SUU 不惜高价请来的外援边路选手，还是第一次感受到强势的压力，游戏结束之后久久没能回神。

半晌，他才用 K 国语憋出一句话："对面那个边路选手，到底是谁啊……"

同是外援的打野 Hand 对此也感到很好奇，侧头正准备问彭河，一眼看去，只见对方的屏幕已经切到了一个直播间里。

而此时的直播画面，正是刚刚和他们打完的排位赛结算页面。

Hand 彻底愣住，缓缓将视线移到了直播间的标题上："GH？"

边路 Kong 闻言差点从椅子上弹起来："Titans？！"

彭河眼中的神色一变，没有说话。

他将画面切回游戏当中，重新放回键盘的指尖忽然一阵敲击。

下一秒，辰宇深直播间里的所有人都看到了右下角弹出的好友申请消息。

"SUU·Mirror 申请添加好友。"

整个弹幕一片混乱。

"等下，这什么情况？"

"Mirror 请求加好友？这么突然的吗？"

"这是刚才中路抓太狠，想继续挨打？"

"我怎么觉得是太过针对中路，所以来兴师问罪的。"

"隔着屏幕我都闻到了浓浓的火药味。"

"哈哈哈，SUU 是觉得输得太糟心，想约训练赛吗？"

"我现在相信 SUU 是真的不知道他们刚才打的是谁了。"

"还愣着干什么，快接受呀！"

"就是，让我们看看 Mirror 到底会说些什么。"

然而不管弹幕怎么刷，直播间里的画面却仿佛被人按下了暂停键一般，久久地静止在了那里。

镜头中的辰宇深一动不动地坐着，直到所有人都忍不住开始怀疑自己是不是网卡了，他才神色淡漠地动了动指尖，无比干脆地点下了拒绝。

弹幕上飘过一片问号。

## 6

辰宇深的拒绝让 SUU 的队员们忍不住齐齐地看向了彭河。

闻声凑过来的辅助问道："Mirror，GH 的这个打野不认识你？"

彭河低低地应了一声："他认识。"

虽然他猜到了会是这样的结果，但是眼底还是闪过了一丝黯然。

正是因为认识，所以才会拒绝。

视线掠过直播界面右下角那张脸，彭河手在桌子上一用力，将电竞椅推开几分，站了起来："今天就练到这里吧，解散。"

说完，他没管其他人错愕的表情，转身走出了训练室。

SUU 作为联盟中资金雄厚的俱乐部，整个基地也无比豪华。

在茶水间里倒了一杯咖啡后，彭河转身走到了阳台边，靠着栏杆看着远处的风景。

随着和辰宇深的相遇，过去那些不想回忆的一幕幕浮现在他的脑海中。

作为彭氏集团的独子，彭河从小就习惯了被人众星捧月的感觉。不管走到哪里，围在他身边捧着他的人都不少，即使进入了青训营，也不出意外地来了一群想要走捷径的人试图奉承讨好他，可那些人不过是想让彭氏在投资电竞产业时多看自己一眼。

当时和彭河一起走电竞路的还有他的发小徐楼。与其说是朋友，倒不如说是类似于上下级的隶属关系，因为徐家公司仰仗着彭氏存活。其实彭河对徐楼百般讨好的性子非常不喜，只是带着徐楼可以随时帮他拦住其他趋炎附势的家伙，至少能让身边清静一些。

正是因为彭河早就对这样的环境习以为常，所以进入青训营后依旧我行我素，并没有将这些太放在心上，随后在营内组队训练期间偶然认识了辰宇深。

辰宇深是彭河遇到过的唯一可以跟上他节奏的天才打野，在训练和对抗比赛中的默契配合，让两人渐渐产生了惺惺相惜的感觉。

当时青训营里的人多少都知道，辰宇深同宿舍的好友也是一个实力强劲的中单。

彭河自然也听徐楼提起过几次，但是当时并没有太放在心上。

在彭河看来电子竞技向来实力说话，正是出于对自己实力的信任，所以他始终自负地认为不管在什么场合，他和辰宇深都是中野联动的最佳搭档。

可是他万万没有想到，当时徐家的产业链突然出了问题，徐楼在家里的授意下为了讨好他更是不遗余力，到最后，绞尽脑汁自作主张地想要替他"清理"电竞路上最大的障碍。

那时候恰逢训练营一年一度的大考，彭河和辰宇深没日没夜地训练，根本就没有精力去关注其他事。

于是，在他们不知道的地方，某些不为人知的事就这样悄然进行着。

直到事件终于发生，那些人无处掩饰才心急火燎地求到了彭河面前，他才知道发生了些什么。

他永远记得当时徐楼神色慌张又企图努力讨好他的丑恶嘴脸。

当时那群人显然已经乱了阵脚，再加上对外彭河与徐楼的那层发小关系，以至于所有人都觉得这件事是来自彭河的授意。眼下出了这么大的事，徐楼的第一反应是着急地跑到彭河面前，非常可笑地想要求助彭氏庇护。

娇生惯养的彭河毫无意外地被突如其来的真相砸晕了，第一次有了无所适从的感觉。

然而就当他的拳头控制不住地想要砸向那群人的脸上时，那个他最不希望看到的人出现了。

彭河看到辰宇深看他的眼神时就知道，很多事情说不清楚了。

在这样混乱的情况下，他只能尽量控制自己，想等辰宇深的怒火过去，再找个合适的时间将整件事情解释清楚。

可是随着其他人色厉内荏地叫嚣，事情的发展彻底失控了。

之后就如报道的那样，那起暴力事件将辰宇深推向了风口浪尖。

彭河在事后求了很久，才终于说服家里出面帮忙，将这件事对辰宇深的影响减小到了最低。

而与此同时也不知道徐家的人是怎么求的情，又或是多少带点了威逼的意味，彭家担心那起事件最后牵连到彭河，居然连带着一起压了下去。

整个过程，彭河甚至没有太多发言权。

也是在这次后，还未举办成人礼的骄傲少年第一次发现，在这个偌大的世界当中不管是人心还是权势，原来都不由他来掌控。

在那之后彭河退出了青训营，在家族的支持下成立了SUU俱乐部，并且在悄无声息中，想办法截断了当年涉事那群人通往电竞职业的道路。

而在这期间，辰宇深则是彻底从众人视野当中消失了。

彭河没有办法联系到他，更不知道应该如何解释，最后只能鼓起勇气写了一封电子邮件，试图解释当年的那些事情。

但是毫无意外，邮件发出去之后就石沉大海，没有得到半点回音。

他不知道辰宇深看到那封邮件了没有，又或者说可能已经看了，但是依旧没办法原谅他。毕竟当年那件事处理到最后，所有人都依旧坚信，这一切出自他的授意。

实际上就连彭河自己都始终愧疚地认为，事件的发生都怪他以前对徐楼的纵容，但凡他稍微细心点有所察觉，或许一切就不一样了。

从来不知愁滋味的少年一朝长大，昔日的阳光肆意已然不见，只剩下常年的沉默以及让人敬而远之的漠然。

飘散的思绪收回，彭河无意中低了低头，才发现自己手中的咖啡不知不觉间已经一片冰凉。

听到身后的脚步声，他回头看了过去。

来的是他们战队新招的外援打野Hand。

Hand似乎找了他很久，此时酝酿了许久才组织好了语言："Mirror，GH的搭（打）野，有点强……他震（真）的……是新人吗？"

彭河依旧有些晃神，片刻后才反应过来："嗯，他是个天才，很强。"

如果当年的一切都没有发生，SUU 打野的位置本该是辰宇深的，现在的他们也应该是并肩作战的队友才是。

可惜，这世上没有如果。

当初的少年情谊掺杂了太多杂质，不论曾经怎样惺惺相惜，也已然错过。

GH 的排位活动仍在继续。

在经历了 SUU 战队的这个插曲之后，又陆续排到了几局路人局。

也不知道是不是真的很难匹配在一起，当天下午在线狙击 GH 的战队们一次又一次地落了空，直到最后 GH 才和另一支职业战队 PILL 排到一起。

但是当天下午的 GH 在势如破竹、摧枯拉朽的完美节奏之下，毫无悬念地赢下了最后的胜利。

截至下午四点半，官方活动正式结束。

因为 GH 在这期间从两个职业战队手中拿下了胜利，GH 毫无意外地又上了一波热搜。

在"GH 打赢 SUU""GH 赢了 PILL"等词条中，"Mirror 好友申请遭拒绝"这个热搜标题尤为醒目。

活动结束后，队员们整理了一下自己的设备，纷纷回去休息。

林延趁着其他人没有注意，将辰宇深单独拉到了旁边。

在直播过程中他没能插上什么话，此时才有机会认真地打量了辰宇深两眼，小声问道："感觉怎么样？"

这个问题问得非常委婉，但是辰宇深知道林延问的是什么。

他淡淡地勾了勾嘴角，尽量露出了一抹可以称为笑容的表情："放心吧教练，我没事。"

林延想从这张脸上看出一些其他的情绪，但只有一派淡然，确实比他想象中的状态要好上很多。

这样想着，林延终于放下心来，轻轻地拍了拍辰宇深的肩膀："嗯，你能真的看开就好。"

辰宇深垂了下眼睫，盖住了眼底有些复杂的神色。

前几天看到的那封邮件内容，在他脑海中一闪而过。

那个邮箱是很早的时候注册的，他都不记得有多久没有登录了。在很长的一段时间里，他因为无心与外界沟通，所以基本上没有社交，直到之前LAN那批人接受了法律的制裁，他才终于下定决心重拾过去。

无意中登录那个邮箱账号，才发现了这封被遗忘了多年的信件。

一字一句，困扰多年的迷雾被彻底揭开，真相也跟着浮出水面。

可惜的是，心里的那根刺实在扎得太深，不管再怎么挽回都已经无法遗忘。

他到底只是一个普通人，即使知道真相也无法彻底原谅，在过分惨重的代价下甚至避免不了想要迁怒。

或许，这就是人心。

辰宇深缓缓地吁出了一口气，再看向林延时已经一片平静："放心吧教练，我能调整好自己的状态。"

看着他这认真的表情，林延的眼底不由得浮起了一抹笑意，拿起手机看了一眼："说起来，这日子过得可真快啊，再过两天居然就到秋季赛开幕了。"

他感慨地"啧"了一声："也是时候让我看看你们的训练成果了。"

# 第四章
## 秋季赛

### 1

秋季赛常规赛正式开始之前，赛程表如期发到了各个俱乐部的经理人手上。当骆默将赛程表发在群里时，所有人看完都不可避免地错愕了一下。

毕姚华·BB：开幕式当天让我们和 MEN 打开幕赛？真的假的啊？

简野·Gun：按照以往的情况，开局不应该先安排一场强强对抗吗？

景元洲·Titans：联盟应该是想玩点新的。

辰宇深·Abyss：？

林饲养员：这还看不出来？我们可是首个从综艺节目里晋级的队伍，联盟管理层能不力推我们？这次开幕赛安排给我们上，就是想给我们一个证明自己的机会啊。

林饲养员：所以好好打知道吗，如果第一局就输了，小心联盟领导一气之下直接把我们从秋季赛里除名。

顾洛·Gloy：啊啊啊，是这样的吗？输了就要除名，真的假的？！

简野·Gun：假的。

毕姚华·BB：你怎么做到这么天真的？

辰宇深·Abyss：你们别逗他了。

林饲养员：打 MEN 都输的话，联盟不除名我都给你们除名，听到了吗？

整个群内瞬间被一片"听到了"刷屏。

林延发完最后一句施压的话，确定收到了想要的答复，才满意地收回手机。

他一回头正好对上景元洲的视线，不由得愣了一下："这么看着我做什么？"

景元洲坐在休息室的沙发上，闻言应道："我就是在想，林教练平时就非得这么凶吗？"

"这叫凶？"林延挑了挑眉梢，"这叫威严。"

"嗯，确实很有威严。"景元洲忍住了想要勾起嘴角的冲动，非常顺手地在战队群里发了一句"听到了"后，很是识趣地没有继续这个话题，"那么，请问有威严的林教练愿意跟我一起双排吗？"

林延没有多想，应道："排。"

在临近秋季赛开幕的日子，整个战队的训练计划全部搁置了下来，为的就是留出足够的调整期，让大家在比赛前寻找一下最佳状态。

这两天闲来无事，林延和景元洲就会双排几局。

在这期间，他们偶尔也会拉除了毕姚华外的其他人一起三排，不过往往打不了几把就会喊停。

林延粗粗地估算过，整体来说他和景元洲坚持双排的适应性训练也算有些成效，至少在三排的过程中产生不适的情况，已经明显比以前好很多了。至于恢复五排的状态，遥遥无期，依旧不太敢想。

但是能够像现在这样偶尔感受一下三排的乐趣，林延已经感到非常满足了。

当林延和景元洲来到训练室时，毫无意外地发现其他的机位无一虚座。

全员都在训练室，没有任何人缺席。

虽然所有的训练项目都结束了，但是很显然，大家都希望在秋季赛正式开始前，能够尽可能地多提升自己的实力。

林延和景元洲一起快乐双排到了九点左右，出去吃了一顿夜宵。

打包了一堆麻辣烫回来时已经接近凌晨一点，结果他们发现整个训练大厅内依旧灯火通明。

林延的眉心拧起了几分。

虽然对训练这种事情充满热情确实是件好事，但是在这种关头如果神经太过紧绷，很可能会适得其反。

林延轻轻地敲了敲房门。

见众人没有反应，他只能一个一个地去扯开他们的隔音耳机："打完手上的这把赶紧关机。后天就是秋季赛了，在正式开赛前如果谁还偷偷摸摸打游戏，发现打一局游戏罚款一万，欢迎大家给俱乐部创收。"

自家教练这么一句，成功震慑了GH众人。匆匆结束了手上的游戏，他们毫不迟疑地关机下楼，去厨房吃起了这份充满爱意的麻辣烫夜宵。

骆默已经把常规赛的赛程表打印出来了，趁着吃饭给每人派发了一张："大家都拿回去看看，也好对后面的赛程多了解一点。我个人建议你们回去后可以把这份赛程直接贴在宿舍的大门上，醒目一点也好起激励作用。"

转眼间，简野半碗麻辣烫下肚，感到整个人都得到了升华。

他低头又瞥了一眼赛程安排，依旧忍不住地有些感慨："开幕式那天下午真的只安排了我们队那一局比赛？我记得到时候所有职业战队都会到场的吧，这算不算是我们战队的首秀了？正好啊，借着这个机会好好给联盟里的那些职业战队来一个下马威，狠狠地震他们一下？"

顾洛整张小脸吃得红扑扑的，忍不住提醒道："可是滚哥，之前训练赛的时候我们好像已经把强队打了一圈了。算是知根知底，估计也震不到哪儿去吧？"

简野朝他摇了摇食指："你还小，不太懂。训练赛那是训练赛，训练赛冠军队上了赛场就脚软的还少吗？真正能在联赛上打出成绩的，那才是真的狠人。"

辰宇深这时候想起一件事来："常规赛……好像是打的BO1吧？"

景元洲坐在旁边玩着手机，闻言开口解答道："嗯，是BO1，单循环。虽然我们开幕式上的对手是MEN，不过第一局打谁实际上没有任何影响。赛程表里已经安排得很明显了，整个常规赛过程中，每个队伍都会按照顺序把职业联盟的其他战队全部打一遍，最后根据累积的胜场总和，角逐出排名前八的队伍，进入季后赛阶段。"

说到这里，他缓缓地抬了下眼眸："我和你们林教练的意思很简单，如果想要确保战队在这个阶段的晋级，强队暂且不说，在那几支实力普通的战队上，一分都不能丢。"

景元洲淡淡的语调让众人听得不由虎躯一震："明白！"

林延一直坐在旁边没有说话，这个时候不知道刷到了什么有意思的东西，突然低笑了一声："你们看微博上的赛前预测了吗？"

毕姚华嫌弃地拧了拧眉："这破玩意还在搞呢？"

顾洛有些茫然："那是什么？"

"网友们图个热闹搞出来的东西，就是每局比赛前猜一下胜负比例之类的。"简野答了一句，好奇地朝林延看去，"不过，居然现在就出赛前预测了吗？所以说，猜的是开幕式当天我们和MEN的那场比赛？"

"没错。"林延挑了下眉，"你们猜猜目前网上的预测胜率是多少？"

顾洛客观地想了一下："以我们目前跟MEN的实力来看的话，我们的胜算怎么也该有八成吧？"

辰宇深："我觉得有九成。"

"不好意思，网上的结果只有一半，而且还是最近很火的那位网红解说发在自己微博上的。"林延对这个预测结果越看越新奇，最后忍不住"啧"了一声，"原来我们战队在那些自诩圈内人的眼中，和MEN对战的胜率都只有五五开啊？我们前面这么努力地造势，看来人家连关注都没有关注！"

虽然MEN对外一直打的是新晋黑马战队的旗号，但从之前的比赛战绩来说，实在有些不太够看。如果没有意外的话，在秋季赛的所有战队里，MEN战队的实力绝对属于靠上天眷顾才能入围八强的存在。

而现在，网上推测他们GH和MEN的胜负比例五比五，不管怎么说都充满了"不看好"的意味。

听林延说完，众人多少都有些不太高兴，只有毕姚华一副不过如此的样子。

他一口咬断了碗里的土豆粉，暗暗地在嘴里嚼了嚼："知足吧，起码从这个比例看来，那些网友还觉得我们也有获胜的可能。照我说啊，还不如他们一早就把我们的胜率直接来个一两成的，到时候开幕式表演一局全线碾压，回来后我至少还能关心地问问那些人，看他们的脸需不需要去整形医院好好救一下。"

其他人都被逗乐了，不由得开始畅想起战队在秋季赛的辉煌战绩。

到最后，他们干脆以麻辣烫代酒，端起了大碗："管他们的，打就完了！"

景元洲和林延早就在外面吃饱喝足，这个时候也随手从旁边捞过了水杯，举起来重重地碰了上去。

秋季赛开幕式如期而至。

和之前的季中赛相比，这次秋季赛的参赛队伍并没有太大的变动，只是LARK的参赛名额正式被替换成了GH这支全新的战队。

作为本季联赛最受关注的新生力量，GH众人早早就坐上了前往比赛场馆的商务车，正式踏上了职业联赛的征途。

因为开幕式当天所有的职业战队都会抵达现场，场馆气氛热烈非常。

各大战队的粉丝们挤满了外围的几条街，商务车兜兜转转地绕了好大的圈子，才终于避开人群，停在了内部停车场。

刚下车就来了一大群保安，神情紧张地护送GH众人进入安全通道，前往一早准备好的休息室。

顾洛和辰宇深是第一次经历这么正式的赛事，跟在一群保安身后很是紧张。

简野之前跟过次级联赛的队伍打比赛，见状忍不住出言调侃道："照我说，这几位保镖大哥实在是太紧张了些。其实外面的粉丝虽然热情，还真没多少是我们队的，就算偶尔真的有人偷偷跑到后面来堵我们，那估计也是……"

"估计也是来嘲讽我们的。"毕姚华笑着接话道，"不过这么一想保安大哥紧张也没错啊，他们的战斗力可比真粉丝强多了！万一现场撕起来，那就真的不好交代了。"

这两人你一言我一语地一说，别说顾洛了，连神态凝重的保安们都差点笑出声。

氛围顿时轻松了下来。

众人终于抵达主办方安排的休息室内。

关上门后，时不时可以听到外面经过的脚步声。显然是其他战队的选手们也开始陆续抵达了。

顾洛拉了把椅子面对墙壁坐着，反复地深呼吸，调解自己紧张的情绪。

简野留意到了他这样的举动，忍不住好奇地凑过去问："怎么样，Gloy，今天有没有想上厕所啊？"

顾洛听得脸上一红："滚哥，能不提这事了吗！"

周围顿时又是一阵哄笑。

就在这时候，休息室的门被敲响了。

工作人员从外面探进了半个身子："Titans准备好了吗？开幕仪式马上就要开始了。"

景元洲作为在开幕仪式上GH的战队代表，他闻言从位置上站了起来："来了。"

在临出发之前,他不忘简单地整理了一下队服,随后在经过林延面前时略微停顿了一下脚步,没有说话,垂眸看了过去。

对上这样的视线,林延下意识地伸手抚平景元洲肩膀处的褶皱,轻轻地拍了一下:"没什么问题,放心去吧。"

景元洲眼底的笑意一闪而过:"嗯,走了。"

## 2

景元洲跟工作人员离开后,林延随手摸过遥控器打开了休息室内的电视屏幕:"看开幕式吧。"

其实所谓的开幕仪式,不过是所有参赛的战队选手代表出来亮个相,简单地互相交流两句。

不过只是这样简单的一个环节,对于各队的粉丝们来说,已经算是绝对的福利了。

随着现场的灯光陡然切换,整个场馆一浪高过一浪的尖叫声几乎掀翻屋顶。

GH余下的人虽然身处休息室,却依旧可以感受到这些欢呼通过地面带来震感。

顾洛小心翼翼地捂了捂自己颤抖的心脏,感慨道:"原来,这就是秋季赛的现场……"

毕姚华不以为意地笑了一声:"这才哪到哪?等到时候打进总决赛了,再感受真正的热情吧!现在来现场的可都是其他战队的粉丝们,等真到了总决赛那天,场馆里至少有一半得是我们的支持者,那才叫真的爽!"

毕姚华说得一副顺理成章的样子,其他人听在耳中,心潮澎湃,眼底的神色无比夺目。

开幕仪式现场,主持人已经开始依次介绍各大战队和代表选手。

这个时候能够代表战队的基本上都是战队队长,比如景元洲和LDF的Luni,当然也不排除有几个队伍特地安排了战队的核心选手代为登场,比如PAY的AI和Three的Wuhoo。

每当一个战队的代表选手上场,整个现场必然响起一片风暴般的掌声。

主持人在这样热烈的氛围当中简单地采访上几句。

在这些对各大战队的常规提问当中,不可避免地都会有"对于今年成绩的展望"以及"最期待遇到的对手"这两个问题。

LDF 战队的 Luni 在这种场合向来回答得滴水不漏："如果可以拿到冠军那自然是最好不过了，当然，如果没能实现也不会感到太过遗憾。总之尽自己最大的努力就好，也算是给 LDF 的粉丝们一个最好的交代。嗯？要说最期待的对手……现在场上的那些战队大都已经打腻了，这样看来的话，倒是想跟新进联盟的 GH 切磋看看。"

PAY 战队的 AI 显然不喜欢这种应酬，在整个采访的过程中都拧着眉心："目标当然是冠军，对手的话，打谁都一样。非要选一个？就 GH 吧，他们挺有意思的。"

BK 战队的库天路做了这么久的队长，官腔已经打得像模像样："今年 BK 的主要目标是不要让粉丝失望，倒是也挺期待在场上和 GH 交手看看。我们两队目前的关系很好，既然同在赛场上竞争，这也算是为他们进入联盟的欢迎仪式吧。"

Three 战队的 Wuhoo 回答得更是敷衍无比："目标就保二争一吧，想对战的战队……既然他们都选了 GH，那我们也选 GH 好了。"

SUU 的队长彭河言简意赅："期待 GH。"

一个接一个的选手采访，现场观众听着他们的回答，表情变得微妙。

不管是春季赛还是秋季赛，以往职业联赛的开幕式都有安排这样的环节，可是每个战队在预测未来的过程中多少都会互相致敬一下的，基本上每个强队都会被提名。

今天这又是什么情况？这些队伍难道都是约好的吗，居然整齐划一地将矛头指向了刚刚进入职业联赛的 GH 战队？

要知道，每年联盟的新晋战队能打到八强赛的已经是很强势的存在了，又有哪支队伍曾经在开幕式的采访环节就这么有存在感过！

在这之前，网上议论纷纷，都说《炙热集结号》这档电竞综艺选秀完全是职业联盟的高层一拍脑袋的产物。因此，每当有路人提及借助这个渠道进联盟的 GH 战队，第一感觉都停留在"男团选秀战队"的层面。照理说这样的一支战队实力顶了天，也不过是在常规赛一轮游后就圆满退场了才对，众人不管怎么想也不明白，为什么 GH 会被顶级选手们如此重视。

难道官方给顶级选手们提前安排采访稿了？

如果不是的话，难道GH战队真的有那么强劲的实力？

普通的联赛粉丝们无从知晓训练赛期间的风起云涌，所以这个环节纷纷满头问号。

此时其他战队的采访均已结束，终于轮到了GH。

当大屏幕上出现景元洲的身影时，原本吵吵嚷嚷的现场反倒瞬间安静了下来。

这样的安静一部分源自大家对于这支队伍的好奇，另一部分则是因为景元洲本身。

特别是那些BK的老粉们。

以前每次这个环节他们也总能看到景元洲的身影，然而那个时候是他们的Titans，BK战队的队长。

可是今天，依旧是熟悉的面容，身上穿的却不再是BK战队的队服。

景元洲现在是GH战队的队长。

虽然BK粉丝们想说欢迎回来，但是追随了多年，千言万语一时间又不知道应该从何说起。

和其他队伍不同，因为这是GH战队第一次在职业联赛中亮相，主持人早就准备多问几个问题了。

景元洲早就对这样的场合习以为常，所以他神态从容，回答得无比坦然。

当主持人提起刚才各大战队对GH的期待时，景元洲嘴角勾起了一抹淡淡的笑容："谢谢各位的认可，为了不辜负大家的期待，今年秋季赛的冠军奖杯我们GH势在必得。"

明明是没什么起伏的语气，然而仿佛自带重音效果，狠狠地撞击在了所有人的心头。

原本还算平静的现场瞬间爆炸。

Luni在旁边听得直摇头："一个季中赛没见，刚回来就这么敢讲。"

Wuhoo低笑了一声："别说，他那队确实有点意思。"

旁边的AI没有搭话，低头看着地面，一脸"什么时候可以结束"的不耐烦。

场上其他代表选手更是神色不一，都直觉今年的秋季赛估计不会太平。

现场画面通过直播镜头传到了休息室众人眼中。

林延从刚才开始，脸上的笑容就已经藏不住了。

这个时候他忍不住朝大屏幕上多看了两眼，拍了拍手招呼道："好了，你们队长已经把场子给提前热起来了。都起来活动一下，可以准备上场了。"

骆默完成选手登记后也回到了休息室，此时抱着手机蹲在旁边，不出意外地看到网上的舆论也随着刚才的采访彻底爆炸了。

他闻言忍不住抽搐了一下嘴角，心想：这叫热场子？炸场子还差不多吧？！

开幕仪式顺利结束后，景元洲回到休息室简单地整理了一下携带的外用设备。

随后，他在工作人员的带领下与GH其他人重新登上了赛场。

林延站在对战席的后面，微微抬眸，视线从远处看不清人影的现场掠过。这片战场，他们终于来了！

解说台上，官方解说们早就慷慨激昂地介绍了起来。

因为刚才景元洲的那段采访，整个现场不需要进行任何预热，氛围已经浓烈到了极点。

林延深吸了一口气，拿起了挂在脖子上的耳机。

戴上的一瞬间，周围的喧嚣顷刻间被隔绝，整个世界只剩下了一片宁静。

林延轻轻地"喂"了一声，不待其他人回答，就继续云淡风轻地开了口："这一局开幕赛，碾压他们。"

所有人都知道，MEN这支战队的实力在所有职业战队中不过是中下游水平。然而，大众心理往往喜欢猎奇。即使本来对MEN并没有太大的期望，可在景元洲刚才的采访后，有不少人开始期待，希望MEN能够在今天的开幕赛上好好地争一回气。

万众瞩目的比赛正式开始。

这一局BO1，MEN在场上的表现也算是颇为争气，纵观全场的表现，他们整体水平比之前在季中赛的时候明显提高了很多。

可惜的是，他们的对手打得前所未有地凶悍。

GH战队仿佛拿出了所有的气势，转眼间席卷了整个赛场。

短短的三十二分钟，秋季赛的揭幕赛结束。

击杀数22：8。

就如林延所要求的，GH战队以绝对碾压的战绩完成了他们在秋季赛上的表演首秀。

整个姿态就如他们"回家队"的名号，强势而又猖狂至极。

### 3

秋季赛开幕式采取的是直播形式，从一开始的仪式再到后面的揭幕赛，直播间的弹幕就没有停止过。

起初在采访的阶段不乏有人明里暗里地嘲讽GH战队，随着比赛正式开始，弹幕更是一度被为MEN战队加油助威的言语覆盖。

但凡以前关注过MEN比赛的网友们都不难发现，这一局比赛中的MEN支持者数量有些过度膨胀，这些突然冒出来的家伙到底是MEN的真爱粉还是不看好GH战队的可想而知，而这成片弹幕背后的人最后在GH战队无可挑剔的发挥下彻底噤了声。

比赛结束的直播画面中，远远地可以看到GH战队的选手们纷纷摘下了耳机。

他们前往对战区与MEN战队的选手握手致敬，随后踩着台阶走下了舞台，逐一与等在台下的男人轻轻拥抱。

大屏幕镜头切过，GH这位年轻教练清俊的脸庞就这样展示在了全国观众们的面前。

只要稍微了解GH这支队伍，对林教练就绝对不会陌生。从GH成立，他就陪伴在这支战队身边，从综艺节目一路站上了职业联赛赛场。

比赛之后的采访环节，主持人将麦克风递给了本局比赛的MVP选手顾洛。

在这之前谁也没有想到，今年的开幕赛上表现最亮眼的，居然会是这么一个名不见经传的新人中单。

顾洛还是第一次这样独自面对摄像机的镜头，原本好不容易克服了紧张情绪，这个时候又憋红了脸。

主持人具体问了一些什么他也已经听不清了，只是机械式地看着摄像大哥，说话的时候不受控制地有些结巴："大……大家好，谢谢大家对我们GH战队的支持。很高兴在今天的比……比赛里能够有这样不错的发挥，相信在接下去的常规赛里，我们回……回家……不是！我是说我们回家队，一定可以保持气势,把……把所有的对手都……都送回家的!"

他憋了一口气把最后的几个字铿锵有力地说完才如释重负地放松下来。

以为完成了任务,顾洛的第一反应就是想着退场,结果没留意到旁边主持人的动作,忽然朝着镜头非常标准地鞠了一个九十度的躬。

一切发生得太过猝不及防,以至于差点把刚靠过来的女主持人当场撞翻。

随着话筒散落在地,场面一度十分混乱。

林延在休息室里帮其他队员们收拾东西,无意中看到了电视机上的这样一幕,只觉有些没眼看:"阿默……你回头跟公关部门的那些人打一声招呼,让他们准备一下,回头给队内几个人多少进行一下公关培训。就 Gloy 这段采访,不知道的人看了还以为他是被我们骗进队里,给强行洗脑了呢!"

毕姚华却是看得津津有味:"别啊教练,Gloy 这其实还挺有个人特色的啊!他不是一直都有好多的阿姨粉吗?这段采访一出,保证粉丝母爱更加泛滥,人气绝对不低啊!"

林延要笑不笑地回头看去:"那你呢?我记得 B 哥好像也有不少亲爹粉吧?照这么说,等拿了 MVP 后你是不是也准备在采访的时候好好秀上一波呢?这么一看,我们 GH 战队的粉丝群体还真的是相亲相爱的一家人啊!"

简野适时帮腔:"教练说得对!"

"对什么对!"毕姚华差点被自己的口水给呛到,"教练你可别这么说啊。"

林延没再继续这个话题,不过经过毕姚华提醒还是用手机点进了直播间界面,看了眼弹幕后多少有些惊讶,"啧,没想到观众们还真吃 Gloy 这一款啊……"

此时的直播弹幕,俨然就是一片欢声笑语的海洋,热度丝毫不低于刚才选上们在赛场上叱咤驰骋的时刻。

"哈哈哈,GH 战队的这个中单怎么回事,看得我都好紧张。"

"我不行了,居然这么可爱的吗?"

"刚才在赛场上差点拿五杀的确定是他?风格完全不一样啊!"

"确实,比赛的时候打得太凶了,以至于刚才看 GH 下场的时候,我还以为那个刀疤男才是中单……"

"笑死我了,你们醒醒,有刀疤的是滚哥!滚哥玩的是治疗啊!"

"那个,冒昧问一句,反差萌是 GH 的战队文化吗?"

"倒也不必这么说,难道 BB 和他的气质还不够表里如一?"

"这么一看,怎么感觉GH这个战队里就没一个善茬!"

这边开幕式现场还在进行着最后的观众互动环节,微博上面"GH战队文化""电竞选手的画风""秋季赛揭幕赛""GH实力"等词条已经相继登上了热搜。

顾洛结束采访后是低着头回到休息室的。

他也能感受到刚才那段采访是整段垮掉,想放狠话没有放出效果,想要沉稳结果差点撞翻主持人,想要表现得大气一点还一说话就磕巴,最后绝望得几乎想原地挖个洞把自己整个给埋进去。

然而当顾洛做好足够的思想准备后,却并没有如预料般受到队友们的嘲笑。

这时候休息室里的人都已经收拾好了东西。

毕姚华一手拎着一个挎包,经过时用另一只手毫不客气地在那毛茸茸的头发上揉了一把:"终于回来了啊,MVP新秀。"

简野跟在后头,也安抚小狗一样轻轻地拍了拍:"不错不错,再接再厉,我们战队的人气以后就靠你了。"

就连辰宇深路过的时候也尝试性地伸手摸了摸。

大概是惊讶地发现手感不错,步子停顿了一下,他又忍不住多摸了两下。

顾洛接连被摸头后整个人有点蒙,再抬头的时候,景元洲已经走到了他的眼前。

看到自家队长,顾洛本能地停在原地。

下意识地准备主动伸脖子,景元洲已经把手里的挎包递了过来:"你的东西都已经在这里了,走吧,准备回去了。"

顾洛愣了一下才回过神来:"啊……谢谢队长。"

景元洲无声地笑了一下:"不用谢我,你家教练帮忙收拾的。"

顾洛回头看去:"谢谢教练!"

林延将手臂搭在顾洛的肩膀上往外走,宽大的掌心自然至极地盖在了顾洛的脑袋上:"真要谢谢我,下次比赛之前准备一下采访稿吧。我发现了,你们是真的完全没有赢了比赛后要接受采访的觉悟啊!"

顾洛怎么也没有想到,绕了一圈之后他最担心的问题还是逃不过。

他脸上一热,整个脑袋都耷拉了下来,弱小无助地应了一声:"嗯……我下次注意。"

在工作人员的带领下,一行人通过安全通道来到了内部的停车场。

原本准备上了商务车就回去的众人,被眼前的场景震惊。

今天来走过场的那些战队居然并没有回去,入眼的是一片色彩分明的队服。

这些人三五成群地聚集在一起搭着话,此时留意到GH众人出现,大家陆续停下了交流。

BK、LDF、Three、PAY……目前炙热联盟中的顶级战队,居然无一缺席。

林延回头看去的时候,见到身边的景元洲难得有些愣神。

这样的表情多少有些稀罕,林延忍不住多看了两眼,才笑意盈盈地开口道:"排面很大啊,这是特地等着你呢。"

话落,不远处的人群中也陆续走出了几人。

"那我们先走了啊队长,车上等你。"毕姚华在这个时候特别有眼力见,迅速地锁定了撤离路线,拉上其他人一溜烟就跑了。

林延轻轻地搭了搭景元洲的肩膀:"不用急,慢慢聊。"

景元洲的视线从他的脸上掠过:"嗯。"

Luni把一切都看在眼里,等到林延走远了才调侃地开口:"不至于吧,聊天这种事情都需要你们家教练批准了?"

景元洲应得很是淡然:"嗯,我们战队家教严。"

Luni戏弄不成反被呛,好半天才低声咒骂了一声,心想:被人管都能这么自豪?!

AI的注意力难得地被吸引了过来:"当时玩打野的就是这个教练吧?什么时候线下双排?"

景元洲:"不方便,他只跟我排。"

AI拧了拧眉心,旁边的DeMen适时拦到了两人的中间,插话道:"咳,确实也没什么好排的,我们回去自己排就行。"

AI瞥了DeMen一眼,兴趣索然地没再多说什么:"随便吧。"

景元洲环顾一圈,失笑道:"所以你们一群人聚在这里到底是干吗?没记错的话今天是开幕式不是闭幕式吧,秋季赛都还没打完,都这么清闲吗?"

一群大神在这里说话,库天路一时半会儿也不敢搭话,闻言才终于找到了插话的机会:"因为今天是开幕式,也是GH战队第一次公开亮相,所以大家才……"

话音未落，就听到少年的声音在旁边嘹亮地响起："师父，欢迎回来！"

这样的声音从空旷之处划过，落入景元洲耳中，仿佛一字一字地敲在他心头。

景元洲虽然有些猜测，但眼底的神色不可避免地动了一下。

Three 战队的 Wuhoo 和 Come 闻言，也走到景元洲眼前，伸出了手："欢迎回来。"

景元洲依次和他们握了握手，嘴角带笑："如果刚才你没有一直在看手机，听这一句我大概还会更感动一些。"

Wuhoo 挑了下眉梢："本来就不是我想来的。联盟少了你这么一个麻烦我高兴还来不及，偏偏 Come 说其他战队的人都来了，如果我们不来会显得很没风度，要不然我才不过来浪费这时间呢。"

Come 一脸无奈："这话我可没说。"

景元洲早就习惯了这个顶级射手的口是心非："放心，你很快就会发现，对你们来说 GH 才是那个更大的麻烦。"

"很自信嘛！" Wuhoo 看了他一眼，"那么久没打职业联赛，技术有没有退步暂且不说，这张嘴倒是一如既往地欠。"

Luni 忍不住笑出声来："行了吧，二位半斤八两，谁也说不了谁好吧。"

留意到两人齐齐投来的视线，Luni 清了清嗓子，再看向景元洲时，已经恢复了认真的表情，也伸出了手："但是不管怎么样，Titans，欢迎回来。"

景元洲瞥了一眼今天 Luni 脑后梳理得尤为精致的小发鬏，嘴角是淡淡的弧度："谢谢。"

傍晚的余晖洒下，在这样一行人的身上镀下了一层浅浅的光。

各队的其他队员远远地看着联盟当中的这些顶级选手，一脸动容。

这难道就是华国赛区强者之间的友谊吗！

可是此情此景下即使感触万千，他们依旧不敢贸然走近，最后只能留下复杂至极的满腔情绪，动了动嘴角，欲言又止。

那个……刚才好像有几个媒体记者从旁边偷偷"路过"，需要派个代表过去提醒大神们一下吗？

## 4

秋季赛开幕式正式结束。

揭幕赛打响后本该进入到常规赛的征途中，谁料第二天，各大电竞媒体的头版头条都不约而同地被相同的话题霸占。

"五大魔王选手齐聚停车场""Titans归来""大神之间的惺惺相惜"等词条全都跃上了热搜。

这些报道点进去的配图无一不是以停车场为背景，遥遥地可以看到穿着各队队服的神级选手们站在一处。

其中的一张照片，Luni和景元洲握在一起的两只手尤为引人瞩目。

这种顶级选手们齐聚一堂的景象，以往只有在全明星赛或者开幕式这种隆重的官方活动中才能见到。这个时候一行人私下接触突然被曝光，因为都是流量顶级的神级选手，毫无意外地引爆全网。

"开幕式结束后的停车场居然这么精彩的吗？"

"啊啊啊，我知道那里！那天还想钻进去的，结果被保安拦住了，恨啊！"

"大神们玩什么，Titans实力也就那样吧，需要给这么大排面？"

"呵呵，实力也就那样？楼上的，键盘给你，你来试试？"

"呜呜呜，突然泪目，全世界最好的Titans，你值得！"

"天哪，这就是魔王之间的友谊吗，赛场上打得你死我活，赛场下这么惺惺相惜。"

"看这样子，开幕式的采访都不是随便说说而已的啊，现在各职业战队对GH真的还挺上心的？"

"别的不说，GH这种菜鸟队配吗？说是给Titans面子我还能接受一些。"

"你醒醒！Titans可是你的对手啊！"

"等一下，最后那张图……突然觉得Luni和Titans有点火花……是怎么回事？"

"楼上终于说出了我的心声！"

"中路和上路之间也能碰撞出火花？不至于吧？"

"看看Titans脸上的笑容，你想，你细想！"

网友们在网上讨论得风生水起，殊不知同一时间各大俱乐部内部也尤为精彩。

各家的经理人差点没能控制住，咆哮着进行灵魂质问："你们怎么想的！请你们告诉我当时是怎么想的？！"

这些战队经理真的是想破脑袋都想不明白，平常找这些大神们拍点宣传啊，代言啊，一个个都是推三阻四，一副万般不情愿的样子。结果呢？现在给别人炒免费的热度，反倒是表现得前所未有的积极！

是他们这些为了俱乐部呕心沥血的经理人们不配吗？！

其实也不怪各队的经理心梗。

这些消息刚传出的时候，起初还只是单纯的对手情谊话题，随后显然是GH俱乐部的宣传部门适时出手了，风向渐渐地就被带到了GH战队实力厉害上面。甚至有不少粉丝们凑热闹地隔空喊话，点名道姓地期望各大战队在赛场上和GH发生一些激烈碰撞。

GH越是借着话题人气飙升，各家战队的经理人越是心梗，这跟踩在他们的头上蹭流量有什么区别？

特别是LDF的战队经理陈哥，直接把手机屏幕递到Luni的脸上。

他几乎是咬着牙，才挤出了一句话来："我先不问你是怎么想的，但是Luni……我以前怎么没有发现你跟Titans有火花呢？"

Luni一早听到消息后也已经做好了被训斥的准备，但是闻言还是不可避免地愣了一下："什么？"

陈哥将手机在他跟前晃了晃："网友们新配的组合，恭喜啊，惊喜吗，开心吗？"

看清楚了那清一色的评论内容，Luni叼着油条僵在了那里。

两人对峙下，周围一时间陷入了诡异的寂静。

桌面上的手机突然振动了两下。

还没缓过神来的Luni伸手拿过，一眼就看到了消息来源。

正是那个所谓和他有火花的人。

对方的内容也非常简洁：最近有什么事直接群里说或者联系我们家教练吧，一个月后再见，你懂的。

Luni一时间没能明白这没头没脑的一句话到底是个什么意思，正要皱眉，脑海中忽然灵光一闪，反应了过来。

他抽了张纸巾擦掉指尖的油，迅速地输入了一个句号点击发送。

他毫无意外地收到了微信系统发来的消息提醒："Z 开启了朋友验证，你还不是他（她）朋友。请先发送朋友验证请求，对方验证通过后才能聊天。"

即便早有预感，但是当看到这条消息时 Luni 还是忍不住爆了声粗口。

虽然按照景元洲的性格，大概率会做出一些举动来，但是 Luni 万万没想到，这货居然这么丧心病狂。

一个月后再见？呵呵，再也不见！

到时候就算跪着来求他，他都不加了！

同一时间，身在 GH 基地的景元洲连打了几个喷嚏。

坐在沙发上的林延抬头看了过来："感冒了？"

景元洲摸了摸鼻尖："没有。"

林延挑眉："那你好好想想，最近是不是得罪什么人了。"

景元洲思考了片刻，实话实说："得罪的人太多了，不好锁定目标。"

林延低笑了一声，将视线重新收了回去。

远远地，可以看到手机屏幕上打开的微博界面。

从刚才开始林延就一直刷着评论，脸上表情淡淡的看不出太多的情绪，只有指尖灵活地在屏幕上跃动。

景元洲刚才也悄悄地登录微博看了看，底下评论内容早就已经被那些不知道哪里冒出来的支持 TL 组合的人给霸占了。

那些人还一副真情实感的样子，说得天花乱坠，风头居然一度盖过了双亲组合的粉丝。

景元洲扫了一眼林延的表情，沉默了一瞬，缓步走到了沙发的后方。

林延的整个注意力都放在手机上，并没有留意景元洲的举动。

直到男人的影子从沙发背后缓缓出现，他这才后知后觉地回神。

刚准备侧身看去，景元洲的声音就传了过来："我们双亲组合是不是很久没有营业了？今天下午反正没有训练安排，要不要考虑给粉丝们发点福利？"

林延终于意识到了景元洲的用意，忍着笑没好气地说道："别闹。真不用这样。"

见眼前的人询问式地回头看来，景元洲想了想，又不疾不徐地继续说道："怎么办呢？网上说得跟真的一样，最后导致我们双亲组合破裂，到时候我上哪儿哭去？"

林延就这样定定地看着景元洲，半晌后失笑地嘀咕了一句："我都没哭，你哭什么？"

景元洲语调认真："我真的会哭。"

林延因对方这样的态度而微微愣神，他的确不是小心眼的人，但是……好像还真的没有多大度，要不然也不需要在评论区舌战群粉了。

林延的指尖动了动，不动声色地删除了原本准备用小号在评论下面继续发的回复。

随后他低低地清了清嗓子："那好吧。反正没什么事，就满足你一下。"

十分钟后，景元洲毫无预兆地突然开播。

只是在整理设备的时间，整个直播间的弹幕变成了新势力 TL 组合粉丝们和双亲组合粉丝们的斗争现场。

弹幕里还时不时有人试图询问那天停车场里的具体细节，以及也有几条内容试探性地想要问问景元洲，和这么多顶级大神关系好是怎样极致的幸福感觉。

景元洲仿佛没有留意到弹幕上的内容，没有进行任何互动。

当设备终于调整好时，输入账号登录游戏大厅，有个身影毫无预兆地出现在直播间镜头中。

林延将一杯刚刚煮好的咖啡递到了桌上，提醒道："晚上还有训练赛要打，所以下午只能播一会儿，毕竟在比赛期间，还是得多注意休息。"

景元洲低低地"嗯"了一声："你说了算。"

林延送完咖啡，转身打开了旁边的电脑。

他登录游戏后非常娴熟地给景元洲发去了组队邀请，两人便进入了游戏队列中。

林延简单地检查了一下按键设置，确定没有问题后，像往常那样随口询问道："今天打什么位置？"

景元洲说："想玩辅助了，你带带我？"

"Titans 打辅助？这是什么魔鬼直播？"

"前面的醒醒，重点难道不是 Titans 喊教练带他吗？"

"我敢保证很快就有新热搜了。"

林延顿了一下，随后点头应道："也好，辅助操作要求稍微低点，就当休息了。"他轻轻地活动了一下关节，"躺好就行。"

　　景元洲笑："谢谢大佬带飞。"

　　两个人没有发现，谈笑间整个直播间里的弹幕早就已经彻底疯了。

　　原本还在疯狂找存在感的TL组合粉们，甚至没能在直播间里坚持十分钟就已全部宣告倒戈。

## 5

　　今天林延和景元洲打的是普通的排位模式，很快就完成匹配进入了BP界面。

　　和之前的补位不同，林延答应了要带景元洲躺分，进去后直接在公屏打了一句话：四楼ADC（在游戏中，ADC是Attack Damage Carry/Core的缩写，指的是那些主要依靠普通攻击来造成持续伤害输出的英雄）。

　　不过其他人的注意力显然没有落在林延身上。

　　有人开始搭话却是对着景元洲。

　　新世纪演员：三楼是……景神？

　　Mr·T：嗯。

　　留下你吃屁：大神玩什么？大神求带飞！

　　Mr·T：我玩辅助。

　　留下你吃屁：嗯？

　　新世纪演员：等等！刚才风有点大，麻烦再说一遍？

　　Mr·T：我玩辅助。

　　Mr·T：四楼带我飞。

　　谁还不是小公举：嗯，他今天只负责抱大腿，你们也躺好就行。

　　其他人顿时没人出声了，很显然还在消化这字里行间的信息。

　　景元洲这样的公众人物，手中小号ID自然不算什么大秘密，但是林延的游戏名除了双亲组合粉丝外确实没有太多人知道。

　　这时候几个路人玩家茫然无比，脑海中只开始反复地转起了这么几个念头——

　　Titans不走边路改玩辅助了！

　　Titans居然躺着等别人带飞！

那个带飞的人看 ID 好像还是个妹子……

总结起来就是：Titans 离开 BK 后居然这么自甘堕落？！

就在几个路人玩家浑浑噩噩地完成了选人环节，直播间里的弹幕却是一片欢声笑语。

"哈哈哈，我隔着屏幕都能感受到这几个朋友的崩溃。"

"新的头条标题我都给想好了：惊！顶级的边路大神竟然……"

"别的不说，Titans 能抱教练大腿抱得这么娴熟我是真的没想到。"

"只有我好奇 Titans 能把辅助玩成什么样吗？"

"都选了个荧光妖精了还能玩什么样，拿出这英雄来就是准备混了吧。"

"技术粉的口味被教练的打野养叼了，不知道应不应该对今天的射手抱有期待。"

"你们品，刚才 Titans 发出去的那几句话像不像是混小弟的？"

"前面的兄弟，一旦接受这种设定……"

"你们怕是有毒，我也改不过来了！"

景元洲在游戏导入期间看了一眼弹幕，看到最后几条后不由失笑："其实当小弟也没什么不好，尤其是林教练的小弟……嗯？我和林教练谁更有钱？"

对于这个问题，景元洲似乎并不需要任何思考，脱口答道："当然是他比我有钱。这么说吧，现在我卡里的钱都是教练给的……不管怎么样这些钱也是正经劳动所得，渠道合法。"

"哈哈哈，编，继续编！"

"Titans 的嘴，骗人的鬼。"

游戏角色刷新后，林延一边利落地买好了出门装，一边语调淡淡地开了口："收了那么高的费用，现在还要躺着等我带飞，弹幕说的可确实没冤枉你。"

景元洲没想到他会突然接话，顿了一下后不由失笑："这么一说，确实是我不对。"

林延开始不疾不徐地补兵："嗯，认错态度还行。"

景元洲说："要不还是你躺好，换我带飞你吧。"

林延走位精准地避开了敌方的技能，瞬间把敌方射手压在了塔下，看了一眼景元洲选择的凹凸有致、身形娇弱的英雄："你这么一个妖精，带得了吗？"

景元洲无声地笑了一下："试试不就知道了。"

景元洲说到做到，画面中的荧光妖精确实主动了起来。

精准的预判控制，关键性的护盾保护，对敌方玩家的 gank 预测……明明是这样一个柔弱的软辅角色（软辅角色通常是指支援保护型英雄，它们不适合在前排承受伤害，而是更多地为队伍提供功能性帮助），硬是被景元洲玩出了前排肉辅（指在游戏中的辅助角色，主要特点是承担开团、承伤以及保护后排的重任）的彪悍感觉来。

枪林弹雨之中不仅走位精妙地避开了绝大部分的输出技能，还利用草丛的视野，把追在身后的几人玩得团团转。

最后，更是借助闪现技能避开了致命的一击。

而整个过程中林延只需要站在后方，一顿输出。

于是，等游戏进行到十二分钟的时候，林延在被景元洲捧在掌心的万般呵护下，已经发育成了几枪一个人头的高伤害射手。

那个最早跟他们搭话的打野玩家来下路 gank 了几次，看到景元洲这一系列行云流水般的操作，只觉佩服得五体投地。

景神实在是牛啊！绝！是真的绝！

眼见一局游戏快要结束，林延忽然开了麦克风：“行了。后面你就别折腾了，躺好。”

景元洲哪里听不出这是想让他休息一会儿的意思，端起旁边的咖啡喝了一口：“好，都听你的。”

当天下午的直播一共就打了四把排位，但是直播过程的信息量实在有些大，直到景元洲下播后，直播间里的粉丝依旧没有缓过神。

在暗下来的屏幕上，弹幕依旧刷得飞快。

"为什么林教练的射手也这么强？"

"说起来，林教练有这个技术为什么不来打职业呢？看年纪也没有比 Titans 大吧？"

"对啊，GH 为什么不签了教练呢，是教练自己不想还是管理层傻呀？"

"只有我关心 Titans 的那个卖身费什么吗……"

"有一说一，Titans 有点太听林教练的话了吧，以前在 BK 的时候他搭理过那些教练团吗？"

"说到教练团，不是都说 GH 的东家很有钱吗，怎么平常时候就只有林教

112

练一个人露脸呢？"

"总教练日常露面倒也没什么问题，就是感觉 GH 的任何事情他都有插手一样。"

"我记得 GH 背后的老板好像叫什么林氏集团？哎等等！林？！"

"林教练也姓林……"

对于电竞俱乐部来说，网友们的关注点基本上都在职业选手们的身上，至于俱乐部幕后老板是谁，绝大多数都是听过也就算了。

然而今天的弹幕显然聊嗨了，网上福尔摩斯找到蛛丝马迹之后一番抽丝剥茧，终于发现了这位教练的另外一层身份。

林延，就是林氏集团的继承者。所以说，当初花三千五百万把 Titans 从 BK 买出来的幕后老板居然就是林教练？！

难怪 Titans 说他卡里的钱都是教练给的了，可不就是卖身换来的吗！

等大家知道了这点之后，再回想之前的种种，所有人都不由得陷入了沉默。

虽然很想及时停止，但土豪金主一掷千金只求大神一笑，不惜巨资成立电竞俱乐部，最终逆袭夺冠一战封神——这个剧本越想越带感！

其实林延对自己的身份一直没有隐瞒，只是大家一直没有关注这个层面，久而久之就以教练的身份先入为主了。

怎么也没想到，只是像平时那样陪景元洲直播了几局双排，等吃完晚饭后网上居然都闹翻了天。

原本以林延的知名度，最多是组合粉们自得其乐，但是因为 GH 战队这个名字最近自带流量，再加上景元洲本身的超高话题度，倒是让两人又上了一波热搜，而且词条还非常具有传奇色彩。

林延随便点开了一个词条看了看，一眼就看到了人气火爆的小说标题"霸道教练带神级边路"，啥玩意儿？

另外一位当事人接受状态良好，还不忘道贺："恭喜，又省了一笔宣传费用。"

林延闻言，忍不住抬头看了景元洲一眼。

他本来多少想吐槽两句，但是仔细一想，好像也确实是这么一回事。

权衡了一下利弊，林延到底没叫骆默花钱撤热搜，把手机一扔，就转身安排晚上的训练内容去了。

白送的热度不要白不要，随他们去吧！

## 6

网上的热度整整持续了两天。

在这个过程中，GH 基地内部没有掀起任何波澜。

他们都心照不宣地进入了佛系模式。队魂毫无预兆地熊熊燃起，队内的默契值也因为这种诡异的氛围而达到了顶点。

然而，林延这个当事人对此毫无觉察，完全不知家里这帮小崽子们为他操碎了心。

随着常规赛正式开启，林延一门心思都投入到了对战的筹备中。

开幕式过后的第三天，GH 迎来了秋季赛的第二局比赛，这次他们的对手是 AIR 战队。

常规赛期间的所有比赛分散在三个一线城市的竞技场馆中举行。

这周的主办地是炙热联盟总部所在的宁城，距离 GH 基地不算太远，当天提前吃完午饭，众人才带着外设包坐上了俱乐部的商务车。

在前往赛场的路上，骆默拿着手机给众人拍摄了几段宣传用的花絮，抵达停车场后众人跟着工作人员一路来到了休息室。

林延前一天已经把 AIR 战队的打法风格梳理过一遍了，这时候也不临时抱佛脚了，只是一路走来总有一种奇怪的感觉，他懒洋洋地靠在沙发上，一脸若有所思。

景元洲留意到了林延的神态，走近了问道："怎么了？"

林延眉心微拧："说不上来，就是觉得今天好像哪里怪怪的，总觉得有很多人在盯着我们一样。"

毕姚华闻言忍不住转头看了过来，纠正道："教练，这点你真没感觉错，不过不是在盯我们，而是单纯地在盯着你。"

林延疑惑："盯我干吗？"

毕姚华一脸惊奇："你不知道你最近爆出来的那个人设有多吃香吗？！"

林延："什么人设？"

他这两天都在研究和 AIR 对战的战术问题，倒确实没有在意其他的事情。

毕姚华点了下前额，数着手指帮他清点："你看啊，打游戏技术顶尖，做教练战术厉害，最关键的还是俱乐部金光闪闪的幕后老板，啧啧！才华与外貌并存，要颜有颜，要钱有钱，这得是多少爱情小说当中的完美男主形象啊！有人觊觎也不奇怪，你说是吧？"

林延差点被呛到。才一天没关注而已，外面的传言居然已经夸张到了这个程度了吗？

但实际上，毕姚华平常虽然做派比较张扬，但是这一次顾及景元洲在场，反而说得比较委婉，网上的真实情况可比他说的这些要来得精彩得多。

总而言之一句话——他们家教练，火了！

林延这几天忙，景元洲却是没少关注网上的言论，此时勾了勾嘴角："不过，他们也只能觊觎了。"

比赛马上要开始，工作人员来通知上场，GH众人拎上设备包，头也不回地走出了休息室："比赛！快去比赛！"

AIR战队在季中赛的时候表现得并不理想，当时好不容易击败了LARK才保住了自己职业战队的名额，从战队实力上来说，比揭幕赛碰到的MEN还要弱上不少。

理论上来说，现在的GH打AIR这种档次的战队游刃有余，但林延还是费心地进行了一下安排。

不能说不放心，只是不希望出现任何意外。

以及，他想在确保胜率的前提下尽可能地保留一些战队的新战术。

常规赛累积的胜场积分主要是为了入围后的八强赛，虽然也比较重要，可是真正明智的队伍是绝对不愿意在这个阶段暴露太多阵容体系。

真正压箱底的东西，在这期间都是能不用就不用，要不然过早地亮出底牌，就等于给对手更多战前准备的机会。

八强赛倒还好说，后面还有四强赛、半决赛、赛区决赛……再往远了看，甚至有未来的世界赛。

对一支战队来说，如果底牌暴露得太早，那才叫真的没有了退路。

所以，练习新的体系是一门学问，怎么样将这套体系的作用发挥到最大化，那又是另一门学问。

像林延这样精打细算的一个人，自然是绞尽脑汁地想将他们战队的所有筹码压到最后。

BP环节很快结束。

林延从对战区走下来，不出意外地感受到现场突然间的沸腾。

今天到场的有不少是GH的粉丝，而这些粉丝基本是《炙热集结号》的忠实观众。

总决赛那天和LARK战队的那场热身赛还历历在目，确实是不激动都难。

和当时热身赛一样的BO1赛制，只是把当时的LARK战队换成了现在的AIR。

四个刺客的极致输出阵容，就这样毫无预兆地重出江湖。

"哈哈哈，这都敢放？AIR的教练是不是都没研究过GH以前的比赛啊？"

"我觉得是研究过了，就是没想到回家队到了职业联赛路子还是这么野。"

"有一说一，AIR的BP环节已经非常严谨了，这些版本强势英雄如果放出来那会更糟吧。"

"果然AIR这个队伍的英雄池还是太软了啊，都没啥人玩刺客英雄的，套路摆明玩不过。"

"我怎么觉得林教练就一端水大师呢？AIR和LARK都是垫底的战队，让他们享受一下同样的待遇？"

"上次给LARK的那句话同样送给AIR：愿天堂没有残杀！哈哈哈！"

"天天玩以前玩剩下的套路有意思吗？GH这是没有新招了？"

"听这语调，黑粉吧？其实真不必为黑而黑。"

"确实，常规赛保留战术不是很正常的事吗？提前暴露那才是真的傻子好吧。"

"就是，管那么多干吗，能赢就行了！"


这一局比赛GH确实赢了，而且赢得相当漂亮。

AIR甚至还没来得及坚持到团战阶段，三条路就纷纷被打崩。

又是一局三十多分钟就结束的碾压赛。

很显然，现在的AIR比当时热身赛期间的LARK强了不少，然而，GH战队显然比当时更加凶狠果断。

这种蜕变显得过分明显，每一个赛场上的碰撞仿佛都带着异样的色彩。

如果说当初和 MEN 的比赛还让人怀疑有运气成分的话，那么再次赢下这一局，彻底让那些所谓的路人对 GH 这支新队的实力再提不出任何质疑。

这一局的 MVP 是景元洲，面对采访时，他比顾洛游刃有余多了。

赛后回去的路上，林延又拿出赛程表来翻了翻，忍不住地笑了一声："说起来我们队不愧是职业联盟的亲儿子，这赛程安排都快比得上一线队伍了。"

常规赛一共四周时间，在这期间所有战队都将依次和其他队伍进行 BO1 的单循环，避自然是避不开的，但是具体的对战顺序又极其讲究。

像 MEN、AIR、PILL 等底层的队伍，在前期都算是经验宝宝，短短两周时间内，基本上被安排着与各大强队对战了一圈，用途就是奠定那些队伍在积分榜上的排名基础。至于最后能不能进入后半阶段的八强赛，就看他们在最后几周菜鸟互啄期间的抢分情况了。

比起这些队伍堪称送人头的赛程，GH 战队那由弱渐强的对战安排简直就是顶级待遇。

从赛程表上看，他们前期基本上没有碰上任何强队，像 Three、PAY 等顶级豪门更是在第三周后才会陆续遇到，这让 GH 前期的抢分道路轻松很多。

常规赛第一周，GH 总共被安排了三场比赛。

继前面两场碾压式完胜后，第三局比赛也被他们顺利拿下。

这样一来，首周比赛结束后的积分榜上，GH 战队的名字赫然在列。

同时因为 LDF 第一周只安排了两局比赛，他们甚至还压了其他豪门战队一头，一时风光无限。

看着俱乐部官方微博火箭般飙升的粉丝数量，骆默这个劳心劳力的经理人差点喜极而泣："总算配得上职业战队的人气了！"

林延忍不住回头看了一眼，似乎有些不太明白，自己这位前助理在接手俱乐部之后怎么好像伤春悲秋了很多。

然而比起俱乐部人气问题，林延显然更关注战队在赛场上的实战成绩。

截至第一周的比赛全部结束，从积分上看，GH 战队的情况确实还算不错。

但是这一周遇到的对手都太弱，从第二周开始，整体的考验即将严峻起来。

其他几支队伍林延倒不太在意，最主要的还是接下来的第一场比赛。

对手，SUU 战队。

抛开某些错综复杂的因素，单从实力层面来看，现在的SUU除了队长彭河外，那两个新引入的K国外援也都实力强劲，一个个都不是什么善茬。

如果说季中赛期间SUU还处在磨合阶段，那么从刚刚结束的比赛积分来看，这支队伍现在已经化身成了一把锐利的宝剑，锋芒毕露！

很显然，是个劲敌。

第二周的常规赛在南城进行。

巧的是，这里既是简野的老家，也是他原来打替补的那支次级战队的基地所在地。

大概是知道简野要来，原来的队友还提前给他打了电话，说是打完比赛后聚聚，请整个GH战队一起吃顿饭，也算是尽一尽地主之谊。

简野在这个战队里打了两年的替补，虽然因为英雄池的关系一直没有机会上场，但是和几个队友之间的关系都还不错，所以接到电话后，他就非常愉快地答应了。

林延对此自然没有什么意见，随着比赛日临近，让骆默提前给队员们订好了机票，就带着众人前往了机场。

按照常规赛的流程，每队前后两场比赛间基本上会隔上一到两天。

这对于需要来回奔波的外地队伍来说显然不太友好，所以绝大部分的战队都会选择直接在当地的酒店订一周的房间，安排配套的电脑设备，之后的日常训练也都在酒店当中进行。

林延不是那种喜欢多折腾的人，而且考虑到队员们的起居舒适度，很是豪气地在竞技场馆的附近选择了星级最高的明辉大酒店。

参赛战队的落脚点都是自行挑选的，林延并不知道别家俱乐部的安排，直到下了飞机后打车来到酒店，走进大堂看到那些熟悉的队服，才知道还有其他队伍和他们做出了一样的选择。

明辉大酒店作为比赛场馆附近评级最高的酒店，房间的价格自然非常高，看来因此而注意到这家酒店的并不只他们GH一家。

各队抵达的时间倒是稍微有些偏差，GH众人抵达时可以看到SUU战队正在办理入住手续，而BK战队众人则是在旁边休息区等待。

SUU众人拿到房卡后正在进行分配，起初他们也没有留意到刚走进大堂的

GH 一行人。

直到彭河听到身后的喧哗声下意识地回头，才发现来人的身份。

BK 战队和 GH 众人毕竟相熟，转眼间就已经聊得火热。

彭河没有察觉到自己脸上的表情有些微僵硬，下意识地将视线投向 GH 队伍中那个已经有些陌生的身影上，一时间站在那里忘记了迈开脚步。

SUU 辅助一回头看到的就是自家队长这样的异常举动。

顺着彭河的视线看去，SUU 辅助也发现了旁边的情况，有些惊讶地询问道："GH 居然也住这里吗？队长，我们要不要……也过去打一声招呼？"

彭河似乎这才回过神来，眼底的眸色隐约晃动了一下，收回了视线："不用了，没必要。"

他看了眼已经分配好的房卡，转过身："走吧。"

SUU 的其他人虽然觉得自己队长这样的态度多少有些奇怪，但也没有多说什么，纷纷跟在队长身后走向电梯。

毕姚华率先留意到了这边的动向，提醒 BK 的人道："SUU 的手续办理完了啊，是不是该轮到你们了？"

"哦，对。"库天路说着，将手中早就收集齐全的身份证一股脑交到了旁边的王经理手里，"王哥，麻烦了啊。"

早先因为景元洲转会的事，王经理着实没少挨管理高层的骂。

这个时候面对 GH 众人，他的心情自然是无比微妙。

虽然不太满意库天路这种明目张胆的使唤态度，但他巴不得不继续杵在这里招人嫌，应了一声忙转身走向了酒店前台。

顾洛的视线还停留在 SUU 众人的背影身上，他好奇地问道："那两个黄头发就是他们请来的外援吗？真的有网上说的那么厉害？"

"季中赛的时候我们和 SUU 交过手，那两人的个人实力确实很强，就是和队伍的默契欠缺一些。现在也不知道中文学得怎么样了，还记得当时打完比赛过去握手，都响说不出一句话来。"BK 射手说到这里停顿了一下，"不过上周的那几场比赛，SUU 打得确实漂亮，特别是 UL 的那一场，明显比季中赛的时候进步了很多。"

库天路听到这边的对话也看了过来，语调严肃地提醒道："没记错的话，你们下一场对的好像就是 SUU 吧？不管怎么样还是需要小心点，那两个外援来我们赛区可不只是把人带来了，据说还带了不少K国诡变的战术。虽然到目前为止一直藏着没用，但保不准下一场觉得胜算不足，就直接给拿出来恶心你们了。"

"诡变的战术？能有多诡变？"顾洛闻言缓缓地眨了眨眼，一不小心暴露了内心的真实想法，"要说心黑的程度，我才不信有人可以脏过我们家教……哎哟——"

话没说完，顾洛头上就结实地挨了一下。

旁边的蓝闽一个没忍住，笑出声来。

林延手里还拿着行凶的那卷电竞杂志，脸上的表情要笑不笑："再说一次，谁黑？"

顾洛顿时不吭声了。

别说蓝闽笑得不行，就连辰宇深的眼底也闪过了一抹极浅的笑意。

他轻轻地拍了拍顾洛的肩膀表示安慰，再抬头时，斜对面的电梯门已经关上了。

他微微地停顿了一下，就没有太大情绪地收回了视线。

不管过去到底发生了什么，大概未来所有的交集都只会是在赛场上了。

既然是作为对手，那么，赢就是了。

等BK战队办理完入驻手续，终于轮到了GH众人。

因为这次还带了骆默这个战队经理，七个人，最后一共开了四个房间。

骆默捧着一叠房卡回来，几乎没有多想，就将其中一张递到了林延的跟前："老大这是你的，单间，大床房。当然，如果你觉得一个人住太无聊的话，我也不介意跟你换的。"

林延说："还是你住吧，我跟景队一间就好，晚上方便讨论战术。"

景元洲应和道："嗯，我也这么觉得。"

林延和景元洲的房间确定后，接下来的分配就非常简单了。

最后是依照综艺录制期间那样两两一间，骆默这个多余的战队经理人则是享受了单间的待遇。

所有房间都在同一层。

林延看着其他人各自回了房间，才关上了自己房间的门。

转身的时候，他恰好看到景元洲那始终没有落下来的嘴角："笑什么？"

"不知道为什么，一想到你这么积极地想要跟我讨论战术，嘴角就有点控制不住。"景元洲脱下外套挂在衣架上，抬头看他，"当然，如果你不喜欢看我笑的话，那我尽量控制一点？"

林延："不用，你随便笑。"

林延转身打开了自己的行李箱。

说是行李，硕大的箱子内其实就几套换洗的衣服，占用空间最大的，反倒是那台随身携带的笔记本电脑。它第一时间被拿出来摆在了墙边的书桌上。

景元洲见林延按下了开机键，有些惊讶："不去吃饭了？"

"不去了，等会儿点个外卖吧。"林延没有收起半开在那的行李箱，拉了一把椅子在桌前坐下，"刚才库天路倒是提醒我了。之前我一直想着以 SUU 之前的比赛视频作为战术参考，倒是忘记了还有 K 国战术体系。趁着明天还有一天时间可以给我们调整，得好好把资料重新整理一下。"

# 第五章
## 你相信我吗？

### 1

GH战队群里的最后一条消息停留在凌晨三点，是林延发的：起床后来我房间集合，给你们重新梳理一下战术。

第二天队员们陆续醒来，一眼看到消息，顿时麻溜地洗漱完毕，按响了林延房间的门铃。

过了许久，却始终没人开门。

几人面面相觑，正迟疑着要不要过会儿再来，房间里面终于传来了窸窣的声响。

林延将房门拉开了一条缝，他的发丝凌乱松散，声音也透着疲惫："啊，都醒了？"

他身上的外套显然是起床后随手披上的，里面的衣服褶皱分明。

毕姚华刚伸到门铃边上的手不由停顿了一下，难得善解人意地问道："要不，我们一会儿再来？"

"不用，我去洗把脸就好，进来吧。"林延一边打哈欠一边侧了侧身，把门拉开些许之后，转身走到卫生间跟前敲了敲门，"还没好吗？"

景元洲的声音隔着一扇门传来："马上。"

林延显然还有些困，抱着身子靠在墙边，半眯着眼睛在那儿等着。

另外四人却一时间不知道该不该挪动步子。

众所周知，他们家队长向来有早起晨练的习惯，然而看现在这样子，居然也刚刚起床？

顾洛拿不定主意，小声地询问道："哥，我们……进去吗？"

简野遥遥地打量了一下林延的表情，咬了咬牙："进去吧！"

四人就这样一个接一个地，怀着惴惴不安的心情走进了房间。

林延洗漱完毕后从卫生间里出来，已经清醒了不少。

打了个哈欠后坐到桌前，他点了点鼠标，打开了电脑桌面上新创建的那份文档："说实话，SUU手上的那一分确实不太好拿。这是我昨天晚上整理出来的注意事项，你们先好好地看一遍，有什么问题的话回头再详细讨论。"

顾洛看到文档上密密麻麻的内容，震惊之余只觉得心隐约跳动了一下。

他说话的语调里也不由得带上了些许动容："教练你昨晚就是在通宵弄这个吗？其实我们现在也可以自己应付比赛了，你不用为了我们这么拼的……"

"不用想太多，也不算有多拼。这份东西其实两点多的时候就搞完了。"林延困顿地揉了一把头发，"通宵和你们没太大关系，真要怪的话就应该怪你们队长！"

景元洲原本神情疲惫地靠在旁边的沙发上闭目养神，感受到周围落过来的视线，好笑地睁开眼睛看了林延一眼："这话得说清楚，到底是谁的错？"

林延甩锅没甩成，低低地咳了两声："我说错了？"

景元洲补充道："你们教练的脾气还不知道吗？SUU那两个外援都是从Case战队过来的，他昨晚就特意找了Case战队上赛季的比赛视频来看，一时看上头就给忘了休息的时间。我本来也想提醒的，反倒被他拉着一起看了一晚上。"

林延听景元洲这么说就显得有些不乐意了："Case战队这两年的比赛打得确实不错，就算是我看嗨了，那些视频难道不都是你发给我的？"

景元洲妥协了："嗯，是我不对。"

别说其他人了，两人这样你一言我一语，就连毕姚华听得都快自闭了："教练，要不我们现在还是先看看文档吧？"

顾洛在旁边连连应和："对对对，明天就要比赛了，赶紧看看。"

林延虽然不是很能理解队员们的心态，但是对于这种主动提议讨论战术的积极性表示非常认同："嗯，确实应该抓紧时间了。"

一队人就这样在酒店的房间中待了一整天。

虽然为了确保队员们赛前的精神状态，林延并没有给他们安排具体的训练内容，但是光是罗列出来的要素，就足够他们回去消化一晚上了。

比赛安排在晚上。

当天 GH 众人在酒店餐厅吃了晚饭后下楼，正好撞见了从隔壁电梯里面走出来的 SUU。

猝不及防狭路相逢，让两队的人都不由得愣在原地，随后不尴不尬地互相点了点头，也算是打过了招呼。

坐上提前订好的商务车后，简野多少感到有些唏嘘："刚才 SUU 走在最前面的那个就是他们的队长 Mirror 吧？看起来比电视上还要小很多啊！听说他还是 SUU 俱乐部老板的儿子，啧，金尊玉贵的大少爷，人和人果然是比不得。"

毕姚华失笑："滚啊，你也就长得老，喀，我是说成熟一点，也不至于说得这么老气横秋吧？"

顾洛回想了一下刚才无意中对上的视线，暗暗地缩了下脖子，小声嘀咕道："其他的我不知道，但是总感觉这个人好凶哦。"

简野安慰地拍了拍顾洛的肩膀："你们不都是打中单位的吗？大概是同位置选手间的感应吧，马上就要上赛场打个你死我活了，你总不能指望他和滚哥一样温柔，对吧？"

顾洛被说服了："反正上了赛场后，我一定比他凶。"

简野哄得特别顺口："没错，我们 Gloy 最凶了。"

辰宇深坐在靠窗的位置全程没有说话，眼底落满了远处渐渐亮起的斑驳灯光，光影呼啸。

当天晚上一共两场常规赛，第一场是 QOG 对战 BK，第二场才是 GH 对战 SUU。

GH 众人对 QOG 这支战队实在是没有好感，排在前后场出战也是感到无比硌硬。

他们抵达会场的时候第一局比赛正好进入筹备阶段，参赛的两支队伍都已上场，没有在后台碰上。

于是，这会儿他们纷纷围在休息室的电视机前看比赛的现场直播。

QOG 的实力明显不敌 BK 战队，进行到四十分钟的时候被对方推掉了基地水晶。

"我就不明白了，QOG这种战队为什么能一直保住他们的联赛名额呢？"简野回顾了刚才的那几波团战，百思不得其解，"打成这样，居然偶尔还能去八强赛一轮游？"

毕姚华冷笑了一声："虽然不想承认，但是Roser那几个人的个人实力还算不错，要不然，我当时也不至于瞎了眼跟他们签合同。不过，那时候我倒是早就发现他们上场后不稳定的发挥状态了。那会儿还不知道这种临场表现的玄学到底是什么依据，也是经过那些事后才终于搞清楚。呵呵，QOG那几个垃圾当天发挥是好是坏，主要还是看钱有没有到位，这样说能明白吗？"

简野的嘴角动了动，好半响才憋出一句话："这些孙子现在还在搞这套？"

"也不是每场都搞，但确实没什么规律。而且有时候还会在无关紧要的比赛当中无偿表演几把来做掩饰，是真的不太好抓。"毕姚华瞥了一眼电视屏幕上退场的背影，神色讥诮，"但是夜路走多了迟早是要撞鬼的，我就等着QOG翻车的那天。"

话音未落，电视机的屏幕忽然彻底暗下了。

林延将手中的遥控器随手扔到了旁边，语调淡淡："要骂回去再骂，今天的对手是SUU，准备上场了。"

毕姚华也不是个不懂轻重的人，没任何意见地应了一声，站了起来往外走。

其他人拿上设备包也纷纷跟着工作人员走出了休息室。

众人没料到刚走几步，就撞上了刚打完比赛回来的QOG战队。

没看到BK的身影，应该正在进行获胜方采访。

QOG刚刚输了一场比赛，反倒一片笑嘻嘻，氛围十分融洽，半点没有沮丧。

QOG众人也没想到会撞见GH，氛围一度十分微妙。

跟在后面的工作人员不知道两队有过节，但是毕姚华和QOG战队的纠葛是众所周知的事，一时间也本能地在后面警惕了起来。

两边都是职业战队，虽然说做不出过激举动，但是工作人员还是偷偷摸出了手机，以备真的发生争执后，可以第一时间把保安给喊过来拉架。

QOG的队长Roser走在队伍的最前面，看到毕姚华的时候脸瞬间就沉了下来。

他本来想要说些什么，余光从林延身上掠过后到底还是噤了声。

上次见面的时候他只当林延是个普通的战队教练，自然也没有太放在心上，可是前两天的热搜突然爆出了那隐藏的背景身份，单是碍着这一层面，当着这位教练的面他也不敢太过造次。

Roser 平常也没少跟资本打交道，自然深知对方不好招惹。

想到这里，他低头避开了 GH 众人的视线，打算息事宁人地带着 QOG 的队员们从旁边绕开。

然而就在擦肩而过的时候，毕姚华突然伸出一只脚来拦住了他。

Roser 脸色越发沉了几分："你想干吗？"

周围有这么多人在，他倒不担心毕姚华会做出什么过激举动，但是以他对这个男人的了解，也知道必然不是什么好事。

果然，只见毕姚华似笑非笑地垂了垂眼，吹了声口哨："哟，输了呀？"

Roser 留意到林延和景元洲都看了过来，深吸了一口气，忍了："输赢都是很正常的事，技不如人而已。怎么，你没输过？"

毕姚华一脸讥笑："输当然输过了，但是很难做到像你们这样输得这么开心啊！有什么秘诀，教教我呗？"

Roser 脸上的表情一时间无比精彩，顾及在场的其他人，他暗暗磨牙："所以到底有什么事？"不是要去比赛吗，还在这骂骂咧咧什么！

毕姚华似乎听到了 Roser 的心声，笑得更欢了："没事，就是觉得好歹以前同队一场，这种时候怎么也应该过来慰问两句。总之，希望你们后面的比赛要好好加油！"

Roser 冷不丁听到这一句，一时间以为自己产生了幻听："你说什么？"

"毕竟，我答应过要亲自送你们回家的。"毕姚华的语调轻飘飘的，"如果到时候 QOG 的排行积分直接垫底，不等我动手就自己先把自己给淘汰了，那确实会对我造成一定的困扰啊，你说对不对？"

Roser 嘴角一抽。

旁边的工作人员见局势不对，慌忙上来打圆场："第二局比赛马上就要开始了，各位看是不是……"

林延倒是挺喜欢看毕姚华这气死人不偿命的做派，不过也知道现在确实不是嘲讽人的时候，远远喊了毕姚华一声："BB，走了。"

第一场比赛的 MVP 给到了蓝闽，采访环节结束后，第二场对战双方也在万众瞩目下走上了赛场。

在对战区坐下,林延不忘提醒上一句:"QOG的事先放放,把和SUU的这场比赛拿下来,知道吗?"

毕姚华的心态稳当得很,刚嘲讽完人非但没有半点影响到心情,反倒觉得神清气爽:"放心吧教练,我很稳!"

刚结束一场比赛,现场的气氛已经彻底地活跃了。

非常巧的是,今天的官方解说是GH的老朋友兔帽哥和哭哭。

带着观众们继续回顾了一下刚才的精彩片段后,两人就开始将注意力转向了场上的两支队伍。

大概是因为前阵子的热搜,导播没有着急给选手镜头,反倒是先给了林延一个特写。

解说兔帽哥:"说起来,因为之前有参与《炙热集结号》录制的关系,GH战队的这位林教练也算是我们的老朋友了。不说他最近那爆炸的热点话题,单凭他能将GH这支全新的队伍一路带到职业联赛的赛场上,就足见其高超的能力。今天面对SUU这支实力强劲的队伍,我很好奇林教练又会拿出什么阵容进行对抗呢?"

"这一点我也非常好奇。"解说哭哭默契地接了话,"其实GH战队前面的比赛我都有看,之前在对战PILL的时候再次拿出了四刺客英雄的秒杀阵容,可以说是打得非常强势。也不知道今天有没有机会再看GH战队展示。"

"我和你想的就不一样了。"解说兔帽哥笑道,"GH战队可是目前联盟中唯一没能被大家摸透核心体系的队伍,之前还有电竞媒体专门分析过这种多核模式对战方式。根据我对林教练的了解,他绝对不是一个安于现状的人。我倒是觉得今天这样的强强对决,GH很可能会拿新的对战体系出来,这样一想实在是叫人有些期待。"

解说哭哭:"但是SUU战队引入两位K国选手也已经有一段时间了,目前来看整个队伍的适应程度也是非常不错,是一个不容易对付的对手哦。"

解说兔帽哥:"总之,不管怎么样,我相信这场比赛一定会很有看点!"

林延正准备戴上隔音耳机,恰好将这样的一番对话听在了耳中。

他不由遥遥地朝解说台的方向看了一眼,眼底是淡淡的笑意。

别的不说，"不安现状"的这个评价，对他来说还真是无比的贴切。

对战双方完成设备调试之后，比赛正式进入到 BP 环节。

前两个禁选机会双方没有太大的犹豫，SUU 把两个禁选都用在了景元洲擅长的位置，GH 则是禁了两个版本强势英雄。

直到最后一个禁用英雄选择时，双方都不约而同有些迟疑。

SUU 主要是考虑到 GH 之前使用的秒杀阵容，在犹豫要不要禁辅助位；而林延则是因为 SUU 太过常规的禁选，一时间无法确定对方会使用什么阵容体系。

SUU 最后选择禁掉了简野的辅助位。

林延考虑再三，也做出了最稳妥的选择："禁独眼巨人吧。"

独眼巨人这个肉坦（指在游戏里负责承担伤害、吸引敌人的角色，通常具备生命值高、防御力强等特点）英雄在国内联赛的使用率其实不高，但是近段时间在 K 国赛区却是频繁登场，是多套战术体系非常核心的存在。

这一手禁用，便能将对方的战术可选范围限制到最小。

GH 队员们看着 SUU 的三个禁用英雄选择，不由得乐了："厉害啊滚哥，再这样继续下去，你得成为今年联赛最受针对的辅助选手了啊！"

简野一时竟不知道这到底是件好事还是件坏事，沉默了半晌，客套道："都是教练的功劳。"

林延难得没有搭话，将视线牢牢地停留在对方的英雄选择上。

SUU 的第一手率先拿下的是中规中矩的防御型上单。

在和景元洲对线的时候拿出，显然是做好了抗压的准备。

低头在笔记本上写了两笔，林延让队员锁定了一个刺客和一个治疗辅助。

SUU 的第二个英雄拿的是拥有强势团控技能的中单法师灵之钥。

到目前为止，双方的英雄选择都非常求稳。

直到 SUU 锁定了第三个英雄，一个自带团体控制技能的坦克辅助。

林延的目光在对方这三个英雄上面流转，目光中闪过一丝恍然："原来是这样……"

他轻轻地画掉了笔记本上原本的选择计划，将耳麦拉到了嘴边："拿暗影狙击手和机械爆炸师。"

顾洛惊讶道："教练，你是准备用……"

林延笑了笑："没错，没有哪场比赛会比现在更适合这套体系的发挥了。"

官方解说始终关注着两边阵容的选择情况。

看到GH这边最新锁定的英雄头像，兔帽哥不由愣了一下："机械爆炸师，GH居然没有拿法刺！GH的中单Gloy这是终于准备改变套路了吗？我好像还从来没有看见他用过这种法坦类型的英雄，难道是为了战队阵容特意做出的调整。"

解说哭哭："现在GH已经确定了四个英雄，就看最后会为Titans拿下什么边路了。"

BP环节仍在继续。

随着SUU最后两个英雄的确定，阵容体系终于完整地展示在了观众们的面前。

就如林延猜的那样，完完全全的团战阵容。

强势的大前排，再加上大量的控制技能，为团战做到了近乎充足的准备，绝对是一个非常让人头疼的阵容。

"好的，只剩下GH的最后选择了。GH这次的英雄选择可以说是十分的中规中矩，从目前的阵容情况来看，在对战的过程中GH遇上SUU或许会有些许的劣……"解说兔帽哥正在认真地分析着，就见GH锁定了他们阵容的最后一个英雄。

兔帽哥到了嘴边的话一顿，差点咬到自己的舌头。

不是还缺少一个边路英雄吗，为什么最后拿了一个荒野剑客？！

不说荒野剑客在这个版本上场率确实不高，单论技能，不管怎么看都是个打野英雄，根本没办法走边路吧！

解说台沉默，整个场馆内众人更是议论纷纷。

就在这时，便见GH众人英雄的位置在进行最后的调整。

最后锁定的荒野剑客换给了辰宇深的打野位，原本以为走打野位的物理刺客落在了中单顾洛的手上，至于刚刚还热烈地讨论过的"中单"机械爆炸师，兜兜转转后却是停留在了边路选手景元洲的手里。

所以说，机械爆炸师才是GH在这一局的边路？！

BP环节，总共五个位置只猜中了两个，兔帽哥只觉自己的解说生涯遭遇了前所未有的打击。

神一样的中规中矩，GH这一把拿的又是什么奇葩阵容？！

## 2

观众们才不理会兔帽哥的崩溃心情，对于解说在线翻车这种事情，他们无比喜闻乐见。

两边阵容一锁定，直播间的弹幕也很快热烈起来。

"哈哈哈，隔着屏幕都能感受到解说的绝望，回家队的现场不好做啊。"

"不过说真的，机械爆炸师也不是不能走边路。"

"Titans以前玩过爆炸师吗，我怎么好像没有印象？"

"比赛期间确实没玩过。"

"自己想啊，以前在BK的时候全指着他镇场子，怎么可能用这种英雄。"

"回家队是真的喜欢用奇葩阵容啊……"

"确实，他们选的这些英雄居然没一个是版本强势英雄。"

"不过看起来SUU那边打团更强势一点啊，那么多团控GH还瞎选，别是搬起石头砸自己脚哦！"

"唱衰大可不必，GH可是在直播的时候赢过SUU的，粉丝们心里没点数？"

"笑死，人训练赛的输赢都算不了什么更别说直播了，怎么的，GH还想当直播冠军战队？"

"打都没打，瞎操心什么呢，看比赛吧！"

虽然GH这次拿出来的阵容确实让人有点看不懂，但看得出来不是前期强势的阵容。

SUU摆明了也是准备中后期打团战的阵容，于是开局后双方都是意思一下地在野区周旋了一番后，纷纷回到了各自线上发育。

其实SUU今天用的是K国赛区经常用的团控体系，前期抗压，成型后再爆发，如意算盘打得噼啪响。

但是，抗压并不代表不需要发育。

现在对战双方各自回到了线上，原本不太明显的阵容对比一下子就突显了出来。

毕姚华用的暗影狙击手是射手英雄中射程最远的。

虽然普通攻击速度偏低，但是技能一旦狙中，伤害值堪称爆烈。

刚一照面，毕姚华就在侧面草丛里放了一记阴枪。

SUU射手的气血值瞬间掉了小半格，下意识地想要后撤，结果还没等走两步，辰宇深的荒野剑客牵着简野这个辅助就从斜后方绕了出来。

SUU射手孤立无援，低头看了眼自己的气血值，在这必死的局面下没有使用闪现。

多少是个保命技，既然注定跑不掉了，不如留着下次再用。

"First blood（第一滴血）！"

辰宇深低头看了一眼自己拿到的人头，淡淡地道了声谢。

毕姚华倒是豪爽得很："不客气，有空常来玩啊！"

简野沉默了片刻，选择性地无视了这句话，看了眼地图道："都小心一点，对面中单不见了。"

景元洲的声音响了起来："我们的蓝应该被他们拿了。"

简野愣了一下："他们这是准备去包你啊，队长！"

景元洲应了一声："嗯，没事，来抓你们就速推，不用管我。"

辰宇深闻言也不犹豫，没再继续往上路赶，而是转身绕进了SUU的野区。

就在不久之前，SUU的外援边路选手Kong还被景元洲压得叫苦不迭。

其实Kong的实力在边路当中绝对是顶尖的，如果对面换成任何一个出场率高的边路英雄，就算对手是Titans他也绝对应付得过来。

可问题是，这一局景元洲偏偏拿了一个机械爆炸师。

前期两个远程控制技能加一个短距离位移，光是这三个技能就把他这种近战英雄耍得够呛，更别说等第四技能大招升级后了。

对线这些时间下来，景元洲压得Kong都不敢多冒头去清兵线。

Kong自从打边路以来，还没在职业赛场上受过这样的气，无计可施下不得不召集队友支援。

SUU队员的反应非常迅速，转眼间齐齐赶去上路。

现场的观众们拥有上帝视野，自然已经留意到了此时上半地图的暗潮汹涌。

解说兔帽哥："很明显，SUU这是准备抓Titans一波了。"

解说哭哭："但是他们似乎没有想要隐藏gank的意图。说是要抓人，反而更像是想逼GH打一波团战。"

兔帽哥看了一眼GH其他人的位置："不过GH好像没有跟SUU打团的意

思啊，现在 Abyss 和 Gun 都跑下路去了，看样子是准备直接放 SUU 拿这个人头了啊。"

"不奇怪。SUU 这个阵容打团实在太过强势了，GH 就算派人过去支援也未必可以讨到什么好处。"哭哭想了想，提出了自己的疑问，"但是现在还只是前期，避开团战倒是不难，可如果到了中后期呢？GH 总不至于全场都不和 SUU 正面碰撞吧？"

兔帽哥笑了笑："对 GH 来说避开确实是最好的选择，问题是，SUU 那边估计也不会让啊！"

因为景元洲提点在先，GH 这次确实没有对 gank 做出任何应对。

就算景元洲的技术再精湛，面对 SUU 四个人包围夹击依旧没能逃过被击杀的命运。

但是在最后关头，他还是用大招在防御塔下嘲讽到了对面四人，强行换掉了 SUU 打野 Hand 的人头。

虽然防御塔已经注定要被推掉，但是在这样的局面下还能打出一换一，景元洲已经处理得相当漂亮了。

同一时间，毕姚华再次将残血的 SUU 射手逼回了防御塔下。

而辰宇深和简野在吃完 SUU 野区经济后则是又回到了中路，借着刚抵达的兵线，帮顾洛点掉了中塔二分之一的气血值。

SUU 的这波 gank 看起来强势无比，但实际上损失巨大。

"看到 SUU 的表情了吗，感觉都快骂人了。"

"感觉 K 国选手还是不懂我们赛区行情，正常一点的队伍都不会选择去边路 gank。"

"收回之前的话，Titans 的机械爆炸师也超强！啊啊啊！"

"强有什么用，靠他一个人给战队争取机会吗？刚才解说不也说了 SUU 那是团战阵容，等着看中后期 GH 在线爆炸吧！"

"团战阵容怎么了？新人不是很懂……"

"前期占再多的小便宜也没用，中后期肯定要打团的啊。"

"确实，除非 GH 能做到后期不让 SUU 开团。"

"开玩笑，SUU 这阵容就是拿出来打团用的，怎么可能放过开团的机会！"

SUU 确实没有放过任何开团的机会，而且积极无比。

他们用的是 K 国赛区非常喜欢的中、野、辅三线联动体系，吃了 gank 景元洲的教训后迅速调整了方向，开始疯狂地在 GH 的中路和野区找麻烦。

SUU 在强势的控制技能保驾护航之下，一波压进，转眼就反超了 GH 三个人头。

在这期间，他们也试图在河道 BOSS 处逼团，然而 GH 依旧没有理会的意思，顺水推舟地拿下了首个小 BOSS，成功获得团队增益 buff（指对角色属性或技能的临时提升）。

整个炙热峡谷都陷入了水深火热当中，虽然有简野在后方保护，但辰宇深和顾洛依旧被抓得叫苦不迭。

如果不是毕姚华使用的暗影狙击手确实不好被 gank，很可能连下路都被彻底击垮。

不管怎么看，GH 战队的形势都不太乐观。

林延坐在观众席中，看了眼直播界面上冷嘲热讽的弹幕，却没有半点着急的样子。

他神色扫过对战双方的出装情况，嘴角反倒勾起了几分："差不多了……"

几乎在同一时间，已经许久没有开麦的毕姚华忽然提醒道："可以了，我的远程爆弩做出来了。"

简野拼死拼活地保着中、野两个脆皮（指血量少、防御低、容易被秒杀，但攻击力高的英雄）与 SUU 周旋到现在，再好的性格也有了点脾气："你总算好了！再拖下去，我都要拿着自己的匕首跟他们拼命去了！"

顾洛现在的战绩和辰宇深的一样不太好看，闻言却并没有多少怨气，忍不住笑道："滚哥你那不叫拼命，那叫送人头。"

景元洲收了路上的一波兵线，就开始往中路走："行了，准备开始吧。"

和外界的议论纷纷不同，GH 众人在这样明显劣势的局势下非但没有表现出半点担忧，反倒一副笃定无比的语气，这让在旁边监听语音的裁判员有些错愕。

与此同时，解说台上的两位官方解说也很快发现了 GH 战队终于采取了行动："GH 这是……"

这时比赛已经进行了二十多分钟。

三路的防御塔各掉了两座，双方的装备也已经大致成型，正常情况下确实是开启小规模团战的最佳时机。

　　但是……GH战队在前期显然是在努力避免与SUU战队发生大规模的碰撞，他们怎么突然间又开始准备搞事情了呢？

　　不只解说和观众们一脸不解，就连之前一直在寻找机会的SUU战队看着突然积极的GH，一时间也有些疑惑。

　　SUU很快在防御塔前摆出了进攻姿态。GH作为防守方，双方在防御塔下进行着周旋。

　　GH虽然第一次全员集结，但看上去依旧没有着急与SUU正面开团的打算，而是尽可能地互相拉扯着。

　　众人一开始不是很懂GH的用意，但很快都纷纷意识到了这个阵容的关键——暗影狙击手！

　　毕姚华这局拿的这个射手英雄堪称一座超远程的弩台，而景元洲边路的机械爆炸师，则成了这架弩台锁定目标的核心瞄准器。

　　机械爆炸师这个法师英雄之所以不太站上职业联赛的赛场，很大一部分就是因为辅助技能过多而缺失了高额的爆发伤害。

　　可是这些辅助技能落在GH现在的阵容中，却仿佛变成了扼制住SUU咽喉的那只巨手。

　　景元洲的技能精准度高得吓人。

　　每一次，第一技能的范围眩晕效果总能不偏不倚地将SUU的前排锁定在原地。

　　虽然只有零点五秒的沉默时间，却已经足够让毕姚华在后方毫无负担地进行狙击。

　　暗影狙击手玩得好坏，很大程度上看的就是这个非指向性技能的命中程度。

　　毕姚华向来擅长预判，更何况现在有景元洲在前排替他锁定目标，基本上可以说是一枪一个人头。

　　再加上此时他身上的装备已经非常完善，拥有了远程爆弩这件射手神装后，打在SUU的前排坦克身上都能造成减少对方三分之一气血值的巨大伤害。

　　对峙期间，SUU几次锁定景元洲这个前排半肉法师想要动手，都因为简野这个坚强的辅助而没能找到机会。

然而这样一来，单是几次试探之后，SUU 的几个队员们就已经在毕姚华一枪接一枪的狙击下血量掉了大半。

SUU 终于意识到了不对劲。

彭河朝周围看了一圈，始终没有发现辰宇深这个打野的身影，拧着眉心做了决定："先后撤！"

SUU 队员的执行力向来很强，深知这种未打先残的局面不宜恋战，毫不犹豫地就要收兵。

只是这时，原本一直在远程骚扰的景元洲将技能一个接一个地炸开，直接将位置靠前的 SUU 边路控制在原地，随后第二技能的短距离位移接上，再闪现进场，直接开启大招。

因为大招范围嘲讽技能的开启，连带着旁边的 SUU 辅助也被迫留了下来。毕姚华一枪补上，直接将只剩四分之一气血值的 SUU 边路坦克原地带走。

彭河一回头，看到的就是这样的画面。

眼见辅助位置不对，他当即将手中的灵魂之钥甩在了地上。原地腾起的虚空之门泛着白光，将景元洲与简野牢牢地拦在了后方。

然而不待彭河继续操作，只见后方草丛中的一个身影一闪而过。

拿着利刃的剑客就这样呼啸而至。

是辰宇深！

这样的身影落入彭河眼中，他心头一跳。

千钧一发之际，他在第一时间按下闪现技能将两人之间的距离拉开。

彭河正准备迎面将控制技能预判放出，结果在同一时间，辰宇深也果断无比地衔接上了一个闪现。

彭河的技能空了。

这样的距离被缠上，他作为一个中单法师，已然没有任何还击之力了。

辰宇深看着游戏画面中那个 ID，眼中一片平静。

手起刀落，他干脆利落地收走了彭河的人头。

另外一侧，伏击 SUU 射手的顾洛也已经得手。

SUU 两个输出位双双阵亡。

虽然打野 Hand 临死前换走了顾洛的人头，但是随着这波一换五的团灭，让 GH 战队连推两座外塔的同时还击杀了河道 BOSS 深渊君王，前面拉开的经济差也几乎被拉平。

不只是现场，直播间的弹幕也彻底炸开了。

"机械爆炸师还能当瞄准器用的吗？"

"Titans 的技能预判未免也太准了吧！"

"谁说 SUU 这阵容团战厉害，我怎么感觉他们和 GH 根本没法打啊？"

"那是 GH 故意吊着他们好吗？没看所有人都分散站位了，团控技能再多也控不到他们啊。"

"我感觉主要还是 BB 那暗狙的伤害太高了，SUU 的前排都扛不住，如果打在脆皮身上两枪一个吧？"

"前面那波注意力也分散得很漂亮啊！我看那两个刺客早就旁边蹲着了，怕是就等这个时候呢。"

"哈哈哈，前面给 GH 唱衰的都出来看看？就问脸疼不？"

"BB 虽然嘴臭，关键时候不得不说还是很靠得住的。"

"啊这……SUU 这波损失太大了，后面还能打吗？"

"相信我，根据我对回家队的了解，他们大概率很快就要把 SUU 送回家了。"

这一波团灭对 SUU 的打击确实很大。

不单是被连推了两座防御塔，更重要的是在这个阶段至关重要的深渊君王团体 buff 的丢失。

也是在这个时候 SUU 才终于意识到，GH 这个阵容恐怕从一开始就是一个陷阱。

而他们前期因为暗影狙击手不好 gank 居然真的放任其发育，是一个无比重大的错误。

可是现在他们终于看清了 GH 这套体系的本质，却也已经来不及了。

毕姚华的核心装备本已经完备，再加上刚才一波团灭的经济让他又连出了两个小件装备，伤害无疑更加可怕。

这种情况下 SUU 战队如果想要在那狙击枪下站住，所有人都必须补充一到两件的物理防御装，可关键的问题是——GH 战队会给他们调整的机会吗？

仗着身上的团体 buff，GH 直接全员压进。

双方局势颠倒，SUU 这次变成了防御方。

只是因为阵容的关系，他们显然没办法做到 GH 那样拖延时间。

此时躲在后方的毕姚华依旧在暗处放着冷枪。

仿佛刚才局势的重演，还没来得及全面开战，SUU 众人的气血值就已经残了一片。

SUU 射手惨中一枪后只剩下了小半管的气血值，无计可施下，不得不回城进行补给。

景元洲非常敏锐地抓准了契机，直接越塔开团。

半肉的法师嘲讽到了三人。

景元洲的气血值在防御塔的攻击下惊心动魄地下降着，而站在后方的简野顶住巨大的压力，瞬间将治疗效果发挥到了极致。

短短的五秒钟时间，辰宇深和顾洛齐齐出手，毕姚华再次收走两个人头。

彭河看准时机一个大招直接控住了塔下三人，然而后续伤害无法跟上，不得不转身逃生。

景元洲虽然阵亡，但是成功换走了对方三个人头。

等到 GH 四人带着名为君王守卫的特级兵压上高地时，SUU 只剩下中、射两个脆皮，显然无法应对，只能眼睁睁地看着自家的水晶被摧毁。

"Victory（胜利）！"

当胜利的字样出现在大屏幕上，全场掌声雷动。

选手们摘下耳机的时候，解说台上的两位官方解说还在激情无比地回顾着最后的那两波团战。

GH 众人互相对视了一眼，眼底都是藏不住的笑意。

辰宇深的指腹在手中的耳机上轻轻地摩了摩，视线掠过电脑屏幕上的战斗结算页面，微微有些走神。

直到旁边的顾洛轻轻地拍了拍他的肩膀，提醒道："Abyss，走了。"

辰宇深才缓缓地吸了口气，站了起来。

按比赛惯例流程，获胜方的选手需要前往战败方对战区握手致敬。

SUU 的队员们显然还沉浸在刚才的失败中，多少有些不甘，然而看到走过来的 GH 众人时，眸底更多的是浓烈的战意。

GH 众人以景元洲为首与 SUU 的队员们逐一握手。

Kong 身为在 K 国赛区当中实力不菲的边路选手，这次再加上之前无意中在战对排位赛中的偶遇，已经连续两次被景元洲压着打了。

当双手握上时不由得微微用力，他用蹩脚的中文认真说道："瞎次（下次），窝一定（我一定），应你（赢你）！"

景元洲淡淡一笑："欢迎。"

Kong 暗暗地磨了磨牙。

虽然他的中文还不是很好，但是教他中文的老师一直告诉他中国汉字博大精深，明明是这么客气的语调，但他总觉得对方好像根本没有把他放在心上。

后面，其他人也逐一客套了几句。

辰宇深走到了彭河面前。

两人之间的氛围有些许微妙。

从上次辰宇深拒绝加游戏好友时，彭河多少已经猜到了他的态度，虽然遗憾，但也在意料之中。

这个时候作为对手在赛场上遇到，或许是他们未来唯一的交集。

在这样难耐的氛围当中，彭河正准备像其他人一样客套地说一句"多谢指导"，辰宇深却是毫无预兆地开了口："那封邮件，我……看到了。"

没头没尾的一句话，落入耳中，让彭河彻底愣在了原地。

直到其他人留意到两人的举动投来视线，他才后知后觉地找回了几分神志，僵硬木讷地动了下嘴角，却只能发出一个声音："哦……"

辰宇深没有再看他，短暂地握了下手后收回，跟着 GH 其他人走下赛场。

彭河站在原地看着。

已经走下赛场的身影，比起印象中已经长高了很多。

许久之后，他深吸一口气，朝着相反的方向转身："走吧。"

第二周常规赛的第一场比赛，落下帷幕。

3

这一局的 MVP 给到了景元洲。

虽然毕姚华在比赛过程中打出了最高伤害，但机械爆炸师几乎没有失手过的第一技能控制显然才是整套战术的核心。

更何况，最后还有那波团战过分完美的开团契机，单独剪辑出来之后简直堪称教科书般的开团。

结束赛后采访,众人坐上了回酒店的商务车。

常规赛第二周,GH战队只有两场比赛,目前解决掉了一个实力较强的SUU,面对剩下的那个弱队也算是少了很多压力。

不过,结束比赛心态轻松的不止他们一个战队。

等回到酒店,刚进大堂就看到了等在那里的BK战队。

BK这周只有一场比赛,今天打完就准备回去了。

库天路想着难得和GH住在同一家酒店,就想着回去前聚在一起吃顿饭。

林延对于BK战队倒是没有太大的意见,听库天路说完,意味深长地扫了一眼旁边的王经理:"战队选手聚餐,俱乐部经理也要参加吗?"

他问得很委婉,但是言下之意表达得非常明显。

就差直接说出"谢绝来往"四个字了。

王经理脸色难看了几分。但是当着这么多人的面他也不好发作,只能咬牙道:"我就不去了。晚点还有事,你们吃吧。"

林延满意地点了点头:"等我们回去换套衣服,半小时后三楼餐厅见。"

整个过程中景元洲没有说话,只是定定地看着林延。

等一路回到了房间,林延忍不住回头看了过来:"看着我做什么?如果不想去的话……"

景元洲似乎还在回味大堂中听到的那番对话:"没什么,就是越来越发现,你是一个特别记仇的人。"

林延顿了一下,顿时明白过来景元洲说的是他刚才噎BK王经理的事。

林延抬头便见景元洲将队服外套脱了下来,随手挂在了旁边的衣架上:"但是,看到你因为我这么记仇,我真的感到……非常开心。好了,换衣服吧,库天路他们都等着呢。"

景元洲从衣柜里取出一套衣服,由于许久没有等到林延的回音,又回头看了过来:"怎么了?"

林延这才回答:"还有时间,不急。"

BK战队早就聚在了餐厅。

过了片刻后换好衣服的GH众人陆续抵达,就这样齐齐在大厅里又等了许久。

库天路不由得低头看了一眼时间:"看你们教练的样子倒确实是个很精致的人,不过换身衣服需要这么久吗?"

GH的队员们互相交换了下视线,最后队员代表毕姚华清了清嗓子道:"这不是才过了二十分钟嘛!说好的半小时集合,教练这么有时间观念的人肯定特别准时,别急啊。"

库天路道:"我倒也不是很急。"

正说着,只见不远处的电梯门应声打开,两个熟悉的身影并肩从里面走了出来。

景元洲遥遥地跟众人打了声招呼:"包厢订好了吗?人齐了就进去吧。"

"嗯,订好了。"库天路应着,视线却是忍不住瞥过两人有些湿润的发丝,到底还是没忍住地问出了口,"你们不是回去换衣服的吗,怎么连澡都洗了?"

林延脸上没有太多表情:"比赛现场太热了,反正要换衣服,就顺便冲了一下。"

旁边的景元洲接话道:"嗯,确实有点热。"

景元洲眼见林延抬步,也跟在后面走了进去。

所有人都很快入座。GH战队坐在一侧,BK战队坐在对面。

库天路趁GH众人没来的时候就已经点好了菜,转眼间服务生陆陆续续开始上菜。

在场众人都是下午刚打完比赛,中午因为担心吃坏肚子都没敢吃太多,这时候肚子也都饿了,自然吃得狼吞虎咽。

等到桌上的菜都被席卷一空,众人才开始有一搭没一搭地聊了起来。

库天路原本想要给林延倒酒,被景元洲拦了下来:"他喝不了。"

"看得还挺严……"这句话库天路也只敢自己嘀咕,视线扫了一圈,最后将目标转移到了景元洲跟前的空杯上,"林教练喝不了的话,队长你来点?"

毕竟已经称呼了好多年,嘴快的时候库天路还是习惯叫景元洲队长。

这样的称呼让景元洲微微顿了一下,然后便听到旁边正喝着排骨汤的林延忽然抬头看了过来:"他也不能喝太多。"

库天路差点没能缓过来:"知道了,我少倒点。"

GH其他人闻言,也投来了无比期待的视线:"教练,队长都喝了,那我们?"

"行了，反正明天没有比赛，今天就破个例。"林延有些头疼地揉了揉太阳穴，"但是都少喝点！"

简野欢呼一声："来来来，帮我满上！"

酒一上桌，氛围瞬间就热络起来了。

看得出来库天路接任 BK 队长以来压力确实很大，三杯下肚之后，原本就不少的话顿时更多了。

他先是拉着景元洲絮絮叨叨了好半晌，后来又突然想起一件事来："对了队长，你还记得去年在世界赛上遇到的 K 国战队 WIN 吗？"

景元洲拿起杯子来抿了一口，点头："嗯，记得。"

"对，就那些狗眼看人低的家伙！"库天路义愤填膺地拍了拍桌子，把其他人的注意力都吸引了过来，"那会儿刚打完世界赛回来，他们的经理隔三岔五地求着我们打练习赛。当时我们哪次没有客气地答应下来？现在倒好，自从你转会后，每次去联系他们都推三阻四的。后来王经理逼急了直接问他们什么时候有空，说我们可以等，结果你猜他们怎么回复的？"

景元洲等他继续。

库天路学着对方的语气说道："不好意思啊，我以为拒绝这么多次你们应该明白了，没想到非要我说得这么明确。今年我们 WIN 的目标是世界冠军，之前约练习赛主要是对 Titans 的认可。现在 Titans 转会了，我们实在没那么多时间帮你们练新人，以后训练赛的事就不用提了，别浪费这种时间，对双方都好。"

提到这件事，BK 其他人的脸色也瞬间沉了下去。

蓝闽的嘴角更是压到了极点："我的实力确实不如师父，但是说真的，Win 的边路也就那么回事。真的在线上对上，我也未必赢不了他！"

库天路同情地拍了拍蓝闽的肩膀："其实我也不明白 WIN 这支队伍到底哪来的自信，去年世界赛连四强都没有进，就眼睛长头顶上去了。虽然说今年他们在 K 国赛区的表现确实不错，可是目标是世界冠军也真敢说。之前的比赛采访你有看吗，就两天前，还隔空喊话说要打爆我们赛区的五大魔王，呵呵……"

一直埋头吃饭的林延忽然说道："目标是冠军什么的，倒也不能不让人说。"

库天路疑惑地回头看去："啊？"

林延拿起餐巾擦了擦嘴角："毕竟我们战队从成立开始，目标一直就是世界冠军来着。"

"不过打爆五大魔王这种话的确吹嘘过头了,至少,我们家的边路可不是那么容易被打爆的。"林延露出了一抹淡淡的笑容,"那支K国战队叫WIN是吧?放心,我记下了,如果他们下次想约我们GH的训练赛,我保证毫不犹豫地拒绝他们。"

库天路的嘴角动了动,有些艰难地找回声音:"谢谢,林教练果然……咳,霸气。"

"客气。"林延点了点头,从位置上站了起来,"我去趟洗手间。"

景元洲说:"我也去。"

随着两人一前一后地离开,刚刚的话题就这样毫无预兆地结束了。

不过库天路也是自来熟,很快就找到了新的共鸣,热情地转向GH的其他人:"说起来,Mini给你们寄去的那些咖啡豆应该都收到了吧?"

GH众人:"啊……"

就这样断断续续地又聊了大半个小时,所有人终于吃饱喝足。

直到大家准备起身买单的时候,他们才终于反应过来,好像……少了两个人?

库天路的步子停在原地:"你们教练和队长去洗手间去得是不是有点久?"

毕姚华道:"其实刚才队长给我发消息了,说喝得有些多,就跟教练先回去休息了。"

库天路不由看了一眼景元洲那半杯没有喝完的红酒:"多吗?!"

同一时间走廊角落,依稀可见两个高挑的身影。

景元洲与林延靠在墙边,景元洲道:"怎么办……好像有点喝多了。"

林延:"不是才喝了半杯吗,你的酒量怎么这么差?"

景元洲低低地应了一声:"嗯,真的醉了。"

## 4

第二天,林延醒得比以往任何时候都要晚。

景元洲不知道去了哪里,整个房间空空荡荡的,没见半个人影。

林延一边穿衣服,一边在心里愤愤地吐槽。

当景元洲推门进来的时候,看到林延的神态,不由得笑出声来。

林延穿着拖鞋走进了浴室，临关门前，景元洲不忘体贴地提醒道："别洗太久，饭菜快凉了。"

林延回道："知道了。"

景元洲裤袋里的手机在此时振动了几下。

他拿出来一看，是库天路发来的消息：网上的消息你看了没？WIN那帮孙子是真以为今年拿了个春季赛的赛区冠军就了不起了是吧！你等一下啊，我这里快上飞机了，回去了再跟你说！

景元洲没有去关注网上的情况。

这时候看过库天路发来的消息，他才发现职业选手群里也已经完全炸了锅。

"WIN的这段采访是什么意思，瞧不起我们国内赛区吗？"

"我记得这个战队去年连四强都没进吧，今年拿了个春季赛区赛冠军就这么膨胀？"

"K国服玩得太累来我们国服散心，真当我们联盟没人了是吧？"

"不是说K国那边几支战队的职业选手也被调动起来了吗，看样子是真的准备来国服冲一波第一了。"

"K国队伍里我其实有不错的朋友，说是其他战队本来不想凑热闹，结果WIN把舆论搞得太大了。"

"确实，粉丝们一时兴起集体找官方动员的话，想置身事外也得考虑舆论压力。"

"等等，你们在说什么？我们村刚通网。"

"这里是视频链接。"

"温馨提示，建议看之前先喝口水冷静一下。"

聊天记录看到这里，景元洲也意识到了什么，随手点进群里的视频链接。

视频中的人刚拿下全场的MVP，正在接受采访。

一头醒目的火红色碎发，从穿着的队服来看正是WIN战队的队员。

都说今年WIN挖掘了不少新人，从这张陌生的年轻脸来看，应该是其中一个。

打了那么多年的比赛，景元洲为了方便参加世界赛也学过一些K国语，就算不看字幕上的翻译也能听懂其中的内容："其实这局发挥得不算太好，好在对手比我更不在状态，如果正常发挥应该不止拿十个人头……不过后面的比赛

143

应该不会再有这种情况了，就像之前说的，今年的世界冠军必然是我们 WIN 的。不是说大话，我们真的有这样的实力。"

主持人问道："网上对你的评价是目前 K 国赛区顶级的边路选手，对此你怎么看？"

"红毛"一脸不以为意："K 国最强是必须的，但我觉得准确一点，说我是世界最顶尖的边路选手也不为过。"

主持人有些汗颜，适当地转移了话题："WIN 今年的势头确实非常强劲，能有现在这样出色的发挥，相信私底下的训练一定非常艰苦吧？"

"其实也还好，前阵子安排得比较密集，最近反倒调整了一下。""红毛"说到这里顿了一下，抬头朝着摄像镜头看了过来，"就是考虑到在我们国家服务器打排名有点太累，所以后面那段时间准备去华国服务器散散心，就当是适当放松了。虽然华国赛区已经有几年没拿世界冠军了，不过借此机会去看看也不错，顺便试试能不能登顶排行榜第一。这么一想好像也算挺有意思。就是不知道其他战队的选手们有没有兴趣，不如一起去啊？"

视频到这里戛然而止。

景元洲微微挑眉，倒是没想到 WIN 战队这个嚣张无比的新人居然和他一样是边路选手。

其实每个职业选手多少都有一些所在位置的共通属性，边路本身的特性就是比较稳健可靠，确实很少出现这么张扬跋扈的。

看完这段采访，景元洲知道库天路为什么会义愤填膺了。

这可不只是隔空开嘲这么简单的事，如果其他 K 国选手真如这个"红毛"说的集体进军国服，那天梯排行的争夺可就真的热闹了。

特别是在网络发达的年代，就算职业选手不是很想掺和到这件事中，但在两国网民被激起的攀比心理下，可能上升到关系国家荣辱的层面。这样一来，两大赛区的选手们是否参与这次的排行榜的角逐，将不由他们自己说了算。

K 国赛区的人过来，打着的是玩玩的口号，如果没能把排行榜前排的人挤下去，不过是重新回他们赛区的事。可是处在防守方的国服这边，就完全不一样了。平时没什么人关注也就算了，就算知道排名第一的是 K 国玩家大家最多一笑了之，可在这样强势的舆论压力下，如果国服第一真的让 K 国选手拿走，那就是把所有职业选手的脸踩在脚下。

平时职业选手们为了试验战术，有输有赢的情况之下账号排名未必有多好看，现在这么一搞，大家是真的压力巨大。

景元洲继续将群中的聊天记录往下看，不出意料各大战队顶级选手们被叫了一圈，也纷纷被召唤了出来。

LDF·Luni：别炸了，都看到了，K国那边的战队要是真来，应战是肯定的。

LDF·Luni：不过我就想问一句，现在国服第一是谁来着？

UL·BALL：我刚去看了看，是个路人王，前两天刚打上去的，名字叫"哥天下第一"。

LDF·Luni：可怜了，辛辛苦苦打的排名，突然就变成了全员狙击的目标。

PAY·DeMen：都还好了，我们选手压力才大，WIN这个"红毛"开口就是世界第一边路。

UL·BALL：敢讲是真的敢讲，不过你压力大什么，头上不是还有一个顶着吗？

LDF·Luni：某人就算了吧，喷。

UL·BALL：Luni，你不是和Titans关系不错吗，喊出来看场子了。

LDF·Luni：你哪只眼睛看到我和他关系不错的？

景元洲适时发了一条消息。

GH·Titans发了个微笑表情包。

LDF·Luni：你笑个啥？别盗我图！

景元洲看了一眼微信自带的微笑表情，打字道：好的，不盗你图。

讨论还在继续。

PAY·DeMen：行吧，我头上那个出来了，我确实感觉压力降低了不少。

Three·Wuhoo：K国那边好像还没开始吧？

Three·Wuhoo：让他们来呗，反正是竖着进来横着回去的事。

Three·Come：我提醒一下……Wuhoo你要不要先看看自己现在什么排名再说话。

明显的停顿之后。

Three·Wuhoo：前两百怎么了？没进前一百就没有发言权了？

经过Come这么一提醒，其他选手们才终于舍得去看一眼自己的段位。

没打比赛的时候，这些选手玩起游戏来一个比一个浪，账号段位惨不忍睹。

最后统计了一下，偶尔有一两个上排行榜前五十的，保持在两百以内已经算是非常不错的成绩了。

残酷的现实下，职业选手群里不由得陷入了一片诡异的沉默。

最后终于有人问出了一个非常重要的问题：所以说，现在我们这些人里排名最高的是谁？

PAY·DeMen：应该是我们队的 AI 吧。目前排名国服第八，还有比这更高的吗？

PAY·AI：没有了，就我最高。

这个结果在大家的意料中。

毕竟比赛的压力太大，大家熟悉新战术、研究新体系都来不及，哪有那么多时间去冲刺排名？而且就算某一段时间真的冲了上去，等进入比赛期，没空维持段位的情况下其他路人玩家分分钟就反超他们。对他们这种职业选手而言，除了休赛期，去折腾这些虚名确实是没太大必要。

当然，AI 这种没有感情的训练机器除外。

大概也只有他能在不影响比赛的前提下，心态稳健地在游戏里持续上分了。

这个现实让所有人不由得叹了口气，最后结束聊天，赶去训练，一个个都准备去游戏里面上一波分。

如果 K 国赛区那边的选手们真的涌进来，他们至少不能输在起跑线上。

景元洲见群里瞬间安静了下来便切出了微信，登上微博看了一圈，毫无意外地发现整个电竞圈早就炸开了锅。

搞电竞的年轻人都血气方刚，光是热搜就直接占了前三四条。

林延洗完澡出来就看到了在桌前刷手机的景元洲，见他这副拧眉沉思的样子："看什么呢？"

景元洲将手机递了过去："你也看看。"

林延随手拉了把椅子坐下，打开外卖包装，一边吃着一边用指尖在景元洲的手机屏幕上来回滑动着，片刻间也明白发生了什么。

他将那段采访视频看了一遍，眉梢有些不太高兴地挑起几分："WIN 这个边路叫 Nilay 对吧？还世界第一的边路……呵呵！"

每次见到林延为他撑场面的时候，景元洲眼底都有藏不住的笑意，这时他稍微控制了一下嘴角的弧度："反正现在选手群里也已经炸了，大概率到时候各队都会准备上线去狙他们。现在唯一不知道的是，K国最后会有哪几支战队过来凑这次热闹。"

"管他们什么战队过来，就算都来了也不怕。"林延往嘴里送了一口汤，"等这周打完，我回去把训练内容调整一下，反正现在几套团队阵容都磨合得差不多了，正好让小朋友们集体去国服冲排名。就定个排名前一百的小目标吧，顺便还能借机刺激一下他们的斗志，挺好的。"

说到这里，林延拿起纸巾擦了擦嘴角："至于WIN战队最近这么嚣张……算了，也没什么好放在心上的，说到底还是缺少了社会的毒打，这种情况往往打一顿就好了，是不是这个道理？"

景元洲点头，非常贴心地接下了话："嗯，如果还不够的话，就打两顿。"

近期大家的吃住，包括训练都是在酒店进行的，很快，GH战队迎来了本周的第二场也是最后一场比赛。

这次对手战队的实力并不算太强，比起打SUU战队的时候显然少了很多的压力。

常规赛抢分阶段的BO1赛制说到底拼的就是临场发挥，对于GH这种全员打法果断的战队来说优势很大。

GH只用了三十五分钟，就非常漂亮地拿下了这场比赛的胜利。

比赛的时间是在下午，因为第二天就要飞回宁城，于是他们和简野之前效力的队伍约了当晚聚餐。

东道主战队显得非常热情，整个吃饭过程反复感谢GH战队对简野的照顾，并预祝他们在今年的秋季赛中获得好成绩。

毕姚华大概是很久没有面对这么热情淳朴的战队了，以至于话居然比平常时候要少了很多。

直到夜幕降下告别后，在回去的路上毕姚华忍不住感慨道："滚滚啊，不是我说！今晚你那前东家，仿佛一把鼻涕一把眼泪地把你这个黄花闺女给嫁出门一样！是真的疼你！"

简野二话不说抬腿就给了毕姚华一脚："走开。"

顾洛回忆了一下餐桌上的情景，也有些失笑："滚哥你以前的战队氛围好好啊，以前在队里的时候他们一定对你也很好吧？"

"是挺好的。"简野回想了一下之前在次级联赛的情况，笑了笑，"就是有点可惜，他们的对战体系更需要团控型辅助。虽然我不是不能玩，但毕竟不精通，说到底还是不太合适。"

辰宇深走在最后面，这个时候忽然接话道："适合我们就行了。"

想起那段当替补看饮水机的时光，简野多少有些唏嘘，正想说什么，路对面忽然传来了一阵喧闹声。

所有人的目光都被吸引了过去。

毕姚华看着追打的那群人的装扮，顿时明白了过来："南城不错啊，街头文化挺活跃的！"

辰宇深心想：什么"街头文化"？不就是一群聚众斗殴的小混混！

林延对这种事情显然没有兴趣，看了眼时间招呼道："现在到处都是摄像头，闹不出什么事。你们也别多管闲事，回去了。"

其他人应了一声准备走，却发现简野站在原地没有动。

顾洛疑惑地眨了眨眼："滚哥，怎么了？"

"没什么。"简野的视线始终落在对面，这时候仿佛才回过神来，丢下一句话后，就三步并作两步地冲了出去，"你们先回去，不用等我！"

转眼间他已经穿过了车辆不多的马路，朝那群人的方向追去。

一切发生得太过突然，其他几人面面相觑。

这种情况，他们怎么也不可能当作没事发生，几乎毫不犹豫地迈开脚步跟了上去。

最后跑到了一个死胡同里，那群人才停了下来。

等众人赶到的时候，只见简野怀里捞了一个人，身手灵活地和那群混混周旋着。

虽然这个胡同里没有摄像头，但简野还是很克制地并没有主动出手。

可即使是这样，他依旧游刃有余地避开了那些挥舞的棍棒，而且还让对方不知不觉间挨了自己人好多下重击。

这些混混显然也没想到简野会突然冒出来，虽然只是片刻间的交锋，也意识到对方是个练家子。

忽然间，有人轻飘飘地吹了声口哨："哟，挺热闹啊！"

回头看去，灯光下毕姚华那五颜六色的孔雀头显得无比耀眼。

虽然他只是这样吊儿郎当地往胡同口一站，但是一眼看去却是仿佛身后有千军万马般的气势。

再后面还站了几人，个子比较矮的染了奶奶灰，很是醒目。

虽然另外三个人是一副良好市民的样子，可是和这两人的发色比起来，南城混混脑海中纷纷冒出了一个念头——输了！

为首那人一时间摸不透这些人的来历，只知道对方都很面生，环视了一圈，他沉着脸问道："你们什么人？别多管闲事！"

简野见队友们都跟来了，眼底的神色有些复杂。

但是这时候他也不好多说什么，听到这么一句后将头顶上的鸭舌帽摘了下来，露出了眼角处的疤："我真是太久没有回家了，这南城里换了一批人了？"

没什么情绪起伏的一句话，却有一种和平时截然不同的凶悍。

别说那些混混了，连 GH 几人也不由得愣了神。

被简野护在怀里的少年更是暗暗咬了咬牙，垂下的刘海盖住了脸上的表情。

林延扫了周围一圈，确定暂时不会再打起来，转身走出了巷子，取出手机来拨了个号码。

胡同内的对峙还在继续。

那些混混看到简野的刀疤后终于反应了过来。

为首的那人显然很是震惊，但又不太肯定地问道："你是……野哥？"

听到"野哥"两个字，GH 众人的嘴角不由得抽搐了一下，齐齐抬头朝简野看去。

"喀……"简野好不容易才控制住自己的眼神不去看队友，垂眸扫了眼前那群人一眼，"怎么的，李华强的小弟现在都这么没眼力见吗？我脸上的这道疤还是当年姓李的留下的，才多长时间，就没人认了？"

被简野一眼看过，为首的小混混的背本能地挺直了几分。

不过对方也很快反应了过来："呸，少倚老卖老！叫你一声野哥还真把自己当回事了？不是都说你改过自新了吗？找了个什么战队打游戏去了，连自己的弟弟都不管了。怎么的，现在来这儿装什么装！"

听到最后一句的时候，简野下意识地低头看了看怀中的少年，嘴角压低了几分："谁说我不管了？"

周围的那群混混一阵哄笑,但是对简野显然也有些顾忌,正犹豫着要不要继续,便听有人在身后重重地拍了两下手。

感受到周围的目光,林延非常有礼貌地微微一笑,举起手里还亮着屏幕的手机:"不好意思,我刚才害怕极了,一个没忍住就拨了报警电话。不出意外的话警察应该马上过来了,所以,各位确定要在这里继续唠家常吗?"

"居然报警!"为首的那人脸色一变,忍不住地吼道,"你到底懂不懂规矩?!"

"我又不混你们道上的,要什么规矩?"林延无辜地看着他,"良好市民遇到困难,难道不应该找警察叔叔帮忙吗?"

林延一番话下来,差点把混混们气到吐血。

他们显然不想就这样放过简野,可是顾及马上就要来的警察,到底没争这么一口气,齐齐跑了。

GH众人非常自觉地给他们让出一条道。

毕姚华无比警觉地提醒道:"我们也别站在这里了啊!警察都快来了,是不是也得赶紧走?"

对于电竞选手来说,就算帮忙去警察局做笔录,后续也非常麻烦。

然而林延非但没有着急离开,还一脸看傻子一般的表情:"BB你平常时候看着挺精的,今天是怎么回事?我说报警了就真的报警了吗,这你都信?"

顾洛一个没忍住,笑出声来。

景元洲的眼底也闪过一抹笑意,转身看向简野的方向,问道:"所以这位是?"

能被简野这样护着的,想必是个非常重要的人。

简野已经恢复了往日的神态,把鸭舌帽戴回去后轻轻压下帽檐,有些不好意思地清了清嗓子:"那个介绍一下,这个臭小子……是我弟。"

大概是耐不住周围的目光,一直没吭声的少年终于缓缓地抬起头来,眼里满是警惕。

和简野一前一后地站着,两个人有些相似的五官渐渐重叠。

GH众人恍然:"哦……"

别说,仔细看还真像一个小号的滚哥!

## 5

简野的弟弟名字叫简宁，十六岁。

因为吃饭的地方离酒店较近，简野直接把人带回了酒店。

半小时后，一行人坐在简野房间，沉默地听着一大一小两人对话。

"大晚上的还在外面晃，明天不准备上课了？"

"不用你管！"

"爸是不是很久没回家了，看样子这段时间你又野坏了？"

"关你屁事！"

"你怎么招惹上那群混混的？不是让你少掺和那些人的事？"

"说够了吗？够了就闭嘴。"

"你这头发上都什么味，抹那么多发胶干吗？过来，我给你冲了。"

"走开，别碰我！"

然而简野显然没有说教的好耐心，也不管弟弟什么态度，直接拎起衣领就把人拖进了浴室。

片刻后，里面隐约传来了水声，偶尔夹杂着少年抗拒的声音："都说了别碰我！给我，我自己来！"

屋内一时间一片沉默。

好半晌，顾洛有些感慨地开了口："滚哥的这个弟弟好像……挺叛逆啊？"

"没听过一句话吗？头可断发型不可乱。"毕姚华特别有同理心，"照我说啊，这小弟弟的态度已经算挺好了，要是我在那个年纪，谁要敢乱动我头发，我能直接跟他拼命！"

辰宇深虽然没搭话，却看了一眼毕姚华那五彩缤纷的头发。

简宁那小身板显然折腾不过简野，不一会儿就被简野拎了出来，按在窗边的椅子上被迫接受吹风机的洗礼。

大概是实在忍不了其他人的视线，他还故作凶狠状地瞪了众人一眼："看什么看？"

看着小号滚哥这张脸露出这样的表情，其他人心头莫名地都感受到一记暴击。

又奶又凶，滚哥小时候也这么可爱吗！

等到这边折腾完，简野终于想起向大家介绍下家里的情况。

也是这个时候大家才知道,他们父母在俩兄弟很小的时候就离异了。因为母亲已经再婚,他们兄弟二人一直跟着父亲过。但是父亲平时需要去外地打工,说是简野一手把简宁拉扯大的也不为过。

那时候因为家里穷,所以简野直接放弃了学业在外面闯荡,后来因为一些事情忽然厌恶了到处瞎混的日子,无意中接触电竞后走上了职业选手的这条道路。

在简野讲述的过程中,简宁一直低着头一句话也没说,最后不屑地嗤笑了一声:"别把自己说得这么伟大,谁要你牺牲自己来供我读书了……"

"没人要求,但养都养了,别浪费你哥这些钱。"简野对弟弟这种态度习以为常,伸手在简宁脑袋上揉了一把,"都已经读到高中了,不管怎么样把高考考完,等拿到录取通知书,你求我管你我都不乐意管了。"

简宁听完皱起眉头,侧头避开了那只在他头顶的大手:"本来说好了陪我玩游戏,结果自己偷偷摸摸跑去打职业。有本事走得干脆,那就别装好心地管我啊!"

听了半天,毕姚华多少听出了一点味来:"滚滚,你弟弟也玩《炙热》啊?"

"嗯,玩……其实我当初开始玩辅助就是为了在游戏里保护他来着。"说到这个简野确实感到有些理亏,清了清嗓子道,"后来不是不在外面混了吗,总得养家糊口吧。刚好看到战队招人就去试了试,没想到就被录取了。"

简野回头看向简宁:"而且,都说了不是不让你打职业,就是要先参加完高考,知道吗?"

"这倒是真的,有大学录取通知书也算多条退路。"毕姚华搭话,"职业真不是什么人都能打的,千军万马过独木桥,关键是你还不知道桥对面连的是不是通往阴间的路。"

毕姚华明显是想起自己的"凄惨遭遇"了,其他人忍不住笑出声来。

只有简宁依旧一脸不服:"这就不用你们担心了,早就有好多战队联系过我了。"

这话倒是真的。

私下里他确实收到过好多战队的试训邀请,可是电子竞技这个领域现在办得越来越正规,他这种未成年人必须有监护人的签字才能签合同,那时候简野和他们老爹都不松口,最后只能不了了之。

能让多家俱乐部看上的必然是很顶尖的路人玩家，顾洛听着忍不住有些好奇：“滚哥弟弟，你的国服排名很靠前吗？”

简野：“别听他吹，也就两百来名。”

简宁沉声道：“哥天下第一。”

简野拧眉：“小小年纪装什么？”

简宁眼里满满都是不服，重复道：“'哥天下第一'是我现在的游戏ID，多少排名自己去看！两百都是多久之前的事了，一天天说这个为我好那个为我好，实际上根本半点都不关注我！”

这突如其来的质问让简野愣了一下，眼底的神色复杂起来。

自从他打职业后，确实忽略了简宁。

一直在玩手机的林延也被吸引了，他总觉得这个ID好像有点耳熟。

这边简野已经打开App查询了起来：“不是前两百名吗，现在是多少了？一百多也没看到你啊？”

简宁气鼓鼓：“你往前翻翻。”

简野拧眉：“真进一百强了？”

简宁脸上一直绷着，见简野一直没有翻到，忍不住又多嘴了一句：“你直接拉到最前面不行吗？”

简野疑惑地看了他一眼，把排行榜拉到头，在排行的最顶端看到了那个金光闪闪自带特效的ID名：“你……什么时候登顶第一的？”

毕姚华震惊：“国服第一？！滚滚弟弟这么厉害的吗！”

林延也想起来了，之前在职业选手群的聊天记录里看到过这个ID。

大家的目光随着简野这句话齐刷刷地看了过来。

简宁眼底骄傲的神色差点没有藏住，他用轻飘飘的语气说道：“有段时间了，本来以为你早就发现了。怎么样，是不是比你争气多了？现在你还觉得我不能去打职业吗？”

简野沉默了片刻，显然一时间也不知道说些什么。

简宁一瞬不瞬地看着他，眼中满满都是执拗。

旁边的林延也打开了App，转眼间翻完了简宁近段时间的对战记录。能够一步一步打到国服第一，实力毋庸置疑。

简宁平常走得比较多的位置是射手和打野。

游戏排位赛到底和职业赛不同，遇到的队友都是随机的，射手发育起来更利于团战输出，而打野在高端局能否带动节奏也至关重要，确实是更容易上分的两个位置。

　　合上手机时林延心里多了个想法。

　　上次《炙热集结号》总决赛时顾洛突发状况，其实他也考虑过给战队安排个替补。但是他们本身就是一支新队，不说替补或多或少会对在职的正式选手造成心理影响，就说在他们日常的训练强度安排下，也没有太多的时间可以让队员们和替补选手进行磨合。

　　思来想去，招替补的事到底还是搁置了。

　　而现在简野家的这个小朋友，反倒像是上天特地送到他面前的一样。

　　叛逆期的少年，身上长满了张扬的刺，看起来存在着一个无法抉择的难题，但实际上真的从战队的角度来看反倒很好处理。

　　简野在简宁这样长久的凝视下有些动摇："其实我说再多也没有用，未来的事还是要你自己想清楚。如果你真的确定要辍学，回头我去跟老爸再商量一下吧。"

　　简宁没少因为读书的事和哥哥吵架，他本来以为这次也会被无情地驳回，怎么也没想到简野会突然松口。

　　得逞之后他反倒愣在了那里："我……"

　　"确定"两个字久久没有说出口。

　　"也不是必须辍学了才能打职业。"景元洲忽然开了口，"这事找林教练帮忙就行了，他能给你解决。"

　　林延当然知道景元洲已经猜到了他的想法，但留意到众人投来的视线，瞪了景元洲一眼，才清了清嗓子："难是不难，直接签到我们GH就行了。"

　　简野显然不太明白。

　　"这样的资历去稍微有点成绩的战队照样是二队或者替补，直接签我们战队也没什么差别。"林延很有耐心地解释道，"唯一不同的是我们还没有正规的替补阵容，不需要他每天都到队内报到。平时该读书继续读书，需要替补的时候跑一趟就行了，等高考结束拿到大学通知书，再去学校办一两年的休学，到时候想继续留下就继续留，不想留就安排挂牌转会，都好说。"

　　不得不说这确实是一个不错的选择，反倒让简野有些不知所措："教练，这样真的可以吗？"

林延笑："这点事我还是可以说了算的，毕竟战队也确实需要安排一两个替补应应急。"

简宁其实也知道简野供自己读书有多不容易，赌气归赌气，要他真的放弃也确实做不到。

这个时候听林延说完，要说没有心动是不可能的，但是碍于面子又忍不住地嘴硬："那么多战队可以选择，谁要去你们这个破队了？"

林延眉梢微挑："我还以为你会很高兴跟你哥一个队呢。"

简宁"啧"了一声："我才不要跟他一个队。"

"行吧，既然不愿意那我也就不勉强了。仔细想想，你们兄弟关系这么不好，如果真的成为队友也确实麻烦。"林延半点勉强人的意思都没有，"那没事了，当我没说过，你们的家事就你们自己决定吧。"

简宁怎么也没想到林延居然说放弃就放弃："哎，你这人……"

林延好奇地看了过去："又怎么了？不是你自己说不要跟你哥一个队的吗？"

景元洲见小朋友被逗生气了，不由得好笑地看了林延一眼。

简宁好半晌才有些屈辱地挤出一句话来："其实……真要同队也不是不能忍。"

简野问："所以你的意思是？"

林延拍了拍手："欢迎我们的新成员吧。"

简宁毕竟是没有隶属任何俱乐部的自由身份，不需要等到转会期，回到宁城后骆默就去给他办理了选手注册手续。

目前联盟对于选手的最低要求是十三周岁，简宁这样的情况只需要简野这个监护人签字认可，连本人也只是隔空连了个线，就成了GH战队的第六位队员。

至于南城那帮时不时找碴的混混，林延还不忘特地给威哥打了个电话，让他找那边的朋友打招呼，帮忙照顾一下他们战队新来的小朋友。

当天晚上炙热联盟就发布了全新的选手认证消息，其他战队的经理人看到后都难以置信。

虽然不是每一位路人王玩家都有成为职业选手的潜质，但是"哥天下第一"能够靠自己单排登顶国服，个人实力毋庸置疑。奈何之前不管各大战队如何招揽，都没有得到这个路人王的半点回应，结果现在对方居然直接加入了GH这支联赛新队，各大俱乐部的资深经理们都有些无法接受。

如果说当初电竞综艺节目刚结束的时候大家对GH战队都不以为意的话，可不知不觉间这个战队队内实力已经非常强大了。

不说景元洲、毕姚华本身就是绝对顶尖的选手，只看这一路比赛，中、野、辅三个位置的发挥也非常有亮点，不夸张地说，GH整支战队几乎没有什么明显的弱点。原本很难应对的GH，现在又有了这位路人王的强势加入，当初被大家当作玩笑的"世界冠军"居然真的有几分势在必得的味道。

目前常规赛已经进行了两周，积分榜上共有五支战绩全胜的队伍，分别是Three、PAY、BK、LDF以及GH。

发现积分榜上的排名情况后，网上不可避免地又引发了一阵热烈的讨论。

"所以回家队的实力已经可以和那些豪门战队相匹敌了吗？"

"也不看看前两周GH碰到的都是什么队伍，闭着眼睛送分好吧！"

"笑死，我记得秋季赛刚开始时还有人说回家队是其他队伍的经验宝宝。"

"有一说一，SUU难道不算是强队吗？回家队那局确实赢得干脆利落！"

"SUU这种外援战队就算了吧，要还是得看全华班啊。"

"国籍不影响实力，谢谢。"

"前两周的比赛确实没有参考价值，最后两周那才是重头戏。"

"这倒是真的，四大豪门战队在前两周一场比赛都没遇到，全在后面。"

"第三周要开始喽，好戏也要上演喽，没记错的话GH下周的对手好像有BK和Three吧？"

"看好回家队的等着被打脸吧，信不信这周就得玩完，看你们队怎么回家吧。"

"Titans要打BK了？啊啊啊，不要啊！"

随着K国赛区结束了第二周的比赛，那边的职业战队也有了行动。

周末短短两天时间，就有一批K国选手和顶级路人一窝蜂地涌进了国服。

排行榜上原本就激烈的竞争瞬间陷入了白热化，这也让网上的关注点瞬间从秋季赛转移了过来。

对于那些来者不善的K国玩家，国内职业战队都应对得非常积极。

各队的职业选手们纷纷收敛起平时在游戏里的玩闹心态，完成队内训练后都加入了排行榜的争夺。

毕竟人家都已经找上门了，谁都不想惨遭打脸。

这种集体凑热闹的局林延从来都不会缺席，只是在加入这个硝烟弥漫的战场前，他还得先解决一件更重要的事情。

就像网上说的，常规赛的最后两周才是真正的地狱模式。

第三周的第一天，他们就将迎来下一场的对手——BK战队。

在这之前，两队已经打过了好几场训练赛，对于彼此的实力多少也有所了解。

但是训练赛毕竟只是训练赛，一到赛场上，这种私底下切磋的对局最多只有一些微弱的参考价值。

林延不仅召集众人连续开了几场战术会议，还下了禁游令让他们注意保持状态，才安排简宁去游戏里给他们战队打头阵，于是在群里@他。

林饲养员：@PPA·简宁，成为职业选手的第一个任务来了，这几天K国玩家入侵国服的事情听说了吧？哥哥们这边还要准备比赛，你先代表我们战队去游戏里镇个场子啊。哦对了，上游戏前记得先写完作业。

这个时间点简宁应该正好放学，消息回得飞快，内容也是一如既往的傲娇且臭屁：还要怎么镇，国服第一不够有排面吗？

在GH众人的一片"哈哈哈"中，林延回道：特别满意，努力保持，明天打完比赛就放哥哥们出来陪你玩，乖。

简宁发了个愤怒的表情：别把我当小孩子！

比赛日。

只能说BK战队和GH实在过于熟了，以至于距离比赛开始只有一个小时了，还不忘跑到GH休息室串门。

库天路走进休息室里的第一件事，很是好奇地张望了一番："不是说你们签了现在的路人王吗？人呢？"

景元洲扫了他一眼："找他干吗？"

"就是好奇想看看。"库天路想起这几天听闻的一系列消息，忍不住笑了笑，"听说这位朋友之前可是把几家豪门都给拒了，而且连拒绝的理由都没给一个。

结果现在突然加入了你们GH，想来看看是何方神圣也是人之常情吧？"

"可以理解。"景元洲应道，"不过，没有必要。"

库天路哽了一下，哀怨道："景队，你变了。"

景元洲道："不怪我，人确实比较忙没来现场，不是我不让你看。"

库天路疑惑："什么事这么忙啊，连比赛都不来？"

景元洲："嗯，忙着在知识的海洋里遨游。"

库天路一脸错愕："居然还是个学生？！"

林延在旁边终于有些听不下去了，将视线从手机上抬了起来："这位BK战队的队长，两队马上就要比赛了，你一直赖在我们休息室不走，是不是有些不太合适？"

他说完又朝角落的位置看了眼，吐槽道："还有那边那个哭包，离我们队小可爱远点。要找人玩就打完比赛再来，还能不能保留一点对战氛围了？"

蓝闽正趴在沙发上看顾洛玩俄罗斯方块，嘀咕道："你们又没讨论战术，玩一会儿而已，不用这么小气吧。"

"谁说没有讨论战术。"林延懒洋洋地扯了下嘴角，"你们不走我们怎么讨论？"

林延的逐客态度过分明显，库天路无奈只能拎着蓝闽的领子往外走。

到了门口的时候，他才想起一件事来："对了，昨天晚上群里的消息都看了吗？国服冲排名那事，你们战队应该也会参加吧？"

"当然参加啊，如果不是今天要打你们，昨晚就激情上分去了。"林延淡声应道，"而且我们奋战在第一线的态度难道不够明显吗？没看我们已经有队员积极努力地打到国服第一了？与其来动员我们，倒不如你们几个战队自己去好好努力一下啊！"

林延说完不忘抿唇一笑："加油。"

库天路心想：有队员积极努力打上国服第一？明明是你们把现成的国服第一收了当自己的队员好吧！

林延见库天路杵在那不动，很有耐心地多问了一句："还有事？"

"没有了！"库天路忍着胸口涌上的老血，扶着门告别，"我们……赛场上见！"

转身走出GH休息室的门，他忍不住提醒蓝闽道："Mini啊，以后和GH

打比赛,你就别往你师父这里凑了。"

蓝闽一脸茫然:"为什么?"

库天路一时间有些羡慕他这样的天真烂漫,越发心累:"他们这个教练,实在太会搞人心态了!"

蓝闽心想:有吗?

## 6

目前常规赛的积分排行榜,BK 和 GH 是战绩全胜的队伍,积分相当。而随着今天这场比赛结束,就注定有一支战队会从第一梯队中淘汰出去。

随着常规赛正式进入了后半赛段,虽说往年很难有战队可以在高压下一路全胜,但是因为季后赛采取的是冒泡赛制,最终常规赛积分排名对后面的比赛影响巨大。正因此,随着赛程往后推移,比赛现场的竞争也就越发激烈。

八强争夺战悄无声息间,已经转为了顶级战队的排名之争。

这样激烈的赛制让今天现场的氛围不同于以往任何一场比赛,变得十分凝重。

这样的沉重感倒不是两队的选手造成的,主要来自粉丝。

不说 BK 老粉们了,就是现在 GH 战队的粉丝中也有很大一部分是跟着景元洲从 BK 过来的。

当大屏幕上正式出现双方对战选手名单后,看着 GH·Titans 这个 ID 和 ID 对面已成对手的 BK 战队,这些支持了 BK 这么多年的粉丝内心情绪复杂。

GH 战队的队员们在工作人员的带领下走上赛场时,就感受到有些微妙又压抑的氛围。

在对战区坐下,毕姚华一边调试设备一边有些感慨:"今天的观众都怎么回事啊!如果不是有你们陪着我,我都要以为自己走错了呢。"

"也差不多了,之前没和 BK 战队碰上的时候,粉丝们还有一些幻想,而现在……"顾洛深有感触地叹了口气,认真地代入了一下,"如果不是我跟队长在一个队里,真要面对这样的场面,估计一时半会儿也接受不了这样诛心的比赛。"

辰宇深默默地接了一句:"接受不了可以不来看现场。"

简野一个没忍住:"对不起,但是,哈哈哈……你说得好对。"

"确实,明知道今天是哪两队比赛还非要来凑这个热闹,现场悼念更有真实感？"毕姚华"啧"了一声，"而且我是真的不懂你们这些粉丝。对一个职业选手来说只要还在赛场上，在哪里打不是都一样吗？照我说啊，把任何一个选手 ID 和战队捆绑在一起，本身就是耍流氓。"

简野努力收了笑容："B 哥你这心脏的承受力可不是一般人能学会的，毕竟都是人，付出过真情实感，觉得不好面对也很正常。"

顾洛好不容易才让自己没向景元洲的方向看，沉默了片刻后，试图转移话题："说起来……最近我手感挺好的，要不我们今天就打中核吧？"

景元洲调试完设备后，就靠在电竞椅上一直没有说话。

听到顾洛这么说，景元洲自然知道顾洛有心想帮他分担，淡淡地开口道："不用，打 BK 直接用边核更有优势。"

现在 BK 战队的边路选手是蓝闽，虽然近期的发挥越来越亮眼，但是师父毕竟是师父。

以他对这个小徒弟的了解，他绝对可以在线上把小徒弟压得死死的。

和 BK 战队打了那么多场的训练赛，用边路核心体系可以将优势发挥到最大化，在这个认知上 GH 的队员们比谁都清楚。可是他们同样清楚，BK 战队对于景元洲的意义，以及景元洲对于 BK 粉们的意义。

这局比赛是必须打的，但是出于对赛后舆论的担忧，GH 队员们都有一个共识。

他们宁可在比赛过程中打得艰辛一点，也不希望队长因为这场比赛去承担网上一些不必要的压力。

语音频道中陷入了一片短暂的沉默。

不知过了多久，毕姚华懒洋洋的声音响起："也未必只有打边核才有优势吧？我现在对 BK 战队下路射手的操作可太熟了，要不然让我打一把核心过过瘾呗？"

"说了不用。"景元洲再次拒绝，视线越过舞台投向了对面 BK 战队选手区，"现在只是常规赛的抢分阶段而已，还不是什么生死攸关的决胜局。如果在这种情况下都需要我刻意规避，之后季后赛再遇到 BK 还要不要打了？总之，今天就用边核，其他的不需要你们考虑。"

毕姚华本来还想多说什么，动了动嘴，难得噤了声。

在一片沉默当中，景元洲不动声色地转移了话题："还有时间聊天，设备都检查完了吗？"

话落，他坐直了身子活动了一下鼠标。

然而他还没来得及静下心来感受鼠标的灵敏度，便感到身后有人将手轻轻地搭上了他的肩膀。

林延修长的十指在景元洲两侧的肩部轻轻捏了两下，声音是从耳机当中传出来的："我说，你们是不是有点太无视我这个教练了？打什么体系难道不是我说了算？我还没开口你们就说了这么多，有用？"

顾洛："对不起……"

毕姚华连咳了几声："没用，教练你说了算。"

林延收回手来取过了文件夹，翻了翻："今天对战BK的这场比赛我自有安排，你们要做的，就是把我为你们制定的打法发挥到最极致。其他的都是我需要考虑的，别没事给自己找事。"

GH众人默默应道："知道了。"

与其说林延这话是对其他队员们说的，倒不如说是给景元洲一个人听的。

很显然，林延这样说的时候，就已经决定不在今天的比赛中使用边核战术了。以往的任何一场比赛，林延总能以无比客观的姿态制定出最有利的阵容，而现在却准备进行一些不必要的规避。

景元洲缓缓地呼出一口气，低叹一声："我都说了我可以。"

林延笑了一下："其他人也一样可以。"

景元洲一时沉默。

林延的视线落到了眼前亮着的电脑屏幕上："季后赛会不会再遇到BK战队那是季后赛的事，现在我们在打的是常规赛。单是以这种BO1的赛制来说，我至少有五六套应对BK战队的战术。必须承认，边路核心确实是这些战术的其中之一，但绝对不是那个唯一。所以，真的不要把以前在BK战队的臭毛病都带过来。记住，你现在是在GH战队，陪你在这里并肩作战的教练是我，这些就注定了你不需要像以前那样，靠自己一个人来扛。"

说到这里林延唇角微微压低了几分，语调不知不觉也放缓了几分："所以现在只需要告诉我，景元洲，你相信我吗？"

景元洲没有留意到导播恰好切来的镜头，嘴角缓缓地扬起了几分。

全场的观众通过大屏幕遥遥地看着，他无声地说了什么。

此时 GH 团队语音中是有些无奈又有些释然的声音:"相信。"

随着比赛开始,BP 环节也正式展开。

双方教练在禁选环节处理得都非常干脆,转眼间就已经交锋了几个来回。

BK 战队先一步拿下了射手、打野、辅助三个位置的英雄,随着中单和边路的锁定,这一局 BK 的阵容已完整地公布在了大屏幕上。

此时,GH 战队还剩最后一个边路位置尚未选择。

可即便如此,BK 战队最后那两手选择,赫然是对 GH 目前的阵容绝对针对的选择。

解说台上的官方解说持续交流着。

解说甲:"之前听说 BK 和 GH 战队私下里经常约训练赛,现在看来,双方教练对彼此的阵容选择确实都有过非常深入的了解。"

解说乙点头:"没错,从 BAN 人(指禁止一个英雄上场)阶段开始双方就具有明显的针对性,显然对对方的阵容安排早就有过猜测了。"

"GH 的核心体系虽然经常变化,不过今天面对的可是 BK 战队。如果求稳的话,必然还是会拿出边核体系。"解说甲忍不住再次看了一眼两边的阵容,"BK 战队的教练在前面几个英雄的选择时就有不少小心思,最后的野蛮狂抢拿出来显然想走爆发流的路线了,再加上边路的瘟疫革命者,这是想直接断了GH 战队边核的退路啊!"

解说乙也是有些感慨:"战术体系被对方教练猜中实在是一件非常致命的事,就看 GH 的教练能不能想出什么办法扭转阵容的劣势了。只能说 BK 这套阵容对边核的克制实在是太明显了,原本 Titans 如果拿出格里芬必然会有很高的胜算,可现在看来,不太合适了。"

解说甲应道:"希望 GH 战队不要自乱阵……啊……"

此时镜头正好落在 GH 的对战区。

与两位解说塑造的紧迫氛围截然不同,GH 队员们的脸上非但没有任何焦急的神色,反倒一个个无比轻松。

林延站在对战区后方,看起来心情愉悦。

此时,GH 战队的最后一个英雄正式锁定——嗜血魅魔彼丽亚。

不是爆发型的战士,而是令人意想不到的一个边路血坦。

直到双方最后的对战阵容展示在大屏幕上，观众们才陆续反应过来，彻底炸了锅。

GH 哪里是想走边核啊！

如果说 GH 前四个英雄的选择容易让人理解为战士爆发体系的话，那么随着嗜血魅魔彼丽亚的锁定，秒变无比典型的四一分带流！

别说全队围着边路转了，这套体系一拿出来，Titans 摆明了连团都不用跟了！

林延摘下耳机时一抬头，对上的正是对面 BK 战队总教练哀怨的眼神。

林延眼底的笑意彻底藏不住了。

教练之间博弈就是这么刺激。你以为你猜到了我的战术？不好意思，我猜到了你会猜到我的战术，不只猜到，还引诱你一步步选出了我希望你们拿出的阵容。这就是技高一筹。

## 第六章
## 边路之神 Titans

**1**

随着比赛的正式开始，直播间里的弹幕也是刷得飞快。

"笑死了，解说打脸系列。"

"看了那么多场 GH 战队的比赛，总觉得别的队教练都玩不过林教练啊。"

"我是想笑，但是笑不出来。"

"是的，看着上路的两个 ID 我觉得没哭算是过分坚强了。"

"我也不知道自己为什么要来看这场比赛，简直是身心双重折磨。"

"本来没什么，你们这一说我整个人都不好了，算了我先去哭一会儿，哭完再回来继续看。"

"前面的都是 BK 的粉丝？实际上真的大可不必。"

"就是啊，虽然我也很难过，可是你们这样跟道德绑架有什么区别？不让打了还是怎么的？"

"本来就不是一个战队了，比赛场上遇到很正常吧？"

"没说转会是十恶不赦的大事，但是作为老粉也是真的扎心。"

"算了，都少说几句，看比赛！"

……

这场比赛无异于在 BK 老粉们的心头疯狂扎刀子，但是这种痛苦也只有他们自己可以体会，毕竟比赛还是要继续。

不过从私心来看，GH 战队最后拿出的阵容多少还是让很多粉丝松了一口气。

毕竟景元洲效力BK战队那么多年，虽然绝大部分粉丝都为他的新未来送出过祝福，可是真看着原队长在场上和BK争个你死我活，还是有些难接受。

两边教练在这场比赛的阵容安排上截然不同，光凭GH战队表现出来的非常明确的避战态度，让依旧支持BK战队的粉丝默默对林延多了几分好感。

景元洲拿到嗜血魅魔彼丽亚后，不出众人意料地持久驻扎在了上路。

没有战队比BK更清楚景元洲的实力。其本身就是难以gank的存在，再加上这局使用的血魔，足以让BK做出最明智的判断。

比赛刚开始不久，库天路的意图已经表现得非常明显——直接放弃在上路搞事的心思，全心全意针对下路。

像GH战队这种四一分带的战术体系，两个输出位的发育显得尤为重要。

如果可以在前期就对射手位的毕姚华造成足够的压制，一旦到了需要正面开团的中后期，GH这个阵容直接就不攻自破了。

库天路的想法本身没有任何问题，只可惜GH这一局压根就是放养毕姚华。

"行了，这局我努力'活'着，你们能够茁壮成长就是B哥最大的安慰。"当听林延说这局打野核时，毕姚华就清楚地认识到了自己注定沦为牺牲品。

此时他已经把出装的思路考虑好了，等拿到两件输出装后，他就开始正式走防御路线。

老话说得好，半肉的射手无所畏惧！

辰宇深多少听出了毕姚华声音里面的哀怨，难得开口哄了一句："辛苦了，我找机会帮你gank。"

毕姚华"啧"了一声，道："别了，我就随便说说，还是按你自己的节奏来。"

"好。"辰宇深看了一眼地图，干脆利落地清理了眼前的野怪，开始入侵敌方野区。

没有意外的话，这个时间BK战队的打野库天路应该正好在下半地图活动。

当辰宇深开始吃BK野区的经济时，下路果然出现了库天路的身影。

毕姚华原本在嚣张地压线，眼见河道中突然冲出了两人，顿时哀号着连连后撤。但还是有些来不及，最后不可避免地命丧刀下。

值得庆幸的是，顾洛快BK一步完成了单杀，赶在毕姚华倒地之前收下了本局的第一个人头。

"First blood（第一滴血）！"

毕姚华长长地舒了口气："Gloy，果然争气！不枉我多争取了两秒的时间，一血没丢，给力！"

顾洛不好意思地笑了笑："谢谢 B 哥。"

毕姚华对这声谢接受得没有丝毫思想负担："不客气。"

首杀的爆发让现场一片掌声雷动。

这可是一次单杀。

全场的注意力都投向了 GH 战队这位年轻的中单选手。

一头醒目的奶奶灰发色，整张脸上还有着未脱的稚气，看着电脑屏幕的眼神却是锐利，更不用说在赛场上的凶猛打法了。

还记得当 GH 这个战队第一次出现在众人视野时，所有的关注点几乎都放在边路的景元洲身上。

直到这个时候大家才终于意识过来，在不知不觉间，GH 所有队员都成了可靠的存在。

这一局的比赛不是景元洲一人与前战队的博弈，而是整个 GH 与 BK 的强势对决！

顾洛的单杀正式打开了场上的局面。

库天路虽然在下路击杀了毕姚华，但是因为上半地图的整片野区被辰宇深清理完毕，损失了不少经济。

回城补上一波状态后，库天路找准时机入侵 GH 战队的野区。

他先是提前埋伏，顺利地骚扰了辰宇深，接着完成了绕后，协助 BK 中单反压了 GH 一波。

库天路帮自家中路将兵线推到对方塔下后，本想再去下路做一做文章，然而 GH 已然提前洞察了他的意图，辰宇深与简野在河道中进行埋伏，直接将 BK 的 gank 节奏彻底打乱。

你来我往的交锋一下子将现场气氛推到了顶点。

本是打野与辅助间二对二的较量，很快随着双方中单的加入发展成了小规模团战。

随后，射手也齐齐入场。

一番牵扯交锋后，打出了二换二。

剩下的选手纷纷顶着残血撤离，战场才再次恢复平静。

整个过程险象环生，众人的精彩操作层出不穷，明明只是四对四的小团战，硬是打出了千军万马般的气势。

观众们看得心潮澎湃，不由得将视线往地图上挪去。

然而，不论其他选手们打得怎样惊心动魄，仿佛都没有影响到上路两人的对线节奏。

从气血值上来看，蓝闽的状态显然要差一些。

他始终被景元洲压在防御塔下，在确保自己不被击杀的前提下，非常努力地吃着兵线，试图稳住经济差距。

系统的击杀提示一条又一条地显示在电脑屏幕中，而蓝闽的视线始终锁定在那个敌方身影上。

抛开之前的训练赛不说，这是蓝闽第一次在赛场上与景元洲碰面。

他们不再是有师徒关系的队友，而是纯粹的对手。

大概因为太紧张，蓝闽可以感受到自己握着鼠标的手在微微颤抖，深深地吸了口气，他才强行让自己镇定下来。他现在可能还不够强，但是至少，不能惧怕这样的挑战。

此刻的景元洲，也同样专注。

没有人比他更清楚，原本这一局并不需要这样打。

而现在面对队友们做出来的选择，他能做到的便是在这样的局面之下，将上路的优势发展到最大。

景元洲狭长的眼微微眯起了几分，视线从只剩一半气血值的防御塔上掠过，又看了一眼时间，嘴角压低了几分。

第一件装备已经成型，是时候了。

所有人都知道曾经的 Titans 是 BK 战队的团战核心，只要有他在，不管面对怎样的局面，他都能在战场上为全队撕开突破口。

大家不知不觉间默认了他就是一位与生俱来的团战选手，却一度忘记了当 Titans 刚出现在联盟的时候，打法是让敌我皆无从招架的"特立独行"。

而现在，那个一度被大家遗忘的"特立独行"的 Titans，彻底觉醒了。

不需过分考虑如何配合团队，甚至不用担心赛场上其他选手的动向，只要将眼前的对手斩杀。

野区与另外两路之间的拉扯还在持续，就在这时候，上路忽然传来了击杀的消息。

当导播将镜头切到上路的时候，只看到了嗜血魅魔彼丽亚从防御塔下离开的背影。

不只是单杀，是越塔强杀！

转眼间景元洲已经带着兵线推掉了最外围的防御塔，往二塔压进。

这个时候，GH战队的其他四人正试图在河道处的深渊君王附近做文章。

库天路抽不开身顾及上路，不忘在语音频道问蓝闽："Mini，还能够支持住吗？"

蓝闽咬了咬牙："我……尽量。"

但事实证明，愿望并不是尽量就可以实现的。

小规模团战再次爆发，GH战队以一个射手换掉了BK三个人，同时还夺下了深渊君王的团体buff。

而上路景元洲再次越塔强杀了蓝闽，眼见就要带着兵线推上高地。

BK战队仅存的中单不得不选择后撤，防守在高地塔前。

可是这样一来中路、下路的防御塔没人看守，GH其他人分两路推掉了最后两座二塔。

自此，GH战队四一分推的局面彻底打开。

蓝闽也已经拦不住景元洲了。

意识到这一点后，库天路不得不分出精力去协助防守。

可是已经发育起来的嗜血魅魔宛若一个生命无休的不死之魂，在景元洲极致的操作下，一对二直接拿下了双杀。

而另外一边GH战队大军也已经压到了防御塔下。

上、中两路同时面临巨大的压力，BK战队剩下的三人难以抵挡。

BK战队的基地水晶被彻底击碎。

整个现场陷入了寂静。

许久之后，才隐约有了克制的抽泣声。

不只是BK战队的粉丝们，很多Titans的老粉们都不由得有些哽咽。

直播间的弹幕也彻底炸了。

"呜呜呜，输了！BK到底还是败在了Titans手上！"

"不知道为什么，我明明不是两队的粉，心里却有一种奇怪的感觉。"

"能别卖惨了吗，GH战队已经够仁至义尽了好吗？Titans从头到尾连团战都没参加过，还想怎么样！"

"这么着急护着干什么，没人开骂吧？心里难受不是正常的事吗？"

"话说，只有我一个人觉得今天的Titans好像有些不一样吗？"

"这倒是真的，真的不一样！"

"我看BK战队几年了，从来没有看到Titans像今天这样……我也不知道应该怎么形容。"

……

话题一经打开，终于有另一波粉丝忍不住跳了出来。

"别说了，Titans的老粉都已经快哭瞎了。"

"这哪里是不一样啊，这才是他本来应该有的样子好吗！"

"啥？BK粉不过入坑比较晚，怎么个情况，指个路呗？"

"大家去看Titans刚入联盟时候的视频吧。"

"呜呜呜，自从Titans为了BK改打法后我以为再也看不到他在场上那么肆意的样子了，今天我又可以了！"

"别的不说，青春回来了！"

"是真的，Titans为了BK已经付出了太多，好不容易现在找回了自己，别搞道德绑架了好吗！"

"都别说了，这场比赛怎么回事，泪点也太多了吧！"

"这阵容是林教练安排的，我又要相信双亲组合了！"

"这才是真正的Titans啊！"

GH战队的选手们刚摘下耳机，就被全场齐喊"Titans"的声音吓了一跳。

一声又一声，有的甚至带着哭腔。

景元洲打完比赛才发现，在这四十多分钟的时间里，他身上居然不知不觉间渗出了一层薄汗。

这久违了的热血沸腾的感觉，随着周围的整齐统一的呼喊声，使他难得有些恍惚。

他垂眸看着桌面上微微地弯曲的手指，随后缓缓地呼出了一口气，推开电竞椅站了起来。

按照流程，现在本该去与战败的 BK 战队握手致敬，然而景元洲一转身，才发现林延不知道什么时候已经走上了台。

林延的眼里也带着隐约的笑意，周围太吵，只能靠嘴型分辨出所说的话语："恭喜回来，Titans。"

景元洲迈开脚步。

可这个方向分明不是朝 BK 战队的对战区，等在旁边的工作人员正要上去提醒，导播已经先一步地将镜头推了过去。

场馆正中央的大屏幕上，所有人都看到景元洲忽然伸手抱了一下林延。

林延安抚似的在景元洲的背上拍了拍。

因为这个画面，现场尖叫声此起彼伏。

## 2

在这样一个短暂的小插曲后，现场重新归于平静。

GH 众人与 BK 战队队员握手时，一眼就看到了眼眶发红的蓝闽。

小哭包不负众望地没有忍住泪水，但是此情此景倒是情有可原。

景元洲从前很少有这样完全展现自我的机会，但凡当年经历过 Titans 毒打的对手们都很难遗忘，更不用说这样久经封印之后爆发的 Titans。

偏巧遇上这么一场，蓝闽显然是被打傻了。

那种不管如何绞尽脑汁都注定无计可施的绝望，着实痛彻心扉。

蓝闽整个人显然还没能回过神来，一直在啜泣。

直到景元洲站在蓝闽眼前，蓝闽才后知后觉地动了动嘴角："师父……"

四一分带这种阵容其实非常考验单人路的选手，如果刚才那局蓝闽可以稍微多做一些牵制，不用其他队友分心帮他，或许就是一个完全不一样的结局。

蓝闽很清楚这一点，也正是因为清楚，所以从比赛结束到现在，他越想越自责，是因为他没有发挥好，才拖了队友们的后腿。

景元洲的视线落在那双通红的眼睛上，他沉默了片刻后轻轻地握了握蓝闽的手："打得不错。"

蓝闽有些茫然地抬起头，显然对这样的评价感到有些难以置信："我……打得不错吗？"

景元洲实话实说："嗯，打得不错。这局换成其他战队的边路也未必能有你这样的发挥。"

这样的一句话，让旁边的工作人员神色复杂地看了过来。

到底是 Titans，真的敢说。

还好现在耳麦都已经取下来了，如果这样自负的话传了出去，也不知道要引起怎么样的腥风血雨。

旁边的工作人员忍不住腹诽，但是这些话落入蓝闽耳中，他的神色却瞬间亮了起来，刚才还无比萎靡的状态一下子变得振奋："所以师父，我真的已经打得不错了吗？"

景元洲失笑："真的。"

蓝闽瞬间认真了起来："那我……下次一定要打得更好！"

景元洲肯定道："嗯，加油。"

旁边的库天路将一切看在眼里，内心不由得有些酸。

他现在体会到替别人带小孩的痛了。

想他堂堂 BK 战队的现队长，刚才看蓝闽情绪低落非常有责任心地好言安慰，结果嘴皮子都快磨破了都没见半点成效，而现在景元洲三言两语就哄好了？

这边景元洲握完手后轮到了顾洛。

看着那双猩红的眼睛，顾洛有些烦恼地揉了一把头发，想了想说："别哭了，再哭就更像兔子了。"

刚满血复活的蓝闽：这是挑衅吗？这就是挑衅吧？！

下一场比赛在 Three 和 UL 两支队伍间展开。

GH 众人结束赛后采访后，并没有选择留下观看比赛，而是收拾好外设包就准备回去了。

和以往一样，在工作人员的带领下，他们从职业选手专用安全通道离开。

原本这个地方是不允许非工作人员通过的，结果众人刚到门口就发现不知道从哪儿绕进来一群人，将本就不大的空间围了个严严实实。

毫无预兆地撞上后，在这样过大的阵仗下，GH 众人纷纷停下脚步。

如果不是那群人高举着 Titans 的应援牌，毕姚华差点以为是故意找麻烦的呢。

工作人员很快用对讲机通知了保安。

转眼间几个身材魁梧的保安就抵达了现场，正准备赶人，就被林延轻飘飘地喊住了："不用太紧张，粉丝见面而已。"

保安听到这么说也就没有动手，但为了避免发生不必要的争执，非常谨慎地拦在那群人前。

氛围一时间十分微妙。

景元洲一直没有说话，站在GH战队最前方，和粉丝们遥遥相望。

不知道是谁带着哭腔喊了一声"Titans"，随后大家纷纷举起了手中的应援牌。

直到此时，景元洲神色才有些许动容。

"Titans，加油！"

"从第一年起就开始崇拜你，永远站在你的身后。"

"不管时隔多久，你依旧是那个在赛场上的肆意少年！"

"Titans，请带着我们的期望，问鼎巅峰吧！"

"不管你在哪支队里，永远都是我们的Titans。"

"边路之神，永战不灭！"

这些明显是为了今天的比赛专门准备的横幅，本来只是普通的应援方式，在此时却触动了众人内心深处的那一根弦。

简野忍不住移开了视线，嗓子有些发哑地咒骂一声。

辰宇深定定地看着那些有些扎眼的字，将帽檐往下压低了几分，盖住了脸。

旁边的顾洛不知不觉间红了整个眼眶。

同为Titans的狂热粉丝，他比其他的队员们更加感同身受。

顾洛偷偷用手揉了下眼睛，没有让其他人看到自己这副不争气的样子。

景元洲感受到周遭的氛围。他眼眸微眯，随后朝着几米之外的粉丝们深深地鞠了一躬。

有些粉丝忍不住哽咽出声，开始歇斯底里地喊了起来："Titans，永远支持你！永远！"

而景元洲却没有过多地表示，收回视线后忍着哽咽说道："走了，回去吧。"

所有人跟着景元洲陆续坐上了商务车。

直到商务车渐渐驶出停车场，车内始终没人说话，所有人的心思仿佛还停留在刚才。

林延和景元洲坐在商务车最后排。

前排的几人要么发呆，要么沉默地刷着手机。

上了车之后，景元洲就倚着靠背闭目养神。闭上眼睛时，他仿佛看到了无数个自己。

刚入联盟时候的他，和BK的队友们并肩作战的他，为了转型而近乎崩溃的他，以及满载荣耀登上职业联赛巅峰的他……

车窗外漏入的微风将景元洲的发丝吹得有些乱。而林延侧头看着窗外，散漫的神色间看不出情绪。

商务车在酒店门口停下，林延眼看着队员们都回到房间休息才准备将门关上。

下一秒，景元洲的声音传来："故意的？"

林延淡笑着反问道："你指什么？"

"比赛场上临场拿出这样的四一阵容……是故意的。"

林延从来没想过瞒景元洲，自然不值得任何惊讶。

他抬头应得很是坦然："是故意的。"

## 3

景元洲想说些什么时，手机突然响了起来。

林延提醒道："电话。"

景元洲拿起手机来看了一眼，原本想要直接挂断，最后在林延的注视下按下了接听。

电话那头，Luni的声音顿时传了出来："Titans，打完比赛回酒店了没？"

景元洲淡淡应道："回了，有事？"

"你们队教练有没跟你一起？来商量一下参加全员狙击的事。"Luni并没有像平常那样吐槽景元洲的冷漠态度，大概是因为心里确实不爽，非常干脆地直奔主题，"今明两天没比赛的战队基本上都准备参加，那群人吹牛皮说今晚准备冲击国服前十，呵，到时候把他们连前二十都给打出去！"

这两天为了迎战BK，GH算是两耳不闻窗外事，不过这两天的血雨腥风多少有所耳闻。

因此听到 Luni 这么义愤填膺的话语，两人交换了一个眼神。

景元洲按下了免提。

旁边的林延凑近了几分："我是林延，参加排名战我们倒是没什么问题，不过……为什么是今天晚上？"

Luni 在电话那头沉默了一瞬，忍不住吐槽道："你们 GH 的酒店是在山沟沟里断网了吗？热搜第一已经一个多小时了，你们真的什么都不知道？"

林延一脸茫然："啊？还没来得及看。"

一提到这事，Luni 语调有些低沉："就是 WIN 队的那个边路，好像叫 Nilay 还是什么的，来国服打排位还发推特暗示。反正连 AI 都被惹毛了，PAY 已经集体开播了，其他队也准备狙击。不过你们 GH 这边刚打完比赛，可以看看什么时候方便，如果实在太累的话调节一下，等明天接我们几个战队的班都行。"

林延越听越觉得好奇："倒也没有什么不方便，不过……发推特？那个 Nilay 排到我们职业选手了？"

景元洲听 Luni 说完已经反应了过来："能把 AI 惹毛，应该是遇到 DeMen 了吧。"

"答对了。那会刚好 AI 有事，DeMen 在直播就单排开了一把，排到的队友刚好没有能打野的，这么一来遇上对面的边、野双排可以说是完全没有办法，直接被虐到不行。本来也没什么，偏偏那个 Nilay 还专门发了推特，虽然内容没明说，但是阴阳怪气一阵嘲讽。"

Luni 说到这里咬了咬牙："你们也知道的，国内这些选手中 DeMen 的脾气算是最好的了，那条推特传开后直播间里的粉丝全都炸了，他还想着不要闹得太大。但是可能吗？这事转眼就直接热搜第一了，AI 回来的时候一眼就看到了网友总结的来龙去脉，这不，当场拉上 DeMen 就双排到现在了。估计啊，不狙到那个 Nilay 不准备停手。"

林延也没想到打了场比赛，居然就发生了这么精彩的事情。

思考了下 Luni 的话，他向景元洲看去，询问道："Nilay 这个名字怎么感觉有点耳熟，就是上次吹牛说自己是世界第一边路那个？"

没等景元洲回答，开着免提的手机扬声器里传出了 Luni 的声音："对对对，上次采访挑事的就是他！DeMen 也算我们赛区里的顶级边路选手了吧，这次直播输了排位，直接让 Nilay 又原地兴奋了。现在看来，下一步估计就盯上 Titans 了。"

景元洲打断了 Luni 的话："你别煽风点火。"

"我这怎么能叫煽风点火呢？就事论事而已！就 Nilay 前面做的那些事，你们想！"Luni 没搭理景元洲，一字一句地问林延道，"林教练，'红毛'这么目中无人，你说，能忍吗？"

林延答得干脆："不能。"

Luni 又问："那今天晚上？"

林延应道："放心，我们 GH 一定准时报到。"

Luni 满足了："太好了！那就不打扰你们了，我们马上也准备集体开播了，先挂了。"

景元洲毫不挽留："再见。"

景元洲知道林延之所以对这事这么上心，比起所谓的赛区荣誉感，最主要的还是那个 Nilay 一开口就招惹到他了。

景元洲皱眉问道："你准备怎么做？"

林延没有回答，而是伸手摸出了手机。

他登录各大直播平台转了一圈，果然看到游戏板块直播间公告整齐统一地写上了"众志成城，全员狙击"。

一眼看去，很是壮观。不用登录游戏，就足以感受到排位争夺战的腥风血雨。

林延想了想，说道："也没什么好准备的，通知一下，集体上播吧。"

为了比赛期间方便训练，骆默早就在酒店房间里给每人装了一台配置精良的电脑。

于是林延这边在群里叫过全体成员后，没出半小时，GH 队员们也陆续出现在了直播间中。

和以往开播时的随意不同，推特事件在网上早就已经持续发酵了一段时间，全体职业选手上号的壮观场面背后，翻涌的是紧张凝重的暗潮。

在队友靠谱的前提下，双排总是比单排好上分。

因为今天晚上有明确的目标，于是住在同一房间的简野和顾洛，以及隔壁间的辰宇深和毕姚华各自组成了一队，开始了双排。

林延也登录了自己的账号。

他的身份是教练，不像其他选手们随身携带设备，于是就地取材地迅速习惯了一下电脑自带的键盘鼠标，开始调整快捷键："今晚你就别单排了，等我一下，我陪你一起。"

景元洲没有开摄像头，调试完设备暂时关闭了麦克风，回头提醒道："按照 Luni 说的，这次全员狙击要到零点才截止。"

林延知道景元洲在担心什么，不甚在意地安慰道："没事，我最近对你的声音适应得挺好的，没有太大问题。而且有必要的话，借着这次的机会稍微逼自己一下也没什么不好。毕竟如果每次都随便打几把就结束休息，我永远都不知道自己的临界点在哪里，是不是这个道理？"

景元洲没有应声。

林延很快地调整完毕，一脸平静地回头看了过去："更何况就今天这事 DeMen 为什么会被嘲，说白了就是刚好 AI 不在，让 K 国的那个'红毛'钻了空子，我可不允许这样的事情也发生在你身上，所以必须双排，今晚情况特殊，必须要看着你。"

景元洲依旧没有回应。过了片刻，才收回了视线："如果有哪里不舒服一定告诉我，不要强撑。"

林延笑了笑："嗯，一定。"


直播间画面一直停留在游戏大厅，就连语音刚刚也被切断了。

弹幕却在持续滚动着。

"哎，外面都已经炸开了，我就知道 Titans 肯定不会袖手旁观的。"

"别的不说，K 国赛区某些人真的是没品，打个排位都能回去嘚瑟？"

"是我卡了吗？画面已经停留很久没动了，Titans 呢？"

"今天真的好幸福，看完比赛后居然还开了直播！"

"真的炸啊，下午的比赛是真的炸！"

"刚去 GH 其他选手的直播间里晃了一圈，现在好像全员都在酒店。"

"啊啊啊，你有本事上播，你开摄像头啊！"

……

许久后直播间终于传来了一阵窸窸窣窣的声响。

随后，景元洲的声音响了起来："好了吗？我拉你。"

旁边有人应了一声。

随后便见画面正中央的鼠标滑过，建立双排队列，非常娴熟地发出了一个组队邀请。

正是那个熟悉的 ID：谁还不是小公举。

K 国玩家涌入国服已经两天了，目前第一梯队在前五十名左右。

景元洲和林延双排那么久，排名恰好也在这个区间。

参与今晚的狙击，正是时候。

## 4

GH 并不是第一支参加狙击行动的战队，也不是最后一支。

早在 PAY 全员开播后，整个炙热超话早就已经充满了各色各样的帖子。

至于所有的话题，无一不是围绕着今晚的狙击行动展开的。

"报！继 GH 全员开播之后，刚结束比赛的 Three 也集体上号了！"

"啊啊啊，这次真的是越闹越大啊！我现在在各大直播间里反复横跳，寒毛都竖起来了！"

"别的不说，有些人是真的嚣张，刚刚看直播的时候还看到他们用英文全图嘲讽主播呢。"

"不是吧，不会真的有人呼吁别人去当'演员'吧？感情到时候封的不是你的号？"

"现在还在秋季赛呢！职业选手在线飙演技，你怕是想害各家俱乐部集体被禁赛哦！"

"别说职业选手了，直播平台对于主播消极游戏的处罚也很严好吗！"

"而且都是天梯排名前一百的，这个段位里信誉分不足一百会被禁止排位的。"

"这是真的，演一场被举报直接禁赛四场，难道要打一把排位再去打四把匹配补分吗？"

"哈哈哈，莫名好笑是怎么回事？"

"……你们怎么真的讨论起来了，电子竞技还是实力说话，就算能演也不合适啊！"

"就是，人家一回头怕就要反手说我们输不起。"

"那肯定是要堂堂正正把他们打出去了！怎么也得把他们的锐气给灭了！"

"行了别说这破事了，隔壁那个排名统计帖你们看了没？现在知道的游戏ID 的所有高能玩家都在里面了，可厉害了！"

超话里讨论得风生水起，各家职业选手们也纷纷处在高强度的上分节奏中。

林延与景元洲一起进入队列后，很快完成了匹配。今晚的他们主要目标是冲排名，自然是和之前的直播不同。

林延也没有客气，进去后就主动要了打野的位置。

景元洲留意到画面中打出的位置标记："不用一直拿打野，补位就挺好。"

林延知道景元洲是担心他受累。但是，这偏偏是他们双排的情况下最容易上分的位置，没有之一。打野的位置需要带动全场节奏，整场下来的操作强度也比辅助类的位置要高很多。

林延简单地活动了一下关节："没事，用打野快一点。"

景元洲顿了一下，没有再说什么。

这一局他们匹配到的三个队友都是国服玩家。

在这种没有 K 国人同队的情况下，队内的氛围要来得愉悦很多。

有景元洲在上路林延自然放心，这样一来他这个打野位就被彻底地解放了出来，主要的节奏点果断地放在了中、下两路，片刻间就打开了局面。

三十五分钟，拿下了第一局的胜利。

战斗数据结算完后，林延嫌景元洲太过磨蹭，直接要来了队长，干脆利落地进入到下一局。

这一次林延依旧非常果断地拿下了打野位，景元洲继续走边路，非常凑巧的是，他们居然匹配到了 Three 战队的中单选手。

唯一美中不足的一点就是队伍里的射手似乎是个 K 国玩家。

林延迅速地调整了一下自己的英雄技能，一开局就非常积极地入侵了对面的野区。

有了三个职业选手坐镇，这是一局没有悬念的碾压局。比赛进行到三十二分钟的时候再次拿下了胜利。

这局比赛出来，景元洲担心林延的精神状态，回头看了一眼。

林延感受到这样的视线，隔空比了个"OK"的手势，非常利落地再次进入了匹配队列当中。

四十二分钟后，结束了第三局。

然后第四局。

第五局……

摧枯拉朽的一通连胜，两人的排名上升了不少。

随着总分的提高，再进入匹配队列的时候过程明显要慢了很多。

林延等了一分多钟都没等到匹配完成，趁着景元洲不注意伸手抹了一把额前的薄汗，活动了一下手指关节。

今天这样的排位节奏让所有粉丝们都看得很是满足，景元洲直播间里的弹幕也是刷得飞快，讨论的内容渐渐从今天和BK战队那场比赛，转移到了两人双排过程中默契度十足的配合上。

"今天的林教练怎么回事，这么凶的吗！"

"我有一个大胆的想法，林教练和AI的打野到底谁更厉害？"

"PAY粉感觉有被冒犯到，AI封神多久了，一个教练用得了这么吹？"

"PAY粉在Titans直播间干什么？一边去，别影响我们！"

"啊啊啊，连胜！这个段位都连胜，这个节奏下去今晚直接前十吧！"

"别的不多说了，一首《凉凉》送给K国玩家。"

"唱什么《凉凉》，直接上战歌啊！回家不香吗？"

……

就在大家讨论得兴起时，粉丝们看到大屏幕上的鼠标毫无预兆地动了动。

没等进入BP界面，景元洲主动取消了匹配。

他磁性的声音通过耳麦传到了林延耳中："时间不早了，稍微休息一下。"

长久的匹配等待让林延有些走神，这时才留意到不知不觉间居然已经临近六点。

林延打开目前的天梯排名列表看了一眼："要不再打两把？现在我们才三十多名，往前估计爬得更慢。"

景元洲态度坚定："不急，先吃饭。"

说完他将耳麦拉近了几分，话是对直播间里的观众们说的："停播一会儿，稍后回来。"

话落，直播间的界面便暗了下来，整个画面彻底断开。

林延眼见景元洲这样行云流水般的一通操作，不由得有些失笑："你就这么饿？"

"嗯，快饿死了。"景元洲低头用 App 下单了一份外卖，回过头来又打量了一下林延的脸色，忽然伸出手来。

林延一脸好笑地将手送到了景元洲面前："管得这么严呢，景队？都说了没事，我的手现在稳得很，真的一点都没抖，不信给你检查？"

景元洲确认后才放下心来："还是那句话，如果觉得不舒服就别硬撑。上分的事我们不急，知道吗？"

林延"啧"了一声："我看起来像没个轻重的人？"

景元洲意味深长地扯了下嘴角："就是因为不像，才不能让你偷偷逞强。"

林延抬头时正好对上景元洲投来的视线，不知为什么忽然有点心虚，清了清嗓子移开了眼。

有一点是真的，对于与景元洲一起双排的适应性，林延接受得已经越来越好了。

连续几个小时双排，居然没有出现明显的不适，这确实已经远超出了他的预期。

只是这样高强度的对战下，不可避免地感到些许疲惫。

林延松懈下来才感到一身的汗，有隐隐的凉意传来。

反正饭总是要吃的，眼见景元洲这边都下播了，林延顺水推舟地没有多说什么，拿起手机来看了一眼微信。

可以发现战队的其他几人也差不多在这个时间点选择了用餐，而另外一边，他们刚签进来的新人王简宁也放学回家了，在群里报到了一声后，表示马上就上游戏参与。

林延在群里发了一句"大家加油"，眼见收获了一波动员反馈，就转身趴回电脑前。

目前各大直播平台的首页推荐都被职业选手的直播间所霸占，林延看了一圈后，随手点进了 AI 直播间里。

AI 和 DeMen 显然已经双排了很久。

AI之前的排名就已经到了国服第五，DeMen则是在前二十左右，而现在，两人已经分别抵达了第三和第十二名的位置。

到了这个段位，其实对战方的实力也已经是顶尖了，每一局比赛都打得艰难了很多。

这个上分节奏，着实有点凶狠。

林延蹲在直播间里围观了一局，多少有些感触："看来今天AI是真的被刺激到了，看看这表情，啧……说真的，以前我还挺想挑战一下PAY战队的高难度模式，不过现在想想，大家说得好像确实没错，不是必要的时候还是别去招惹这个打野机器比较好。"

景元洲刚去开门拿来了外卖，闻言应道："所以，没事去招惹他干吗？"

林延想了想觉得也是这个理，笑了一声，才发现景元洲拿了些什么进来："你怎么知道我想吃豆腐年糕？"

景元洲将勺子递了过来，回答得轻描淡写："前几天你和骆经理说起的时候，我刚好路过。"

林延接过碗放在桌前吃着，瞥见有人在公屏上发了链接，顺手点进去一看才发现是一个数据详细的记录帖。

至于记录的内容，正是目前在播的所有职业选手的排名和战绩。

林延不用看也知道评论区一定十分精彩，不想影响心情就没往下拉，只是看了一眼五分钟前更新的内容，有些感慨："各家俱乐部果然都很拼啊……"

比起前几天，现在天梯排行榜上的排名简直经历了一次大换血。

前阵子还在两百名外徘徊的职业选手基本都冲进了前一百名，在前五十名的排名中几乎占了一半，再积极一点的人也已经到了二十名前后的位置，开始往前十的名次发起冲锋。

这样一来，景元洲和林延目前三十开外的排名着实不算突出。

但是，如果结合帖子里额外统计的近期胜率，景元洲ID后面那百分百的获胜战绩却绝对吸引眼球。

毕竟是已经临近巅峰的高端局，在不知道会排到什么队友的情况下，这个阶段的胜率本身就很牛。

更何况《炙热》这款游戏天梯排位机制中，玩家在连胜后可以让账号获得一种叫作"隐藏分"的东西。这个隐藏分越高，每场对战胜利后获得的积分奖励也就越多,但是相对的,也将有更高的概率匹配到远高于目前排名的玩家,因此就大大加剧了连胜的难度。

从这个帖子不难看出,除了景元洲外,其他选手的胜率都处在一种起起落落的状态,足见排名战况之激烈。

林延也是看完了这个帖子才想到还有隐藏分的存在,将最后一口年糕送入嘴中,回头问道:"以我们这段时间的胜率来看,总觉得很快就能排到十五名左右了吧。"

景元洲点头:"嗯,应该差不多。"

林延翻了翻K国那个Nilay目前的排名,微微一笑:"那'红毛'现在十四啊,狙他有戏!"

吃完晚饭,景元洲与林延继续开播双排,很快又连赢了两局。加上之前在基地中打的几场,已经是十连胜了。

林延虽然努力保持状态,但是随着匹配到的玩家排名越来越高,在这样的高压下,他不可避免地感到后背又起了一层薄汗。

又结束了一局。

这把敌方有两个双排的K国职业选手,虽然最后景元洲和林延拿下了胜利,但整整用了四十五分钟时间。

林延退出结算界面之后,缓缓地呼了一口气。

趁着漫长的匹配时间,他暗暗地揉了揉有些发白的指尖,尽可能地保持着自己的状态。不得不说,今天的双排强度早就远超他的预期。

匹配完成,这一局林延依旧要了打野的位置。

其他人看到了景元洲的ID,都非常自觉地让出了边路。

景元洲本就留意着林延的情况,显然也发现了他的脸色有些不好。

锁定了英雄后,景元洲提议道:"这把打完休息一会儿吧。"

林延想了想说:"不用,现在已经进前二十了,还有最后两个小时,冲一冲应该能进前十。"

景元洲想说"我不用进前十",然而还没说出口就被林延打断了:"等一下。你看看对面这个玩死亡流浪者的ID,是不是有点眼熟?"

这时候景元洲才留意到对面边路拿出来的正是他的招牌英雄——死亡流浪者。

至于这个 ID……

正如林延所说，确实眼熟。

K 国 WIN 战队的边路选手——Nilay。

林延原本没什么精神的眼中忽然闪过一丝锐意，忍不住笑出声来："可算给我们狙到了！"

## 5

和目前国内的情况一样，K 国在打天梯排行的职业选手们也同样开着线上直播。

某个直播间中，一头红色头发的 Nilay 显得尤为醒目。

这几天除了训练和比赛之外，Nilay 几乎把所有的时间都投在冲击天梯排名上。

今天和同队的打野 End 经过一整天的双排，Nilay 目前已经从前二十名左右一路攀升到了第十一名。

根据他现在跟第十名的分差情况，只要这一局拿下就可以实现前十的排名目标了。这个时候，Nilay 正在和直播间里的粉丝进行互动："看吧，就说不难了，今天晚上的排位打得还是非常顺利的。有一点比较遗憾，不是说华国赛区很多战队都来狙我了吗，都快一晚上了怎么一个职业选手都没有排到？总感觉缺少了很多趣味！

"嗯？也不是看不上华国赛区的边路选手，就是……我记得不管是 DeMen 还是那个 Titans，年纪都已经不小了？其实我还是挺佩服这些老前辈的，毕竟保持状态实在不是一件容易事，不愿服老这种事是人之常情，不过正常归正常，电竞圈里总归是要习惯更新换代。

"之前听说 Titans 的成名英雄是死亡流浪者，就正好拿出来比画一下。也不是只有他一个人会玩，就是想让你们看看 Nilay 的死流是个什么样子。"

说到这里，Nilay 拿起旁边的水杯喝水，看一眼飞速滑动着的弹幕："怎么，我给你们玩死流，你们老刷 Titans 的名字干吗？说到 Titans 他这个人也奇怪，之前他明明在 BK 待得好好的，不知道怎么的今年突然转会去了一个不知道从哪儿冒出来的俱乐部。不好说，或许就是因为状态下滑临近退役的关系，要不然 BK 俱乐部的那些管理怎么可能愿意放……"

声音戛然而止。Nilay 喝水的动作也随之一顿，他终于看清楚了弹幕中的提示。

原本选完英雄后，他就趁着导入期间切出了游戏界面，这个时候点开，才看清楚了对面五楼的游戏 ID。

他露出一抹兴奋的笑容："这是 Titans？有意思了！"

当游戏加载界面结束的时候，可以看到全体聊天频道里突然冒出了一句话。

shuakalaka：Titans？

Nilay 这个账号是俱乐部批量买的其中一个，连名字都没有改过，但是即便如此，他还是非常自信地认为对面的人应该认识他。

奈何他等了一会儿，始终没有等到任何回应。

Nilay 绷着脸自我介绍了一下。

shuakalaka：I am Nilay.（我是 Nilay。）

这一回终于得到了回应，但是发言的人并不是景元洲，而是对面另外一个看不懂名字的陌生玩家。

谁还不是小公举：Shut up!

谁还不是小公举：Wait for me,I will give you some color to see see!（中式英语：我要给你点颜色看看。）

Nilay 心想：闭嘴那句倒是简单易懂，后面那话是什么玩意？

Nilay 虽然看不懂，但是不影响他从这两句话当中感受到的挑衅。

他对直播间里的粉丝说道："刚刚说了，Titans 最拿手的英雄就是死流。那就正好趁着这个机会切磋一下吧。"

与此同时，林延干脆利落地收走了几个野怪："对面打野应该是 WIN 的 End 吧？正好，这局打他们。"

直播间里的弹幕早就已经因为他刚才的那两句英文笑翻了。

"林教练英文十级！"

"哈哈哈，差点从桌子上笑翻过去，我都能猜到对面 Nilay 无语的表情。"

"林教练表示，你能看懂算我输！"

"放狠话我就服这样的，低调奢华还有内涵。"

"总感觉教练怨念那个 Nilay 很久了，这算不算是复仇之战？"

"应该是 Nilay 之前放狠话挑衅我们赛区的边路吧，惹到 Titans 教练就忍不了了。"

林延整个人完全兴奋起来了，眼底战意分明，看了一眼弹幕也没说什么。

留意到敌方打野 End 刚刚在中路冒了一次头，虽然烟幕弹放得不错，但是林延很快领略到了对方的意图。

他在上路的河道打了个信号，语调肯定："他们打野上去了。"

景元洲回复："嗯，收到。"

林延提醒完后没有跟去上路，反而直接转身，钻入了对方下方野区。后方无人，正是偷偷发育的好时候。至于上路，因为死亡流浪者的存在，不管是景元洲使用还是放在敌方，林延同样放心。没有人比 Titans 更了解这个英雄。

果不其然，当林延盆满钵满地从敌方野区回来时，上路的战火也已经燃起。

Nilay 借着有 End 在后方埋伏，有恃无恐地先发起了进攻。

早有准备的景元洲将走位细节发挥到了极致。完美避开 Nilay 几个技能伤害的同时又缩短了两人的距离。

景元洲连放了两个技能，收走兵线后瞬间完成了技能升级，正面朝 Nilay 的脸上一斧子砍去。

Nilay 后撤得也非常迅速，一个果断的 S 走位，钻进旁边的草丛借着短暂的视野盲区拉开双方的距离。卡着技能的极限施法范围，他毫不犹豫地又是一套连招。

景元洲的气血值降得有些快，然而他手中的操作却没有停顿。巨大的斧头凭着预判临空甩出，在毫无视野的情况下，不偏不倚地砸在了 Nilay 的身上；紧接着借助着减速效果又果断拉近了距离，捡回地上的战斧，接上几下普通攻击，将伤害发挥到了最大化。

景元洲非常清楚死亡流浪者的技能 CD（技能冷却时间），总能把控住 Nilay 的输出时机，并且精准预判出技能的落点，将闪避最大化。

Nilay 眼见气血值肉眼可见地下滑，脸上的笑容有些挂不住了。

虽然看起来双方交锋非常激烈，但是只有他这个当事人知道，他完全在被压着打。

Titans 远比他想象中要强！

Nilay 是今年才正式成为职业选手的，一路走来受到了无数的吹捧，这种被人用刀架在脖子上的感觉实在让他非常不适。

不用看也知道，直播间里有些人已经忍不住开始嘲讽了。

"不是说用死流让 Titans 见识一下吗？你倒是打啊！"

"End 在旁边要蹲到什么时候，这样都还不上？"

"浪费感情！我还以为牛皮吹这么大能看到单杀。"

"Titans 还是厉害的，我怎么感觉'红毛'打不过啊？"

"别急，End 还在呢，马上就能爆发一血了。"

……

扫了一眼交锋的位置，Nilay 咬了咬牙："End！"

话音未落，他就将第二技能朝着近在咫尺的景元洲甩去。

死亡流浪者和普通的边路英雄不同，每个技能都有三四段小的连招区间，一旦爆发，持续伤害十分密集。

而第二技能的第一段施法带有定身效果，这个时候贴脸甩出几乎没有任何闪避空间，只需要把景元洲留下，End 一到，毫无疑问就能收走这个人头。

之前在排位当中遇到 DeMen 的时候，他们就是靠着双人的 gank 默契拿下了第一滴血，眼见要故伎重演，Nilay 眼底满满都是兴奋的光芒。

DeMen 算什么，能用死流击杀 Titans 才是他履历中浓墨重彩的一笔！

然而 Nilay 脸上的笑容还没来得及浮起，就完全凝固在了那里。

这是，闪现？！

在 Nilay 第二技能释放的瞬间，或者说甚至比他按下键盘按钮更早零点五秒，景元洲就早有准备般提前用了闪现。

不可能避开的第二技能落空了。

而且在瞬间拉开距离，景元洲已经退入了后侧草丛中，这让刚刚从河道口冲出来的 End 也失去了视野。

这样出神的预判操作让 Nilay 不可避免地愣了一下，这才意识到对方早就猜到了他们的埋伏。

之后却跟他来演了这么一出对线大戏。

明白过来之后，Nilay 的脸色一时十分精彩。

一想到自己刚刚在直播间里的嚣张，他脸上一热狠声道："追！"

这个人头，他必须拿下！

End 也没有犹豫。拉近距离，他根据景元洲后撤的路线朝着草丛做出了一个飞踢，依旧落了空。可当他整个人随着技能效果撞入草丛时，他才发现原本应该后撤的景元洲居然虚晃了他一下。

景元洲不仅原地折返避开技能的伤害，还同时拉近了与后方追来的 Nilay 的距离。

Nilay 一门心思要留下景元洲，万万没想到在这个时候对方居然不着急撤离，还企图反打一波。

这样一来，憋着一口气往前冲的他反倒像极了上赶着送上去的一块肉，还是主动躺上砧板的那种。

前面的交锋后，Nilay 的气血值本已经被磨掉了大半，这个时候一照面，迎面呼啸而来的斧子使他的气血值更是触目惊心地狂掉。

眼见就要见底，Nilay 心头一跳，在第二技能 CD 结束的瞬间毫不犹豫地甩过去一个定身。

手速一阵爆发之后，他非常果断地利用闪现后撤。

只需要拉开距离，他再远远地协助 End 打出几个技能伤害，就能齐力收走景元洲的人头。

然而还没等技能落地，一抬头，Nilay 便见一把斧子呼啸而至。

巨大的战斧仿佛催命的符纸，精准地收走了他最后的一丝气血值。

Titans 的预判精准得可怕。

Nilay 就这样在观众面前，现场表演了一个死亡闪现。

而另一边，景元洲借着这次击杀获得的经验也顺利升至了六级。

大招点亮！

技能使用让他的身边笼上了一层厚重的护盾，他在不疾不徐地避开了 End 的几个技能之后，安全无比地回到了己方的防御塔下。

一对二，还顺利收走了对方的一个人头。

"First blood（第一滴血）！"

这就是最顶尖的选手的真正实力！

在这样的交锋中，每一秒都充满了无数的细节和算计，堪称对战死流教科书般的演绎。

Titans 的直播间里彻底沸腾了。

"红毛"在景神面前玩死亡流浪者？简直是前辈教他做人！果然还是太嫩了啊！

## 6

上路传来的击杀消息引起了林延的注意。

这个时候他正好埋伏在草丛中，不忘为景元洲的一血点了个赞："漂亮啊！"

眼见时机差不多了，林延趁着敌方辅助技能CD的空当冲了出去，将射手逼出闪现后不客气地收下了辅助的人头。

空手而返的End看到敌方打野出现在下路，有一种不好的预感："我的蓝估计没了。"

Nilay刚刚被拿了一血，整张脸上完全没了笑意，闻言冷声道："没了就不要了，多来上路抓就行。刚才是我大意了，下次肯定能击杀！"

End落在鼠标上的手指迟疑了一下，想到还开着直播，没有多说什么："知道了，等我到六级。"

刚才的gank失败加上野区被反，说他这个打野混成了全场最惨也不为过，必须抓紧时间发育一波才行。

不过就算End想发育，也得要问林延肯不肯。

End吃完两个野怪，准备在中路找机会，看能不能蹭点兵线增长经验。结果他刚钻进草丛，就与早早蹲着的林延撞了个正着。

林延之前去下路抓了一波后只剩下小半血量，谁能想到在这样的状态下他居然还不回城，反倒有闲心守株待兔。这样笃定的做派，仿佛一早就知道End会来一样。

End忍不住在心里咒骂一声，却不想下一秒在肌肉记忆作用下甩出了手中的技能。

然而，林延却快他一步。

中单队友早就看到了林延埋伏的位置，在End出现的一瞬间就朝这边靠了过来，第一时间就抛来一个技能，抢在End用出闪现前给对方挂上了一个减速。

林延的所有位移技能都牢牢拽在手里，等的就是End闪现的瞬间。几乎是同一时间，他贴身跟了上去，明明是残血状态，却一副穷凶极恶的样子。

End看着林延不足一半的气血值却没有半点办法。

林延的走位实在是太好了！

临死前，End 的脑海中闪过了一个念头——这个打野玩家，是哪个职业选手？

中路再次爆发人头，对战双方的人头比转眼拉到了 3∶0。

Nilay 正在线上全神贯注地与景元洲对线，直到弹出击杀提示才反应过来："你怎么死了？"

End 闷闷的声音从语音中传来："被对面的打野阴了。"

对面的打野……那个嘲讽他的家伙？

Nilay 想起开局后这人给自己放的狠话，眉心拧得更紧了，刚想多说几句，视野中的景元洲却毫无预兆地后退了一步。这显然是准备回城。

Nilay 扫了一眼景元洲的蓝量也就明白过来了。虽然景元洲拿走了第一滴血，但是一直没有回城，在线上赖到现在，魔法值已经不够用了。

这样的发现让 Nilay 眼前一亮，能杀！

他非常果断地用技能打断了景元洲后撤的动作，在一个角度非常刁钻的位置开启了大招，将对方锁在了原地。

景元洲的蓝量也随着他甩出来的巨斧瞬间清空，这让 Nilay 一阵兴奋，操作也更加放肆了起来。

然而人头就要收入囊中时，全图聊天频道突然冒出一句话来。

谁还不是小公举：I'm coming！（我来啦！）

这句话让 Nilay 愣了一下，同时，旁边草丛中忽然闪出了一个人影。

谁能想到，林延蹲完两个人头还不知足，居然又杀到上路来了？！

Nilay 差点当场骂人，更是瞬间明白了什么。

哪里是他抓住了击杀 Titans 的机会，完全就是 Titans 在诱他落入了陷阱！

这两人是在双排？！

林延从下路到中路，再一路到上路，虽然状态确实不算健康，但此时与景元洲汇合，拿下 Nilay 手到擒来。

林延与景元洲配合默契地分摊了 Nilay 最后打出的那套伤害，完成击杀后，都只剩下了不足十滴的气血值。

林延可没有那么多的爱心去关怀 Nilay 有没有摔键盘，又一波经济到账后心满意足地选择了回城补给。

而另外一边，0-2-0 的战绩让 Nilay 气到全身发抖。

他盯着电脑屏幕气愤道："End，准备死抓上路！"

不得不承认，他们的这一局已经失去了太多优势。下路的射手被压死在了塔下，中路虽然想积极游走，可是打野 End 野区已崩。不管怎么看，对于毫无默契可言的路人局，此时已沦为死局。

既然注定赢不了，那么至少不能让 Titans 发育得太好、太顺利！

Nilay 觉得只有这样才能留住他最后的颜面。

奈何 Nilay 的小心思，全部在林延的算计中。

随后五分钟时间内，End 整整去了上路三次。而每一次，林延都仿佛有提前预知能力一样，总能在第一时间支援景元洲。螳螂捕蝉，黄雀在后。

二对二的对战下 Nilay 和 End 根本占不到任何便宜，结果不只双双阵亡，还要持续地承受心灵打击。

每次反 gank 之前，全图频道当中总会冒出来一句宛若梦魇的话语："I'm coming！"

还没等正式进入团战期，战绩 0-5-0 的 Nilay 就只剩下了一脸茫然和麻木。他不敢去看直播间里的弹幕，可即使不看，也足以感受到那隔空传来的失望和嘲讽。

这局面对 Titans 和那个不知来历的打野，他一败涂地。

比赛进行到四十三分钟时，Nilay 家基地水晶被击破。

随着失败的字幕出现在屏幕正中央，原本只差临门一脚就能到前十名的 Nilay 却因为过分惨淡的发挥扣了一大笔积分，排名直接掉至了第十四位。

此时此刻，景元洲的直播间则是一片欢声笑语的海洋。

"哈哈哈！"

"都什么玩意，这就是那个 Nilay？菜成这样好意思说世界第一？"

"不得不说教练这个打野节奏我是真的服，这是给对面全图都插眼了吧？"

"刚看了，那个 Nilay 已经掉到十四了。最后一个多小时，今晚冲前十没希望喽！"

"爽翻了，真的爽翻了，让他下午还阴阳怪气嘲讽 DeMen，现在那条推特有多火脸估计就有多疼。"

"啊啊啊，你们没发现吗，队长和教练已经进前二十了啊！"

"隐藏分这么高的吗？这是一局涨了多少啊，照这节奏赢下去，零点能直接进前十吧？"

"别的不说，自从今天和 BK 比赛之后，总感觉 Titans 是完全释放了自我啊！"

"没错，是真的狠！这就是对林教练的绝对信任吗！"

"啊啊啊，给我冲，搞快点！"

……

全体观众都处在兴奋当中，片刻之后才反应过来，似乎很久没进入匹配队列了。

所有人都感到有些不太对劲了。就在一串串问号出现在弹幕中时，直播间里终于传来了隐约的声响。

因为没开摄像头，只能从窸窸窣窣的声音中判断，景元洲将头上的耳机摘下来放在了桌上。

旁边的林延并没有留意到这样的举动。

刚刚赢了游戏让他的脸上还挂着分明的笑意，只是飞扬的眉目依旧遮不住他有些苍白的脸色。额头上都是细密的汗，放在鼠标上的指尖分明在颤动。

非常畅快淋漓的一局，全身心投入下没有给对手留半点机会的一局。可是这一局带来的，还有远超寻常的负荷。

林延看着电脑屏幕的视线一时有些恍惚，缓缓地吸了一口气后，才努力地将注意力重新集中了起来。确认了一眼时间，正准备再次进入队列，他才发现景元洲已经站在他身后伸手摘下了他的耳机。

耳机摘下后，林延整个人仿佛都恢复了。

反应过来后，他抬眸，看向不知什么时候来到他身后的景元洲："怎么起来了？只有一个多小时时间了，抓紧时间继续排了。"

景元洲定定地看着他："我自己排就好，你先去休息吧。"

林延想都没想，脱口说道："不差这点时间。双排肯定比单排打得快，更好冲分。"

景元洲将手中的耳机举高了几分，避开了林延企图伸手抢耳机的动作："放心，单排我一样能进前十。"

林延拧了拧眉心："进当然能进，关键是什么时候进，你就没想过万一时间刚好不够呢？"

景元洲垂眸看着他："林教练，如果进不了前十就随你扣我工资，可以吗？"

林延听到"林教练"这三个字，再加上景元洲几乎没有什么表情的脸色，他多少也意识到，景元洲生气了。

景元洲确实有些生气，但更多的还是心疼。看着林延没什么血色的脸，他都恨不得把人绑去休息。

可是另一方面景元洲也知道，林延这样逞强也是为了维护他的名誉。

这样一来，他又有些绷不住脸上严肃的表情。

两人的对话通过桌上的耳麦传入了直播间中。

在这样长久的沉默之后，所有的粉丝听到了微不可闻的一声轻叹。

随后是景元洲满是无奈的一句："听话。"

## 第七章
### 职业联赛练英雄

**1**

听到这句话的时候,林延不可避免地愣了一下。

林延还准备再说些什么,结果张了张嘴没说出口,掩饰似的清了清嗓子:"反正都是你说的,如果没进前十就扣你工资。"

"嗯,随便扣。"景元洲这一声应得显然不太走心,"先去洗个澡吧。反正我开着直播,你要是不放心的话,一会儿躺床上监督就行。"

"虽然知道 Titans 财大气粗不差这点工资,但是监督是肯定要监督的。"

林延终于从椅子上站了起来。他揉了揉微颤的指尖,也不继续跟景元洲拗了,说了一句"快回去冲排名"就转身从柜子里翻出了一套换洗的衣服,走进了浴室。

不多会儿,隐约的水声隔着门传了出来。

景元洲重新坐回电脑前,戴上了隔音耳机。

之前他一心想着让林延去休息,直到这时才发现居然忘关直播语音了。

一眼看去只见整片弹幕刷得飞起,分明一片"啊啊啊"的海洋,也不知道这样的情况持续了多久。

景元洲瞥了一眼在他发出动静后,陆续出现的弹幕消息。

"听话!"

"什么时候继续排啊?"

"林教练听话!一定要听话!"

"不愧是双亲组合！"

"林教练洗澡去了？"

……

景元洲没有再看，直接切到游戏界面进入了单排匹配。

林延的担心并不是没有道理，如果放在平时也就算了，可如果需要在零点之前进入到前十，时间着实不算充裕，需要抓紧才行。

趁着BP环节，景元洲才不疾不徐地再次开口："林教练不在，聊几句。"

弹幕：

"Titans主动陪聊？这待遇！"

"等等，为什么要趁林教练不在才聊？"

"Titans畏惧林教练实锤了？"

景元洲扫了一眼阵容后非常迅速地锁定了一个英雄，调整完召唤师技能，道："只是觉得林教练不是职业选手，没必要让他掺和到职业圈的事里面来。狙击这种事情，还是需要我们自己扛起来。"

双方英雄选择完毕，进入了短暂的加载过程。

景元洲还是语调平静地说着："不是觉得林教练娇气，而是认为，确实没必要。"

加载地图完成，刷新在复活点的瞬间景元洲买了一双速度鞋，直接出了高地。

"Nilay想要当世界第一边路，需要证明自己的是我，没必要拉着林教练一起受累。所以他越是这样护着我，我越感到难受。所以为了不辜负他的期望，我必须证明，我真的可以。"

景元洲说得轻描淡写。

直播间的观众们甚至都没看清发生了什么，第一滴血就在上路爆发。

拿下了首杀的巨额经济，景元洲清理完线上的怪就绕去了敌方野区。

"我承认，和林教练双排我确实轻松不少，比如说，至少不用像现在这样去多管很多事情。但是……"

说到这里，景元洲稍稍停顿了一下。

观众们可以看到画面当中出现了敌方打野的身影。

此时敌方辅助正在中路帮忙，这样一来，景元洲毫无意外地再次收走了敌方打野的人头。

活动了一下关节,他才继续说道:"但是林教练这个人总喜欢往自己的身上背太多的压力,俱乐部已经有太多的事情需要他操心了。所以在我这里,我希望他学会多相信我,学会适当地放手。"

连拿两个人头的景元洲回到上路,恰好下一波兵线抵达,敌方复活的边路也重新回到了线上。

节奏好得吓人。

弹幕持续滚动着,整个直播间都沉浸在他刚才那番话里。

然而此时景元洲却结束了话题:"也没什么,忽然想说几句而已,就到这里吧。"

他无声地笑了一下:"林教练应该快回来了,再聊就要被听到了。弹幕麻烦收敛一点,别被林教练看到了。"

不得不说,景元洲这波预判也非常准确。结束交流没多久,洗完澡的林延就从浴室里走了出来。

他抬头看了一眼电脑屏幕上的对战画面,没有打扰景元洲,拖着有些疲惫的身子躺到了床上,找了个舒适的姿势后拿出手机点进了直播间。

出乎林延意料的是,今天直播间的弹幕居然十分严肃。

所有的话题要么是围绕景元洲的操作展开,要么就是在讨论今天下午和BK战队的那场比赛,满满都是积极上进的内容。

林延心想:今天什么日子,这是事业粉专场吗?

看了一圈后,林延重新将注意力放在了景元洲这局比赛上。眼见胜负已定,他随手在直播间砸了几个深水鱼。

"谁还不是小公举在GH·Titans的直播间投了十个深水鱼。"

金光灿灿的横幅无比醒目地出现在了屏幕的中央。粉丝想到景元洲的嘱托,控制住了疯狂尖叫的冲动。

景元洲赢了一局出来,就看到了这特别豪气的打赏,继续进入到匹配队列之余,还不忘笑着念了一句:"感谢谁还不是小公举的深水鱼。"

林延听到这一句后,朝着不远的那个背影看了一眼,指尖动了动,又多扔了几个深水鱼。

上分还在继续。

随着时间越来越晚，前十争夺的战况也更加激烈。没有了林延，景元洲要确保胜率，无疑要尽可能地控制全场。一局接一局的游戏进行着。

起初，弹幕上只是配合景元洲的需求讨论游戏，不知不觉间竟真的热烈探讨了起来。

"有没有感觉 Titans 的打法越来越激烈了？"

"是这样的，从下午 BK 那场比赛开始就这样了！"

"今天我是真的哭得一塌糊涂好吗，当年一眼就吸引到我的那个少年回来了！"

"我忽然觉得 Titans 离开 BK 是真的选择对了。"

"没错，这样耀眼的才是他啊！"

"我也哭了，真的戳泪点，光是看直播就看得我热血沸腾。"

"所以 Titans 现在排名第几了，进前十了吗？"

"快了！有希望，真的能进！"

……

景元洲的状态和先前任何时候都不同，有一种勇往直前的撕裂感。每一个操作都精准到让人为之惊叹。

直播间里所有的观众们看着画面中的英雄的背影，感到仿佛有一道光彻底地划破了夜晚的寂静。这是曾叫他们一眼难忘的、记忆中的 Titans！

十六位，十三位，十一位……

随着又一场游戏的结束，景元洲再次进入匹配队列，粉丝们看着他的排名攀升到了第十一名，在临近零点时不由得纷纷屏住了呼吸。终于，最后一局游戏结束在了二十三点五十二分。

排名第九！

直播间里彻底沸腾了！

弹幕疯狂滚动着，只见画面中的景元洲点进了排名界面，看了一眼目前国服前十的排名情况后，没有再进入匹配队列。

剩下的时间已经不足以再进行一把游戏了。一晚上摧枯拉朽般地上分，疲惫感不可避免地袭来。

景元洲有些低哑的声音响起："还在看吗？"

虽然是没头没尾的一句，但观众们清楚地知道他这话是对谁说的。整个直播间的弹幕非常配合地不再刷新。

可是过了一会儿，始终没看到"谁还不是小公举"出现。

"睡了？"

景元洲回头看去，一眼就看到了床上那个陷入浅睡中的身影。显然是晚上太过持久的双排消耗了林延太多精力。被褥下的人姿势慵懒，手机已经从掌心滑出，遥遥看去，上面依旧显示着景元洲直播间的画面。

粉丝们等了半响，最后只听到景元洲笑了一声："今天就播到这里吧，大家晚安。"

话落，直播画面便被切断。

## 2

一晚上的天梯排行争夺，随着指针指向零点彻底落下了帷幕。在这个过程中，炙热超话里的排名统计贴一直在持续更新。

最受瞩目的无疑是最终排名了。如果放在以往，前十这样的排名在短期内很难发生太大的变化，可这次托K国赛区的福，所有名额都换了一波。

简宁因为排名差距无法和简野他们组队排，单打独斗下，"哥天下第一"这个排名到底还是从第一名掉到了第二名。

占据国服第一这个位置的，是收获了绝对高分的AI。

AI的排名本就在前十名内，经过一晚上的上分，这个结果也并不算令人意外。

与此同时，和AI一起双排的DeMen也同样进入了前十名的队列，最终停留到了第六名。

再往后分别是排在第七名的Wuhoo，排在第九名的景元洲，以及刚好十名开外在第十二名的Come和第十三名的Luni。

除此之外，在名单中可以陆续找到其他的职业选手——LDF的ROMM第二十二名；BK战队的库天路第二十三名，蓝闽十八名；SUU这边则是因为外援选手不好参与到这样的纠纷里来，主力负责的彭河最后达到了第二十四名……

然而在这次的排名争夺当中，最让人惊讶的显然还是GH这支新队了。

加上新入队的路人王"哥天下第一"，GH成了除了PAY之外唯一有两人入围前十的职业战队，单论其他几位选手的最终天梯战绩，显然是非常漂亮的名次——中单Gloy排第二十六名，打野Abyss排第十九名，射手BB排第三十名，辅助Gun排第三十八名。

　　在高手云集的情况下，GH通过一晚上就让全员都进了前五十的名单，这已经是非常可怕的成绩了。

　　当这样的数据清晰地摆放在众人面前，圈内圈外的围观群众震惊了。也是在这个时候大家才真切地发现，原来GH选手的个人实力居然也强大到了这个地步！

　　而另一方面，在国服玩家这样漂亮的答卷下，刚刚放完狠话的K国赛区就被彻底打脸了。根据统计，这次涌入国服来玩的K国职业战队总共有六支，加上来凑热闹的高玩玩家更是不计其数。然而从最后的排名情况来看，到底还是没有一个人能在当晚进入前十名的排名中，悉数被国服玩家们齐心堵在了十名的分界线外。

　　其中，第十一位的Nilay是排名最高的存在。这是Nilay第二次站在这个距离晋升前十临门一脚的位置。可惜的是，自从第一次的晋升机会被林延和景元洲携手扼杀，他就因为过分惨烈的数据一次性掉了太多的积分。在过大的分差下，即便后来保持了连胜，截至零点，终究还是差了最后一口气。

　　第十一名距离第十名，失之毫厘但也谬以千里。结合Nilay发出的必进前十名的公开声明，这个结果根本不需要国内的网友们出面，K国网友早就将推特的评论区彻底攻陷了。

　　随着晋升局惨败的录像到处疯传，Nilay这个当事人更是一改之前的嚣张，在排名正式公布之后如同从网上蒸发一般，再也没有出现过一次。也是这个时候网友们才发现，包括Nilay在内的K国在榜玩家们纷纷将所用的账号进行改名，自此没再登录。

　　非常完美的胜利。这无疑是华国电竞圈的一次狂欢！

　　林延一觉睡醒，看到的就是这样翻天覆地的局面。因为睡得太沉，他迷迷糊糊地还没有反应过来："这就……全部给赶回去了？"

　　这个时间点景元洲已经晨跑回来了，将手中带回的早餐放在桌面上："脸都已经被打了，再继续下去也没有什么意思。K国赛区那边也在进行秋季赛，虽然跑来玩的几支战队除了 WIN 都实力一般，但到底还是需要留时间来应对职业联赛的，在这里耗太久他们得不偿失。"

"确实是这个道理没错……"林延有些感慨，"这样的话，估计下一次腥风血雨就是在世界赛上了。"

K 国赛区这回算是狠狠地丢了把老脸，虽然这锅不该让所有的战队一起背，但毕竟关乎赛区荣誉，那些顶尖的强队就算不愿意掺和，也不得不想办法找一波场子。

想到这里林延摇了摇头，一回头恰好瞥见景元洲已经在桌面上摆开了豆浆油条。

他揉了一把散乱的发丝便钻进了卫生间，等洗漱完毕后坐到了桌边，品尝着美味的早餐时，才继续拿起手机刷网上的新闻："说起来，昨天这些电竞媒体都加班到几点啊？信息挖掘得还挺完整的啊！"

景元洲以为林延是在说排位争夺衍生出来的一系列事件，起初并没有放在心上，直到手机递到了他的跟前。

屏幕上《Titans 巅峰重现，昔日王者再度回归》的标题无比醒目。

这篇报道的内容很是齐全，从景元洲昨天下午与 BK 那场比赛的出色发挥，到晚上遇到 Nilay 后堪称天秀的操作细节，以及后续上分期间在边路的强势碾压……悉数在列。

报道的作者就算不是景元洲的粉丝，估计也已经关注他好几年了，字里行间透着真情实感，而且很难得地还保持了理智，不只对早年强势作风的 Titans 给予了高度的肯定，更是对昔日王者归来发自内心的欢迎。

文章的最后一句是这样写的："或许只有在这个时候我才会感谢 BK 战队的管理层，来到 GH 战队后，曾经最为闪耀的 Titans 终于寻回了他的灵魂！今年的 WTG 总决赛，GH 战队在那世界之巅，必有一战！"

在下面的评论区，虽然不乏蹦跶的恶意嘲讽的人，但都被 Titans 的粉丝们压了下去。

这样的报道，毫无疑问地引起了太多的共鸣。

"啊啊啊，没错，我今天就盼着 GH 战队能打进总决赛了！"

"现在再回想，总觉得 Titans 在 BK 的时候确实受了不少的委屈。"

"是我不对，我以前还质疑过 Titans 转会的选择，现在……不知道怎么说。"

"没有针对选手的意思,只想借个地臭骂一顿 BK 战队的管理层!"

"何止是管理层傻子,上赛季总决赛的时候我就觉得教练团的 BP 有问题。"

"我以前没有多想,现在一看怎么觉得当时转会另有隐情啊?"

"算了吧,过去的都过去了。Titans 过得很好就够了!"

"没错,昨天晚上狙'红毛'是真的解气,现在不求别的了,只等再次封神了!"

"什么叫再次封神?Titans 本来就是神级选手好吗!要等也是等一个登顶众神之巅!"

"哈哈哈,对,登顶众神之巅!回家队冲冲冲!"

"笑死了,回家粉们这就提前世界赛了?也不怕折了腰。"

"这就不劳你们这些人费心了,而且这半点不影响我骂 BK 管理层!"

"哈哈哈,不是我说,Titans 表现得这么厉害,BK 战队的管理层是不是都得哭瞎?"

"我猜也是,直接将大魔王放出去也不知道怎么想的,不是说 Mini 不好的意思,但是 Titans 的状态绝对更强啊!"

"万一 BK 管理层觉得不差这么一个冠军奖杯呢?"

……

林延睡饱喝足,这会儿心情非常不错,歪头露出了一抹笑意:"说实话,倒是真的挺让人感动的。原本以为排行大战这么大的事是现在关注的热门,倒是没想到居然还有人注意到其他。果然大家的眼光还是很毒的,别的不说,看到有人问候 BK 管理层我就放心了。"

景元洲夹了一根油条递给林延,看着他张口咬下,忍不住无声地笑了一下:"现在还那么讨厌他们?"

"讨厌啊,为什么不讨厌?对你不好的人,难道我还应该喜欢?"林延特别理直气壮地挑了下眉梢,想了想又有些发笑,"但是讨厌归讨厌,不得不承认,有一点还是需要感谢他们的。"

景元洲疑惑:"嗯?"

"感谢他们这么不懂得珍惜。"林延说到这里似乎越想越开心,"记得吗?当时我就说过的,GH 绝对是你的最佳选择,没有之一。"

"记得。"景元洲微微一愣,眼底的神色渐渐地柔和了起来,"只能说,我选对了。"

全网嘲讽了两天后，沸沸扬扬的天梯事件就这样翻了篇。

秋季赛毕竟还在继续。

网友们的注意力也渐渐从铺天盖地的报道中，重新回到已进入到后半阶段的常规赛上。

而当晚争夺排行亮眼的 GH 战队毫无意外地又高调了一把，这让原本对这支新队不以为意的路人们终于开始关注他们。各大电竞媒体更是紧跟风潮，趁着这波热度将 GH 战队的实力大肆渲染了一番，这让更多的人终于注意到了 GH 除景元洲之外的其他年轻选手。

随着跟风蹭热度的人越来越多，话题越炒越热，关于"紫微星""最强黑马"的形容更是不胫而走。

路人们原本对电竞综艺发家的 GH 有多么嗤之以鼻，如今在各界的过度吹捧下，就对他们后续的表现有多充满期待。

这样的强势风向让原本上蹿下跳恶意嘲讽的人只能心有不甘地闭了嘴。

然而就在众人的过度关注下，GH 战队迎来了他们崭露头角以来的第一场败仗。

常规赛第三周的第二场比赛，客场迎战 Three 战队。面对拥有 Wuhoo 和 Come 这对神级魔王组合的顶尖战队，GH 这一场，输得不太体面。

## 3

离开场馆回酒店的路上，整个车厢一时间没人说话。

大概是因为一路以来 GH 的势头实在太盛，这次被 Three 按在地上狠狠"摩擦"后，职业赛场新人多少有些回不过味来。

林延从上车之后就一直坐在后排玩手机，虽然感受到车厢内有些萎靡的氛围，却等车开了一段距离后才开口："都没睡着吧？没睡着随便聊聊？"

片刻后毕姚华的声音才响了起来："这局怪我。"

他伸手揉了一把色彩夸张的头发，拧了拧眉："Wuhoo 确实是我见到过操作最极限的射手了，每次以为能杀他的时候，他都能在最紧要关头全身而退。但是试了一次两次，我偏偏还不信邪，这就是过分自信了。代价很明显，没有完成击杀不说，反倒是给人家当了经验宝宝。"

"我的配合也有问题。"旁边的简野迅速接了话，"总想着在团战的时候保护全局，结果技能 CD 都没有留好，给他们秒后排提供了机会。Come 跟 Wuhoo 的配合是真好，很多技能衔接是真神，下路根本没有突破的机会，还被一路压到了底。其实我当时就应该去跟 Abyss 游走，而不是留在下路跟 B 哥一起和对面耗，说不定还能从野区找点机会。不只 B 哥，我太固执了，前面的比赛带来的错觉，想争一口气反而导致不只下路崩盘，其他线上的节奏也没能带动起来。"

辰宇深默默道："不是你们的问题，节奏没起来应该我背锅。"

顾洛神态间也有些沮丧："只能说打到最后我也有些急了，本来是想着团战前如果能秒了 Wuhoo 就能争取到机会，但是 Come 保护得太好了。而且我选择的时机也不对，不但没得手还在开团前被他们秒了，那波真的太伤了。虽然前期线上有优势，但最后也没能拉开，被 Klo 到处牵制着追回了经济。后面需要爆发的时候也没能把伤害打出来，队长找了那么好的切入时机，我第一时间没有跟上，最主要的还是最后那波团战提前交出了人头，真要说起来，还是我的失误最大。"

林延歪头看向景元洲。

景元洲实话实说："我的发挥还算正常。"

"看来大家自己都思考过了。"林延满意道，"其实在我看来，现在这个时候输一把也好，输了才能发现问题。前面发生的那些事确实把你们捧得太高了，年轻人容易上头，这盆冷水浇得正是时候，现在跪总比季后赛一跪不起要好得多。"

他环顾一圈，勾了勾嘴角："这一局虽然很大一部分原因是你们对 Wuhoo 这个 C 位的执念太重，但实际上 Wuhoo 确实是 Three 故意放出来的诱饵。毕竟比赛经验不足，经不起这些老油条们激也是很正常的事，输得不冤。不过着急抢锅倒也不必，整体来说最大的问题还是在下路彻底崩盘，BB 前面说得没错，最大的锅确实应该让他背。"

毕姚华顿了一下，接得很坦然："嗯，我的！个人实力还不够，被 Wuhoo 碾压了。"

林延看了他一眼，笑了一声："现在也不多说了，就是给你们打一剂预防针。

我已经让阿默把酒店的会议室约上了,等会回房间把东西放好,记得过来集合。趁着手头还热,赶紧把这局复盘一下。"

其他人闷闷地应了一声,虽然可以料到复盘期间必然会受到来自林延的疯狂输出,但是大家对此都没有任何意见。

确实没打好,就算挨骂也是活该。

回到酒店所有人回房间放好东西后,陆续到会议室集合。

毕姚华到得最早。

顾洛走进的时候一眼就看到了那醒目的脑袋,毕姚华全神贯注地看着什么,顾洛不由得好奇地走了过去:"B哥,你在看什么啊?"

"哦,也没什么。"毕姚华闻言头也没抬,回答得特别云淡风轻,"就是想看看网上那些人是怎么骂我的,正好稳一稳心态。"

前阵子GH战队刚被蹭热度的媒体吹得神乎其神,结果接下来比赛就吃了败仗,不用想也知道现在微博上是怎样的硝烟弥漫。

顾洛走近之后随便扫上一眼,就看到了毕姚华正翻看着的那几条评论内容。

"笑死了,最强黑马、紫微星?"

"不就输了一场常规赛吗?前面连胜了那么久,进季后赛还是不成问题的。"

"能进季后赛什么时候也成值得吹的事情了?"

"就是,前面连胜那是因为没遇到强队,现在碰到Three了不就原形毕露了?"

"不是我说,BB打得真菜,没看他被Wuhoo压得那惨样。"

"硬实力真的要碰过之后才知道,前面回家粉那么膨胀我也不敢说什么,现在就问一句,打脸吗?"

"BB射手菜实锤了吧?这局如果不是他拖后腿,GH也不至于输得那么难看。"

"得了吧,不是给BB开脱,回家队其他位置也明显有问题好吧!"

"反正菜就是菜,Titans老粉之前还说他选GH选对了,现在还觉得对吗?"

"看赛程,现在才刚遇到Three,最后一周的LDF和PAY哪个是省油的灯?坐等GH战队连跪。"

"常规赛有输有赢不是正常的吗，哪个战队能保证一路全赢？怎么到 GH 这就不让输了？"

"但凡 GH 前面不这么嚣张，谁又会关注这样的队伍？"

"特别是 BB！"

顾洛心想：确定看网上的这些嘲讽是用来稳心态，而不是为了把心态刺激爆炸吗？

"也差不多了，不看了。"毕姚华感受到"奶奶灰"的欲言又止，关掉了手机屏幕，"反正，一想到这些上蹿下跳、落井下石的家伙马上就要被打脸，我就彻底感觉舒服了。"

"舒服……了？"顾洛沉默了一瞬，最后由衷地竖起了大拇指，"B 哥，还是你厉害！"

毕姚华谦虚地摆了摆手："反正打得菜这种事情该认我都认，剩下的，就当施舍给这些键盘侠一些表演的空间了。"

顾洛听了毕姚华的一席话，只感觉打开了一片新的天地。

这时会议室门被人从外面推开，其他人也陆续来了。

林延将刚刚结束的比赛投屏到大屏上，开始仔细地进行剖析。

前面说 Three 在这局故意拿 Wuhoo 当饵，并不是没有原因的。Come 这个辅助除了前三分钟跟着打野外，后面始终留在下路为 Wuhoo 保驾护航。期间辰宇深的几次 gank，Wuhoo 看似是丝血逃生，其实走位始终都在 Come 的技能范围当中。这完全是在确保安全撤退的前提下，还尽可能地把毕姚华等人引到了最深处。

这样一来，Three 的打野一经入战，本该是 GH 发起的 gank 局面瞬间就逆转了过来。

Three 这支战队和其他队伍不同，联盟封神的五大魔王他们队内就占了两人。Wuhoo 和 Come 是从青训营一路打出来的默契，进入联盟后也从来没有分开过，配合的过程中更是有很多细思极恐的操作。

有他们两人在下路压阵，Three 的中单 Klo 说是被彻底解放出来都不为过。

虽然 Klo 在线上没有顾洛对线强势，但是远程清兵的细节处理得还是非常到位的，而且被顾洛单杀过两次后就完全进入了支援模式，借此避开了与顾洛的正面交锋，是很成熟的应对方式。

Wuhoo 对于 Three 的存在就如同景元洲对于 GH，再加上 Wuhoo 是绝对重要的输出位，打团期间更是将小心思发挥到了极致。

中期小规模团战爆发时，毕姚华已经因为前期线上的劣势影响到了发育。这样一来，顾洛和辰宇深为了拉回双方伤害差距，势必会想方设法地寻找机会击杀 Wuhoo。然而他们找到的所有"机会"，恰好又完全是 Wuhoo 和 Come 默契配合下故意留出来的。

中路没有拉开差距，下路经济又被压得惨烈，打野无法打开中下半场的局面，再加上团战中那些避之不及的"陷阱"，光靠景元洲一个边路，即便再过强势也确实独木难支。

说 GH 这场比赛输得不太体面已经非常委婉了，如果再直白一点，光是从对局统计来看，用"惨烈"来形容都毫不为过。

林延在复盘过程中没留半点情面，字字扎心，林林总总总结出来的失误高达十二次。

在一场职业联赛中，这是一个非常可怕的数字了。

复盘结束后，整个会议室里一片寂静。除景元洲外，其他人都因自己糟糕的发挥陷入了沉思。

"今天就这样吧，回头我会把复盘报告发到你们的邮箱中，到时候都自己看看，在之后的比赛当中注意一点。"林延环顾一圈，拍了拍手，"网上的评论虽然很凶，但是有一点说得没错，我们前面碰到的那些战队都属于普通联赛水平，真正的强队可都在后面等着。比赛经验上的差距一时半会儿很难弥补，但是意识方面的东西对于各位高手同志来说，相信不难消化吧？"

一句"高手同志"，让氛围稍微活跃了一点。

"反正打完了,这一局也过去了。"林延拿着手中的文件夹在桌面上拍了拍，严肃的语调里生出一抹笑意，"现在我这里倒是有一件事，正好说出来让大家高兴一下。"

众人收了收心，投去了好奇的目光："什么事？"

"就知道你们已经都忘了。"林延要笑不笑地扯了下嘴角，慢悠悠道，"下周的第一场比赛，我们可是要碰到 QOG 了。为了 B 哥，'有怨报怨'，有仇报仇。"

## 4

就如林延所说的，和 QOG 的那场比赛在常规赛最后一周的第一场，这确实让队员们感到兴奋。然而现实是需要循序渐进，在迎战这支战队前，他们还需要完成本周的最后一场比赛，对战 UL 战队。

因为 GH 输给 Three 后网上骂得有些厉害，之前吹捧他们的各路媒体也一下子噤若寒蝉，这样的舆论环境让 GH 的粉丝们不免为选手们担心了一把。

翌日，比赛当天，一群人早早等在了场馆门外，手中举着应援牌高声呼喊着 GH 众人的名字。

放眼望去全是支持的话，如"再赢回来就行了""继续世界冠军的目标""回家队送对手回家"等等，现场氛围温馨又热烈。

GH 这些年轻选手还是第一次受到这样的待遇，多少有些受宠若惊。

特别是毕姚华，看着那牌子上"BB 给我冲"的文字，他居然差点热泪盈眶："一下子这么温柔谁受得住啊！"

其他人原本很是感动，闻言反倒纷纷笑出声，可从来没见 B 哥这么矫情过。

GH 众人隔着车窗和粉丝们打过招呼后，通过安全通道进入休息室放下东西，就被工作人员领上了场。

UL 战队也是炙热联盟中的老牌战队之一，虽然没有实力特别出众的选手，但是发挥一直很稳定，算是历届季后赛的常客。

今年 UL 队内提拔上来两个新人、退役了两名老将，虽然有不小的人员变动，但整体磨合得还算不错，在本赛季中表现依旧稳健。

GH 战队刚输了一局比赛，正被全网唱衰，今天更是不知道有多少人盼着他们能在 UL 手中栽跟头。

可惜他们并没有如意，GH 非但没有任何受挫的样子，情绪反倒比以往任何一场比赛都要振奋，甚至四十分钟都没到，就直接推上了 UL 高地，干脆利落地赢下了这场比赛。

顾洛在今天仿佛憋着一口气，全程表现亮眼。

当输出统计出来后，大家发现中单伤害占了总输出的百分之五十八，这对于一个刺客型法师来说，绝对是一个非常惊人的数字。

拿了 MVP 的顾洛再次站上了采访台。比起联赛刚开始时候的青涩，他的眼神坚定了许多。

当主持人问到这个时候有什么想说的时，他盯着摄像师的镜头，语调认真："教练说了，每一次失败都是为了更快地进步。所以我们GH从来都不怕失败，因为我们的目标是——最后的冠军！"

字字铿锵有力，隔着屏幕都能感受到表情背后那无比坚定的决心。

当回到休息室，顾洛刚进门就对上了众人目光，这让他才迈开的脚有些不太确定地缩了一下，不太确定地询问道："怎……怎么了？是我刚才采访的时候……说了什么不该说的话吗？"

简野笑出声："没有，相反的，这回你说得实在是太好了！"

顾洛的眼睛一亮："真的吗？"

"真的。"景元洲坐在旁边的沙发上正在摆弄着手机，不忘表达肯定，"好到顺利让网上的那些看不惯我们的人彻底炸毛了，确实很棒。"

林延接话道："真的漂亮，马上就会出现的热搜名我都可以猜到，"GH战队厚颜无耻，输比赛还以此为荣"。可以预见广告费又省了一笔，真好！"

顾洛脸上的笑容顿住，内心都是疑问。

毕姚华一边刷着评论一边摇头："Gloy，看不出来啊，你这波太精准了，把我的仇恨值都拉过去不少！厉害，一句话炸了恶意抹黑我们的人，那些人本来一直拿我们输给Three的那场比赛上蹿下跳，现在好了，你这采访完完全全地反衬出了这些言论的鼠目寸光，简直就是拿刀子往他们心窝上捅啊。"

顾洛愣了下："所以现在网上都是骂我的？"

林延应道："嗯，或许这两天你可以把微博先卸载一下。"

"不用。"没有林延意料中的惴惴不安，顾洛反应过来之后反倒兴奋了起来，手脚麻利地从背包里把手机摸了出来，"终于等到他们骂我了，让我看看都骂了一些什么。"

林延一时间没反应过来："终于？"

顾洛已经开始刷起了手机，脸上也慢慢腾起了一抹笑意，最后有些炫耀地朝毕姚华看去："B哥，他们真的骂我比骂你还狠啊！"

毕姚华竖了竖大拇指："厉害！"

林延瞟了好几眼："谁能给我解释一下你们的快乐？"

顾洛答道："是这样的，教练，B哥说了，他们跳脚都是在为日后被打脸做的铺垫。我认真地琢磨了一下，这话是真的很有道理！"

简野刚才也被两人的言行弄愣了，闻言瞬间领悟了过来："这逻辑确实没毛病啊，我以前怎么没想到呢！"

顾洛招呼："滚哥来呀，一起围观。"

辰宇深在旁边一直没说话，看了会儿新闻，点开了微博。

景元洲倒是没跟着他们闹，只是一边笑得肩膀微颤，一边在林延的背上轻轻地拍了拍，以示安抚。

即便是林延，他也没想自家的战队文化说变就变，沉默了片刻转身朝毕姚华看去："BB可以啊，只让你打比赛还真的屈才了，是不是应该额外让你兼职一个战队心理辅导员之类的职务啊？"

毕姚华低低地清了清嗓子，客套道："也就一般，一般厉害而已。"

第三周的比赛结束之后，GH战队返回了宁城。

常规赛的场馆分布在三个城市，每周一换，如今一个循环后又回到了原点。

最后一周的比赛场馆在同城，GH众人终于可以在自家基地安心投入到最后的作战准备中。

虽然表面上看不出来，可实际上输了比赛后大家还是憋了一口气，两天的训练内容完成得比以往任何时候都更积极。

甚至自从点亮"嘲讽恶意抹黑他们的人的buff（指对角色属性或技能的临时提升）"后，所有人都不怕挨骂了，以前一个个听到复盘都避之不及，现在全上赶着挨批评，还是越严厉的那种越好。

林延将大家这种心态变化完全看在了眼里，也非常满意。不得不说，和Three的这场比赛他们输得真不亏。

训练紧张无比地进行着，转眼间，常规赛最后一周比赛也拉开了序幕。

截至目前，积分榜上除了Three和PAY两支战队依旧保持着完胜外，其他队伍或多或少都吃过败绩。后半赛段的常规赛确实激烈无比，特别是在刚刚结束的第三周争夺中，BK不敌SUU、PAY两队连输两局，LDF输给了Three后又在SUU手上扳回一局。

领跑的积分排名经过变动后，GH反倒排在了积分并列第三的位置。光是这个名次，其实也算打了一把那些不看好他们的人的脸。

GH众人对此自然喜闻乐见，可是这个时候他们更关注的是QOG的积分情况。

之前大家没有留意，现在才发现 QOG 在这个赛季的表现确实不尽如人意。

结束了三周的常规赛，目前 QOG 积分排名正好在第九，如果最终进不了前八，常规赛结束后就将无缘季后赛了。

这样看来，对于 QOG 而言，第四周的比赛显得尤为重要。

可是在这之前 QOG 已经结束了与其他战队的所有比赛，与 GH 的一战是他们在常规赛的最后一局。虽然获胜也未必能够顺利入围，但是只要失败就注定无法翻身。

这个时候 GH 众人已经抵达了比赛场馆，往休息室走去。

毕姚华看完 QOG 的战绩，忍不住笑出声来："我看 QOG 这个赛季怕是演脱了吧？卡在这种尴尬的位置，看样子今天打完是真的可以收拾东西滚回家了。"

此时身边没有工作人员，林延也乐得搭话，回头看了毕姚华一眼："所以 QOG 今天一定会想方设法从我们身上拿到这至关重要的一分，毕竟从某个角度来说，这是他们能够晋级季后赛的唯一机会了。"

简野多少有些感慨："B 哥，你说这算不算孽缘呢？前面你还放话说要亲手把他们送回家，现在居然就要成真了？"

毕姚华笑道："多好啊，老天爷都站我们这边。不得不说，这种把别人最后的希望彻底息灭的感觉，实在是太爽了！"

顾洛最近跟毕姚华玩多了，开口也是直奔主题："他们活该，不配赢！"

毕姚华由衷地夸了一句："小 Gloy 可以啊，越来越有我的风范了！"

辰宇深忍不住吐槽："你还是别带坏他了……"

一群人笑嘻嘻地往前走着，一时好不热闹。

然而就当他们快要抵达休息室时，却撞上了一行人。

这大概就是传说中的冤家路窄。

QOG 战队自从上次与 GH 发生摩擦后就再没有出来蹦跶过了，最主要的原因还是看 GH 实在是风头太盛，这让他们对这最后一战有些心虚。既然没有信心赢，那少说少错自然是避免被强行打脸的最好办法。

所以某方面来说 QOG 反倒比之前更加避着毕姚华，如果真要追溯两队最后的交集，估计是 QOG 队长 Roser 前几天偷偷点赞的那条痛骂 BB 的微博了。

Roser 也是真的不想在这种场合与 GH 战队碰面，特别还是直面毕姚华的情况。他只想当作什么事都没发生般就这样错过。

然而刚要擦肩而过，他却被毕姚华伸手拦了下来。

Roser 抬头的时候一脸警惕。

这个时候队伍后面还跟了两个工作人员，如果毕姚华敢在这个时候开口嘲讽，他保证第一时间举报要求他禁赛。

毕竟今天是他们 QOG 入围八强的最后机会，本来就觉得胜算渺茫，如果真能把 BB 搞下去，五打四就胜算高多了，如果因此要他挨一顿嘴炮也是绝对赚到！

就在这样凝重的气氛中，毕姚华开口了，然而内容却不是 Roser 预料中的。

毕姚华脸上的笑容配合上他嚣张的发色，要多张扬就有多张扬。

可是神态再挑衅，说出口的话却是客气得体到让人难以置信："好久不见啊 Roser，身体好吗，我们之前的约定还记不记得？"

万万没想到会是这样的一句。Roser 脱口问道："什么约定？"

毕姚华脸上的笑容越发肆意了起来，一字一句道："当然是，送你们回家的约定了。"

Roser 恨不得现场给自己一个大嘴巴子：没事接话干吗？！

## 5

比赛还没开始，直播间里的弹幕就刷得沸沸扬扬了，分毫不输场馆现场的氛围。

毕竟 GH 战队有毕姚华在，再加上之前和 QOG 几次明里暗里的叫板，当时那些闹得不小的闹剧再次被提起，让今天的这一场比赛多了些不一样的色彩。

"BB 之前不是一直叫嚣要打 QOG 吗？现在可总算抓住机会了。"

"个人实力暂且不论，是真的瞧不起这种对待前队友的态度。"

"这点我也没想通，BB 嘴臭归嘴臭，但也不是这么小心眼的人啊！"

"哈哈哈，可能是 QOG 的实力太弱了，当时在队期间被折腾出心理阴影了吧。"

"搞笑呢，QOG 再弱，偶尔还是能进八强的好吗！怎么，还配不上 BB 了？"

"今天的比赛还是没太大悬念，从这个赛季的表现来看 QOG 没什么赢的希望。"

"忽然想起来那天直播的时候，BB说了要亲自送QOG回家。"

"笑死，回家队的粉丝是不是可以准备放战歌了？"

"呵呵，GH粉也就只能在遇到QOG这种弱队的时候蹦跶，这周后面还有LDF和PAY，看你们还能嚣张多久。"

"等待之后迎来二连败。"

"气死你们哦，我们GH战队现在积分第三呢，季后赛稳进，嘻嘻嘻。"

"哟，我们气什么？等常规赛结束你队还能排名前三再说吧！"

此时，GH战队休息室内的气氛也十分活跃。

简野一想到刚才Roser那表情就忍不住想笑："B哥，你看到刚才那谁的脸没，都快变成猪肝色了。"

辰宇深搭了一句："正常，他们也不敢放什么狠话。"

简野笑道："确实，我看他们自己也觉得赢不了，要不然也不至于这么忍气吞声。"

"行了，别太膨胀了，先来对一下这局的战术。"林延拿文件夹在桌面上敲了敲，"没意见的话，就按前几天训练的那套阵容走？QOG的教练团一直挺菜的，直接搞蒙他们。"

其他人齐齐应道："没问题！"

林延满意地点了点头，回头朝景元洲看去，提醒道："前期发育要尽可能地多压榨一下对面，全局输出可就靠你和BB了，任重道远啊，景队。"

景元洲朝他比了个OK的手势："收到。"

林延应了声，视线在景元洲的脸上停顿了片刻，转身从背包里摸出一瓶水递了过去："嘴唇有点干，稍微润一下。"

景元洲眼底笑意一闪而过："谢谢。"

不一会儿，工作人员敲响了休息室的门，提醒道："可以去准备了。"

大家将设备袋一拎，雄赳赳气昂昂地上场了。

别看GH战队最近在网上被骂得狠，但是这段时间的人气也不是白累积的，刚一露面，现场就被整齐统一的加油声给覆盖了。

相比起来QOG的呼声就弱了很多，在GH队粉越来越盛的气势下，没一会儿就被湮没在了"GH 加油"的声浪当中。

毕姚华调试了一下自己的耳机："别的不说，QOG 这种档次的战队某方面来说也是挺惨的。上台没有什么支持度，淘汰边缘了也听不到粉丝们喊上一句加油，简直就是孤苦无依。现在想想，我都不知道自己当初是怎么在这队熬下去的，人气一直没涨估计也不是我一个人的锅，全怪 QOG。"

顾洛认同："对，B 哥最棒！"

辰宇深淡淡道："没人气，那也是他们活该。"

简野认同："活该是真的活该，换成其他战队可能还稍微同情一下，但是 QOG 还是算了。这不，比赛还没开始我就忍不住那蠢蠢欲动想要揍人的心情了。"

林延毫不客气地拆穿："现实点，你一个辅助靠什么揍？"

语音频道里顿时一阵哄笑。笑够了，大家的心思也很快就收了回来。

毕姚华露出了意味深长的笑容："不管怎么说，今天的比赛还请大家多多关照了啊！"

准备阶段结束，进入 BP 环节。

看着 QOG 毫无新意的三个禁用选择，林延不以为意地挑了下眉心，在文档中画了一笔："先拿萨满精灵和半身人骑士。"

这两个英雄一个是简野的辅助，一个是景元洲的边路。

不算是多独特的选择，但是锁定的一瞬间现场一阵惊呼。

众所周知，半身人骑士塔路阁虽然是排位中常见的边路英雄，但是因为他的四个技能有三个都是输出技能，和其他边路比起来，在场上的生存能力偏弱。在平常的路人局中偶尔拿出来或许还能凭借爆发打一把，可在职业联赛赛场上并不适合战术配合，绝对是一个很少登场的冷门英雄了。

GH 战队的这一手选择，让 QOG 战队一时不知所措。这和他们预先设想的明显不同。

Roser 身为 QOG 的边路，嘴角更是狠狠地抽了一下。不知道为什么，虽然还没开始比赛，可是当这个英雄锁定的一瞬间，他就提前预见自己这局无比惨淡的结局。

Titans 的半身人……他只能努力活下去了。

再次轮到 QOG 做选择，中单不太确定地询问道："教练，现在怎么拿？"

QOG 教练半天才回过神："就按之前的办就是了！绝对不会有任何问题。

要知道 GH 战队一直习惯打高输出的阵容，只要我们能在场上站得住，努力拖到大后期他们就拿我们半点办法都没有！"

队员们应了一声，非常笃定地为边路和辅助拿下了两个坦克类的英雄。

这样一来，加上先前拿的法坦中单，QOG 目前呈现出来的阵容防守到了极致。

两边 BP 环节各出奇招，看得现场解说也很是惊叹："看来 QOG 对于这场比赛确实做了不少的准备啊！众所周知，GH 战队的中、野都是以刺客类的英雄为主，这种英雄在切入后排时有奇效，可是一旦没能秒杀对方，脆弱的身板也很容易让自己陷入危机。QOG 现在直接拿出了全防守阵容，考虑的明显就是这一点。这样一来的话，GH 这边再用爆发型阵容就有些不太妥当了吧。"

"可是 GH 已经拿下了半身人，打强攻的意图也已经很清楚了。而且 Gloy 和 Abyss 都是新人，从之前的比赛来看大概也还没时间练其他类型的英雄，不太好办啊。"另外一个解说说着，忍不住开玩笑道，"如果要临时改变应对的策略，总不能让半身人改去走中路吧？"

"也不是没有可能。Gloy 向来擅长各种突进英雄，半身人虽然没在场上用过，但是应该也不会手生。现在 GH 这边才拿了两个位置，赶紧进行一下战术调整应该还来得及。就看 GH 的教练准备怎么应对了。"

话音刚落，场上的 GH 战队又锁定了两个新的英雄。

就如解说们说的，GH 确实做出了"调整"。只不过，这个调整的方式好像有那么一丝微妙。

解说的话顿了一下："今天是怎么回事儿，两边的阵容是准备比谁更能抗揍吗？"

GH 新选的两个英雄分别是坦克类法师黑暗树灵里拉，以及自带超强回血技能的战士嗜血巨斧阿木达。很明显，一个中单、一个打野。这样一来，再配合辅助位的萨满精灵，简直就是堪称铜墙铁壁般的前排阵容。和 QOG 比起来，还真不好说谁更能抗揍一些。

GH 战队一直以高爆发刺客示人的中单和打野居然同时改变风格，在这一局当中拿出了这种更偏辅助的坦克型英雄，真是令人意想不到。这样一来，用半身人走边路的意图也就昭然若揭。越是强势的坦克阵容，就越需要高爆发的弥补。所以说，GH 不是应对 QOG 而做出的调整，而是原本就赌中了 QOG 的战术!

全场哗然。

QOG那边,显然也被这意料之外的阵容弄得有些不知所措。

他们绞尽脑汁针对GH的双刺客阵容想了这么一套战术,结果到了场上却告诉他们,对面一个刺客英雄都没拿?

等再回过神来的时候,BP环节已经结束了。

看着屏幕当中的游戏加载界面,Roser暗暗地咬了咬牙,在一片死一般的沉寂中开了口:"先别慌! GH的中单和打野都是新人,这个赛季下来一直没用过刺客以外的英雄,就算他们歪打正着地避开了我们的阵容克制又怎么样?在职业联赛上拿不擅长的战术练英雄?那才是真的找死!"

## 6

职业联赛练英雄,并不是Roser一个人有这样的想法。

毕竟在GH之前的比赛中,顾洛和辰宇深使用的英雄都没有太大的跨度。虽然有所改变,然而主要的核心都是一样的:敢打,敢冲,敢于从对面固若金汤的阵容当中撕开一条缝,以最强势的姿态将敌方C位斩杀脚下。

一个选手的个人风格越是强烈,就越是容易和他本人画上等号。因此当黑暗树灵里拉和嗜血巨斧阿木达这两个英雄突然出现在GH,多少显得有些格格不入。

阵容自然是没有任何问题,重点还是到底能不能打出效果。

就在全场的议论纷纷中,比赛正式开始。

阿木达这个打野英雄在升级大招前基本是个经验宝宝,因此辰宇深一改之前的开局反野的习惯,选择了留守己方野区。同时,简野在刚开局也选择了亦步亦趋地跟在辰宇深身边,保驾护航。

原本以为QOG打野一定会趁着阿木达弱势的前期来做文章,谁料简野警惕地在草丛中蹲了许久,直到辰宇深清完元素怪升到了二级,依旧没有看到敌方身影。

简野多少感到有些难以置信:"连阿木达的野都不反,QOG居然打成这样?"

直播间的观众们拥有上帝视角,可以清楚地看到全图的情况。

此时随着导播的镜头掠过,弹幕也是一阵嘲讽:

"QOG 怎么回事？之前不是还吹过他们队打野远在职业水准之上吗，这都不敢去？"

"哈哈哈，别说了，看 QOG 这路线是防着对面来反他们野呢！"

"就这意识还打职业，阿木达反他们野？来当野怪给他们送经验还差不多吧！"

"忽然觉得 BB 瞧不上 QOG 是有道理的……真的扶不起。"

"不管 GH 是不是练阵容，反正 QOG 都是真的菜。"

"你们没发现吗，现在 QOG 全线都在塔下好吗！忍者神队吗？"

"哈哈哈，过分真实，忍者神队还行。"

……

QOG 打野小心谨慎地在自家野区吃完经济后，才发现自家上、中、下路均被 GH 压在了塔下："你们，这么惨？"

其实 Roser 起初试图做一些动作，但是景元洲的半身人实在是打得太凶了，对方出门就买了一把短剑，被动强化加点也是纯输出，以至于刚照面才交手了几下自己就被打去了大半的气血。

此时 Roser 缩在塔下连吃兵线都有些困难，闻言后顿时没好气道："都知道对面打野是阿木达了，你还这么怕干吗？三技能都升级了没，升级了赶紧来上路支援一下！"

QOG 打野看了一眼地图，有些迟疑："Titans 不好抓吧？要不我还是去中路 gank 一波比较好。"

Roser 咬牙："让你来你就来！"

打野没有办法，只能听话地往上路赶去。

直播间的观众们也看到了 QOG 的打野和辅助的移动路线，然而与此同时，就在 QOG 身后不远的位置还有着另外两个身影逐渐逼近。

GH 粉丝们心情愉快："送人头的来了！"

半分钟之后，人头果然正式爆发。

"First blood（第一滴血）！"

"Double kill（双杀）！"

"Triple kill（三杀）！"

随着一连串的系统播报响起，QOG还在线上的中单和射手难以置信地朝地图上方看去："什么情况？"

不是抓人去了吗，怎么反而被三杀了！

Roser此时已经躺在了地上，身边躺的是另外两位队友。

他脸色深沉："被阴了……没事，继续稳住，拖后期就可以了！"

眼见死亡倒计时结束，在复活回泉水的瞬间，Roser不由得朝辰宇深离开的方向瞥了一眼，握着鼠标的手更紧了。

就是刚刚这个阿木达，通过短距离的位移技能帮人头马抵挡了最后那一击的致命伤害，这才使得对方治疗辅助把人头马的气血值重新抬了起来。要不然，根本不可能发生后面的屠杀！这打野，是真的会玩！

整个过程，直播间的观众们看得清晰无比。

辰宇深和简野抵达的时候景元洲的状态并不算好，但是后面却利用精准的走位避开了Roser的伤害，自己输出的伤害更是没有半点浪费。

虽然Titans一直常驻上路，但粉丝们确实很久没有看到他玩这种纯输出的英雄了，整个直播间瞬间被一片夸奖的弹幕刷屏。

GH的团队语音中响起了景元洲的声音："上路可以了。"

"嗯，明白。"辰宇深应了一声，回城补充完状态后直接钻进了下半地图的野区。

QOG在第一波gank吃亏后，也不准备继续找景元洲的麻烦了。可他们不找，不代表景元洲愿意放过他们。

QOG打野很快发现了一个凄惨的现实：自从拉开经济差距后，景元洲已经不再安于将Roser压在塔下那么简单，每次清理完兵线，都会入侵QOG上半地图的野区。

半身人这个英雄出完第一个大件装备后，伤害在这个时间段是绝对恐怖的。

虽然QOG拿出的都是坦克型的英雄，但是在他们还没有完整的防御装之前，完全扛不住一顿揍。QOG打野也想找人帮忙，但是辅助和射手已经被牵制在下路，而GH的中路顾洛又始终虎视眈眈。

升到六级的暗夜树灵里拉，一加入战场就是一个天然的防御屏障，有他一直在GH野区周围保驾护航，他们根本找不到任何反扑的机会。

不难发现，这一局Gloy何止是不玩法刺了，简直就是连法师都不玩了！他除了第一件法强装备外，其他装备都是防御装，完完全全地化身成场上的第二个辅助。

至于GH队内空缺的输出位，则是由景元洲的半身人完美弥补。

QOG战队终于意识到了GH这套阵容有多可怕。

三保二！这是完完全全的三保二阵容！在辅助治疗、地形分割、前排防守三者齐全的情况下，GH两个输出点没有了任何的后顾之忧。

比赛进行到中期，除了边路的半身人被养得盆满钵满，下路毕姚华与辰宇深碰头，三人组就这样开始在野区、线上来回收割，再加上gank过程中两个人头的进账，简直富得流油。

QOG在GH过分强势的节奏下气得干瞪眼，却依旧无法挽救这样全线崩盘的局面。

Roser死死地看着经济统计面板，无计可施，也只能反复重复着一句话，看似说给队员听，更像是说给自己听："拖后期！别慌，尽量拖后期！教练说了，只要拖到大后期我们就还有翻盘的可能！"

从某方面来说这个理论确实没错，可惜的是，林延已然看透他们的套路，没有留给QOG任何机会。

三十五分钟的时候，GH众人按照教练离场前的最后一句叮嘱，开始围绕在深渊君王附近。

逼团的意图已经非常明确了，就看QOG敢不敢拼一波了。

射手弱小的声音从QOG语音频道当中响起："队长……去不去？"

Roser握着鼠标的手更紧了几分。理智告诉他，这一波绝对不应该打。只要不打，就算QOG拿到了这个BOSS的团体增益buff，在他们这样绝对防守的阵容下也未必守不下高地。可是……只要一看到那个时不时在视野中晃过的角色ID，一种难以遏制的情绪冲撞心头。那已经不再是他们战队的，而是GH的BB！

Roser永远记得毕姚华临离开战队之前指着他鼻子骂的情景，那种嫌弃和鄙夷的眼神，只要一回想，就仿佛一把刀狠狠地扎在他胸口，将他艰难维持住的颜面撕扯得支离破碎。

如果可以的话，谁愿意在职业的赛场上打假赛？曾几何时，刚刚成为职业选手的他也和其他的年轻选手那样充满了梦想。可惜的是，憧憬随着一年又一年的惨败，被打入谷底。

没有成绩的俱乐部想要维持下去，艰难程度可想而知，更不用说他们这些选手了。

这样残酷的现实让 Roser 渐渐明白了，不是每一个人站在赛场上都可以发光发热，也不是每一个人经过努力就能站上让人憧憬的高峰。而那些与生俱来拥有电竞天赋的人，却可以轻轻松松地将他们踩在脚下，把他们当成通往成功的踏板。

这些天之骄子永远不会知道平庸者的日子每一天都是毫无希望的，更不会知道有一群人不管如何拼尽全力，都只能留在没人看到的角落，在他们的光辉下苟延残喘。没有人喜欢输的感觉。但是既然注定要输，为什么就不能输得更有价值一些呢？

说到底，只是不同的人做出不一样的选择罢了，凭什么毕姚华就能因为与生俱来的天赋，在他面前摆出这副高高在上的样子！这些被上帝眷顾的幸运儿们，什么都不懂！

Roser 盯着电脑屏幕，理智和情感的撕扯有了答案，声音低沉嘶哑地挤出一句话来："给我打！"

当 QOG 全员集合的时候，连台上的解说都不由发出一阵唏嘘："看来 QOG 不准备放这个 BOSS 啊……虽然这个时间点的团体 buff 确实很重要，可不得不说一句，这个选择真的是太过冲动了。"

整个现场都陷入了紧张的氛围中，只有坐在台下的林延在听完解说的话后，露出了一抹意味深长的笑容。既然自愿打破最后的底线，就应该彻底放弃自己的尊严。可是如果在没有底线后还奢望维护那虚假的颜面，就只会变得更加可笑。

所谓宁做真小人，勿做伪君子，可见 QOG 的一败涂地不过是迟早的事。

深渊君王附近，战火点燃。

顾洛的大招直接将战场分割，竖起的屏障将毕姚华牢牢地保护在了侧后方。

简野踩在堪称完美的站位上精准地掌控着全局的血量。

时机抵达的瞬间，景元洲第一时间冲散了 QOG 的阵形。

辰宇深始终挡在最前方，手中的两把巨斧将混乱的局面推到了极点。

在这之前毕姚华为了这波团战已经连攻速鞋都卖了，换来的经济弥补了最后一个核心大件的缺失，此时装备齐全，他站在队友的保护下毫无顾忌地疯狂输出。

整个峡谷被绚烂的技能染透。

系统播报陆续弹出,响彻全场——

"GH·BB kill QOG·Roser！"

"Double kill（双杀）！"

"Triple kill（三杀）！"

"Quadra kill（四杀）！"

"Penta kill（五杀）！"

"Aced（团灭）！"

场中是杀红了眼的射手,枪上仿佛残血依旧。

这是今年秋季赛中的第一个五杀！

## 第八章
## 我做事，从不后悔

**1**

这波团灭，直接断送了 QOG 最后的希望。

GH 存活的队员顶着身上的团体 buff，随着兵线抵达一路推上了高地。

水晶击碎，胜负已分。

QOG 总积分排行榜上第九位的名次，宣告了他们的秋季赛征程提前结束。

现场有人为那波五杀呐喊，有人因过分惊心动魄的过程仍没回神。与此同时的直播间中，则因为有人提起一段往事而一度将弹幕刷了满屏。

还记得 GH 战队全员开播的那日，毕姚华就曾说过要在八强赛之前就送 QOG 回家。当时弹幕上面还满满都是嘲讽的言论，在讥笑他口出狂言。

而现在，GH 战队已经提前锁定了八强赛的名额，并且就在刚刚彻底断绝了 QOG 通往季后赛的道路。

这种情况下再回顾当日的点滴，只能说命运的安排就是这样妙不可言，一切似乎都成了对毕姚华的成全。

仿佛可以看到那些躲在弹幕后面的不看好 GH 的人脸上，那一个个醒目的巴掌印。

"B 哥这波牛啊！"

"当然牛！这可是秋季赛的第一个五杀啊！"

"虽说 BB 嘴臭了一点，但是操作还是没毛病的。"

"刚才没看吗，主要还是 B 哥选入场的位置太好了，GH 其他队员也愿意完全绕着他转,五杀有什么奇怪的!"

"五杀不奇怪?不奇怪你拿个我看看?"

"就是,张口闭口一句不奇怪,其他战队的射手打团哪个不是众星拱月,也没见这样完成收割啊。"

"这个赛季连 Wuhoo 这个大魔王都还没拿五杀。"

"别的不说,这波团战进秋季赛的前十绝对没有任何问题。"

"所以 B 哥算出息了?一战封神的节奏啊!"

"哈哈哈,那倒也不至于,不过我挺好奇他真封神了叫什么?"

"说起来 QOG 惨是真的惨,被前队友嘲讽不说,还要被前队友亲手送回家,求队员的心理阴影面积。"

"我倒是有点期待等会的采访环节,B 哥的采访绝对精彩,我敢压一车黄瓜打赌他肯定要嘲讽人。"

"不会吧,直播嘲讽人?不怕罚款吗?"

"确实,这么好的机会我确定他铁定忍不住。"

"来下注,就赌赌他这次被联盟罚多少钱。"

"哈哈哈,前面的你是魔鬼吗?"

……

直播间弹幕刷得热闹无比,现场也人声沸腾,只有 QOG 的粉丝们保持了绝对的沉默。

不得不说这一场比赛输得实在是太扎心了,不说有没有未来,光是这段五杀视频,绝对会在网上疯传。而在这样广为流传的过程中,QOG 这支战队却永远是被按在地面上摩擦的那个。

有的 QOG 粉丝甚至提前选择了离席,连后面其他战队的比赛都不想看了。

数据统计出来之后,本场的 MVP 毫无疑问落在了毕姚华的身上。临去接受采访之前,林延叫住了他。

毕姚华瞬间明白了过来,一脸严肃:"放心吧教练,我保证不会搞什么事情的!"

别的不说,五杀 QOG 已经够爽了,他也不是不识好歹的人,为了俱乐部的形象偶尔忍一下也还是可以做到的。

林延却说:"不用,我也没要你保证。"

毕姚华满脸问号:"啊?"

"就是跟你说一声,这几天如果有什么需要罚款的话,俱乐部报销。"林延拍了拍他的肩膀,"别多想,就是给刚才的精彩五杀的奖励而已!"

毕姚华本来还奇怪为什么会需要罚款,直到一抬头对上林延似笑非笑的表情,也就瞬间明白了过来。他嘴角扬起笑容:"谢谢老板!"

采访环节其实问来问去也就那些内容。

负责采访的女主持似乎也很担心毕姚华会在这个环节乱来,抛出问题都小心翼翼地,生怕一不留神对方说出什么不合时宜的话来。然而让她感到有些意外的是,这次的采访过程中,毕姚华的所有回答都中规中矩,别说语出惊人了,仿佛提前有人给他对过采访稿一般,一句比一句官方,可以说是半点毛病都挑不出来。

眼见采访即将结束,女主持终于放下心来,准备正式结束这个环节:"那么,还有什么话想对观众说的吗?"

毕姚华认真地摆正了眼前的话筒:"我确实有话想要对QOG的粉丝们说。"

"嗯,这种时候确实需要感谢一下战队的粉丝……"女主持正顺着这话要往下接,忽然意识到了不对,"QOG的粉丝?"然而已经来不及了。

毕姚华朝着镜头邪魅一笑,一头五彩头发在灯光下面惹眼无比:"那些习惯光顾我直播间的朋友们都还在吗,还记得直播那天的内容不?当初说过要送QOG回家的承诺我已经兑现了,脸疼不疼?不过你们也不需要感到太难过,说到底,眼睛看上QOG这种战队并不是你们的错,只要以后把眼睛擦亮一些,多少找一些好战队支持就行了,我能体谅。总之,之前直播时保证的第一件事我已经做到了,另外那件相信也不会太远了,让我们拭目以待吧!"

女主持一脸绝望:这该不会是她职业生涯里的最后一次采访吧?

然而主持人的辛酸网友们无法体会,除了真实被打脸的那些不看好GH的人,其他人在弹幕上都刷得非常愉快。

"哈哈哈,我就说B哥什么时候这么官方了,原来在这里等着呢!"

"我直接从床上笑翻下去了,就知道B哥肯定忍不住。"

"等等,路人没关注之前的纠葛,第一件事说的是把QOG狙出八强?那第二件事又是什么?"

"我记得 B 哥说过要把 QOG 搞降级？"

"QOG 现在的名次应该降不了级吧？"

"说降级的那是纯瞎扯了吧？QOG 再不行，也比某些战队还是要好一点的，虽然发挥确实不太稳定，不过还是能维持一下联盟名额的。"

"我听说的怎么跟你们的不太一样？GH 不是一直想把 QOG 打到解散吗？"

"当时降级是 BB 说的，后来 GH 教练冒出来说降级没难度，要搞就把 QOG 直接搞解散。"

弹幕一片惊呼：

"真敢说！"

GH 战队的休息室里，当电视上播出毕姚华的采访直播时，顾洛刚喝进嘴巴里的一口水没忍住直接喷了出来。

连连的咳嗽声让正在玩手机的景元洲抬起头，随手抽了张纸巾递了过去。

"谢……喀喀喀，谢谢队长！"顾洛接过，好不容易才憋红了一张脸顺过气来，视线还是忍不住地朝电视看去，"别的不说，也不知道我什么时候能有 B 哥这样一张嘴啊。"

辰宇深坦言道："还是别了。"

景元洲听两人对话觉得好玩，正准备接话，忽然感到面前的光线一暗，林延不知道什么时候站在了他的身后。

林延从侧面将手里的手机递到了景元洲的眼前："景神，介意把账号借我用用吗？"

景元洲看了一眼屏幕中熟悉的登录界面，没有多问直接伸手接了过来，三两下就输入了账号密码。

林延忍不住歪头朝男人看了过去，轻笑："这么干脆？"

没等景元洲回话，林延继续道："我觉得时间差不多了，也该把那些破事解决一下了，你觉得……怎么样？"

林延见景元洲依旧没什么反应，又问道："景队，你觉得怎么样？"

景元洲无声地笑了一下："当然可以，你最聪明。"

林延听着这样的评价，正想说些什么，只听休息室的门被推开，是刚结束完采访回来的毕姚华。

别看刚才在台上表现得畅快张扬,但实际上毕姚华一下台就有些发怵了,倒是不怕喷子,只是不知道林延的态度。毕竟前面允诺他承包罚款,也没有具体告诉他是什么尺度,所以他刚进门的第一反应就是想去看看自家教练的脸色。

结果一抬头,恰好就看到林延大步流星地朝他走了过来。

毕姚华本就心情忐忑,第一反应是想转身就跑,结果还没来得及重新把门打开就被一把抓住了。

毕姚华清了清嗓子:"那个教练,刚才接受采访时我其实已经非常克制了,如果你觉得……"

林延打断了他的话:"采访都结束了还提它干吗?行了,赶紧把设备包放一下,再不去人都要走没了!"

毕姚华愣住:"干吗去?"

林延朝休息室里看了一圈,招呼道:"其他几个,手机什么的也都收一收了。我记得 QOG 的休息室也离得不远吧,走走走,找场子去了!"

景元洲将手机收入口袋中,缓缓从沙发上站了起来。

顾洛和辰宇深一听是去找 QOG,本能地就撸了撸袖子:"来了!"

简野朝周围看了一圈,拎起旁边的椅子掂量了一下:"教练,要不要我带个家伙防身?"

林延无语:"给我放下。"

## 2

当 GH 众人冲进 QOG 休息室的时候,QOG 的选手们已经收拾好了设备准备离开。双方在门口撞上了。

毕姚华一马当先,似笑非笑地扯了一下嘴角,往前几步直接把 QOG 众人齐齐地给堵了回去:"哟,急着走呢?"

这局比赛失利让 Roser 憋了一肚子火,才把队员们齐齐地训了一顿,好不容易发泄完情绪又因为毕姚华的采访内容气了个够呛。这时候情绪无处发泄的 Roser,抬头看到毕姚华阴阳怪气的笑容,脸色顿时沉了几分:"有事吗?"

"没事就不能来看看你们?"毕姚华懒散地走了进去,将休息室内的众人打量了一圈,"多好的日子啊,难得有这样在场上虐菜的机会。现在打完比赛了,当然是找老队友们叙一叙之前没叙完的旧了。"

QOG打野看了看毕姚华，又看了看显然来者不善的GH众人，冷声道："跟你早就没什么旧好叙的了！"

"话可不能这么说。"林延站在靠门边的位置，此时轻轻地用食指叩了叩门，把众人的注意力拉了过来，"不管怎么说我们家BB还是为QOG效过力的，虽然时间不算太长吧，但毕竟还是因为你们染上了不少擦不去的污点。要知道职业选手的生涯总共也就这么几年，那些浪费掉的青春，要你们表个态不算过分吧？"

这时候工作人员都去准备后面的比赛去了，休息室除了两队的选手之外并没有其他人。可即使这样，Roser听到林延这么说，心头依旧不可避免地"咯噔"了一下。虽然没有明说，但字里行间无处不朝他透露着一个信息——BB把假赛的事给捅出去了。

Roser对这几笔交易的保密程度非常自信，但是他没想到毕姚华能遇到值得他把这种秘密也一起分享的老板，Roser接话前先朝着队内的新人射手转过头去："Amy，教练已经提前去车上等着了，你去找一下他，就说我们可能会晚点过去。我记得车上还有不少粉丝们送的礼物，顺便也收拾一下，这里的事情处理完后我过去找你们。"

QOG的射手是个新人，从来没有见过这样大的阵仗，这个时候已经吓傻了，听Roser说了后很久才回过神，慌忙应了几声。

林延知道这小年轻和那些破事没什么关系，非常自然地留出了一条路让他离开，随后不动声色地关上了休息室的门，颇有关门打狗的阵仗，休息室里的氛围越发微妙。

毕姚华看向Roser时一脸鄙夷："说真的，Roser你这ID其实真的应该改改，直接叫Loser多好，简直完美符合你的形象！"

"BB你也少贫，充其量也就只敢在背地里打一些小报告了。"Roser冷声道，"怎么，跟你的新队员们诉苦了一通，然后就着急带人过来找事了？看来是前几个月的教训还不够，是真不怕被再次禁赛啊？"

毕姚华一脸惊奇："不是吧，找老队友叙旧都要禁赛？联盟的哪条规矩这么霸道了？"

Roser太清楚毕姚华的德行了，没有搭理他的阴阳怪气："废话少说，你到底想怎么样？"

毕姚华指了指地上："来呀，跪下来给哥认错，说不定哥一高兴就真既往不咎了。"

QOG打野怒道："来来回回就这么几套，你真的没完了是吧？"

"我没完？你以为我看到你们不觉得恶心？"毕姚华连个正眼都懒得赏他，"要不是林教练让我再给你们一次主动自首的机会，哥还真懒得搭理！"

一句"教练"，让Roser惊讶地朝林延看去。如果他没记错的话，这个林教练的另外一层身份是GH俱乐部幕后老板？对于这种生意人来说，难道不是更应该让俱乐部避免不必要的争端吗？可现在听BB的意思，居然还是他带头找事？

林延找了一把椅子坐下，感受到周围投来的视线后非常淡然地摆了摆手："哎呀，我也是好心，和气生财嘛。毕竟看大家拖了那么久，好端端一场常规赛都给打成了苦大仇深的恩怨局，何必呢，对吧？"

Roser听林延话中有调解的意思，确实也烦透了追着他咬的毕姚华，稍微收敛了一下自己的脸色："我们也不是不讲道理的人，只要BB别太过分，也愿意各退一步。"

"这不就好了？"林延笑了笑，招呼道，"BB来，大家握个手就当是一笑泯恩仇了。"

毕姚华显然不太明白林延的用意，只是抬头时对上了林延那双笑意盈盈的眼睛，他不情不愿地走了过去。

Roser是真的没见过毕姚华这么"温顺"的样子，忍不住好奇地多看了两眼。

正有些走神，便听林延又慢悠悠地继续说道："至于QOG这边……这样好了，战队队长过来当个代表，去找联盟官方把之前做过的错事坦白一下。只要官方不追究，我们就不会再多说些什么。"

Roser刚伸到一半的手停在了那里，声音紧张："我不懂你在说什么。"

林延疑惑地看着他："是我有哪里说得不够清楚吗，或者你是贵人多忘事给忘了？最近的常规赛期间也不多说了，只需要把春季赛期间的那几场比赛的情况交代一下就好，不难吧？"

要不是知道林延的身份招惹不起，Roser差点原地暴走。他倒吸了一口凉气："林教练，我觉得有些事情还是不要听一面之词比较好。"

226

"难道不是?"林延显然更加奇怪,"但是我现在已经听了,而且还相信得很,你说怎么办呢?"

Roser被噎在原地,脸上虚假的客套荡然无存。这个时候他终于已经明白了,今天GH这些人是真的来者不善。

Roser将手中的设备包扔在了旁边的桌子上,对林延这样天真的做派感到有些好笑:"也不能说怎么办,不过现在BB是GH的人,你们要站在他那边我也能理解。至于今天的比赛,输给你们是技不如人,这点我也认。但是现在专程找过来,是不是有些得理不饶人了?一开口就提以前的事,别说我们问心无愧,就算真的做过些什么又怎么样?说到底,你们冲刺你们的冠军奖杯,我们争夺常规赛,本就井水不犯河水,别吃饱了撑的多管闲事!"

他顿了一下,朝周围看了一圈:"当然,关于BB被禁赛的事确实和我们有关。但是网上的那些比赛视频里可是很清楚,当时在赛场上直接骂人的是他自己,我们挨了一顿骂可是半个字都没反驳过,怎么看都够义气了。后来他因此被处罚,那也是联盟官方做出的决定,如果这个也要强行算在我们身上,未免有些不太合适吧?"

一番话下来,Roser把自己摘了个干干净净。

毕姚华被Roser的厚颜无耻气笑了:"就你们还有脸提联盟官方的处罚决定?你们配吗?"

林延拍了拍毕姚华的肩膀,顺了顺毛。

在旁边一直没说话的景元洲忽然轻笑了一声。

林延回头看去:"笑什么?"

景元洲淡淡应道:"第一次碰到打假赛这么理直气壮的队伍,受教。"

林延认同:"不要脸的手段确实可以多学着点。"

从刚才两边心照不宣地打哑谜,到现在把矛盾扯开了说,QOG显然也没想到景元洲这么直接。

虽然知道现场没有其他人,但是他们心里有鬼,心虚之下越发怒了:"什么打假赛,注意一下你们的言论!"

林延眨了眨眼,笑得好不自在:"哟,看来各位也知道打假赛是不被允许的啊?那么,既然知道,为什么偏偏要去碰这个底线呢?说什么BB现场骂人活该被禁赛,难道打假赛这件事不是更严重?像你们这种全员假赛应该怎么处理，怕是一个禁赛远不够吧？全员禁赛又好像有哪里不对……要不，还是解散算了？"

QOG 的队员们越是不想听，林延就越是将"打假赛"说了好几遍，差点把对方气得集体吐血。

就在所有人都处在愤怒边缘时，Roser 反倒冷静了下来。他缓缓地吁出了一口气，定定地看着林延："这位教练，或者说小林总，你刚进圈子可能不太清楚，空口白牙的'栽赃陷害'在联盟当中可是非常忌讳的。别的不说，你们想为 BB 出头到底还是要拿出证据来的，要不然被 BB 拿去当枪使，最后的处分可是会落在俱乐部的身上。没记错的话 GH 今年的目标是想拿联赛冠军吧？形势一片大好，可别自己给自己找事，断了自己的大好前路。"

林延眯了眯眼："我是不是可以理解成，你是在威胁我？"

Roser 回答道："我是在为你们俱乐部考虑。"

毕姚华听到这里终于按捺不住了，重重地拍了桌子："你就是吃定了我们找不到证据对吧？"

Roser 很清楚与自己合作的是些什么人，对打假赛的保密工作也有绝对的信心。此时看毕姚华跳脚，他眼底闪过一抹笑意，越发笃定："要真找得到，你 BB 还会只凭一张嘴在我面前疯叫吗？"

这样有恃无恐的样子，任谁看到都忍不住地想要抽上几个大嘴巴子。

现在毕竟正处在常规赛的关键时刻，毕姚华要不是担心自己拖了俱乐部的后腿，恐怕真会冲上去来一场真人 PK。

Roser 似乎很享受毕姚华这副无计可施的样子，一扫输了比赛的沉郁，笑得更张扬了。

而这样的笑容，在林延轻描淡写的一句话中僵住。

"如果，我已经有证据了呢？"

Roser 又强迫自己定下了心神："不可能！如果你们真能找到证据，哪会等到现在！"

"我承认，对于让 QOG 原地解散这种事情，全队上下确实没太多的耐心。但我也没有骗你的必要。"林延挑眉，眼底满是笑意，"之前的确没有证据，不过就在刚刚，是 Roser 队长，亲手把东西送到了我跟前。"

林延的表情越是笃定，Roser 越感到自己的背脊发凉。他的脸色变了又变，后知后觉地意识到:"你……你居然录音?!"

Roser见林延的笑意更盛了几分,语气也冷了起来:"我劝你最好不要这么做。未经允许的录音是违法的行为,不说刚才的对话交给联盟官方能不能构成证据,只需要我们俱乐部向法院提出诉讼,GH战队绝对别想继续参加季后赛了!"

林延点头:"你说得没错,非法录音确实可以追究法律责任。"

Roser听他这样说,只当还有戏,再接再厉道:"林教练,你真的不要干这种吃力不讨好的事,有些事情可没你想象中的那么简单。这样吧,其实我们也一直希望可以跟BB进行和解,等这次回去后,我会让战队经理和你们联系,我们一定可以找到一个折中的处理方法。"

"怎么说呢,你们的诚意我非常愿意相信,不过……谁跟你说我录音了?"林延无辜地眨了眨眼,"我是良好公民,怎么可能做这种知法犯法的事呢?"

接连的反转让Roser紧绷的情绪再次松懈了下来。这过大的起伏让他感到有些发晕,不由得扶了扶旁边的墙壁:"你没……没有录音?"

"真的没有。"林延缓缓地将手伸入了口袋中,将手机屏幕的画面展示到了他的跟前,语调诚恳,"我只是,开了直播而已。"

晴天霹雳,QOG其他几个队员只感到脑海空白了一瞬,下意识地冲了两步想要抢手机,然而没等靠近,一个高挑的身影已经拦到了林延跟前。

景元洲不动声色地隔在中间,淡淡地垂眸:"离远点。"

简简单单的三个字,就让QOG众人的脚步顿住。

林延得意地探了探身子,炫耀地把手机屏幕又晃了晃。

其他人抬头看去,落入众人视野的是"GH·Titans直播间"那无比醒目的房间标题。

Roser只觉眼前一黑,旁边的队友就跌坐在了地上。

周围一片死寂。这显然已经不是对话到底能不能构成证据的问题了。光是景元洲直播间的人气,这件事一经发酵,这后果……Roser不敢想下去。

## 3

Roser最后是被QOG队员们搀扶着出去的。

在整个过程中林延还不忘拿着手机摄像头对着他,表现得非常热情:"哎呀,别着急走啊，还没跟水友们打过招呼呢？来来来，对镜头说声'嗨'？"

Roser 原本全靠队友支撑的身子一个哆嗦，差点再次跌坐在地上。说到底 Roser 也不过二十岁出头，从来没有经历过这样的"巨变"，而一切又发生得太过突然。现在的他仿佛置身在万千惊雷当中，一时间不知道该怎么做，只想着尽快求助俱乐部管理层。

随着 QOG 战队的落荒而逃，休息室一时间安静了下来。

GH 众人也被惊到了。

进门前，他们确实有看到林延拿着手机在角落里摆弄了半天，但是除了景元洲没有人知道具体流程。只是听教练说要来找场子，小年轻们头脑一热就给跟了上来，完全没想到会有这么一手。

直播间里的弹幕也彻底疯了。

有刚进直播间一脸茫然的新人：

"这什么情况？Titans 不是刚打完比赛吗，怎么就突然开播了？"

"嗯？这是哪儿？GH 还没回去吗？"

"刚刚走的那些人是 QOG 的？怎么的，真人 PK 这种事情真的在这两队之间发生了？"

……

有关注双亲组合的：

"啊啊啊，只有我觉得刚才 Titans 帮教练挡的那下简直太有型了吗！"

"今天的双亲组合也很好。"

"所以这次的直播是林教练开的？等一下，教练有 Titans 的直播账号？！"

"谢谢，他们关系真的好好。"

……

更多的人还是在互相消化刚才的内容：

"怎么回事？所以听刚才那些对话的意思是，QOG 居然打假赛？"

"《炙热》官方是干什么吃的，打假赛这种事情居然没人发现的吗？"

"虽然但是……QOG 好像也没有直接承认吧？"

"哈！仗着 BB 没有证据在那耀武扬威的样子，跟承认有什么区别吗？"

"所以 GH 是因为拿不到证据来玩这一出，够损的啊。"

"但凡官方有点作为，GH 需要搞这么多弯弯绕绕吗？"

"难怪总觉得BB跟QOG那些恩怨来得奇怪，现在破案了，居然是因为打假赛！"

"所以BB在打比赛时直接开骂，是因为当时发现了QOG的那些破事？那BB也太惨了吧，他还因此在网上被人骂了那么久。"

"看起来像是真的了，起因经过结果齐全，合起来简直就是一部血泪史啊。"

"如果是真的那就更寒心了好吧！当时的比赛都过去多久了，QOG居然能一直打到现在？"

"假赛战队就不配站在职业联赛的赛场上！"

"我已经去微博找《炙热》官方了，兄弟们快跟上吧！"

……

林延扫了一眼弹幕上的内容，没有多提刚才的事情，只是笑意盈盈地对着镜头挥了挥手："让各位看了这么久的黑白页面真是不好意思，那么今天的直播内容到这里就结束了。我们现在准备出发回基地，有机会的话下次见了。"

然后，他朝周围招呼道："来来来，都过来跟观众们打声招呼。"

GH的其他队员们闻言本能地走到了镜头跟前，毫无灵魂地被迫营业："大家再见。"

林延满意地将手机转了转，对向了景元洲："景队，也说两句？"

景元洲道："嗯，再见。"

切断直播之后，GH众人回休息室收拾了一下设备包，出发返回基地。

商务车刚启动，安静了一路的毕姚华似乎终于回过神来，从副驾驶座上探脑袋向车后座："不对啊教练，你要是一早就做好了这样的准备，为什么不提前跟我们说？"

其他人显然也百思不得其解，齐齐地回头看了过去。

林延本来靠在后座上闭目养神，闻言微微将右眼睁开了一条缝："如果提前跟你们说，你们会表现得这么有真情实感吗？没发现你们队长在整个过程中有几次都差点笑场吗？你们难道能比他还有演戏天赋？"

景元洲感受到林延在旁边用胳膊肘轻轻地碰了碰他，很是配合地接了话："确实。"

毕姚华一时间竟然有些无言以对，转移话题："刚才是真的解气，可是接下去要怎么办？Roser 虽然实力不怎么样，可心思向来多，刚才就一直藏着掖着的说话也套路得很，这种没有直接承认的情况就算曝光出去，没有其他证据联盟那边也还是很难做出处理的吧？"

"做不出处理就做不出处理呗，联盟办事要真利索，还能让你受这么久的委屈？"林延的指尖轻轻在位置上敲了敲，"解散其实也分两种情况，一种是被迫，一种是主动。既然拿不出证据就不拖联盟下水了，让 QOG 管理层想通了自己解散不好吗？"

顾洛听得有些蒙："他们怎么肯自己解散？"

"俱乐部经营的事你们不懂，周边、人气、各种商业活动等等都缺一不可。QOG 是能打假赛赚一点外快，可是这些也不过是经营中的一小部分。如果一支俱乐部从选手实力到口碑全部降到了谷底，变成了负盈利，随着背负的亏损越来越多，你们猜管理层还愿意继续支持下去吗？"说到这里，林延笑了一下，"毕竟谁都不是做慈善的。"

辰宇深似乎有点明白了："釜底抽薪。"

"这个总结还算精辟，确实，差不多就是釜底抽薪吧。"林延重新合上了眼，"总之放心，后面的事情我已经托朋友安排下去了。他最擅长的就是话题营销了，除非 QOG 老板倾家荡产跟我拼，要不然光是网上的言论就足够把他们压死。"

顾洛抓住了这个前提："那如果 QOG 真的愿意倾家荡产争一口气呢？"

林延回道："那是有点麻烦，我只能……勉强稍微再多花一点钱了。"

这样的话配上这样无奈的语调，让车厢内爆发了一阵阵哄笑："教练霸气！"

一切都如林延所料，直播结束还不到半天的工夫，QOG 打假赛的事就彻底在网上传开了。

炙热联盟的官方微博快被问候疯了。特别是最新发布的微博，避重就轻地让两队为自己在直播期间的不良言论罚款，下面的评论区完全被正义网友轰炸。

所有人都一脸震惊：官方到底能不能有点作为？没发现 QOG 打假赛的事已经非常失职了，现在居然还不采取任何行动？

其中，更是夹杂着其他战队愤怒的粉丝们。这些战队因为 QOG 比赛的胜负，影响到季后赛的晋级，直接牵扯到降级赛的名额，现在居然听到假赛这档子事，自然彻底炸了。

而对于这些，炙热联盟的官方人员也是有苦难言。

打假赛这种事情联盟内部每年都抓，问题的严重程度他们自然比任何人都清楚。可是作为职业联赛的主办方，在正式下达处理决定前需要证据。网友们说的"QOG队员们态度微妙""Roser言词当中明显话里藏话""暴露直播之后QOG战队心虚撤离"等信息，这些都达不到判断标准，总不能凭空断案吧。

《炙热》官方除了暗中加大当年比赛的内幕调查，只能沉默地挨骂装死。

与此同时，无比安静的还有GH和QOG两支当事战队。

GH战队撤退得可以说非常干脆，所有的态度都停留在最后的一条申明上——

GH俱乐部：

关于本队选手GH·BB之前的遭遇，俱乐部无比重视，也希望可以得到一个公正的答复。之前的直播中，我们已经做出了全部表达，对此也非常满足。只是秋季赛还没结束，所以在接下去的时间，战队决定先把所有的精力都投放在剩下的比赛上。感谢各位的支持，希望今年秋天可以收获到两份圆满答卷。

……

这条微博配上了一段视频，正是网上盛传的Roser出言威胁的那几段对话剪辑。

GH战队常规赛之旅还没有结束，虽然已经提前锁定前八的名额，也确定会进入到季后赛，但是也不乏不看好他们的人上蹿下跳，在这样的情况下他们选择缄默，不管是从粉丝还是路人的角度来看，其实都可以理解。

对比之下，QOG俱乐部久久没有露面澄清，就显得有些微妙了。

实际上也不是QOG战队不想处理，而是舆论被带起后，忽然有一大批不知从哪冒出来的营销号下水，让他们一时乱了方寸。

除了铺天盖地的通稿外，各大视频网站一夜之间还纷纷上传了大批的视频，全都是他们战队比赛集锦。这些视频剪辑者仿佛火眼金睛一般，一条一条地将QOG选手们曾经的"失误"操作全部都剪了出来。特别是毕姚华开骂的那一场，在网友们显微镜般的分析下，发现他们明显的失误就有二十多次，而且很多错误是稍微有些实力的普通玩家都不会犯的，堪称联赛最大的翻车现场。

QOG俱乐部有意想要找公关公司洗白，可是因为打假赛实在是事关重大，再加上当初被他们影响到入围名额的几支战队粉丝都齐齐站在了GH的阵线当中，巨大的舆论压力下，没有公司敢接这一单。以至于除了当天晚上就开始围在俱乐部门口的八卦记者，其他相关的中立媒体几乎都对他们避之不及。

走投无路之下QOG俱乐部只能借助官方微博苍白无力地解释了几句，最后说了一句"清者自清"。

这样的态度倒是像极了被压榨欺凌的小白花，可惜的是QOG实在不适合卖惨这一套。

他们近几年来早就因惨不忍睹的发挥丢失了一大批粉丝，剩下的粉丝也怒其不争，在突然爆出这样的大事后，那些追了他们几年的老粉越想越觉得可疑。随着电竞媒体一层又一层的深度挖掘，QOG战队的一批资深粉丝觉得自己备受欺骗直接黑化，开始纷纷爆料。

这大概就是传说中的爱越深，恨越深。

不得不说，《炙热》职业联赛举办至今还真没出现过影响力如此巨大的假赛事件。为了顾及赛区形象官方不得不进行了更加深入的调查，与此同时，自然不可避免地惊动了各大战队的职业选手们。

事发的第二天晚上，景元洲和林延的手机都因为选手群的连番轰炸振动了一天一夜。

这时景元洲刚挂断了库天路打来的慰问电话，他手里拿着数据资料，回头看了一眼同样拿着一叠资料的林延。

两人都看到了彼此一脸好笑的神情。

他们下一场比赛的对手是Luni所在的LDF战队，而手上的这些，是他们刚整理出来的关键资料。

就如对外宣称的那样，GH已经全身心地投入到了接下来的比赛准备中。

可是怎么就没人相信他们真的没有欲擒故纵呢？！

## 4

"我觉得现在电竞选手真需要填充一下空虚的精神世界。"经过这么一打岔，一直无视了微信消息的林延拿起手机翻了翻，这一翻他只觉得更乐了，"UL和Three不是今天都有比赛吗，居然在群里聊了个通宵，他们教练不来抓人吗？"

"主要还是假赛这种事情太戳痛处了，再加上也没有现役教练在群里，就聊上头了。而且Wuhoo是属猫头鹰的，最高纪录是三天三夜没睡觉，通宵还真不算什么，保证上了赛场比任何人打得都要狠。"景元洲将手里的资料整整齐齐地叠了叠，一抬头正好对上林延的视线，"怎么了？"

"没有教练在群里？"林延似笑非笑地挑了下眉，"景队，那我是什么？"

景元洲回道："你不一样。"

半晌后林延躺在沙发上开始刷起了群里的聊天记录。

暂时让填满数据的脑袋放空了片刻，他三两下翻完了聊天记录，想到景元洲说的群里没有现役战队教练的事，又忍不住点开成员列表随便看了看。

在一片五彩缤纷的头像当中，有两个熟悉的头像一下子就撞进了视野当中，意外地和谐。

林延忽然低下头抱着手机输入了什么。

景元洲感到自己的手机也跟着振动了两下，拿起来一看，发现战队微信群里冒出了一条新的消息。

林饲养员：@全体成员，为了更好地打造战队文化，明天中午之前所有人统一更换微信头像。以前应该给你们发过，没存的话再来看一下，挑自己喜欢的用就行。战队建设从头像做起，都合群一点知道吗？

其他人都被炸了出来，显然也都有点蒙。

换头像的事之前林延就提过一次，当时谁也没有接茬，这个时候再被提起，纷纷有些犹豫。

可惜林延这回似乎没准备给他们太多考虑的时间。

林饲养员：换不换？

GH众人莫名背脊一凉：换！

片刻后海绵宝宝家族在群里齐齐亮相，一眼看去颇为壮观。

林延满意了。

林饲养员：不错，一家人就是应该这样整整齐齐！

景元洲的指尖动了动，配合地在群里发了一个竖大拇指的表情。

林延看到这条消息后也彻底舒服了："就这样吧！等打完比赛后我再去好好找找，到时候换什么头像得我说了算。"

景元洲忍着笑道："嗯，都听你的。"

林延清了清嗓子没再搭后面的话，看了眼时间就从沙发上站了起来。活动了一下筋骨："不早了，我该抓Gloy训练去了。"

他本想目不斜视地离开，可是经过景元洲跟前的时候到底还是没有忍住："这两天你都没怎么休息好，没什么事的话该去睡觉了。"

今天晚上本是林延这个总教练要忙，但是景元洲硬要帮忙才一直陪到了现在。

二十三点对电竞选手而言真说不上太晚，可是这段时间以来，景元洲除了训练上的事情之外还一直协助他进行战术上的布置，差不多一个人承担了两个人的工作量，在这样的基础上，还要保持每天雷打不动的晨跑习惯。

虽然景元洲从来没有多说半句，但是林延知道确实不应该让他继续陪自己熬夜。

见景元洲没有反应，林延微微放重了语气："最后两场常规赛都是硬仗，你必须确保自己处在最佳状态。"

"知道了，你也别忙得太晚。"

林延应答："好。"

下一场的比赛对手是 Luni 所在的 LDF，顾洛这个中单的位置尤为关键。

来到训练室的时候，林延看到所有队员都在积极训练。

他直接将顾洛给叫了出来，单独喊到了会议室。

基地的大会议室里有一台单独摆放的电脑，在这种开小灶的时候特别适用。

常规赛结束，季后赛将采取的是冒泡赛的形式，所以前期的排名显得非常关键。顾洛知道其中的重要性，走进会议室的时候，小脸上是前所未有的凝重。

看得出来和 Luni 正面对线，对他来说压力确实很大。

结合 LDF 之前的所有比赛，林延总结出来的关键点很零碎也很细节，所以顾洛熟悉的过程也长了很多。

等到他们把中路需要注意的内容全部了解过一遍，不知不觉间已经过去了一个多小时。

接下来就是对比赛阵容的分析，转眼间就又过了半个小时。

在林延目前制定的几套阵容里，各个位置都有四五个可进行临场调整的备用选择，唯有顾洛的中单，锁定在了两个英雄之间。

正是因为范围小，就越需要他尽可能地将这两个英雄的操作熟练度提升到最高。

林延站在顾洛身后，帮他抠着操作上的细节，一遍又一遍，完全没有留意到时间的流逝。

直到会议室的门被人推开，被林延喊去睡觉的景元洲忽然出现在了门口。

林延闻声回头，不由得愣了一下："你没睡？"

景元洲看了一眼顾洛眼前亮着的电脑屏幕："本来准备睡了，Luni刚好打了电话过来，就聊到了现在。"

"Luni？"林延听得皱眉，"马上就要跟LDF比赛了，这个时候大晚上不睡觉来找我们选手，怎么想的？"

"放心，不是说比赛的事。"景元洲没有在这个话题上继续深入，只是靠在门边意有所指地询问道，"已经快两点了，还不休息？"

顾洛刚结束一局游戏，摘下耳机恰好听到这么一句，忙道："没事的队长，我还能练，我不累！"

景元洲看了他一眼："我问的是教练。"

顾洛嘴角抽搐。

景元洲脸上的神色和往常并没什么区别，可不知道为什么，林延总感觉这个男人有些情绪不佳。

林延顿了一下："确实已经很晚了，今天就到这儿吧。"

## 5

顾洛回训练室拿东西，林延和景元洲并肩往宿舍走去。

一时间谁都没有说话。

到了房门前，林延打开门后没跟景元洲说晚安，而是直接把人拽进了房间里。

林延开门见山道："刚才Luni都跟你说什么了？"

"总之是非常扎心的话题。"景元洲没有瞒着林延的意思，下意识地想要去摸烟，才想起来洗完澡换了套衣服，只能作罢，"也不知道今年是个什么年份，魔幻结局。没意外的话，这届的职业联赛结束后一大批队伍要准备大换血了。"

林延瞬间捕捉到了重点："Luni想退役了？"

"有这想法，不过LDF管理层好像不让。主要是还没能找到适合接替他位置的中单，就只能这么吊着。"景元洲缓缓地靠在了墙上，半开玩笑地道，"所以才跑来给我打了电话，让我问问你简宁这个新签的路人王有没有转会的意思。

看这样子是真挺急的，一副非要在今年就退下来的样子。"

"一开口就盯上我们签下的新人，他想得美！"林延不客气地鄙视了一句，又问，"Luni 怎么回事，是伤病吗？"

"他说是因为还没受伤，才想提前退下来。"景元洲无声地笑了一笑，"你大概不知道，他家里还挺有钱的，所以估计也有家庭层面的原因吧。"

林延愣了一下，随即了然。

伤病这种事情在电竞圈实在太常见了，毕竟长年累月的训练加上熬夜，很容易出现各种各样的问题。就像 Three 的 Wuhoo 就被爆料过得上了射手位选手很容易得的手伤，还有 UL 战队队长 BALL，肩膀也是老毛病了……更不用说其他选手没有对外宣告的小病小痛了。

这些伤病在年轻的时候可能熬一熬也就过去了，但是随着在役年龄的增长，一旦状态开始下滑，如果再加上病痛的折磨，那简直就是致命的打击。

电竞这个领域只用实力说话，所有的借口在赛场上都没有意义。

所以每年都会出现很多这样的选手，他们在赛场上兢兢业业地奋斗了那么多年，最后因为伤痛发挥不佳，只能在一片骂声中黯然离场。

在职业领域中，到底应该趁着还没跌落谷底带着所有的掌声和荣誉提前离开；还是应该咬紧牙关拼到最后一刻，就算落得一身伤痛也要汗洒战场，将自己的青春奉献到极致再退场，这本身就是一个无解的题。

而不管最后是以怎样的形式收场，也只是每个人不一样的选择而已，无关对错。

景元洲见林延陷入了沉思，继续话题："别看 Luni 每天扎着那小发髻到处晃，实际上他对职业的态度比我们任何人都要来得潇洒。到了他这样的位置，名誉、地位全有了，再往后如果想继续保持住这样的状态，确实会变得越来越困难。所以就想趁着最巅峰的时候宣布退役，正好家里也催得越来越紧了，给职业生涯画个圆满的句号后，回去继承家业。"

景元洲的语气听起来似乎很是随意。可林延一想到两人刚才聊了整整两个多小时，也知道谈话过程远没有景元洲现在表现出来的这么轻松。

林延没再继续聊 Luni，而是换了个问题："所以你刚才说，有很多战队要进行大换血又是怎么回事？还有谁也要退役吗？"

景元洲接着道："Luni 年纪比我小都有了这样的想法，更不用说 DeMen 了。

其实 DeMen 早在两年前就检查出来一些病，居然能够一直坚持到今年，也是让人敬佩得很。"

林延喃喃："PAY 吗……"

比起 Luni，DeMen 的情况显然截然不同，一个是叱咤中路的中单法王，一个是效力多年的边路老将；一个是全场瞩目的绝对焦点，一个是抗压的沉默付出者……

相比之下，缺少高光时刻的 DeMen 这两年确实受到了不少非议。

纵观之前的比赛，自从 DeMen 成为正式选手后，PAY 在职业联赛中就一直处在不上不下的尴尬位置，虽然一直是季后赛的常客，可直到后来 AI 加入后，才一举跻身顶级豪门的行列。然而从近几年的比赛来看，PAY 的名次或是第二或是第三，总之永远和最后的冠军差一口气。

有人说 PAY 这支战队的长处非常明显——绝对掌控全场的魔王 AI；而另一方面他们的短板也一目了然，那就是缺少一个足以陪伴 AI 杀戮全场的顶级队友。

DeMen 自然是有实力的，他总能确保在比赛当中让对手挑不出任何毛病，可有的时候正是这样不温不火，反倒成了网友们抨击的目标。

自从 AI 加入 PAY 后就不时有过这样的言论，说如果能够把 DeMen 所在边路换一个其他的选手，PAY 战队的成绩恐怕远不止如此。

这样的言论 DeMen 从来没少听，依旧为了他的支持者们坚持到了现在。可是从刚刚结束的春季赛、季中赛，包括进行到现在的秋季常规赛来看，他的整体状态比起之前已经有了明显的下滑。这样一来，如果今年 PAY 能够拿到不错的名次还算好，万一最后成绩不够理想，DeMen 恐怕注定要成为黯然离场的退役典型。

比起这种情况，Luni 的主动退出反倒让人容易接受得多。

林延看向景元洲，挑眉："所以 Luni 在两队比赛之前忽然跑来，就是跟你好好地探讨了一下未来的退役生活？你不觉得他专程过来有动摇军心的嫌疑吗？"

景元洲失笑："我看起来像是这么容易动摇的人吗？"

林延"啧"了一声，貌似漫不经心地问道："像不像另说，所以，你现在是怎么想的？"

他很清楚，因为之前 BK 管理层想要提前提拔新人的举动，景元洲不可能没有认真考虑过退役的问题。虽然签入 GH 战队确实让他得到了全新的发展，但是 Luni 突然冒出来提起了话题，显然引起某人内心的触动。要不然，他也不会这么轻易让人捕捉到不佳的情绪。

景元洲没有接话，不答反问："花了这么多钱才把我从 BK 买过来，如果我就这样跑路了，会不会生气？"

"不会。"林延的回答比想象中要干脆很多，他扳着手指一条一条地罗列，低笑，"Titans，景神，你给我带来的商业价值，已经远超出了当时炒噱头用的转会费用了。"

说到最后，林延忽然拉长了语调："不过我虽然不至于因为这种主观选择的事生气，但是如果真的觉得累了想要退役的话，在那之前必须完成我的一个要求。"

景元洲问："什么要求？"

林延笑意盈盈地抬头对上了他的视线，一字一句地说道："当然是把世界赛的冠军奖杯，交到我的手里。"

随着话音落下，周围安静了一瞬。

景元洲的眉目间渐渐带上了一抹失笑的神态："怎么感觉像是上了一条贼船？"

林延理直气壮："现在后悔也已经晚了，拒不退票。"

景元洲郑重道："我做事，从不后悔。"

翌日，当毕姚华顶着蒙眬睡眼走进训练室的时候，被顾洛的黑眼圈吓了一跳。

再看了一眼顾洛明显没有换过的衣服，他惊讶道："小 Gloy 你怎么回事？昨天没睡觉，在这通宵了？"

"嗯……教练布置了一点任务，我想趁着手热给抓紧完成一下。"顾洛的电脑屏幕上正对战得火热，他头也没抬上一下，隔音耳机有点松垮地挂在耳边，"放心吧 B 哥，我吃过一次教训的，都记着呢。明天晚上才到我们比赛，等最后几局打完我就回去补觉，保证把最好的状态留在场上。"

毕姚华点头："行吧，你自己心里有数就行！LDF 的中单毕竟是 Luni，准备得充分一点也是应该的,还等着你带飞呢!"

毕姚华没有多说,拉开电竞椅坐了下来。临近比赛他也没继续做什么训练,这个时候其他人还没来,闲着没事他干脆开了直播。

其实林延并不建议选手们在赛前开播,但是毕姚华一直是个例外。对他来说,开赛前去找一波不痛快已经是常规的激励手段,今天也是这样。

这是QOG事件之后的第一次开播,毕姚华原本蠢蠢欲动地做好了舌战群雄的准备,结果看过弹幕的内容之后才发现似乎跟他想象中的有点不太一样。

"BB终于开播了?还以为你准备打完常规赛才上呢!"

"是我的错觉吗?总觉得连他的孔雀头的光泽都黯淡了。"

"关爱BB,人人有责,这些日子以来还真是让你受委屈了。"

"就事论事,这次确实是QOG做得不对,所以我决定以后尽可能地少骂你几句。"

"BB看过来!昨天帮你去QOG官博下面找过场子了,该骂的全部已经骂过了,别怕知道吗?"

"这个月勉为其难地先不骂你了,后面那场是和LDF吧?QOG的破事先别想,好好打。"

"换个角度想想,你这头杂毛似乎都显得没那么辣眼睛了,怎么的,今天匹配还是排位?"

毕姚华内心哀号:这个世界怎么了?

顾洛在旁边打完了最后两把,顶着随时可能睡着的脑袋正想离开,无意中发现刚开直播的毕姚华居然已经下播了。

顾洛的脑海中缓缓地闪过了一个问号:"B哥,这就播完了?"

毕姚华趴在电脑前玩着扫雷,整张脸上都写着人生无趣,说:"不播了,没意思。"

顾洛疑惑道:"啊……是因为QOG的事吗?这事我们占理啊,没道理都跑过来骂你吧?"

毕姚华的鼠标一抖,直直地戳中了一个地雷。眼看着红色炸开,他面无表情地抬头看来:"就是因为骂我的人数比之前整整少了一半,才觉得没有意思。"

顾洛一脸疑惑。

毕姚华缓缓地叹了口气:"怎么说呢,主要还是觉得寂寞。"

## 6

比赛当天，GH众人聚在餐厅里提前吃了晚饭，收拾东西坐上了前往比赛场馆的商务车。

林延坐在后排的位置上，一眼就扫见了比平时沉默的毕姚华，忍不住问："BB怎么了，不会是吃坏肚子了吧？"

毕姚华靠在副驾驶座上，通过车窗仰望天空，明媚忧伤："没吃坏，好得很。"

顾洛作为知情者一个没忍住，笑出了声。

留意到林延投来的询问眼神，他顿了一下，把前因后果简单地讲述了一遍。

林延听完忍不住竖了竖大拇指："不愧是你！"

其他人都在旁边努力地憋笑，只有毕姚华幽幽地叹了口气，心想：唉，哥的寂寞你们不懂。

片刻后，毕姚华感到自己的手机振动了一下，点开微信发现是林延把他拉进了一个群里，疑惑地问道："教练，这是什么？"

林延解释："哦，为了给你更好的赛前激励，我刚刚去淘宝下单点了一个骂骂群。看评价说这家店的服务质量还算不错，我刚问过客服了，说了你是电竞的职业选手，应该能够精准地骂进你心坎里去。"

毕姚华非常精准地问出了一个问题："可以对骂吗？"

其他人再也忍不住了，简野直接笑翻到了地上，顾洛更是一张小脸憋得通红，就连辰宇深也努力地扶着前排的车座，把脸深深地埋进了两只手臂中。

林延感受着车厢内活跃的氛围，眼底一片笑意，抬头撞上景元洲的眼睛。

林延迟疑道："怎么了？"

景元洲没有说话，反倒是讳莫如深地朝林延勾了勾指尖。

林延不明所以，疑惑地靠了过去。

下一秒景元洲的声音响起："你还是这么喜欢上网买这些奇奇怪怪的东西啊？"

简简单单的一句话，仿佛一下子将时间拉回了两人刚加上微信的时候。那会儿林延无聊之下点了个虚拟男友消磨时间，万万没想到会撞上了景元洲加他的微信。

林延其实一直记得当时尴尬到恨不得找个地洞钻下去，只是事后两人再见面时，都心照不宣地摆出了一副完全都没放在心上的样子。

大概就是一种"只要我不表现出尴尬，尴尬就追不上我"的心态。

林延刚想说什么，前排的简野笑够了重新爬回位置，恰好看见景元洲手里的保温杯："队长，换新杯子了？"

景元洲坐直了身子，笑意深长地瞥了林延一眼："嗯，林教练送给我的。"

林延留意到了那双眼里的小得意，不置可否地"哼"了一声，状似无所谓地转身靠在了窗边。

简野的视线在两人之间来回扫了扫，更加好奇："所以这里面装的是什么？"

景元洲的指尖在杯面上轻轻摩了摩，淡声道："也没什么，枸杞、人参、当归之类的东西吧，就是特制的养生茶。"

简野的嘴角微微抽搐了一下，对于这种过分养生的态度一时间有些不知道该如何评价，半晌才憋出一句马屁来："厉害啊，教练居然还会煮这个！"

景元洲笑了笑："嗯，教练会的东西还有很多，你们接触得少，没我了解而已。"

顾洛听到对话，有些好奇地转过身来："队长，这种养生茶功效怎么样，好喝吗？"

景元洲将保温杯不动声色地搁到了旁边："问这么多也没用，林教练只准备了这一瓶。"

他说到这里，语调不易觉察地缓了几分："只有一瓶，明白吗？"

顾洛捂胸："明白。"倒也不用炫耀得这么明显。

林延在旁边终于有些听不下去，忍不住道："养生茶有什么好聊的？不是我煮的，从外面店里买的，今天确实只给你们队长准备了，其他人如果有想喝的话我明天就去给你们订上，人均每天一大桶，够不够？"

几个小年轻大惊，连连摇头："不用了，不用了！"

保温杯再次被景元洲拿到手里，光是这样的触感就让他感到心情很好。

很明显，林延那天晚上把关于他退役的话记在了心上，才不知道上哪里找了这么一个养生的配方。他这是希望他至少可以在比赛期间继续保持良好的状态，不愿他像很多选手一样，饱受诟病地黯然离场。

GH 和 LDF 的比赛是在当天晚上的第二场。

抵达场馆的时候，Three 和 UL 的比赛正在进行，外面没有多少来往的观众。

GH 众人通过安全通道进入场馆，前往休息室的路上正好遇到了同样刚到的 LDF 战队。

双方虽然是比赛对手，但是私下里进行过几次练习赛，关系还算不错。

不知道是不是林延的错觉，自从那天与景元洲聊过之后，心里带着"不打职业就要回家继承家业"的标签，他总觉得 Luni 扎在脑袋后面的小发髻看起来都精致了很多。而且，光是从 LDF 战队整体的精神状态来看，完全看不出半点队长准备退役的样子。

两队一照面就非常热情地打了招呼，趁着还没轮到他们比赛，站在走廊当中聊了起来。

"你们听说了没，QOG 战队那边的几个代言已经全部被撤下来了。"Luni 慢悠悠地笑了一声，"虽然是内部消息，但不用怀疑，绝对准确。公告估计很快就会发布了。那几家之前找 QOG 本来就有一部分卖面子的因素在内，现在发现势头不对，想赶在品牌受到牵连之前抽身。这次闹得确实挺大的，就连 QOG 之前打完常规赛准备进行的几个商业活动也被一并取消了。"

"也是他们活该。"射手 ROMM 在旁边嗤笑了一声，"不具备电竞精神就别来当什么电竞选手，想哥几个刚开始为赛区荣誉奋斗的时候付出了多少啊？谁知道眼皮子底下还有那么多的人渣，也是够恶心的！"

不得不承认这些都是好消息，可是林延看向 Luni 的表情一时不免有些复杂："所以这几天我们在努力备战，你们居然还有闲心八卦这些？"

"刚巧有朋友说起，我就随便听了一嘴。"Luni 笑了笑，微微扬头，脑后的小发髻隐约跟着晃了一下，"放心，今年的比赛我可还没打够，等会上了赛场是肯定不会手下留情的。"

林延挑眉："你这个被我们中单单杀的前大神倒挺嚣张？"

Luni 被哽到："喀，怎么就前大神了，会不会说话？"

景元洲不动声色地将顾洛推到了跟前："来，练一下赛前垃圾话。"

顾洛这两天满脑子都是努力打败 Luni 的事，可真面对这张脸，气势忍不住就矮了大半截："我……我会打败你的！嗯……努力打败……"

Luni 本来还想看看景元洲带出来的小朋友能怎么个嚣张法，见状被逗乐了："小年轻还是不行啊，厚脸皮的程度还得继续跟你们队长学学，知道吗？"

说话间他看了一眼旁边的林延，补充道："哦对，跟你们教练学也行。"

顾洛有些害羞地挠了挠后脑勺："好。"

Luni 盯着这张小脸，心想：等我退役了也要给队里招一个这么可爱的小中单玩玩！

林延是知道 Luni 准备退役的事的，这时候留意到他的视线，不动声色地将顾洛抓了回来："喜欢孩子就自己去挖，别老盯着别人家的，知道吗？"

Luni 听出话里的暗示，有些心虚地笑了笑："也不用护得这么严吧？"

景元洲接话："应该的，外面坏叔叔太多。"

"行吧……一唱一和地说不过你们。"Luni 向来能屈能伸，看了一眼时间，撤退得非常干脆，"差不多该去做准备了，等会儿赛场上见吧。"

说完正准备离开，忽然想起一件事来，他朝景元洲看了过去，控诉道："Titans，别的不说，你能不能先把我的微信好友给加回去？！"

一有事情必须打电话，他真是受够了！

景元洲没去看林延疑惑的眼神，神色淡然："你不说我都忘了，打完比赛后加吧。"

## 第九章
## 我在想，是不是该营业了？

**1**

在工作人员的提醒下，GH 和 LDF 两支战队的选手们陆续上台准备。

前一场结束的比赛中，Three 毫无疑问地再次拿下了胜利，保持住了积分赛排行榜上的领先位置。

解说台上，解说兔帽哥和哭哭正在激烈地讨论着刚才比赛当中的精彩集锦。现场氛围一片火热。

同时在直播室飞速奔动着的弹幕间，已经有不少人将注意力投向了下一场比赛。

"LDF 打 GH 啊，下一场有好戏看了。"

"没记错的话这两队目前都是一败的战绩吧，这局打完排名就要彻底拉开咯。"

"差不多，LDF 后面还有一场和 Three 的比赛，GH 也还没跟 PAY 打过，都是强队，最后名次怎么样还真不知道。"

"GH 不是出了名的一打强队就垮吗，不会真的有人觉得他们今天能赢吧？"

"这倒是真的，前面打弱队赢了就一路吹捧，结果和 Three 那场简直惨不忍睹。"

"GH 也就那把输了而已，需要踩到现在？LDF 也没见赢过 Three 啊！"

"就是就是，别看人家是新队就欺负人，人 BB 上一场比赛还拿了五杀呢，LDF 有吗？"

"笑死，GH 哪根葱，才刚打了几场比赛是真的尾巴翘天上去了？队粉能不能有点数，和 QOG 那种假赛队比拿五杀有什么好吹的，等着看 Luni 怎么 carry 全场吧！"

"我才笑死，就你们 LDF 有 Luni？我们 GH 还有 Titans 了解一下！"

"Luni 和 Titans？猝不及防想起之前网传的那张握手照。"

"前面的站住，双亲组合才是最好的！"

"以前确实看 GH 不爽，总觉得全是毒瘤，最近逐渐改观，不站队就等个比赛结果。"

"说起来，从什么时候起把 GH 放在顶级强队的名单中一起讨论，已经这么没有违和感了？"

……

虽然选手们看不到弹幕的内容，但是从休息室到赛场上已经足够感受到观众们的热情。

特别是那些无比醒目的应援牌，各队粉丝的比例一目了然。

比起最初来比赛时，GH 应援牌彻底被其他队粉丝湮没的情形，到现在一眼就可以看到 GH 队名和徽章，加上粉丝们一阵又一阵地喊着他们的队名，都无比振奋人心。

简野一边检查设备，一边忍不住地朝观众席的方向看了又看，感慨道："突然有种付出得到了回报的感觉。还记得当时在录制综艺的时候，哥几个离场的时候看到其他战队的粉丝们只能羡慕，现在好了，终于拥有这么多属于我们自己的队粉了！争气，是真的觉得自己特别争气！"

毕姚华调侃道："别啊滚滚，你这也太容易满足了。就这阵仗算什么，等着我们以后走上世界赛的舞台，想想到时候的灯光，到时候的观众……啧！阵仗保证比现在大上个十来倍！所以收着点感动，还是留着下回再用吧！"

林延听到他们的对话，笑了笑："偶尔感动一下也没有什么坏处，所有的荣誉都是一步一步积累出来的。这点滚仔说得没错，大家确实争气。成立这么短的时间就能打到这个程度已经是绝对的黑马了，再努力一把，等最后拿下秋季赛的总冠军奖杯，保证载入史册！"

旁边的裁判一直监听着他们队内的团队语音，闻言不由看了过来：常规赛都还没打完呢，就惦记着总冠军不合适吧？不管怎么说，也先赢了对面的LDF再说好吗！

同样的话语落入耳中，辰宇深调试完耳机音量，却是忽然有些走神。

这样的对话内容让他不由得想起了以前。

那时候GH还没有半点名气，他们才刚刚结束了第一期《炙热集结号》的录制，登上返程的商务车时，林教练留意到他的羡慕目光后就是这样轻轻地在帽檐上拍了一下，笑盈盈地告诉他："别看了，我们以后都会有的。"

而现在也一如当时说的那样，星光就在身上，荣耀也近在眼前。他们收获的，早就远超出了当时羡慕的一切。但是在拿到最后的冠军之前，这些远远不够。

辰宇深眸中神色微微一动，落在鼠标上的指尖微紧，一脸坚定。

林延的视线落在辰宇深笔挺的背上，了然地垂下眼。野心这种东西在电子竞技的领域向来不少，他从来不介意自己的队员多拥有一些。

视线扫了一圈，林延轻轻地拍了拍顾洛的肩膀："怎么样啊Gloy，趁还有准备时间赶紧调整一下状态，等会儿能不能赢这场比赛，就看你在线上能够单杀Luni几次了。"

虽然是半开玩笑的语调，旁边的裁判身子一歪，险些栽倒。单杀Luni？还多杀几次？GH队内都是这么调整心态的吗？！没记错的话，他们中单还是个新人吧？一上来就给了这么大的任务，也不怕还没开始比赛就把人给压倒下？

这样想着，裁判忍不住朝"奶奶灰"那人畜无害的脸上多看了两眼。

然而不待他流露同情之色，只听顾洛的声音非常沉稳地传了过来："放心吧教练，我们训练赛的最高纪录是单杀三次吧？我这次争取突破一下，保三争四！"

林延笑得欣慰："有理想，没白疼你。"

裁判嘴角狠狠地抽了又抽，终于接收到了总控台的指示，他绷住表情毫无情绪地宣布："准备，比赛要开始了。"

随着倒计时结束，林延有些戏谑的神情瞬间严肃了起来。

BP环节正式开始。

双方都是拥有完整教练团队的战队，BP环节都非常干脆。

对于 LDF 针对景元洲的 BAN 位选择，林延并不感到奇怪。作为首选方，他很沉着地对坐在一号位的景元洲做出了安排："Titans，先把滚仔的可可仙拿了。"

GH 战队锁定之后轮到了 LDF，他们的一、二手各优先拿下了打野和边路的英雄。

林延扫了一眼对方目前的阵容情况，瞬间恍然："这是准备让上路猥琐发育了啊……"

景元洲淡然道："没事。"

林延笑了笑，让二、三号位置拿下了景元洲的边路和毕姚华的射手。

这样一来，GH 战队这边的阵容转眼间已经确定了三个位置，只剩下中、野。

双方教练在赛场上进行 BP 环节的交锋，解说台上的两位解说也在认真分析着。

兔帽哥和哭哭算是看着 GH 一路走来的老朋友了，这时候凭借着自己对 GH 这个战队的了解，谨慎地讨论着。

"众所周知，GH 是目前所有职业战队中核心体系最多变的一支队伍了。"哭哭率先抛出了话题，"实在让人好奇，今天他们又将如何应对 LDF 这样的一支强劲的战队呢？"

"从 GH 自身的战术优势来看，我觉得至少会重点避开中路的碰撞吧。"兔帽哥低头看了一眼自己偷偷记下的笔记，"秋季常规赛进行到现在，大家可以发现 LDF 每场的比赛数据都非常漂亮。特别是 Luni，发挥得实在是太完美了。过了秋季赛之后他好像又提升了，综合目前中单选手的统计情况，不管是总伤害数值还是参团率都无疑是最高的。目前状态好得确实有点吓人。"

"数据方面也和 Luni 习惯使用团战型英雄有关吧。"哭哭非常默契地开始展示"端水"技能，"如果大家留意过的话，GH 战队的这个中单新人 Gloy 在常规赛期间发挥得也相当不错。Gloy 使用的大多是单体爆发类型的刺客型英雄，理论上来说在这种团体统计上多少有些吃亏，但是看实际数据的话，其实并不比 Luni 低上多少。"

兔帽哥："确实，Gloy 应该已经是秋季赛当中最亮眼的法刺类中单的代表了。还记得之前外媒嘲笑过我们赛区团战中单横行，这倒让我很期待，GH 战队万一顺利进到世界赛中，又会是一种怎么样的情景呢？"

哭哭半开玩笑地提醒道："官方解说禁止藏私心哦！"

兔帽哥说到这里似乎也意识到自己跑远了，清了清嗓子将话题拉了回来："言归正传，总之这一局我觉得 GH 应该不会让 Gloy 继续走法刺路线。从上场和 QOG 的比赛中可以发现，Gloy 其实并不是玩不了远程法控，以 GH 教练喜欢玩奇招的阵容安排习惯，很可能会复制上一局的选择，让 Gloy 避免和 Luni 正面碰撞。"

解说说话间 LDF 已经再次完成了选择。

此时全场都等待着 GH 战队方锁定四、五号位置，确定最后的出战阵容。很快四号位锁定，拿下的是辰宇深的荒野剑客。轮到五号位的时候，GH 阵容最后一个空白的位置显示出了黑暗树灵里拉的头像。

解说兔帽哥大喜："我就说吧，GH 这把肯定会……呃……"

他的话音戛然而止。下一秒，只见这个黑暗系的头像亮过一瞬之后，就被替换成了血色月刃妮娜，直接锁定。

GH 本局的阵容选择展示在了大屏幕上。

别说是兔帽哥之前猜测的那样出奇招了，GH 今天拿出的阵容，可以说比以往任何一场比赛都要来得中规中矩。

哭哭忍不住笑出声来："恭喜我们兔帽哥，再次猜错了！"

兔帽哥苦涩道："行吧，只能说 GH 的心思你是真的别猜，反正猜来猜去也猜不明白。"

全场被逗得一阵哄笑。

LDF 的对战区，Luni 看着 GH 最后确认的阵容也是无比头疼："行吧，就知道那俩人憋着坏的要搞我。"

他叹了一口气，抬头看去。从这个视野角度可以看到林延说了一句什么，随后摘下了隔音耳机，结束 BP 工作后离开了比赛区域。

几秒后，游戏开始加载地图。

顾洛的视线久久地停留在屏幕的界面上，此时满脑子回荡的都是林延临走前说的最后那句话："Gloy，去试试登上神坛的滋味吧。"

## 2

比赛一开始，辰宇深就带着简野直奔上半地图的敌方野区。

常规赛打到现在，观众们对于 GH 这支新队的各路属性也多少有了了解，对于队内中、野位置的两位新人激进的打法也都习以为常。

解说兔帽哥："不得不承认 GH 战队真的是一支神奇的队伍，单论联赛资历的话，除了 Titans 和 BB，其他人要说是一张白纸也不为过，可是每次一到了赛场上，反倒是比很多老牌战队的选手更敢打很多，这在新人中也是很罕见的。"

解说哭哭："大概就是所谓的初生牛犊不怕虎吧。"

"这么说也不太对。"解说兔帽哥想了想说，"关于 Abyss 和 Gloy 这两位新人选手一路来表现出来的实力大家有目共睹，虽然有时候确实容易上头，但一切也都立足于本身拥有的实力之上，并不算是盲目的激进，每次的施压也都有着战术目的。"

解说哭哭点头："确实，GH 的辅助 Gun 擅长使用治疗类英雄，这种续航能力在一级团的时候有着很明显的优势。"

解说兔帽哥留意到场上的情况，把话题引了回来："LDF 这边似乎也猜到了 GH 会在开场进行入侵，从这个路线看起来……哦，撞上了！"

LDF 的打野和辅助双双埋伏在草丛中，当视野中出现辰宇深和简野的身影时，第一时间冲了出来。

正式开始比赛还没几分钟，对战双方已经发生了第一波碰撞。

有简野在后方续航，辰宇深没有半点退缩的意思，与对方来回周旋的过程中还不忘顺走路边的两只野怪，提前升到了二级。

这时候上、中两路的兵线已经清理完成，双方选手也不约而同地开始往野区靠拢。

原本二对二的小交锋渐渐变成了更大的战火，辰宇深不再恋战，准备和简野后撤。

然而后方是 LDF 野区，LDF 的边路选手 TY 离得更近一些，比景元洲早一步抵达了战场。

退路被阻拦，辰宇深不得不改变后撤路线，可是这样一来正好面对面撞上了从中路赶来的 Luni。

残血状态下被收走了第一个人头。

"First blood（第一滴血）！"

痛失一血可以说是开局不利，但是景元洲早就有意在往这边靠拢，也在第一时间赶到了战场。有简野和顾洛配合，随后他又陆续收走了LDF战队打野、辅助的人头。

"Double kill（双杀）！"

一波团战结束。

GH战队打出了一换二，但是因为辰宇深丢失的一血自带的巨额经济，一时间也说不好谁更占了便宜。

弹幕更是讨论激烈：

"一开局就打得这么凶吗？"

"才发现两边的阵容都很猛啊，这把不好说了。"

"GH的打野还是太年轻，还好有Titans兜底，不然血亏啊。"

"Luni拿一血，Titans拿双杀，这什么梦幻开局啊？我居然不知道到底谁更赚？"

"搞快点，我真是恨不得中、上连线让Luni跟Titans直接对上！"

"这就不用了吧，线上肯定是Titans强势啊还用说？Luni的风格在团战时期才最明显吧？"

"但是Luni经济领先了那么多，GH中路这个新人要难了。"

"确实。"

"GH就不该让Gloy继续拿法刺，众所周知用法刺打Luni的中单选手已经都……"

"得了吧，别看不起GH，搞得Luni这种法师在线上能打多少输出一样。"

团战结束，景元洲回到了上路，对比了下双方的经济情况，提醒道："Luni拿了一血，Gloy你自己小心点。"

片刻后语音频道中传来了顾洛的声音："放心吧队长，我可以。"

说着，他瞥了一眼Luni目前的出装情况。多了一把小木杖，法术伤害的差距在这个阶段确实算是非常致命了。

顾洛缓缓地吸了口气，努力地让自己的心情平复下来。他反复回想着林延对他说过的话："越是在后期团战发挥重要作用的选手，在前期的发育就越是关键。所以必须将对方的发育控制在最小。"

作为近战输出，顾洛在兵线的清理上自然没有 Luni 便捷。他一边寻找着清理兵线的机会，一边留意着周围的动静。

出乎意料的是，LDF 的辅助并没有如猜测的那样来帮 Luni 压前期的等级，反倒很快出现在了下路。

辰宇深和简野已经再次从高地中出来，齐齐地朝下路赶去。

顾洛看过一眼小地图，眉目间认真的神色一闪而过，看准角度，刁钻地朝着左侧方将血色的圆刃甩了出去。

空中划过一道弧光之后恰好收走了残余的兵线，与此同时在 Luni 身上割开了一道深长的口子，瞬间打掉了一小格的气血。

但是 Luni 并没有着急离开，瞬间将安全距离拉开，有一道蓝光刺也同时坠落。

提前预判，Luni 的技能将顾洛晕在原地零点五秒，再加上一个二技能，毫不吃亏地强压了一波血量。

整体来说，反倒是顾洛更吃亏一些。

之前和 LDF 的几次训练赛让顾洛习惯了 Luni 这种"锱铢必较"的对线习惯，此时内心并没有太多的波澜。反正已经不是第一次在这个人手中吃亏了，他看了眼下路的交锋，一个短暂的位移技能陷入草丛，挥过的弯刀利刃直接将侧面路口斩开了一道沟壑。

视野中 Luni 的身影一闪而过。虽然他敏锐地避开了这记袭击，然而隔着屏幕，他看了一眼河道里顾洛的藏身位置。

不得不承认，这段时间下来这个新人中单成长得实在太过迅速。单说刚才看似毫无章法的一套技能，却明显是预判了他想去下路支援的意图。单是这几秒钟的阻拦，就足以让这个计划完全落空。

下路的交锋也已经分出了胜负。ROMM 和 BB 两个射手的实力本就不分伯仲，在双方早有防备的博弈下，最后打出了一换一的战绩。

与此同时上路的景元洲也再次发力，一如之前对林延的承诺一样，直接越塔强杀了 LDF 的边路选手 TR，再拿一个人头。

短短的开局，整个峡谷中可以说是暗潮涌动，看得人眼花缭乱。

这样一比，反倒是兵家必争的中路，平静无比。反常的情况很快引起了解说和观众们的注意。

虽然说 LDF 战队对 Luni 无比信任，以往的比赛中也经常放手中路，一门心思地专注上、下两路疯狂 gank。可是这并不意味着 Luni 这个中路全程隐形了。

相反，Luni 在全局中及时游走支援才是 LDF 整套体系的核心。强大的自保能力，绝对的节奏把控，以及对于机会的敏锐捕捉，那才是 Luni 能够带领 LDF 站上顶峰的关键。

而此时比赛已经进行了十来分钟，所有 gank 和反 gank 都将 LDF 的这位中单完全摘了出去，本身就是一个非常奇怪的现象。

兔帽哥作为官方解说，全程时刻留意着小地图的动态。

这时候感受到来自观众的疑惑，他客观地展开了分析："其实并不是 LDF 改变了战术，而是 Gloy 实在是把 Luni 看得太紧了。GH 这个选手是真的可以啊，居然做到了把 Luni 的行动范围缩到了最小。"

解说哭哭调侃道："可惜的是双方都没完成单杀。"

解说兔帽哥笑："Luni 哪里是这么容易被单杀的中单？而且他这局拿的英雄，要在这个阶段单杀 Gloy 也确实有些困难！"

两人说话间，对战双方又开始在河道附近做起了文章。

这一回，导播直接将镜头推到了 Luni 身上。

利用两个技能清理完兵线之后，Luni 毫不犹豫地转身走向了后方草坪，支援意图非常明显。然而没等走上几步，顾洛毫不犹豫地一个短距离位移加劈斩，就已经先一步地拦在了 Luni 跟前。

就如兔帽哥分析的那样，顾洛确实把 Luni 盯得太紧了。

一个刺客型的法师本身对于"脆皮"职业就拥有着极大的威胁性，Luni 自恃技术精湛到底还是不能完全忽视 Gloy 超高的爆发性伤害。

这样的谨慎，让 Luni 不得不再次拉开距离，这次依旧没能成功支援队友。

两位中单转眼间交换了一波技能，又各凭走位精湛避开。一片绚烂的技能特效下血条几乎纹丝未动。

解说哭哭忍不住惊叹："双方的走位都相当漂亮！"

兔帽哥点头："能进今天的前十了。"

顾洛顺利逼退 Luni，却并没有着急继续追击，反倒转身撤回，一头扎进了河道的草丛中。

这个方向，正是后方交战的战场。对于三对三的小规模团战来说，只要任何一方突然加入了第四人，对另一方来说绝对是致命的。

Luni 显然也提前防备着顾洛虚晃一招，原本就把距离卡到极致，这个时候反应无比迅速。

几乎在第一时间，一团蓝色火焰就凌空甩了过去，落点精准预判了顾洛的位置。然而这样的技能砸在草丛当中，却没有打出任何伤害。

Luni 的眼中闪过一丝惊讶。他清楚地记得顾洛刚刚已经把位移技能用掉了，短期内不可能结束冷却，这时候在没有位移技能的情况下想要避开他的技能，显然只有一个可能，那就是用了闪现。

闪现这种召唤师技能因为 CD（指技能冷却时间）太久，选手们往往都会留在最关键的时刻使用，很少有人为了赶路用得这么干脆。

"小朋友，倒是挺舍得的嘛……"Luni 夸了顾洛一句，眼见不远处的交锋已经白热化，紧接着也跟了上去。

Luni 很清楚这个时候绝对不能让顾洛率先入场，自然没有半点犹豫，却不知道在他迈开脚步的一瞬间，场外拥有上帝视野的 LDF 粉丝们下意识地齐齐吸了一口冷气。小心啊！

实际上 Luni 的判断大体没有问题，唯一被忽略的，就是 Gloy 想要击杀他的那份决心了。

在他踏入草丛的那一瞬间，顾洛的位移技能 CD 恰好结束。

视野盲区中，一个红色的身影隔着一堵石墙突到了 Luni 眼前。只是一个照面，他便明白了过来。

刚才顾洛确实是使用了闪现没错，只是朝的并不是团战的方向，而是借着石墙后方的草丛卡了一波他的视野，刁钻至极地创造了一个完美的埋伏机会。

Luni 惊叹这份精巧的心思之余反应也是极快，他第一时间利用闪现拉开了双方距离，同时武器上光芒一闪，蓝色的火焰雨轰然落下。

顾洛冲刺姿势一顿，漂亮地用 S 走位完美避开。

与此同时，他的红色弯刀甩出。猩红的光束从 Luni 身侧擦过，被他先一步闪避躲过。

落空后原本应该断绝顾洛苦心创造的机会，结果还没等 Luni 露出笑意，便看见身边凭空出现了一个虚无的轮廓。

红刃的余影精准地命中了刚刚刷新的小怪河道之灵。二段技能触发！

标记效果自带位移，顾洛踩着河道之灵这个踏板瞬间拉近了与 Luni 之间的距离。

重新收回到顾洛手中的红色弯刀闪过了一抹嗜血的色泽。被这种爆发类刺客英雄近身本身就是无比致命的。

顾洛近身后的一套连招没再留给 Luni 任何机会，强行收走了他最后的气血值。

"GH·Gloy kill LDF·Luni！"

其他人在河道处正激烈交锋，显然也没想到后方居然会率先爆发人头。等看清楚这条击杀播报，所有人都有些震惊。这什么情况，Luni 居然被单杀了？！

## 3

这波单杀实在来得太过突然，不只是比赛中的选手们，就连场外的观众们都纷纷震惊。

"刚才什么情况，Luni 被单杀？真的假的？"

"导播就知道把镜头给团战，没看到啊！"

"我刚看了一眼位置，应该是 Luni 想来支援团战，在中途被拦截了。"

"不管怎么都很厉害啊！今年最佳新人的提名保证跑不了了吧！"

"GH 的中单是那个'奶奶灰'吗？玩刺客已经够离谱了，怎么还越打越凶了？"

"回家队全员狠人……"

"真的，除了说厉害不知道还能说什么了！"

"Gloy 宝贝冲，一战封神，啊啊啊！"

……

赛场上，顾洛击杀 Luni 后没有半点犹豫，直接投入到后方战场中。

对战人数差距瞬间拉开。顾洛势如破竹的一冲直接打散了 LDF 的队形，在这电光石火间又收走了敌方射手 ROMM 的人头。

这时候他已经是残血状态，顶着火力后撤时，简野非常极限地补了一口血，他们逃出生天。

与此同时，辰宇深和毕姚华配合着也收到了 LDF 打野的人头。

LDF 最后只剩一个辅助仓皇逃窜。

峡谷再次恢复平静。

一波小型团战结束，GH 战队打了个零换三，经济差瞬间拉开。

现场一片轰动。

LDF 的团队语音中响起了 Luni 的声音，听起来多少有些懊恼："这波算我的，前面漏掉了河道精灵，忘记去计算刷新时间了。GH 战队这中单小朋友越来越精了，关键时刻的操作也非常漂亮，后面对线的时候都小心一点，估计要不太好打了。"

射手 ROMM 复活后重新往线上走去，闻言应道："没事，我注意点就行了。"

Luni 心情复杂地"嗯"了一声，脸上挂着一抹苦笑。

他们和 GH 也算是打过几次练习赛了，对于这个队伍的习惯多少有些了解。根据以往的接触来看，GH 一旦进入了顺风的节奏就会选择压着他们往死里打。

原本 Luni 作为 LDF 的中单，走辅助团队的路线就是为了让 ROMM 所在的下路有更好的发挥机会。现在如果连 ROMM 都要开始进入到谨慎的节奏，对于 LDF 来说着实不算一件好事。

想着，Luni 将视野往上路抬了抬。

因为景元洲越塔强杀的强悍，LDF 的边路选手已经不只是被压在塔下了，说是卡着吃经验的极限距离躲在后方也不为过。

不算野区，全图总共就上、中、下三路，LDF 现在居然没一路压过线的。这样凄惨的状态，就差原地表演一个"塔下求生的十万种方法"了。

这 GH 到底是哪里冒出来的土匪战队啊，打得简直一个比一个邪气。

Luni 心里忍不住地吐槽，但是也没有办法，只能暗暗叹了口气："抗压吧，拖后期。"

LDF 的节奏明显地放慢下来，几番交锋下来 GH 的队员们也有了明显的感受。

"感觉他们这是想拖后期了。"简野拧了拧眉，"我们的这个阵容虽然也不是打不了后期，不过我感觉……好像没有必要和他们这么玩。"

"确实没有必要。"景元洲说话间手中的操作没有停，他强行三段位移击飞对面边路挂了一个点燃，紧接着在对方后撤的瞬间闪现跟上，再次一个减速技能，连追进防御塔补了两下平 A（指普通攻击），完成击杀后不疾不徐地走出了敌方防御塔的伤害范围，这才回头去清理还在线上互殴着的小兵。

景元洲看了一眼目前进行到三十一分钟的游戏时间，他在 LDF 的下方野区打了个信号："上路野怪我都清完了，他们应该下去了，可以看机会去抓一波。"

辰宇深："收到。"

顾洛随时随地留意着 Luni 的动向，闻言也应了一声："放心去，我这边拦着。"

LDF 的打野原本就发育得无比艰难，景元洲把上路压到死还不忘压榨敌方的野区，导致现在每一丝经济都显得弥足珍贵。

正是因此，当 LDF 的打野突然看到视野中蹿出的 GH 打野、辅助的身影时，忍不住喊道："要不要这么不留余地啊！"

然而，比赛场上从来都不存在任何余地。

Luni 原本在第一时间就要往野区支援，没等迈开脚步就再次被缠住了。

顾洛拦住的位置刚好是在几条路的交叉口，刁钻又精准。

Luni 皱眉："我过不去。"

ROMM："没事，我到了。"

LDF 的 ROMM 比毕姚华早一步抵达战场，侧面绝佳的输出位置，让辰宇深的气血值触目惊心地掉。

简野周身环绕着绿色的治疗光束，治疗技能强行稳住辰宇深的状态。

毕姚华很快也加入了战局。又是似曾相识的画面，然而这一次由 LDF 先完成了击杀。

"LDF · ROMM kill GH · Abyss！"

眼见辰宇深阵亡，顾洛想要前往支援，却反被后方的 Luni 拦住了去路。远程法师的技能一下又一下地阻拦着，落点十分刁钻，这让顾洛原本颇具小心思的走位反一下子陷入了逆境。

LDF 的打野击杀辰宇深后越过石墙，绕到了顾洛后方。另一侧，LDF 辅助也在同一时间赶来。再加上 Luni 的侧面配合，几乎足以预见顾洛被击杀的命运。

简野和毕姚华都在相对靠后的位置，知道支援不及，非常果断地围杀了 ROMM。

"GH·BB kill LDF·ROMM！"

战局实在太过紧张，观众们在这样的氛围中都不由得屏住了呼吸。

三方包夹，顾洛显然避无可避。他在语音频道中说了一句"不用管我"后，非但没有慌乱，神色反而越发凝重了起来。

看到大屏幕中那个身影躲进了草丛，解说兔帽哥似乎忽然间领悟了过来，惊讶道："Gloy还想反杀？！"

顾洛确实没有束手就缚的意思。因为紧张，不管是手心还是额角都已经渗出一层薄汗。此时他只是握紧了鼠标，呼吸轻敛。

草丛的掩护可以让LDF的选手暂时丢失视野，顾洛一系列的操作可以说是将这一点运用到了极致，几次关键时刻借助视野盲区，巧妙地避开了几个致命技能。他非常冷静地把LDF的打野、辅助以及旁边的野怪当成了三个位移技能的借力点，优秀得飞起。

一眼看去，只见一道红色的影子鬼魅般地穿梭在峡谷中。气血值不可避免地疯狂往下掉，顾洛终于在最后一个冲击的借力下敏锐地把握住了机会，借助连续两段短位移直冲到Luni眼前。

所有人都没有想到，这样一个年轻的中单选手在这种无比危急的时刻，居然顶着三个人的围剿这么果断地回头。

Luni的反应已经快到了极致。随着连续几个范围技能落在两人脚下，双方的气血值几乎在同一时刻见底，最后，齐齐清空。

"GH·Gloy kill LDF·Luni！"

"LDF·Luni kill GH·Gloy！"

全场都快疯了。这一段操作实在是太优秀了！

先不说这种孤立无援的情况下居然还能反杀一人，单凭顾洛最后那一刻的果断回头，宛若化身成了撕裂峡谷的一道血刃，势不可当！同样的，Luni最后的几个技能应对也堪称完美。顾洛给出反应的时间不过是短短的零点二秒，在这种危急的关头，Luni也做到了极致。这难道就是顶级中单选手的实力吗？

Luni不用多说，作为五大魔王中的顶级中路实力有目共睹，反倒是GH的这个新人中单，未免也强得太过了吧！

顾洛并不知道他刚才的操作点燃了全场，有些呆呆地看着暗下的大屏幕，捏了一下因为太过紧张而有些微颤的指尖，最后深吸了一口气，将注意力再次投在了战场上。

他在心里轻声地默念着：两次！已经完成了两次！

比赛仍在继续。

随着双方的二塔陆续被击破，整局的比赛节奏走向了中后期的团战。

LDF 的团战实力在整个联盟甚至世界赛场上都是顶尖的，为了不再给 GH 更多的机会，他们毫不犹豫地在强势期选择了正面压上。

很快，GH 前期的优势在几波交锋后被重新拉了回来。

简野打得整个手心都有些冒汗，看了一眼四十三分钟的时间，暗暗咬牙："不能再这样下去了。"

景元洲将兵线推过界，扫了一眼迷雾密布的地图："准备埋伏他们一波，我有传送。"

简野和毕姚华开始压下路兵线，辰宇深和顾洛藏身在侧面的草丛中伺机而动。

不一会儿，埋伏视野中出现了 LDF 辅助的身影。

大概是出于本身敏锐的直觉，LDF 辅助忽然反身盲放了一个技能，不偏不倚地照出了辰宇深他们藏身的位置，使得他们不得不选择后撤。

然而此时下路兵线恰好压进塔下，LDF 打野的身影也在同一时间从侧面冲了出来，目标直指前一秒还在路中央搔首弄姿的毕姚华。

这样突然的变故让毕姚华不由得惊呼一声。很显然，埋伏这种事情 LDF 也和他们想一块去了。

战火燃起的瞬间，双方在上路周旋的边路选手也同时用出了传送。五对五的大规模团战正面爆发！

景元洲一入场就直切对方的射手 ROMM。LDF 辅助无暇搭理辰宇深两人，开始死守自家射手。

简野在后方给景元洲恢复了一些血量，无意中看到 Luni 的位置后当即在团队语音中给队友们提了个醒，后撤两步，将后方的毕姚华牢牢锁定在了自己的保护范围中。

LDF 辅助率先阵亡。然而 Luni 一个大招完美堵住了 GH 众人的路线，配合 ROMM 的远程技能收走了辰宇深的人头。

此时景元洲的状态已经不太好了，他强行带走ROMM后正准备后撤，但因为Luni的技能干扰加上近身缠斗的边路，只能被迫留下。后侧，LDF打野已经直逼后排GH射手毕姚华。

好在简野之前就有所察觉，提前后撤了两步，将毕姚华牢牢地护在了身后。

解说哭哭："这波团开得漂亮！Luni的位置选得也非常好，一个人直接打乱了GH的所有节奏！现在Titans在被迫进行一对二，两边都在进行试探，他能够在临死前再换走一个人头吗……啊，Luni这是不准备管BB了吗？LDF想先集火Titans！现在Titans非常危险，Gun要保护BB显然也没时间理会Titans，如果Titans倒下的话GH恐怕就……"

解说兔帽哥的声音忽然抬高了几分："等一下，还有人！Gloy！Gloy是真的和Luni杠上了，他又来了！"

大屏幕上，可以看到一个高挑的身影举着两把血色环刃，从一片黑暗当中破空而出。之前和辰宇深在埋伏点被发现后，顾洛就一度淡出了众人的视野范围，消失在过分激烈的交锋中。

他藏身在侧面的暗影中，沉默且耐心地寻找着一个伺机而动的机会。而现在，终于等到了！

暴露在刺客刀刃之下的Luni，已经没有了后撤的机会。等待了太久，顾洛也不允许自己出现任何失误！

"GH·Gloy kill LDF·Luni！"

Luni阵亡后，局面瞬间反转。

景元洲顶着最后的血皮顺利从LDF边路手中丝血逃生，而简野顺利在打野刺客手中保下了毕姚华，完成了反杀。

LDF这边只剩下了一人存活，显然已经无法扭转最后的结局。

GH众人一路压上高地，推掉了LDF的基地水晶。

顾洛看着大屏幕上的胜利字幕，过度紧张的情绪也随之松懈下来，放空的神情中还有一丝迷糊："这个算单杀吗？"

即使算的话，也只是完成了保三，好像没有实现争四呢……

## 4

直到简野在旁边拍了拍顾洛的肩膀，他才反应过来。

简野奇怪地看着他："怎么了？发什么呆啊，走了。"

顾洛戴着隔音耳机，看到简野一张一合的嘴，终于记得伸手摘下耳机。

全场震耳欲聋的掌声瞬间落入耳中，顾洛吓了一跳："这是怎么了？"

简野看着顾洛的反应只觉好笑："什么怎么了？恭喜啊中单法王，一战封神！"

中单法王？谁？顾洛满脑子都是没能完成指标的事，一时间没有意识到发生了什么。

还想再问，简野已经一把抓着他往台下走去："走了，LDF还等我们握手呢，别让他们等太久了。"

顾洛就这样被拖着走了一路，等站定的时候，抬头正好对上了LDF战队一张张苦大仇深的脸。

比赛结束后需要双方选手轮流握一握手，简单地客气两句就可以了，不过就是走个形式。

因为LDF选手们的眼神一个比一个充满怨念，顾洛跟在队友的后面逐一握来，不由得把头越埋越低。

终于来到了Luni眼前。

顾洛如先前一样握完就想撤，结果握完后没能把手抽回来，被Luni紧紧地抓住了。

头顶的眼神深邃，顾洛不可避免地更加紧张起来。

景元洲在队伍最前面已经结束了所有的流程，一回头就看到了Luni抓着他们中单不放，好奇地发问道："干吗呢？不带这么吓唬小朋友的，你这样算不算为老不尊？"

"你才老！"Luni给气笑了，忍不住瞪了景元洲一眼，"谁吓唬了，我是输不起常规赛的人吗？"

景元洲："这真不好说，堂堂中单大魔王在场上被单杀了那么多次，估计换我也抹不开面子。"

经景元洲这么一提醒，Luni也发现眼前的小朋友确实被他吓得够呛，当即松开手清了清嗓子："那是你，我才没你那么小气。而且实话实说，我不但没有生气，反倒还有那么一点点高兴。"

两人这么一打岔，顾洛悬着的心总算是落下了。听到Luni后半句，他有些不太理解地眨了眨眼："高兴？"输了比赛还能高兴吗？

Luni当然对这场的败绩有些遗憾，但此时眸底更多的是欣慰的笑意："对啊，你之前没有参加过世界赛，不知道每次别的赛区都是怎么嘲讽我们这些中单选手的。'华国赛区二辅阵容'还真是每年都被提出来当口号喊。本来吧，还以为等我……咯，反正现在好不容易算是后继有人了，我能不高兴吗？"

"后继有人？"顾洛迟疑地伸手指了指自己的鼻尖，"我吗？"

"不是你还是谁？等到了世界赛，华国赛区的中单旗帜还需要你努力扛起来啊，小朋友！"Luni总算还记着是人家战队的选手，语调忽然有些感慨，"话说回来，刚才那波团战你是真的能忍啊！找机会这种事情我自以为做得已经够好了，没想到你居然比我还有耐心。我是真的好奇，最后那波你到底是怎么想的？难道我不暴露位置就直接不准备参团了？"

顾洛原本还在消化Luni前面的话，闻言答道："我倒是没想这么多……就记得开赛前教练特别叮嘱过我的，说你在中后期团战肯定会选择最佳时机入场，让我不用管其他人，跟着你切入完成击杀就行了。"

说到这里他微微一顿，模仿林延的语调说："'Luni这个老狐狸现身的时候必然是关键期，到时候只要你把他彻底盯死了，团战我们就赢了一半。'教练就是这么和我说的。"

Luni不想再说话，迅速地和后面两人握完手，转身就走。

顾洛回到选手席后第一件事，就是跑到林延跟前自我反省："对不起啊教练，我没有完成说好的四次击杀……"

林延没想到顾洛居然还惦记着这事，有些失笑："没关系，这局你发挥得很好，至于单杀这种事情，马上就是季后赛了，我们有的是机会。"

顾洛本来还有些忐忑，闻言眼睛微微一亮："所以，我这局打得还算合格吗？"

"当然，要不是你击杀了Luni，最后那波团战我们也赢不了。"林延好笑地在顾洛的头上揉了一把，"总之再接再厉就好，这次没有完成的事，等到下次……"

林延后面的话被场内忽然涌起的欢呼声吞没。他难得被吓了一跳，抬头看去才发现原来是对战数据统计出来了，MVP毫无疑问地落在了顾洛的身上。

而导播的镜头随之一转，林延宠溺地拍顾洛头的姿势就这样清晰无比地投放在了大屏幕上，这才引得全场观众一阵欢呼。

林延非常大方地朝着镜头挥了挥手，场内的观众又是一阵接一阵地尖叫。

顾洛在这样的热情欢呼中有些不好意思地低了低头，此时正好来了个工作人员，带他去接受MVP采访。

依旧是那几个常规的问题。比起第一次接受采访时的紧张，顾洛现在已经可以应对自如。当被问到对今天表现的自我评价时，他稍稍思考了片刻，认真地看着摄像机的镜头："整体来说，今天的比赛发挥其实并没有达到我最初的预期。但是我相信，在后面的季后赛如果再遇到LDF，我一定能够实现对教练的承诺！"

"是林教练吗？"主持人有些好奇地问道，"那么请问是什么样的承诺呢？"

顾洛这时候又有些害羞了，脸上一热低了低头："这个……还是先不说了吧，说出来不太好。"

主持人："哦？原来是说出来'不太好'的承诺啊。"

原本这已经是采访的最后一个问题了，但是看顾洛这个样子，主持人又忍不住地想要逗逗他："觉得不方便，那我们就先不说了。不过众所周知季后赛是冒泡赛的规则，按照积分排名会先分成两组各自进行决赛名额的争夺。有没有想过万一没有跟LDF分在同一组的情况呢，那不就碰不上了？"

顾洛愣住："会这样吗？"

主持人笑到不行，好不容易才收住了情绪："但不管怎么样，像今天这样精彩的比赛相信粉丝们还是很愿意看到的！那我们的采访就进行到这里吧，最后希望GH如愿以偿可以在季后赛跟LDF再次交锋哦！"

采访的画面同步直播，展现在了LDF休息室的电视屏幕上。

Luni看在眼里，忍不住揉了揉太阳穴："还是算了吧……我是真不想跟GH打了。打他们简直比打世界赛还累！"

旁边的ROMM听了笑着抬头看了过来："不想碰到GH那就下一场好好努力，只要打赢了Three，我们还是有机会拿排名第一的。"

Luni捏了捏脑袋后面的小发鬏："啧，不就是Wuhoo和Come吗？打打打！"

比赛结束，GH众人坐上了返回基地的商务车。

虽然只打了一场比赛，但是赛场上神经紧绷产生的疲惫感远不是平常时候做训练项目时能比的,车子才开了没一会儿,车厢内就充满了深沉的呼吸声。

林延抱着粉红色绒毯缩在后座上,手机上播放的是 PAY 最近几场比赛的录像视频。

从积分榜上的情况来看,季后赛的前四排名已经确定在 GH、LDF、Three 和 PAY 之间。

截至目前,LDF、PAY 和他们一样都只输过一场,接下来四队两两对决的比赛结果将影响最终的排名情况。

季后赛采取的是冒泡赛的形式,第三跟第四虽然差别不大,但是第二和第三名的待遇却是天差地别。因此,在最终结果还是未知数的情况下,如果他们战队想要确定在前二的名次,对战 PAY 的这场比赛就必须拿下。

对于林延已经开始为下一场比赛进行准备,景元洲一点都不感到惊讶。

景元洲随手替林延把下滑的绒毯往上拉了几分,安静地坐在旁边玩手机,翻看着微博。

刚才那场比赛结束之后,不出预料,"Gloy 一战封神""新中单法王""年度最强新人"一系列词条已经爬上了热搜。现在倒头靠在车窗上睡着的顾洛可谓一时风头无两,说是全网的话题围绕在他身上也毫不为过。

景元洲抬头瞥了一眼座位上方飘动着的奶奶灰的发丝,眼底的笑意一闪而过。他正漫不经心地往下看着,滑动的指尖随着落入眼中的新词条忽然微微一顿——"中单和教练"。

景元洲轻轻地触了触屏幕,词条中的最热门微博就落入了视野:

"忽然感觉教练和小可爱这组组合也好好啊,啊啊啊!"

至于下面的配图,正是刚才林延拍顾洛头的画面。

从这个角度看去,林延看着顾洛的整个神情十分自豪。

景元洲的眉梢微微挑起几分,看了看下面的评论内容。

"姐妹好懂。"

"林教练到底是什么样的神仙,我觉得他跟 GH 每个人都关系很好啊!"

"双亲组合才是最好的!"

"我不否认双亲组合,但是对不起……请容许我支持一秒。"

"续一秒。"

"我是说真的,确实没看过林教练对 GH 的其他人这样啊!"

"刚才 Gloy 采访的时候也说了和林教练有个承诺，还不好意思说出来……"

"教练已经不止一次拍 Gloy 的头了好吗！"

……

越往后看，话题越偏。景元洲沉默了一瞬，没有再继续往后面看去。

林延刚好看完一场比赛，无意中抬头，留意到了景元洲拧眉沉思的神态。

他不由得奇怪地歪头看了过去："怎么了，想什么呢？"

景元洲闻声抬了抬眼眸，视线停留了片刻："我在想，是不是该营业了？"

## 5

商务车抵达基地。

GH 众人睡得迷迷糊糊的，下车的时候一个个睡眼惺忪。

顾洛一手拎着设备包一手揉着眼睛，张嘴打了个大大的哈欠，抬头对上景元洲的视线，微微顿了一下："队长，有事吗？"

林延就站在旁边不远处的位置，不知道在想些什么，似乎非常忍耐才控制住了嘴角的弧度。

景元洲的神态看起来不太自然，没说话，而是直接走了过来。没等顾洛反应过来，一只大手已经轻轻地落在了他的头上。

景元洲动作很轻，话却是对不远处的林延说的："开始吗？"

顾洛刚睡醒，整个人都没回过神。他茫然地抬头，便见林延已经摸出了手机，朝着他们的方向摆弄了两下，似乎是在拍照。

林延拍完之后还比了个"OK"的手势，神态满意："搞定，下一个！"

景元洲应声，收回了放在顾洛头上的那只手，转而朝其他人招呼："都过来吧。"

其他队员也在车上补了个觉，这时候并不比顾洛清醒多少。只是队长开口喊了，一个个本能地过来。转眼间在景元洲的安排下，这里瞬间就变成了一个"欺负"顾洛的现场。

林延这个摄影师当得非常尽职，转眼间就拍完了一整套照片。完成后留意到众人疑惑的眼神，他极力忍着笑，清了清嗓子："也没什么，为了庆祝 Gloy 今天的一战封神，官博需要弄点宣传物料。"

顾洛听这一句，只觉得脑海中的问号更多了。要发布官博来庆祝今天的一战封神可以理解，但是，为什么自己要是被摸头的那个？

林延看着有些发傻的顾洛，差点没憋住笑。刚才车上的时候景元洲突然提出要营业，他还觉得有些奇怪，直到无意中翻了翻微博才意识到。

林延虽然有些同情顾洛，但还是没说什么，公事公办状地摆了摆手："行了，没什么事了，回去休息吧。抓紧调整一下状态，回头我就把训练计划发到你们的邮箱。"

队员们一听这话，瞬间就蔫了："明白……"

十分钟后，GH俱乐部官微发布了一条微博。

因为目前网上关于Gloy的热搜漫天都是，在这样的热度下，这条微博一发就吸引了无数人的关注。

GH俱乐部官微的这条微博内容围绕着今天和LDF这场比赛展开。庆祝胜利的同时，感谢了粉丝们一路以来的支持，也对接下来更加严峻的赛事做了一番展望，表示GH战队在接下来的季后赛中会一如既往地努力，回报大家的支持。

单是从文案内容来看可以说中规中矩，直到有人留意到后面配的照片。

总共四张照片，GH战队四位队员分别将手放在了顾洛的头上，这个摸头动作成了这些照片唯一的共同点。

一眼看去，摸顾洛的头发已经成了GH战队内部表现团结友爱的一种方式。

只是短短的几分钟时间，下面的评论就炸了。网友们好像瞬间忘了新组合，现在又开始支持其他组合。

景元洲是亲眼看着林延编辑完后把这条微博发出去的，身为始作俑者，反倒翻评论翻得津津有味。

"Abyss和Gloy，BB和Gloy，Gun和Gloy，Titans和Gloy，都好！"

"除了Titans其他我都可以！Titans是真的不行，Titans和林教练的双亲组合才是最好的！"

"Gloy真的是我看到的第一个顶着奶奶灰的发色非但没感觉半点叛逆还让人觉得可爱的人。"

"光看这张脸是真的完全想象不出他能在场上打得这么凶，绝了！"

"是真的可爱啊，哈哈哈，这大概就是传说中的团宠吧？"

"等等，我为什么忽然有一种相亲相爱一家人的感觉？"

"终于有人发现了吗！"

"听你们这么一说我又去看了之前的照片！"

"没错，我早想说了，就是这种感觉！"

林延靠在旁边的沙发上，眼看景元洲一副心情不错的样子，终于忍不住笑了："如果网友知道这条官博是某大神的手笔，不知道会做何感想啊？"

景元洲抬眸看了过来，眼底满是笑意："我倒是挺想让他们知道的。"

调侃的话被反调侃了回来，林延话语一顿，低低地清了清嗓子："也别这么说，这语调听着，怎么搞得好像是我的错一样。"

景元洲看着林延一笑，顺着他的话往下说道："也对，是我的锅。"

林延原本还想再多说什么，现在景元洲应得这么坦荡，他再说什么反倒像越描越黑了。

难得在口头上吃了亏，他忍不住笑着"呸"了一声。

景元洲的手机轻轻振动了两下。

林延低头点开，岔开了话题："说起来马上就是最后一场常规赛了，双排直播恐怕有点浪费时间，我这里倒是有个两全其美的办法，不影响正事，曝光和话题度也应该不错，要不要考虑下？"

景元洲问："什么办法？"

林延将手机屏幕在他的跟前晃了晃："明天下午PAY有一场比赛，反正需要收集资料，我就让阿默去弄了两张内场门票。"

"两张？"景元洲留意到关键词，眸子微微一动，"就我们两个人去？"

林延看了他一眼："当然，你以为这种临时的内场票很好弄？"

景元洲眼中覆上了浅浅的笑意。

第二天，林延在床上睁开眼。

他盯着天花板看了许久，才起床洗漱。打开衣柜时，他的视线在衣柜中来回转了转，最后挑了一款白色休闲衬衫，又搭了一条牛仔长裤。

出发的时候，景元洲已经等在车上了。

林延上车的时候看了一眼对方的着装。不是太过正式的装扮，普通的休闲款便服，却和平常时候穿着队服的气质完全不同，把景元洲本就分明的五官衬得更加精致。

商务车启动出发。

上车后他们有一搭没一搭地聊了几句话，随着车子行驶，从来不缺话题的两人却不约而同地陷入了沉默。

## 6

两人进场的时候，观众席已经坐满了人。

骆默给的这两张票是 VIP 区的大前排，放眼看去，都是熟悉的游戏主播或者职业选手。

巧的是，入座的时候林延才发现，在他们旁边的正好是 LDF 战队的队员们。

这时候他才想起，等 PAY 对战 UL 的这场比赛结束后，第二场比赛正好是 Three 与 SUU 的。LDF 下一场的对手是 Three，显然是跟他们一样打探敌情来了。不同的是，LDF 直接来了全队。

Luni 坐在最旁边的位置，看到林延的时候微微愣了一下，随后看了一眼旁边的景元洲，打了声招呼："两位单独出来的？"

林延正要回答，景元洲轻轻地拍了拍他的肩膀："换个位置。"

Luni 心想：有必要吗？

比赛即将开始，随着工作人员陆续上台做最后的准备，场馆瞬间热闹了起来。

巨大的欢呼声一阵又一阵地响起，林延不得不凑到景元洲的耳边进行交流："坐哪儿不都一样吗，干吗特意换位置？"

景元洲也凑了过来："Luni 话多，怕他吵到你。"

林延也没想到会是这么冠冕堂皇的理由，不由得失笑。他准备伸手去拍景元洲时，却在场馆中央的大屏幕上看到了自己的身影，伸到一半的手堪堪顿住。

就在刚才，台上的两位官方解说已经陆续介绍了其他几支来现场观战的职业战队。场子本就被调动得火热，此时导播的镜头忽然切过来，让本就躁动的现场又响起了一阵此起彼伏的尖叫声。

解说甲："今天的第一场比赛就是 PAY 对战 UL，GH 战队作为 PAY 下一场的比赛对手，显然也是来现场考察敌情的。不过和其他战队的情况好像还是有那么一点不同，GH 今天……只来了两个人吗？"

解说乙也发现了这个情况："看来 GH 战队的训练计划都排得很满啊，其他选手这是留在基地进行训练所以没时间来看比赛吗？由队长和教练作为代表其实也说得过去，如果没记错的话，这已经不是两人第一次单独来观战了。"

"对对对，很巧的是那场正好也是我们两人解说。"解说甲笑道，"就在季中赛的时候，也是两位一起来现场给 BK 战队加油。事后我还特意去做了下了解，当时 GH 的其他选手们都被留在基地里完成直播指标来着。"

解说乙忍不住笑出声来："听起来怎么感觉有点凄惨？"

两位解说互相调侃期间，林延已经把架在半空中的手收了回来，对着镜头挥手打了个招呼后，问景元洲："怎么感觉这两人是在故意拿我们开涮呢？"

景元洲道："正常，赛前热场，肯定挑有关注度的话题来炒。"

两人旁若无人的交流引得现场叫声一片。

网上的直播间里也有很多网友闻讯而来，屏幕瞬间就被双亲组合相关内容铺满了。

现场气氛如期望中的被炒到了火热。好在解说们还记得林延和景元洲不是今天的主角，又调侃了几句后见好就收地将关注点放到了台上。

第一场比赛的两支队伍在工作人员的带领下陆续上场，把众人的注意力吸引了过去。

林延眼底笑意不散："感觉现在的观众们真的特别容易满足！"

景元洲不动声色地转移了话题："你觉得这场谁会赢？"

林延扫了眼台上，不假思索地回答道："PAY。"

虽然说 UL 也一直是季后赛的老队伍，但是和有 AI 坐镇的 PAY 比起来，实力还是有明显的不足的。

比赛正式开始，出乎意料的是 UL 这场比赛打得非常坚强。确实只能用坚强来形容了。PAY 这边一开局，AI 就带着辅助一起入侵了 UL 野区。一级团交锋以 UL 惨败告终，AI 直接三 buff 开局。借着明显领先的经济优势，PAY 彻底开启了打野机器的收割之旅。

林延全程看得非常认真，有些感慨地拧了下眉心："不得不说，AI 的节奏实在是太好了。"

景元洲："应该也有 DeMen 的关系吧，PAY 今年……希望可以走得更远一点。"

　　说完，他意味深长地回头朝另一边看了一眼。旁边的 Luni 无意偷听，但是比赛期间整个场馆已经相对安静了，最后那句话凑巧给听了个大概。

　　忽然对上眼，Luni 感到有被冒犯到："拿这种同情的眼神看我做什么？"

　　林延莞尔，感慨地"啧"了一声："但是站在这个赛场上的，又有谁不想走得更远呢？"

　　这场比赛进行到最后，UL 顽强地将时间拖到了四十五分钟，但是依旧实力不敌 PAY，输了。

　　既然已经来了现场，林延也没着急离开，干脆继续和景元洲把接下来的第二场比赛也看完了。

　　第二场比赛结束得更快。

　　Three 只用了三十分钟就干脆利落地击败了 SUU，再次捍卫住了他们的连胜神话。

　　感受着现场 Three 粉丝们此起彼伏的尖叫声，林延朝舞台上看了一眼，非常客观地表达了敬佩："Three 是真的强，我们的那场比赛确实输得不亏。"

　　"总之，下次赢回来就是了。"景元洲站了起来，准备离场，"回去吧。"

　　旁边的 LDF 也站了起来，一行人结伴往安全通道走去。

　　大概是还想着刚才 Three 那强悍的发挥，LDF 的队员们一时间谁都没有说话。就连 Luni 都拧着眉心陷入了沉思，似乎是在琢磨下场比赛的对策。

　　直到抵达了安全通道门口，Luni 似乎才回过神来，充满怨念地盯着景元洲："这保证是我最后一次问你了，你给我一句话，这微信好友到底还加不加了？"

　　景元洲"啊"了一声："难怪我总觉得好像有什么事没做。"

　　Luni 忍着揍人的冲动："现在就加！"

　　景元洲笑了笑，摸出手机来加上了好友。

　　Luni 说了声"再见"，头也不回地带着 LDF 众人走了。

　　景元洲站在原地看了眼时间："晚饭怎么解决？"

　　林延想了想，说："回去吃吧。我之前就有一个对付 AI 的想法，对照今天这场比赛感觉似乎可行，所以想赶紧整理一下，这两天把 Abyss 好好抓一抓。"

景元洲早就猜到了会是这样的回答，点头："那走吧。"

因为到得比较晚，俱乐部的商务车停在比较外围的位置，两人刚走到车前，就听到了不远处隐约传来的躁动，抬头看去，发现LDF俱乐部的车子在出口处被一群人给围住了。

林延上车的动作微微顿住："这是怎么了？"

景元洲遥遥地扫到人群中若隐若现的应援牌，从上面的LDF字样中多少有了猜测："是LDF战队的粉丝，看样子，应该是看到直播知道战队在现场看比赛，特意赶过来的。"

"这个时候还要特意赶来？"林延忽然间也意识到了什么，"难道是……"

景元洲缓缓地叹了口气："大概是Luni准备退役的消息泄露了吧。"

林延的唇角微微抿紧了几分，没再说什么，转身上了车。

商务车从停车场门口经过的时候，隔着车窗可以看到LDF的车还被围在原地。

Luni不知什么时候下了车，这时候被一群神情哀恸的粉丝们围在中间，听不清楚说了些什么，只是整体氛围压抑。

林延看了一眼就收回了视线。自从退居幕后后他见过太多这样面临退役的场景了，可有些事情就是这样，不管目睹再多次，都没办法做到习以为常。

被这样突然一打岔，整个车厢内的气氛顿时微妙了起来。

就像景元洲之前说的，对他这个年纪的选手而言，确实也到了需要提前为退役做准备的时候。

抵达基地后，两人一前一后地下了车。眼见就要到大厅门口，林延忽然开口，喊了一声景元洲的名字。

林延很少这样连名带姓地喊他，这让景元洲多少感到有些惊讶。他回头看去，对上林延的眼睛。

周围一片宁静，林延说的每个字都异常清晰："景元洲，赢下最后的那场常规赛吧！赢下我答应你一个要求。"

景元洲顿了一下，眼底笑意浮现："好。"

## 第十章
## 双隐身绝杀

1

就如他们猜测的那样,当天晚上"Luni 即将退役"的词条直接被顶上了微博热搜。

LDF 官博和 Luni 个人微博下面的评论区一度沦陷。

这件事毫无疑问引起了其他俱乐部选手的注意,职业选手群里转眼间也开始疯狂呼唤 Luni,一个个的都想知道是什么情况。

回到基地后,林延就找辰宇深"提点"了两句,随后给四个队员安排了两两组队的双排默契训练。看到热搜的时候,林延正在房间里整理 PAY 最近的比赛资料。

翻了翻词条下面的评论内容,林延越看越觉得感慨:"其实 Luni 的粉丝也是真的宠他,跟我们的那一场比赛输了,当时 LDF 官博下面一溜的全是安慰,生怕他输了一场比赛会留下什么心理创伤似的。要是换成我们输了,指不定被骂成什么样子了。更不用说现在了,这一篇篇真情实感的挽留小作文,那叫个感人啊!"

"很正常。"坐在旁边拉比赛视频的景元洲回头看了一眼,"LDF 成立那会正是我国赛区最低迷的时候,第一年的时候新成立的战队就拿到了不错的成绩,后来有了 Luni 加入,在其他赛区都瞧不起中路时成为了中坚力量。LDF 的粉丝们很大一部分是把 Luni 当成信仰的中单玩家,真心实意地陪伴着战队一路走来,什么大风大浪都已经一起经历过了,心态肯定和普通的队粉不一样。"

林延忍不住有些羡慕:"啧,真好。"

景元洲笑了一声："有什么好羡慕的，到时候等我们战队也拿上几个世界冠军，想要什么样的粉丝都能有。"

　　景元洲以前可不是会随便说这种大话的人，现在张口就来，难免让林延怀疑是不是和自己接触久了的缘故。有句话叫什么来着？近朱者赤，近墨者黑。

　　林延想了想，觉得还是不要把粉丝们的景神带得太歪了，清了清嗓子转移了话题："不管 Luni 了，你那的比赛视频看得怎么样了？"

　　景元洲说："这场快了，已经弄到三十分钟了。"

　　林延应了一声："嗯，也不用太细，直接把 AI 的 gank 路线提炼出来就行。目前我们三条线上的实力都尚可，下一场比赛只要控制住 AI，别给他太大的发挥空间，应该就出不了什么岔子。等我把这些数据统计完，也过去跟你一起看。"

　　景元洲看了一眼文件夹里待看的视频数量，沉默了一瞬："今天你准备把这些都看完？"

　　"是必须看完。"林延应道，"我今天晚上已经让 Abyss 去排位找感觉了，明天这些提炼出来的细节需要拿给他全部过一遍。时间本来就不多，后天晚上就要和 PAY 打了，等这些消化完，还得给他把休息时间空出来，不能把孩子逼得太紧。"

　　景元洲道："你就没想过给自己留点休息的时间。"

　　因为说话的声音太轻，林延一时间没有听清，茫然地抬头看了过来："你说什么？"

　　"没什么。"景元洲在心里叹了口气，重新把注意力放在了视频上，"既然时间很紧，就抓紧看吧。"

　　林延看了眼手机："时间不早了，你看完这段就回去休息吧，剩下的留给我就行。"

　　景元洲没有太多的表情变化："不用，我明天也没太多训练计划，今天就在这里陪你弄完。"

　　他一时间也不知道到底该不该骂一骂林延这榆木脑袋。

　　现在回想，每次一到联赛相关的事情时，这人就开始从早到晚地连轴转。想着队员们那个需要调整状态，这个需要预留休息期，就完全没有考虑过，在这短短的几天时间里自己身上到底背负了多么巨大的工作量。

　　景元洲以前只当林延是个工作狂，现在想想，觉得说是工作狂简直都小瞧林延了！比起 AI 来，这位教练倒更像是一个丝毫不懂得考虑自己的工作机器。

林延虽然注意力落在数据表上，但是听了景元洲这么一句话，隐约间好像也意识到他的不高兴。

林延只当是 Luni 退役的事影响到了景元洲的情绪，难得乖巧地应了一声："也行，那你累了记得跟我说一声。"

景元洲顿了一下："嗯。"

景元洲是真的有些担心林延一直这样连轴转的话会不会累出毛病，所以自然是能分担就尽量分担着一些。这会儿他最后悔的一件事居然是浪费了一下午时间去现场看 PAY 的比赛，要不然，也不需要像今晚这样熬夜加班了。

林延处理数据的速度非常快。原本厚重的一沓文件，被他精准地归整在了三页纸上，执行力强得可怕。

结束这一部分的工作后，林延见景元洲还坐在电脑桌前整理视频，就抱着笔记本在床头找了个舒适的姿势坐了下来，询问道："你那边看了多少了？"

景元洲报了下视频编码的区间。

林延点头，确定了一下剩下的那部分视频内容，简单地给景元洲划了一部分过去："这些你先看着，剩下的我来。"

景元洲："可以。"

简单的交流之后，房间中又安静了下来，只剩下键盘鼠标的敲击声。

景元洲以前很少这样一直盯着电脑屏幕，就算是排位训练，期间也会稍微让眼睛休息上一会儿。但是今天晚上，既然林延必须要将所有的视频看完，那就意味着只要他多看一段，剩下的视频数量就能少一些。

这么想着，景元洲在电脑桌前脊背笔挺地坐了几个小时。等他把最后一段比赛视频看完，已经接近凌晨三点了。

见林延一直没有什么动静，景元洲本想叫他休息一会儿，结果一回头就看到了那个歪倒在床边睡着了的身影。

景元洲手上的动作不自觉地轻了几分。

今天晚上他们处理的所有的视频信息和数据统计，都是林延从分析团队手中拿来后一点一点地筛选出来的。虽然看起来是一份简单的前期工作，实际上却需要大脑时刻处在高速的运转中，辛苦程度可想而知。

在这样高强度的消耗下，会提前睡着倒是一点都不让人感到惊讶。别看林延平日里散漫不羁，但做起事情来比任何人都要来得严谨仔细，就连睡着了后眉心还在微微拧着，仿佛在睡梦中继续进行着工作。

　　景元洲轻手轻脚地走到床前看了一会儿，有些哭笑不得。

　　他弯下腰，轻手轻脚地将滑落在林延腿边的笔记本电脑拿起来放到旁边桌上，又给林延挪一个舒适的睡姿，才将旁边的绒毯拉过来盖上。最后缓缓地呼出了一口气，景元洲低头看了眼笔记本上的视频进度，重新坐回到了电脑前，继续处理剩下的视频内容。

　　第二天早上醒来时，林延迷迷糊糊地盯着天花板，回想起昨晚的情景。

　　他低头看了眼不知什么时候盖上的绒毯，猛然从床上坐了起来，朝周围环顾了一圈，发现早已没有景元洲的身影，电脑桌前放了一个U盘，下面压着一张纸。

　　林延揉了一下凌乱的发丝从床上爬起来，看了看纸条上龙飞凤舞的字：你要的东西都在U盘的未命名文件夹里，以及，别忘记吃早饭。

　　林延伸手将旁边的电竞椅抓过来坐下，开机，将U盘插入。点进未命名文件夹，他惊讶地发现，所有视频处理结果整整齐齐地罗列在文件里。

　　林延一时间有些走神。他真不记得昨天晚上自己是什么时候睡过去的。

　　所以说，景元洲一个人替他完成了工作？

## 2

　　楼下，阿姨和往常一样已经准备好了早饭，满满当当地摆了一桌子。当然，电子竞技向来没有早晨，所以平常的这些早点往往都会留到晚上，变成了大家的夜宵。

　　看到林延下楼，阿姨多少感到有些惊讶，热情地招呼道："小林啊，豆浆还热着，趁早吃。"

　　林延应了一声，拉开椅子在桌边坐下，舀了一碗豆浆后扫视了一圈，发现其他东西也都没有动过的迹象。

　　很显然，景元洲没有像往常一样去晨练，大概率是补觉去了。

　　因为林延昨天提前打过招呼，辰宇深是起得最早的一个，下楼时看到坐在餐桌边的教练慌忙加快脚步，随便拿了根油条啃了两口就去了会议室。

又到了熟悉的开小灶时间。

趁着设备启动的时间，林延问道："昨天晚上练得怎么样？"

辰宇深想了想，应道："试过了，我觉得这个思路可行。"

林延脸上露出了满意的笑容："可行就好，今天我只能给你把 AI 的 gank 路线过上一遍，剩下的还是得看你自己。"

辰宇深："嗯……"

林延留意到辰宇深的迟疑，笑着问道："这是还有什么想说的？"

辰宇深沉默了片刻才开口："教练，你和 AI 也交过手，你觉得我和他的差距到底有多大？"

林延扫了辰宇深一眼，脱口而出："AI 很强，他应该是我接触过的最顶尖的打野，如果只是从目前的情况来看，你和他之间确实还存在着很大的差距。"

意料之中的回答，辰宇深眸色微沉。

随后，他听到林延不疾不徐地继续道："我说的只是现在，不管 AI 如今达到了什么样的高度，那也是他通过一场场比赛累积出来的。你缺少的不过是这些经验而已。只要继续努力下去，我相信在不久的将来，你一定会变得比他更强！"

辰宇深豁然抬头，对上林延那双含笑的眼睛，心头仿佛被什么撞了一下。他的嘴角坚定地抿紧了几分："我会继续努力的。"

很轻但是语气坚定的一句，像是在回应林延，更像是在说给自己听。

林延笑了笑："那我们开始吧。"

等到两人把所有的数据过了一遍，再从会议室出来，已经过了吃午饭的时间。其他人也已经陆续起床，训练室里坐满了人。

辰宇深也不耽误时间，一进门就直接喊顾洛双排。中野联动，这是他们下一场比赛的关键之一。

整个训练室都是键盘敲击声。

林延走进去的第一反应就是朝训练室里面看去，一眼就看到了熟悉的身影。

他迈步走了过去。景元洲正在打排位，用的是训练专用的小号。他故意留下了很多经济没有升级装备，但依旧把对面的边路在塔下杀了又杀。再次完成了一波越塔强杀后他全身而退，正按下了回城键准备回去补充状态，似乎感觉到了什么，忽然回头看了过来。

猝不及防地四目相对。

林延清了清嗓子。

景元洲摘下隔音耳机，看了一眼辰宇深："小灶开完了？"

"多亏了你解决那些资料，顺利开完了。"林延看着景元洲，非常主动地承认了错误，"昨天是我不好，居然不小心睡着了。其实你可以叫醒我的。"

景元洲好笑地看着他："怎么说呢……没忍心。"

林延瞬间没了脾气，看了一眼电脑屏幕，提醒道："再不出门小心队友举报挂机。"

景元洲转过身，点了点鼠标，开始往线上走去。

林延的视线落在景元洲的背影上："我觉得，还是再给你去弄点养生茶吧。"

屏幕中，游戏双方正互相做着试探。

团战在即，景元洲却还有心思回头："又要出去买？"

林延缓声道："这回我自己煮。"

这一波团战，景元洲拿了五杀。

翌日，GH众人按照惯例提前吃完晚饭，齐齐坐上前往比赛现场的商务车。

截至目前，常规赛所有赛程已经告一段落了。

下午的比赛，LDF不敌Three败下阵来。这样一来，今晚GH和PAY两支队伍将展开积分榜第二名的排名争夺，同时，所有战队的最终名次也将尘埃落定。

坐在车上，简野有些紧张地活动了一下手指关节："一想到今晚的对手是PAY……之前在《炙热集结号》打总决赛的时候我都没这么紧张！"

毕姚华有些失笑："那可不是废话吗，综艺那会儿再怎么打也是次级联赛，能跟PAY这种强队比吗？再说了，输了这一场就和排名第二无缘了，就冒泡赛这规则，第二和第三两个位置就是一个天一个地的差距啊！"

顾洛看起来也有些紧张，视线转了转落在了窗边的辰宇深身上。这两天他都在和辰宇深双排，其实他一直有些好奇林延给了辰宇深什么单独指导，这个时候忍不住问道："Abyss，教练不是说教了你一个独门秘诀去对付AI吗，所以到底是什么啊？"

辰宇深转身看来："也没什么，就是让我改变一下打野的思路。"

其他人的注意力也被吸引了："打野思路？"

辰宇深想了想，转述了当时林延告诉他的那句话："就是让我不用去猜测AI会出现在哪里，而是相反地，多想想他不可能出现在哪里。教练说这样可以让打野节奏清晰很多。"

话落，整个车厢里安静了一瞬。

片刻后毕姚华终于回过味来："这办法，妙啊……"

林延原本在后排闭目养神，闻言将眼睛缓缓地睁开了一条缝，客观地评价道："打野意识从来都不是能在短时间内进行提升的东西，从目前的情况来看，肯定没有时间来给Abyss去做太多的赛场经验积累。既然这样，这种思维形式上的转换是我可以想到的让他应对这场比赛的最好方法了。"

景元洲笑道："确实是最好的方法。"

在比赛的过程中，全场会出现各种各样无比微妙的时机，AI之所以可以登上神坛，就是因为他对这种时机的绝对把控。

在和PAY的比赛中，如果场上同时出现了三个机会点，AI到底会选择哪个来进行突破，向来是对手无比头疼的一个问题。这种需要通过烦琐的推理才能得到的答案，显然是对打野意识的极致考验。所以比起这种情况，反向去推AI不可能出现的位置，不管是容错率还是可操作性都要高很多。

从PAY之前的比赛视频中不难发现，很多战队之所以在中前期就彻底崩盘，就是因为太想去追逐AI的gank路线，却反而因此陷入AI的节奏中。

打野大魔王的可怕之处就在于此。

辰宇深已经是个可以独当一面的打野选手，而他的打野风格和AI相比截然不同。正是因为这两种完全不同的打野类型，才更方便他从AI的打野节奏中抽离出来，反向在赛场上打开局面。

这一场不管走哪条线上核心，胜负的最终落点，都注定在辰宇深的身上。

"总之，"林延不疾不徐地敲了敲重点，"跟PAY的这一场比赛，你们随时跟好Abyss的节奏就对了。"

GH众人齐齐应道："明白！"

到了比赛现场，一行人下车后从安全通道一路来到了休息室内进行赛前调整。

简野留意到景元洲手中那个熟悉的保温杯，不由得多看了两眼。

留意到简野的视线，景元洲垂眸看了过来："想知道里面是什么吗？"

对上队长这似笑非笑的目光，简野非常识趣地点了点头："是什么？"

景元洲淡然一笑："林教练准备的养生茶。"

一个毫无惊喜的答案。

简野面无表情地正准备接话捧场，便听景元洲继续补充道："这次不是从外面买的，是你们教练亲自煮的。"

就在这时候，休息室的门被人推开了。

林延没有留意到微妙气氛，靠在门边，用手指敲了敲门："都准备一下，要上场了！"

## 3

双方选手入场时，台上两位解说已经将现场的气氛彻底炒了起来。

一直到选手上场，掌声和欢呼声都没间断。

作为常规赛的最后一场比赛，比赛结果直接决定最终排名。因此除了两队的粉丝外，就连其他战队的粉丝们也格外关注。

现场直播一开启，直播间里的弹幕也瞬间疯狂地滚动了起来。

"来来来，下注下注，猜猜PAY和GH哪队能赢！"

"开玩笑的吧,打PAY还用得着猜？它和回家队完全不是一个档次的好吗！"

"也不能这么说吧，虽然输给了Three，但GH之前不是才赢了LDF？"

"不止，GH还拿过秋季赛唯一的一个五杀！"

"某些回家队粉能不能有点自知之明！看过PAY最近几场比赛，就知道AI现在的状态有多好，GH今天先稳住前期别崩吧！"

"其实PAY粉真的不用太过自信，每年PAY内战打得凶又有何用，也就对内横一横，一上全球总决赛还不是瞬间不行了？"

"对啊，DeMen最近的状态越来越不行了，PAY还不找替补，我看这俱乐部的管理层真的是没有拿冠军的野心啊。"

"前面的几个意思？DeMen怎么了，没他顶着PAY能走到今天？"

"笑死，PAY需要DeMen来顶？我是真的觉得就因为有他在，PAY才一直夺不了冠好吧！"

……

现场的选手看不到弹幕的内容，此时都在认真地进行着赛前设备调试。

林延抱着文件夹站在后方，不忘提醒："都检查仔细着点。这一场你们需要当总决赛来打，可千万别在设备方面出了问题。"

景元洲试了试耳机的音量："放心，今天这场一定给你赢下来。"

林延调侃道："景队似乎志在必得啊。"

景元洲也不否认："嗯，如果输了，估计我会哭的。"

林延好不容易才忍住没笑出声来。

简野想了想，试图安慰："那个……队长，其实也不必这样，不就是一场常规赛吗？大不了就不要这第二的排名了，第三也挺好的，你真不用因为我们给自己太大的心理压力。"

毕姚华也在旁边帮腔："就是！你看我们队里的这些小朋友一个比一个年轻，一路以来能打到这个程度就已经非常知足了。平时叫归叫，也不是真的输不起，放心，我们的承受能力真的还行。说真的，感觉被那些人骂了这么久都没你这一句话来得扎心啊，队长！"

顾洛作为 Titans 的粉丝，更是无法想象景元洲现场落泪会是什么场景。

他本能地打了个激灵，慌忙也找了个机会插话："队长你别哭，就算我们这一局输了，到时候季后赛再赢回来就好了！"

今天的监督裁判恰巧和上次 LDF 那场比赛是同一个人，这时候听着团队语音里的内容，忍不住地频频朝对战区看去。这些人到底都什么毛病？明明上场对 LDF 的时候一个接一个说大话，怎么这次都还没开始比赛，就开始想打输后的情景了？以前的干劲哪儿去了？！

也不知道景元洲是不是彻底听不下去了，终于开了口，打断了小朋友们的联想："我说必须赢，不是因为你们的关系。"

GH 众人一时顿住。

林延忍不住笑出声来，开口打岔："行了，你们一个个都怎么回事？这都还没打呢，能不能都盼着点好？什么叫输了没关系？打！必须给我狠狠地打，明白吗！"

队员们："明白！"

林延满意地点了点头，朝着赛场对面 PAY 的对战区看去。

远远地，可以看到 PAY 战队的选手们也在认真地交流着什么，只不过和

GH 的其乐融融比起来，氛围多少有些凝重。这让林延不由得想起景元洲之前说过的 DeMen 准备退役的事。

林延的视线从 AI 那张冷峻严肃的脸上掠过，他呼出了一口气。从 PAY 近段时间在赛场上那势如破竹的气势中，很多人都感受到了这支战队憋着的一口气。很显然，PAY 的队员们想赢！他们想要在 DeMen 退役前，为队长争取更多的光辉和荣耀。但是很可惜，站在这个赛场的战队又有哪一支不是为了赢而来？这场比赛，GH 必须拿下！

随着准备时间结束，常规赛最后一战正式打响。

BP 环节，PAY 的三个禁用位中有两个毫无意外地交给了景元洲，最后一个则是禁用了顾洛的血色月刃妮娜。

林延看在眼里，忍不住调侃了一句："可以啊 Gloy，真的一战封神。"

顾洛有些不好意思地挠了挠侧脸，小声嘀咕道："可是现在怎么办啊教练，妮娜被禁了。"

林延安抚："没关系，我一会儿调整。"

虽然说他的计划里，顾洛的妮娜确实是最佳选择没错，但是多少也猜过被对方禁用的可能，所以他提前留出了一套预选方案。

反复观察了一下双方禁选的英雄，林延为景元洲先抢下了 DeMen 比较拿手，且同样是版本强势英雄的月影守卫贺拉斯，堵了一把 PAY 的阵容安排。

PAY 的一、二号选择分别给了他们的射手和辅助位。

台上两位解说也在进行着交流。因为以前多少吃过亏，这次在阵容猜测的过程中两人你推我让地抛着话题，在现场完成了一段完整的相声表演。

在两人进行交流时，GH 战队又锁定了两个英雄。

其中一个选择，让场内起了一片惊呼声。

所有人都还记得，GH 在上一场对战 LDF 的时候中单顾洛接连单杀 Luni 的高光时刻。而就在这位年轻的中单选手一战封神后，这一场 GH 居然没有再拿出刺客类的中单英雄，而是选择了天空吟唱者苏亚这个输出相对疲软的超远程法师。

这是什么用意？

解说甲为自己刚才没有盲目猜测暗暗捏了把冷汗："GH 果然没有让我们失望，这一次又拿出了奇怪……喀，让人完全猜不透意图的阵容。但是实话实说，天空吟唱者在当前的版本确实不算强势，不管是线上对战还是在团战中的作用都相当有限，面对有AI在场的PAY战队，做出这样的选择确实需要很大的勇气。别的不说，这个英雄一旦被刺客近身的话……"

说到这里，他清了清嗓子，为了避免打脸的情况再次发生，非常有经验地补充了一句："当然，GH战队既然敢拿出来就一定有自己的用意。让我们对接下去的比赛拭目以待吧！"

解说乙适时地接下了话："说实话，我现在真的越来越好奇这场比赛最后的对战阵容会是什么样的了。"

直播间的弹幕都在吐槽两位解说。

"现在的解说这么好当的吗？坐台上说废话，换我我也行！"

"我倒是觉得这些解说都学乖了……"

"GH的解说不好当，但这也不是你没有半点职业素养的原因好吗？"

"说了半天等于什么都没说，还听什么解说啊！"

"我倒是觉得GH这手中单拿得妙，而且直觉他们后面还留了后手。"

"林教练从来不打没准备的仗，我忽然又开始充满期待了！"

"解说蒙了是吧？蒙就对了！GH的阵容要能被看透那就不叫GH了。"

"得了吧，别得意，阵容瞎选小心现场翻车。"

"呵，等着看吧！"

……

就在弹幕即将吵起来时，PAY和GH两边又陆续做出了选择。

PAY的最后一位英雄选择留给了AI，拿下的是他最拿手的打野英雄之一，锁定的瞬间就引起了现场粉丝齐齐尖叫。

这个时候也有人开始注意到了GH战队最后锁定的那两个英雄。

打野和射手位，拿下的虽然不是版本最强势的英雄，但也至少都是职业联赛中的常客。

一个是拥有最长潜行时间的打野英雄——暗夜幽灵桑木；另一个，则是借助大招可让敌方短期丢失视野的绝对暗杀型射手——麦田偷射者安格因。

不管哪个英雄单独来看都显得无比正常，可现在最关键的问题，是他们的同时出现。

所以这个阵容是——双隐身？！

## 4

BP 环节结束，林延和 PAY 教练握手下台。

解说甲："好的，现在比赛终于正式开始了，今天是常规赛的最后一场比赛，到底会有什么样的精彩表现呢，我们拭目以待！"

解说乙："PAY 出门非常坚决，毫无意外的，AI 这是准备要反 GH 的野了！至于 GH 这边……嗯？看这情况，居然准备直接让了吗？"

从大屏幕的画面上可以看到，GH 上、中、下三路都毫不犹豫地到了线上，就连简野这个辅助也没有跟辰宇深，反而去了中路支援。

这让辰宇深这个打野看起来有些孤苦无依，他看到出现在视野中的 AI 后毫不犹豫地绕开，转身直奔向下方野区。

"不是吧，一开局就这么不敢打？"

"面对 AI，GH 选择了献祭打野？"

"理论上来说……这个做法倒是可以理解。"

"不至于吧，回家队拿了这样奇葩的阵容出来，还以为要搞什么大动作，结果就这？"

"这就知道没有大动作了？暗灵这个英雄本来前期就弱啊，下路的安格因也需要先升级大招吧？我觉得前期慢慢发育没毛病。"

"得了吧，PAY 什么打法还不清楚？GH 这边前期打成这样了，AI 可能给对手拖后期的机会吗？"

"实话实说，我觉得 GH 确实慢慢发育慢过头了。"

"有什么奇怪的，看到强队就直接虚了呗，回家队常态了！"

……

"AI 反了蓝，回去应该会先拿上路的红 buff，队长你那边小心着点。"并没有网友们想象当中的被动，辰宇深让了半个野区后还不忘给队友们报位置，顺手清理了一圈小怪，打量几眼地图后沉默了片刻，然后道，"Gloy 你准备一下，我去你那搞一波。"

让 AI 开局直接三 buff（指对角色或玩家提供的增益效果），这确实非常致命，但是正好从这样的路线进行一下推测。虽然不知道 AI 会选择在上、下两路的哪一路来做文章，但至少可以肯定的是，中路有远程技能清兵的顾洛和简野这个大治疗保驾护航，绝对不会成为 gank 的选择。

只要 AI 不来，那就是他们的机会。

众所周知，暗夜幽灵桑木特别吃前期经济，所以 PAY 中单确实没想辰宇深开局被反了大半个野区后，做的第一件事情居然是来中路 gank。

PAY 中单原本仗着强势的前期技能，正把顾洛和简野两人双双压在塔下，直到发现头顶上亮起的感叹号，心头一跳。

但是这个时候想要后撤，已经来不及了。

早有准备的顾洛一个第二技能将对方固定在了原地，PAY 中单只能眼睁睁看着自己被当成了一个定点的靶子，他吃了一套伤害后不得不用出了一个闪现。

结果仓皇逃回防御塔下，他才发现自己身上多了一团隐约蹿动的暗红色火苗。PAY 中单忍不住低骂了一声。

其实开局的时候，PAY 中单也为辰宇深奇怪的召唤师技能配置吐槽过两句，但是刚才发生的一切太过惊险，让他一时间忘了——GH 打野不走寻常路，居然连闪现都不带，而是直接配了个引燃！

这个持续跳动的微弱火焰，最终收走了 PAY 中单最后的气血值。

一分钟前谁又能想到，这才刚刚升到两级的暗夜幽灵桑木会拿下全场的第一个人头。

"First blood（第一滴血）！"

首杀的巨额经济一下子填补了辰宇深被反野造成的空缺。他没有半点停顿，周身的光束豁然暗下，重新融入了一片黑暗中。

然而还没等辰宇深从中路离开，下路也传来了击杀消息。

"PAY·AI kill GH·BB。"

"我的，刚才多贪了一只兵，白给 AI 送了这么一个机会。"语音频道中响起了毕姚华惭愧的声音，显然也有些心有余悸，"但是还好你们动作更快一点，要不然让 AI 三 buff 开局再拿个一血，我以死谢罪都难抵这罪过啊！"

简野抽空安插了几个视野，安慰道："B 哥你稳稳啊！稳住到六级就好了！"

按照林延的安排，等到他们中、射两个 C 位到了六级，这场比赛才算真正开始。

毕姚华缓缓地吁了口气，应道："嗯，我努力稳一点，努力……"

可是事实证明，并不是所有的努力都有结果。AI 的狠在于，所有人都知道他要进行 gank，却依旧拦不住这样 gank 的节奏。

简野协助中路拿完一血后，就从中路转移到了下路，但即便如此，毕姚华抵达六级前还是花式跪了三次。

等级整整与对面的射手拉开了一级半，这是个非常恐怖的差距。虽然 PAY 的中单在辰宇深的针对下也叫苦不迭，但是与毕姚华比起来，日子过得简直幸福。

要不是毕姚华的心理承受能力足够强大，被这么针对，恐怕早就摔键盘了："我现在严重怀疑 AI 是在故意针对我。我是在直播的时候说过他的什么坏话吗？怎么一点印象都没有啊？"

"不奇怪，这样的阵容一拿出来，PAY 那边肯定猜到了会在双隐身上做文章。Abyss 不好抓，就只能来抓你。"景元洲将 DeMen 再次压回了塔下，拦在路中央卡住了兵线的经济，问道，"还差多少到六级？"

毕姚华苦哈哈道："半级……"

景元洲点头："嗯，也快了，六级前争取别再死了。"

毕姚华心想：怎么感觉胸口上又被狠狠地扎了一刀？同情心呢？

整个炙热峡谷中硝烟四起，毕姚华的惨状落入观众们的眼中，自然避免不了被冷嘲热讽一番。

"怎么样，我就说 GH 要翻车吧，下路这明显是崩了。"

"急什么，等 BB 到了六级再看吧。"

"真以为到六级就能反了天了？安格因这个射手虽然爆发强，但是首先也得装备到位吧。"

"就是，BB 现在被压成这惨样还能有什么用？隐身进入团战然后光荣送人头吗？"

"哈哈哈，前面的要不要说得这么形象，我脑子里都有画面了。"

"回家队也没那么崩吧，不就下路惨了点？"

"对啊，中路发育得就还不错，而且 Titans 也把 DeMen 压得有点惨啊，哪边优势真不好说。"

"不信就看呗，对 AI 来说，已经搞崩了一路，另外两路还会远吗？"

"确实，AI 现在的发育实在是太好了，GH 已经压不住了吧？"

……

不得不承认，下路的情况说是戚惨也不为过。

毕姚华被百般针对后多少有了应激反应，刚重新回到线上，还没摸两下兵线，留意到对面PAY射手的走位后当即在团队语音中大喊了一声："救命，AI又准备继续打我了！"

辰宇深看了一眼下路："趁着AI不在，Gloy准备，我到中路。"

景元洲补充："我有传送，放心压，这次直接把中塔推了。"

简野抛下了射手，屁颠颠地往中路赶去："我来了，打他们！"

刚刚发出求助信号的毕姚华："我不是你们最爱的宝宝了吗？！"

简野安慰："为了大局，B哥你就稍微牺牲一下吧，委屈你了。"

看着队友们是真的没有要拯救他的意思，毕姚华欲哭无泪，当即毫不犹豫地往后撤去。

就在他迈出第一步时，AI就从侧面的河道中蹿了出来，如一道利刃，直逼毕姚华。

毕姚华忍不住地骂了声，但是AI的身上还顶着辅助的加速技能，根本没有留给他任何的后撤机会。

中路的战火也在同一时间爆发。景元洲利用传送直接堵住了PAY中单的退路，虽然DeMen也在同一时间进行了传送，但多少还是慢了一步，已经让GH占到了先机。

中、下两路的战况一时间无比激烈，全场的观众们都屏住了呼吸。

狼狈逃窜下，毕姚华借助自己的走位避开了几个致命技能，但是气血值依旧不可避免地飞速下降。

眼看只剩下最后的血皮，忽然听到语音频道中传来了顾洛的声音："B哥，清兵！"

毕姚华心头一跳，一个漂亮的S形走位后绕进了草丛，放出了非指向性的一技能，直指眼前不远处的兵线。

与此同时，远在中路的顾洛也使用了大招。直线型的超远程输出技能，直接横跨了半张地图。一个非常精妙的角度，不仅取走了PAY中单的人头，更是精准地穿透了下路，协助毕姚华一起收走了眼前的一大波炮兵。

随着兵线经济到账，麦田偷射者安格因的身上升级光束闪过。几乎在同一瞬间，毕姚华朝旁边做了一个侧翻。下路众人的耳中响起了安格因大招使用后阴恻恻的笑声，下一秒，众人只能眼睁睁地看着这个只剩血皮的身影彻底消失在眼前。

趁着对方短暂丢失了视野，毕姚华几乎是连滚带爬地回到了防御塔下。

整个语音频道中只剩下了BB无比欢愉的笑声："哈哈哈,哥终于到六级了！"

## 5

下路死里逃生，中路反倒爆发了人头。虽然DeMen也适时抽了身，但是根本无法阻止GH三人合力，结果被推掉了中路一塔。

所有玩过五对五对战的人都知道，中路第一座防御塔前期对全图视野有多重要，此时一告破，为PAY带来的负面影响无疑是巨大的。

"GH这波打得是真的果断！直接拿掉一塔，这是给PAY将了一军啊！"

"AI亏了啊，BB肯定是属泥鳅的，这都不死！"

"主要还是Gloy那个大招放得漂亮啊！"

"确实,收了人头还帮忙清线，要没那波经济升六级，BB估计早死那儿了。"

"不知道说些什么，就觉得很久没看到AI在gank时受这样的委屈了。"

"哈哈哈，确实，没杀掉BB还丢了中单和中塔，是真委屈。"

……

这波血赚后，GH顿时气势大涨。不管AI打野有多强，没有了中路塔的视野，节奏受到了一定的限制。再加上毕姚华到了六级更难gank，只要稍微对游戏有些了解的玩家都能意识到，这注定要成为GH扭转局面的契机。

对此，GH众人更是无比清楚。

在讨论阵容时，林延就反复提醒过他们，一定要把握住这段关键期。

辰宇深迅速地给中路、下路分别打了信号："AI可能会去，小心一点。"

自从林延打开辰宇深的思路后，辰宇深就没再纠结过AI可能会出现在哪个位置。他给队友提醒了所有AI可能gank的位置后，毫不犹豫地向上路赶去。

身在下路的简野回了一句"明白"，护送蓝buff见底的毕姚华回城补给。

没一会儿，中路果然见到了AI的身影。为了提防被gank，顾洛全程远程清理兵线没敢走出去太远。但即便如此，AI现身的位置过于刁钻，完全卡死了顾洛往后的退路。

如果顾洛用的是拿手的刺客类法师说不定还能反打一波，但是此局选择的英雄本身受限，在这种情况下他只能趁着血条清空前将技能放完。强行耗了AI一套气血值后，他也没有逃过被越塔强杀的命运。

AI收下一个人头，反身跃进了GH上半路的野区，话是对DeMen说的："准备一下，我要上来了。"

DeMen正准备回应，眼见头顶亮起的叹号，语调微沉："别来了！"

AI眼里闪过一丝惊讶，抬头看向地图，只见原本一对一对线的上路突然凭空出现了两个身影。

辰宇深和毕姚华简直原地表演了一个大变活人，丝毫没给DeMen反应机会，就一拥而上完成了击杀。

景元洲带着兵线一起压上："把塔推了。"

"BB是什么时候跑上路去的？"

"所以说，回城补装备的时候他就已经准备去上路抓人了？"

"我好像突然看懂了回家队这套阵容的精髓……"

"仔细想想，如果这两人同时隐身靠近的话……这根本就防不住吧！"

"何止防不住，这俩一旦隐身，就算是AI也不好抓啊。"

"你来抓我就隐身，不来抓我就去抓你队友？"

"这么一听感觉这阵容真的好恶心！"

"没错，设身处地地想一下就觉得非常崩溃。"

"哈哈哈，前面说GH不行的人呢，出来都出来，让你们感受一下林教练的魔力！"

"急着得意什么，还没打到最后呢！"

"哟，打到最后怕你们哭哦！"

……

PAY的团队语音当中，随着DeMen被击杀略微安静了一瞬。

"这波我的。"射手感到有些自责，"还以为BB只是单纯回城补装备去了，没注意到他居然去了上路。"

DeMen摇头："不怪你，是我自己不小心。"

"小心也没用，那个位置你跑不掉。"AI盯着屏幕，缓缓地呼出一口气，"我来给你报仇。"

PAY 队员们的神色也纷纷凝重起来。

DeMen 微微一愣，知道 AI 这是真的感到不痛快了，不由得有些失笑："好。"

似乎是隔空感受到了来自 PAY 的怨气，GH 的语音频道中传来了景元洲的声音："AI 要开始针对我了。"

"真的吗？"顾洛愣了一下，提议道，"正好现在中塔已经推了，要不我多往上路靠靠，也方便随时支援一下？"

景元洲摇头，落在鼠标上的指尖微微弯曲几分："不用，你留个大招就可以了，注意守住中塔别让他们打乱节奏。"

顾洛应道："明白！"

拥有上帝视角的观众们很快发现了场上局势的变化。当 AI 带着辅助奔赴上路时，GH 的队员们仿佛故意避开一样，反而提前离开了上半地图，直奔下路。

很快，上路的战火再次燃起。景元洲对上 AI，无疑是一场巅峰对决。

一方有防御塔做庇护，另一方则有着 DeMen 和 PAY 辅助的联手围剿。几番交锋下来，一片眼花缭乱的技能之间，只看到双方的气血值都在迅速下降着。

DeMen 在前方抗塔，AI 如离弦的箭般呼啸而出，借助一个眼位的位移，径直突到了景元洲的身上。

景元洲干脆利落地打出一个短暂的眩晕技能。

然而，后方的 PAY 辅助已经适时地使用治疗给群体回了一口血，眩晕过后，AI 还是干脆利落地收走了景元洲的人头。

DeMen 后撤的时机也恰到好处，刚好在防御塔的最后一击前退出了攻击范围，由 AI 分担了最后两下伤害。这样一进一退下，两人各自顶着见底的气血值安然抽身。

过分默契的配合引起了全场一阵惊叹，其中也夹杂着不少 GH 粉丝们遗憾的唏嘘。虽然说这种一对三的局面，景元洲确实已经做到了极致，但难免还是会因为没有换走一个人头而感到有些可惜。

没有人听到此时 GH 的团队语音中，景元洲看着暗下去的屏幕，语调淡然地喊了一声："Gloy。"

话音落下的瞬间，一道来自中路的光束毫无预兆地贯穿上方的半张地图。这样的角度，让刚才为求撤退而用出了所有位移技能的两人，丝毫没有闪避机会。

顾洛的一个大招，收走了两人仅剩的气血。

"GH·Gloy kill PAY·AI。"

"GH·Gloy kill PAY·DeMen。"

"Double kill（双杀）！"

也在同一时间，两个身影从黑暗中现形，豁然出现在了PAY射手眼前，当场击杀。

由两个隐身英雄抓单偷袭，中路法师则是利用大招进行超远程支援，到目前为止，GH的阵容优势发挥到了极致。

林延坐在下方的观战区，看着场中彻底扭转过来的局势，露出了满意的笑容："干得漂亮！"

PAY那边，AI的单人经济依旧是全场最高。

但是在GH这种作战模式下，两人自带隐身技能，再加上中路一直缩塔不出，别说是试图找机会带节奏了，这根本是不准备带他玩的意思！

拥有隐身技能的辰宇深和毕姚华一旦开始同步游走，宛若一颗随时可能爆炸的定时炸弹。没有人知道他们什么时候会出现，更不知道他们会出现在哪里。悄然而至又悄然离开，无踪可循的接连几次gank，彻底打乱了本该对PAY最有利的中前期节奏。

在这样的局面下，PAY不得不提前进入了团战阶段。然而这个时候，却迎来了月影守卫贺拉斯这个边路英雄的强盛期。作为永远站在队伍最前排的坚强护盾，景元洲直接在赛场上为团队冲出了一条通往胜利的血路。

而旁边的黑暗处，又随时随地可能出现两个身影，用沾血的利刃和箭矢彻底地撕裂敌方的咽喉。最后的一波团战，景元洲完美切入，牢牢地圈住了PAY前方的三人。

DeMen毫不犹豫地拦在了景元洲的退路上。AI适时切后，但是依旧没能拦住顾洛临死前放出的大招。光束角度精准地打出了巨额的范围伤害，划过PAY众人，打掉了他们将近一半的气血值。

辰宇深和毕姚华看准时机入场收割，第一时间击杀了PAY的射手。

简野在后方努力地提升团队气血，但是没能拦住AI染血的匕首，被盯上的毕姚华几乎是被原地秒杀。

景元洲收掉了DeMen的人头，直指PAY中单，完成击杀后弹出提示的同时，后方的辰宇深在和AI周旋的过程中也互相交换了人头。

随着 AI 拿下三杀的系统提示音响起，PAY 最终却只剩辅助一人存活。景元洲的气血被简野再次加满，他们带着兵线推上了 PAY 的高地。

"Victory（胜利）！"

常规赛的最后一场比赛，GH 战队力克 PAY，拿下了最终的胜利！

全场沸腾！

## 6

"最后那波团战简直像爆炸一样啊！"

"也不能说 PAY 打得有问题，主要是 GH 这套阵容太克制他们了。"

"BO1（指一局定胜负的比赛规则）就是这一点好，完全没给对面反应的机会。"

"GH 不就是吃准了这一点才投机取巧的吗？"

"呵呵，别的队赢的时候怎么没见你们说投机取巧呢？"

"对啊，赢了就是赢了，别找别的理由来损，就问你们的脸疼不疼！"

"先是赢了 LDF，再又赢了 PAY，GH 这个赛季是想直接登顶啊！"

"现在再说史上最强黑马，应该没人有意见了吧？"

"回家队最棒啊！从选手到教练各种意义上的厉害！"

"以前我不是很懂教练对战队的意义，现在感受到了，林教练的战术体系简直绝了……"

"等等，这局打完常规赛就全结束了吧？回家队这战绩最后排第几？第二应该没跑了吧？"

……

直播间的弹幕疯狂地滚动着，一片又一片，如果不进行屏蔽都看不清画面。

镜头下，结束比赛的双方选手也从对战席站了起来。起初戴着隔音耳机没有注意到场内情景，这时候一摘下，GH 众人纷纷被全场整齐统一的欢呼声给震得愣了神。

毕姚华第一个找回了声音："那个……我记得现在应该才刚刚打完常规赛没错吧？观众什么情况，这么兴奋的吗？"

简野对此深感认同："我刚差点怀疑自己打的是总决赛。"

景元洲将身后的电竞椅推开，从语气中能感受到心情显然不错："也没差，这场赢得比总决赛有意义。"

GH 众人疑惑地回头看去："啊？"

"没什么。"景元洲朝观众席的方向看了一眼，转过身去，"走吧，跟 PAY 握手去了。"

比起 GH 战队这边，PAY 作为失败方显得安静很多。整个握手的过程都没说什么话，双方非常礼貌地结束了这个环节。

这一局的 MVP 最后颁给了景元洲。虽然后期辰宇深和毕姚华两人的游走确实带起了不错的节奏，但不管是前期的对线阶段，还是后续团战过程中的细节发挥，景元洲都在团队当中起到了不可忽视的支撑作用。

采访过程非常简单。

回顾了一下常规赛的历程，又简单地展望了一下后续季后赛的表现，最后在正式结束前，主持人按惯例问出了最后一个问题："那么，Titans，请问还有什么要跟观众们说的吗？"

"非常感谢大家一路以来对 GH 的支持，很高兴我们的表现可以对得起这份沉重的信任。在后面的季后赛，我们也会努力做到最好。"景元洲抬头看着镜头，"除此之外，其实也没有什么特别想说的了。不过借着这个难得的机会，倒是有一些私人的事情想说。"

主持人有些好奇："什么私人的事？"

景元洲微微一笑："不是很要紧，就是想提醒一下某人，答应过的事，可千万不要忘记了。"

这样的神态和语调通过直播镜头传到了观众面前。

不只是比赛现场，直播间里的弹幕都彻底疯狂了：

"这什么情况？"

休息室里，景元洲的话落入林延耳中，他拿着保温杯的动作一顿。

林延这个时候才反应过来，难怪景元洲打完比赛，看他的表情有那么一<u>丝</u>不对劲，原来他一直惦记着这个约定！

"我说教练，队长是跟 Luni 或者其他人打了什么赌吗？"毕姚华这时回头看了过来，充满好奇，"都赌什么了啊，值得让队长利用采访环节单独提醒？"

林延收回看屏幕的视线，清了下嗓子："不清楚，这事我也挺好奇的。"

"居然连你都不知道吗？"毕姚华闻言多少有些失望，小声地多嘀咕了一句,"整得这么神秘……"

片刻后,MVP选手景元洲结束采访回来了。他走进休息室的第一件事就是朝着林延所在的方向看了一眼。落入眼中的,是那个正认真无比地替他整理着设备包的身影。

景元洲眼底笑意一晃,做不经意状地收回了视线,随后,迈开脚步缓缓地走向林延。

林延其实已经听到了休息室门被推开的声音,不用看也知道进来的是谁。只是一想到这人刚才采访时的意有所指,他就故意没有抬头看去。

景元洲不知什么时候已经走了过来,将林延拿着的设备包接在了手里:"辛苦了,我自己来。"

林延下意识地缩回手,侧眸看了过去:"才刚刚接受完采访,还是景队比较辛苦。"

景元洲听出了林延语气中的微妙,眼底的笑意差点有些藏不住。

他垂眸瞥了一眼林延的表情,说道:"采访倒是不辛苦,忍得比较辛苦。"

这一路来,又有谁不是呢?林延刚要说什么,休息室的门再次被人推开了。

骆默从外面探进了半个身子,招呼道:"怎么还杵在这里呢?庆功宴已经安排好了,反正后面好长一段时间不用比赛,今天大家都放松一下,一起去通个宵什么的。"

话落,休息室响起了一阵欢呼。

林延动作僵硬地站了起来:"偶尔放松下也不错,都收拾好了吗?走吧。"

自从秋季赛开始之后,所有人都一门心思地投入到了比赛当中,现在好不容易有机会可以彻底地松上一口气。

一行人顿时热热闹闹地去了停车场。

林延可以感受到那抹始终落在自己身上的视线,他故意无视旁边的景元洲,坐在后座刷着手机。

随着常规赛最后一场比赛结束,除了他们战队在场上绝对亮眼的发挥之外,全网的关注度都落在了最后的排名上。

《炙热》官方显然也很懂网友们,后续工作进行得非常迅速。

还没抵达吃饭的酒店,毕姚华就举着手机大喊了一声:"常规赛的排名结果公布了!"

众人都拿出了手机。

眼下,入围季后赛的八强战队名单已经产生。根据排名情况依次是:Three、GH、PAY、LDF、BK、SUU、UL、PILL。其他队伍注定无缘后续的比赛。

虽然目前官方还没有正式公布季后赛的分组情况,但是按照以往冒泡赛的规则,网友们已经推算出了分组情况:位于第二的GH战队在后续将会和第三位的PAY、第六位的SUU以及第七位的UL三支队伍进入到B组,其他队伍则归为A组。

到时候季后赛采取组内的冒泡对决赛制,排名靠后的两支战队将率先进行第一轮的BO3(三局两胜制)淘汰,胜者与组内排名第二的战队展开第二轮对决,最后的胜者才能与全组排名最高的战队一起争夺进入总决赛的入场券。

这样看来,在B组当中,GH战队最后的对手将会在UL、SUU和PAY之间产生。

随着这个消息的放出,刚刚从PAY手中赢下比赛的喜悦瞬间荡然无存,GH众人感到一盆冷水从头顶浇了下来,都冷静了不少。

辰宇深的唇角默默压低了几分:"所以说,如果没意外的话,我们在季后赛还要和PAY再打一场?"

毕姚华一想到自己今天的遭遇,心态难得地感到有点崩溃:"PAY这种战队,对射手真的太不友好了!"

顾洛迟疑道:"换个想法,也许SUU或者UL真的能把PAY给干掉呢?"

简野想了想,选择了直接否认这个假设:"所以说,下次我们还能用今天的双隐阵容吗?"

顾洛沉默了一瞬,最后叹了口气:"实话实说,比起PAY,我宁可去打LDF。"

林延也翻完了《炙热》的官方微博,听着这样的对话,只觉得又好气又好笑:"能赢第一次就一定能赢第二次,这才刚打完常规赛,就开始担心季后赛了?想得是不是有些太远了一点?"

眼见商务车已经抵达了酒店停车场,林延将手机塞入口袋:"别想那么多,走了,今晚先去嗨!"

## 第十一章
## GH 终于把 QOG 打解散了

**1**

庆功宴安排在酒店二楼。

骆默选择的地方自然差不到哪里去，在笼络军心这种事情上面，他从来不会给林延省钱。饭菜、饮料一概都是往好了点，他恨不得把满汉全席给搬上桌。

队员们自然一个个都吃得很开心，毕竟才从魔鬼般的训练和比赛节奏中摆脱出来，这阵子因为紧张而缺失的胃口仿佛瞬间都回来了，土匪进村般把一桌子的菜扫荡一空。

因为之前定过不许拿酒上桌的规矩，虽然下肚的都是些饮料，但丝毫没有影响众人的情绪。

吃完饭后，大家集体搭乘电梯上了七楼，直奔酒店内的包厢。在饭桌上大家没有说什么，直到在包厢里一个个唱上了，才多少有些忍不住了。

简野被推出来做了代表，小心翼翼地问："教练，你看……后面距离季后赛也还有一段时间，大家难得出来一趟，是不是？"

后面的话没有问出口，林延倒是很快领会了，似笑非笑地看了旁边的景元洲一眼："景队，你怎么看？"

景元洲坐在沙发上，正拿着骰子在那摆弄，头也没抬，显然有些心不在焉："都行。"

林延转述："你们家队长说了，都行。"

简野本来只是试试，没想到今天两位居然这么好说话，还知道他们想喝酒，当即欢天喜地地喊服务员下单去了。

林延看到队员们一个个好不容易开荤的阵仗，提醒道："给你们偶尔解个禁而已，别喝太疯。"

简野比了个OK的手势，在毕姚华鬼哭狼嚎的歌声下扯着嗓子应道："放心吧教练，我们有分寸的！"

林延收回了视线，看了眼旁边还在那儿专心研究骰子的景元洲，笑着凑了过去："怎么了，不喜欢年轻人玩的地方？"

景元洲抬了抬眼，对上对方明知故问的神态，瞬间来了火。

林延本来就是故意逗弄，见景元洲不吭声，越发有了兴致，还想说些什么，便见对方忽然把骰子推到了他的跟前："玩吗？"

林延垂眸看了一眼："我不太玩这个。"

"很简单，比大小就好。"景元洲说着，又捞了一罐骰子过来，摆在了自己身前，"反正都解禁了，谁输了谁就自罚一杯。"

末了，他似乎知道林延要说些什么，又不疾不徐地补充道："你不会喝酒，用果汁代替就好。"

林延听笑了："你居然喜欢玩这种游戏。"

"不喜欢。"景元洲回答得直接，半点藏着的意思都没有，"但是总得找点事情消磨时间。"

当时是林延自己亲口跟景元洲说的，等打赢了最后一场常规赛就答应他一个要求，现在却连让他开口的机会都不给。

林延随手取了个杯子过来倒上西瓜汁，轻咳了两声："行，我陪你玩。"

没一会儿，服务生端了些红酒、啤酒来。路过景元洲的时候，他留下了几瓶。

林延看得直挑眉："拿这么多做什么，是准备输一晚上？"

景元洲打开一瓶红酒倒了一杯，闻言也不反驳："开始吗？"

林延撸了撸袖子，猛烈地摇起了骰子："我来了啊！"

打开，两个二，四点。

景元洲看了眼林延不满的小表情，眼底的笑意一闪而过，随便摇了两下。

打开，两个一，比四还要小两点。

林延瞬间乐了："你这运气是真不行啊，这都能输？"

"嗯，玩不过你。"景元洲应了一句，拿过旁边的杯子喝了一口。

林延赢了一把，连带着兴致也高了起来："来，继续。"

　　两人又连着玩了几把，把把都是景元洲输。

　　复盘了一下刚才的过程，林延看向景元洲的神色有些古怪："你这到底都是什么运气啊，　局都没赢过。"

　　景元洲一杯红酒下肚，笑起来，眼底也带着隐约的迷离："大概是连老天爷都觉得，我就应该输给你？"

　　林延扫过景元洲这看不出是否带有醉意的神态，又垂眸看了一眼旁边已经空了大半的红酒瓶："还准备继续玩？一直输也没意思吧？"

　　如果再这么玩下去，林延非常怀疑这包厢里的酒怕是都让景元洲一个人承包了。

　　相比起来，景元洲倒是没什么犹豫："玩吧，反正也没其他事做。"

　　过了许久，林延觉得无趣，端起杯子一饮而尽，却不想是一杯酒，喝完他转身对骆默说："骆经理，你们继续玩，我和队长先走了，回头记得帮忙把东西都带回去。"刚出门的时候还好，等走了一段路，林延的步子已经开始有些踉跄。

　　景元洲习惯了林延喝酒后的状态，不动声色地扶着林延直接坐电梯下了一楼，来到酒店大堂办理入住手续。

　　林延的酒量实在"太好"，就一口酒，此时连半醉的状态都没能维持多久。到了半路，景元洲连哄带骗地才勉强带人坐上了电梯。

　　第二天清晨，林延醒来就这样躺在酒店的大床上，直勾勾地看着周围有些陌生的环境。

　　正准备从床上坐起来，林延看到床头柜上的纸条，动作再次顿住。他拿起来看了一眼，纸条上笔锋遒劲地写着一行字：醒了别乱走，欠的服务费记得结算一下。

　　虽然没看到景元洲，但是单凭这一句话，就已经足以读出他无比浓重的怨念。

　　林延坐在原地回想了很久，依旧没能回忆起昨天晚上到底发生了什么，不由得拧了拧眉心，正准备起身，便听到了开门声。是景元洲回来了。

　　也不知道哪里冒出来的心虚感，林延来不及多想已经把被子一拉，又躺了回去。

　　不一会儿，房间里隐约传来了动静。

景元洲轻手轻脚地走了进来，把买回来的早餐搁到了桌子上，随后转身绕进了卫生间。

听到传来的水声，林延闭着的眼动了一下，一时间有些拿不定主意还要不要继续装睡下去。

然而没等他做出决定，卫生间的门已经被推开了。

景元洲的步子逐渐靠近，随后停顿在了床前，又再次安静了下来。

林延等了一会儿没再听到动静，正觉疑惑，头顶突然传来了声音："装睡好玩吗？怎么，没脸见我？"

林延被当场揭穿，假装不在意地清了清嗓子："我什么都没做，为什么没脸见你？"说着，为了让自己的说辞看起来更有底气一些，他本能地准备从床上坐起来。

然而动作刚刚进行到一半，留意到景元洲那似笑非笑的神情，他不由得一拉被子，面无表情地重新缩成了一团。

景元洲在那儿好笑地看着林延："你真的确定什么都没做？"

林延哽住，实话实说，他还真有那么一点点的不确定。

林延缓缓吁出一口气，一副已经准备好要坦然接受的样子："行了，说吧，昨天晚上到底怎么个情况？"

话落，却是久久没有回应。

林延奇怪地看向景元洲："怎么了？"

"也没什么。"景元洲难得地沉默了一瞬，"就是以为你多少应该记得一点。"

林延略有一丝不好的预感，大概也能猜到自己喝过酒后会是怎么一副德行，随着脑海中断断续续冒出几个精彩片段，他扶了扶额。

回忆让林延有了更不好的预感："我又吐了？"

景元洲向他看了过去："你记得？"

林延看了眼景元洲身上显然已经换过的新衣服，有些绝望地闭了闭眼："我猜的。"

"能猜到也不错。"景元洲挑了下眉梢，"其他的事情，应该也不用我多说了吧？"

"我的锅，我不该喝那口酒，昨天晚上确实是我冲动了。"到了这个分上林延已经不知道应该说些什么了，只能往被子里又缩了缩。

景元洲接着道："吐我一身也就算了，谁能想到你居然连自己也不放过。"
林延嘴角抽搐。
"确实太有味道了一点，你还不愿意洗澡，非要我连哄带骗，才让你进了浴室。"景元洲垂眸看来，神态感慨，"你让我第一次发现，原来洗个澡也能洗出世界大战的感觉。"
林延觉得如果现在有个地缝，估计他能当场钻进去。
虽然没有地缝，但是有被子，他将整个人埋进被子里，闷闷的声音传出来："我的锅……"
景元洲看着跟前已经完全缩成一团的人："重点倒不是应该谁来背锅的问题，而是昨天晚上是不是需要给个说法？"
被子里传出林延的声音："嗯，要的……"

两天后。
景元洲看着手机推送，微微挑眉："季后赛的赛程出来了。"
林延打了个哈欠："挺好的，趁着季后赛开始之前抓紧给他们充充电。昨天讨论的那套战术倒是不错，正好这几天是假期，回去后再好好地完善一下。"
话落，他久久没听到回音。
林延无意中一抬头，正好对上了景元洲情绪不明的眼神，不由问道："怎么了？"
景元洲想了想，说："就是想要确定一下，是不是真的？"
林延愣了一瞬也反应了过来，哭笑不得。

## 2

GH基地，所有人都聚在训练室。林延对训练室里多出来的一人招呼道："爬仔已经到了啊！"
常规赛和季后赛之间隔了一个国庆长假，正好空出了一周的时间来给前八强的战队进行最后调整。
难得有这样的时间，各队自然不愿意错过，GH也不例外。借着学校假期，林延让简野把简宁也接来了基地，准备让他跟战队一起打训练赛磨合两把。
简宁之前以路人王的身份登顶国服，个人实力自然不容小觑，可是因为目前队内各个位置都已经有正式选手了，一时半会反倒确定不了他的位置。所以还是先干几集顺延打算观察一阵吧，且期间也为接下来的季后赛做一番准备。

简宁挑的座位在简野的旁边，原本正在鼓捣电脑，闻言有些不满地抬头看了过来，纠正道："我不叫爬仔。"

林延想了想，说："那叫爬宝？"

不得不说，这样的对话内容实在有些太过耳熟了。

简野莫名被勾起了往事，也频频地投来视线。

随后，只见简宁沉默了一瞬，挣扎着做出了比较："那还是……叫刚才的吧。"

林延满意地安慰道："叫爬仔挺好的。"

简宁不想说话了。

林延没继续纠结这个话题，低头翻了翻聊天记录，宣布道："大家都准备一下，今天晚上跟BK那边约了三局训练赛，记得提前把时间给空出来。还有明天晚上，约的是LDF，至于后天……总之这么说吧，在季后赛正式开始前，我都会尽可能地给你们安排队伍打训练赛，第二天早上是留出来的补觉时间，下午则是针对训练赛进行复盘，时间可能会比较紧，需要大家克服一下，都明白了吗？"

目前季后赛的分组名单已经正式产生，跟他们关系比较好的BK和LDF两队都被分在了A组，这样一来，至少总决赛前是不可能碰上了。

因此，对于约训练赛这种互利互惠的事情大家自然都非常愿意，林延随便提了一嘴，就毫无难度地直接约满了。

对于秋季赛最后冲刺的魔鬼训练，队员们多少也做过一定的思想准备。除了一脸茫然的简宁之外，其他人的语调听起来要多悲壮就有多悲壮："明白……"

一片沉重的氛围中，骆默插了一句嘴："对了老大，时间方面你还是再稍微调整一下。联盟官方派人来催了，让我们把季后赛的宣传视频什么的给解决一下……"

经提醒，林延才想起来还有这么一件事："你觉得什么时候合适？"

骆默看了一下行程表，询问道："要不……就明天下午？"

林延点头："也行，那我今天晚上挤挤时间，打完训练赛争取把复盘当场解决了。"

GH众人："嗯？"

翌日下午，GH全员出发前往拍摄基地，脚步一个比一个虚浮。

为了空出宣传照的拍摄时间，昨晚他们在和BK战队打完三场训练赛后，集体被林延留下来开展了长达三个小时的复盘。

在这个过程当中，不只无一幸免地挨了训，还将他们的失误点全部转换成了他们下阶段的训练计划，简直堪称精神和肉体的双重打击。

林延一早就坐在后座上，见景元洲过来，漫不经心地问了一嘴："跟BB聊什么呢？"

景元洲答："没什么，就是分享挨训心得。"

"这还需要分享？是觉得这样就已经受不了了吗？"林延的眉心稍微挑起了几分，摸了摸下巴，"看来，打完常规赛后果然还是有点松懈了。心态太飘可不是好事，要不然，再想点办法好好地抓一下？"

景元洲随意道："嗯，也不错。"

林延靠在椅背上，歪着头神情懒散："我以为，景队长多少会替那帮臭小子说情。"

景元洲应得非常坦然："确实可以说情，但是没有必要。"

这样事不关己的冷漠态度，让林延忍不住笑了一声。

他侧头找了个相对舒适的姿势："睡会儿，到了叫我。"

季后赛的宣传视频和之前的常规赛不同，因为有统一的规格标准，拍摄场地也是官方指定的。

众人抵达的时候，Three的队员们正在里面进行拍摄。

工作人员先把GH的人带去了化妆间。被折磨了一个晚上，GH队员们的精神状态确实好不到哪里去。

好在这里的化妆师们常年处理日夜颠倒的职业选手，颇有心得，也不管众人反抗，上手就把粉底盖了几层，惹得整个房间里一阵鬼哭狼嚎。

林延不需要在宣传视频里露面，陪在旁边也没什么事，坐在旁边的沙发上玩起了手机。

常规赛已经结束了好几天，加上正逢国庆，比起刚出八强赛名单的那几天，网上的氛围已经平稳了很多。虽然某些业内报道下面还是偶尔能看到几条不满的，但整体来说已经处在了下一波爆发来临前的平静期。

每年各大赛区的比赛基本是同步的，这个时候其他赛区的常规赛也已经结束，但是因为没有本地这样重大的节假日，季后赛第一轮已经正式打响。

林延百无聊赖地闲逛着，华华微博下面刷到了一段K国赛区的采访视频，发博的网友还特地叫了一下GH俱乐部的官方微博。

视频中接受采访的，正是之前来国服天梯闹得沸沸扬扬的Nilay。

Nilay所在的WIN战队和GH一样，在常规赛拿到了第二名的成绩，介于冒泡赛的赛制规则并不需要参与到淘汰赛的竞争中，这让他看起来轻松很多，至少，心态调整得不错。

丝毫看不出排位争夺那晚被灰溜溜赶回家的窘态，"红毛"面对镜头时，一如既往地目中无人且神态嚣张："很高兴WIN能够在积分榜上拿到第二名的好成绩，也希望我们能够在接下来的季后赛中有更好的发挥。"

主持人："根据数据统计，Nilay，你在常规赛中总共拿到了八次MVP，这个数据在新人当中已经是绝对亮眼的存在了，对此有什么想说的吗？"

Nilay笑笑："不够，对我个人而言完全不够。如果没有记错的话，单赛季拿MVP最多的边路纪录应该是Titans的十四次吧？很遗憾今年没有机会了，只能说，希望明年可以争取打破这个纪录。"

"看样子Nilay是真的很想打败Titans。"主持人也有些失笑，"可是前段时间网上似乎也传得非常热闹，据说当时打排位的时候，就是因为输在了Titans的手上，你才没能在当天晚上冲进华服排行前十？对此WIN官方也一直没有任何表态，不知道今天能不能具体说说呢？"

Nilay眉目间的笑意收敛了几分，定定地看着镜头："之前我确实遇到过Titans，也承认他很强。但是，普通的游戏排位并不代表什么，如果有机会的话，我诚心希望华国赛区的GH战队可以拿到世界赛的入场券，这样我也可以和Titans在职业赛场上进行交锋。我相信，绝对不会再输给他第二次！"

采访视频到这里戛然而止。

林延的眉梢微微挑起了几分。他没记错的话，Nilay所在的WIN战队是K国赛区春季赛的冠军队伍。虽然这个冠军奖杯是在K国老牌战队KING缺席的情况下产生的，但是不管怎么样，这也意味着WIN以一号种子的身份提前拿到了全球总决赛的入场券。

如果在平时，林延对这种隔空叫嚣的小子根本不会提起半分兴趣，可偏偏他采访期间一口一个Titans，实在很难不让人怀疑是不是在故意蹭景元洲的热度，而且，还蹭得这么嚣张。

虽然 K 国的 WIN 今年确实很强，但是 Nilay 一个毛都还没长齐的小新人，不知道哪来这么大的口气。

林延按下了视频转发键：排位赢得太轻松，确实没能碰撞出火花，期待以后在赛场上有不一样的惊喜。

只要关注过那天晚上的排位的人，都知道当时遇到 Nilay 的时候和景元洲双排的正是林延。

众人看到这条转发，都被满满的嘲讽意味给逗笑了。那一局的排位，可不就是赢得"太轻松"了吗！

林延眼见评论区被一片"哈哈哈"覆盖，才满意地关上了手机。

一抬头，他发现跟前不知什么时候已经站了一个人。

景元洲并没有化妆的习惯，加上本身底子好，向来都只是简单地进行修饰，今天也不例外。

景元洲刚才就留意到了林延眉目间不太高兴的神色，他看了一眼林延关掉的手机屏幕："在看什么？"

"不是什么要紧的。"林延笑道，"就是没忍住……简单地维护了一下景神的声誉而已。"

## 3

Three 的队员们结束拍摄出来，终于轮到了 GH 战队。

在门口遇到的时候，双方打了声招呼就各自离开了。

景元洲刚才听林延说了一下来龙去脉，眼底带着隐约的笑意，一抬头留意到林延尾随 Three 背影的视线，问："怎么了？"

"Three，我们常规赛唯一输过的一支队伍啊……"林延说到这里有些感慨，又忍不住地"啧"了一声，"真是可惜，如果想要报仇雪恨，至少要等到总决赛才能碰到了。"

"由于冒泡赛的赛制安排，确实得等到总决赛了。"景元洲点了点头，"也没事，就让他们再多活几天。"

状似漫不经心的一句，把林延逗乐了："Titans，挺狂啊！"

景元洲稍一用力，拽着林延往摄影棚走去："林教练这么狂，我总该努力一下，不然怎么跟得上你的脚步。"

林延听到这话，反应了过来，知道是景元洲是在说他隔空叫器Nilay的事，没好气地回斗瞥了一眼。

林延还准备说些什么，没来得及开口就被匆匆跑来的工作人员打断，于是起身招呼队员准备正式拍摄。

景元洲打量了一眼林延的表情，有些憋笑："那我去了？"

林延没好气地推了景元洲一把："快去，问我干什么？"

整个拍摄过程用了一个下午，整体来说还算顺利。

合作的摄像团队毕竟已经拍过好几支战队的宣传片，所有的操作都驾轻就熟。加上GH战队整体的颜值确实是联盟中最为顶尖的，随便一个角度，拍出来都堪称完美。也正因此引得摄影师创作灵感有如泉涌，拉长了拍摄时间，等宣布结束时已经临近傍晚了。

看得出来，摄影师是非常喜欢GH这种颜值集体在线的战队。

周围的工作人员在那忙碌收尾，摄影师还一直在设备前，看着一张张成片赞不绝口："别的不说，冲这个宣传视频你们GH就必须去世界赛好好秀一秀！我敢保证，等最后的成片出来之后，肯定能帮你们战队好好地吸一大波颜粉！"

毕姚华不以为意："电子竞技要什么颜粉？要吸就吸技术粉。"

这话说得很是有底气，旁边的顾洛忍不住小声提醒道："B哥，要不……你先把脸上的笑收一收？"

毕姚华努力地控制了一下嘴角得意的弧度，最后，他清了清嗓子："当然，有的时候长得太帅确实是一种负担。那个……陈哥是吧？这里的底片回头能发我一下吗？对对，就你刚才看的那两张。不用修图，原图就行了。天生丽质这种东西，有时候真的让人很难拒绝你知道吧。"

摄影师陈哥如遇知音："我懂！人对美好的事物总有一种本能的追求！"

辰宇深听不下去了，把头上的鸭舌帽压低了几分，提醒道："走吧，该回去了。"

"哎？别急啊！"毕姚华眼明手快地把辰宇深一把捞了回来，手臂牢牢地把他圈在了身前，在导出的画面上指指点点，"Abyss，来看看！我刚就发现了，你也很上镜啊！要不找陈哥也要几张照片？过了这村可没这店了，机会难得，你这几个角度都拍得非常完美，拿去当手机屏保之类的再好不过了！"

"不用了。"辰宇深好不容易挣脱出来，本能地想和毕姚华保持距离，转身头也不回地加快脚步。

　　毕姚华招呼不及，再看去时，那个身影已经消失在了转角。

　　"还是脸皮太薄。"他不由得感慨地摇了摇头，再转回身去，兴致不减反增，"陈哥，他不要我要！就我刚才说的几张，都发给我就行，谢谢了啊！"

　　毕姚华在摄影师周围赖着不走，最后还是林延一脸无语地把这个自恋的家伙给亲自拎了回去。

　　季后赛在即，晚上还有训练赛安排，可没那么多时间给他在这挥霍。

　　接下来几天里，GH 众人都是在没日没夜的训练赛当中度过的。

　　林延为了提升个人实力一直在调整不同的方案，每天结束，大家的进步都非常显著。

　　如果说有什么比较麻烦的，那就是简宁这个替补新人所打的位置的安排了。目前战队内的几个正式队员都保持了非常不错的状态，经过常规赛的洗礼，很多问题都得到了解决。

　　通常在首发没有太大漏洞的情况下，替补选手打什么位置，是根据他本身擅长的位置决定的。但是简宁在冲天梯排位的时候，打野、射手两个位置的使用次数五五开，而且各个位置的英雄选择都较宽，不管是从技术层面还是个人喜好层面，都看不出明显的侧重。

　　林延以前也遇到过类似的问题，当时他的英雄池比简宁的还要大上许多，最后因为战队需求从中、野位置转移到了下路，成了一位射手选手。

　　虽然对他本人来说并没太大的影响，不过没有人比他更清楚这种不同位置的属性偏差了。

　　正是因为太懂位置选择对职业选手的重要性，本着对简宁负责的态度，林延并没有着急做出决定，而是尽可能地让简宁在打野、射手两个位置做更多的尝试，希望可以借此更为精准地找到那个最适合他的位置。

　　对于 GH 战队积极备战季后赛同时还不忘训练新人的做法，感受最深的，无疑是近期约战最频繁的 BK 战队了。

　　某天训练赛，BK 战队又被 GH 给剃了个光头。

　　库天路小心翼翼地保存录像视频时，忍不住地感慨："我说，你们未免也太狠了一点。平常时候训练赛一把不放水也就算了，还隔三岔五地用新人，跟我们对练，居然这样肯真的打？再这样下去我们心态都被你们搞崩了，还怎么打季后赛啊？"

林延不以为意："A组里面一个Three一个LDF，还轮得到我们来搞心态？季后赛打的可是BO3，有人肯帮忙刺激你们'哭包'就不错了。现在好歹还能加强一下他的心理承受能力，要不然到时候被现场打哭了，你们BK可又要上热搜了。"

蓝闽莫名躺枪，愤愤地开了麦："我已经很久没哭了！"

林延应道："哦，很久是多久？我们家Gloy在镜头面前可是从来没哭过的，一次都没有。"

蓝闽心想：输了！

库天路生怕蓝闽想不开继续找林延送人头，当即转移了话题："说起来，QOG公布的新消息你们都知道了吗？"

林延没什么语调起伏地应道："嗯。"

当时的直播风波闹得沸沸扬扬，所有人都知道了因为毕姚华，GH和QOG结下了梁子。

关于假赛的事情本就比较复杂，一旦牵涉幕后资本，证据确实不是说找就能找到的。虽然官方那边专门成立了小组来调查此事，但实际上依旧没有明显的进展。

然而就当所有人都以为这件事最终又要不了了之的时候，舆论压力成了压垮QOG的砝码。

从直播事件发酵至今，QOG官方本就不多的粉丝大减，原本仅存的几个代言项目也都悉数解约。不管是战队还是选手们的口碑，在网友们的征讨下都跌到了底。随着各方面同步施压，QOG俱乐部虽然一直拒认打过假赛，最后却选择在季后赛开始前放出了选手集体挂牌出售的重磅消息。

QOG发布官方博文时正好是在傍晚，因为有GH粉丝疯狂地在网上呼叫战队官博，林延一眼就看到了。

不过那会儿他正在准备和BK战队打晚上的训练赛，也就没有过多关注，结果这会儿打完训练赛才发现，这件事居然登上了热搜。

然而就连这次，QOG战队都逃脱不了炮灰配角的命运。

当前热搜第一："GH终于把QOG打解散了"。

听到库天路忽然提起，林延非常怀疑对方也在拿手机刷微博，"嗯"过一声之后没有多想，随口应道："迟早的事而已。"

林延说完没有去看评论内容，就把手机扔到了旁边的沙发上。

对于QOG会挂牌出售的事，他早就有所预料。

说白了，他们不过是曾经出现在GH成功道路上的一条臭水沟罢了，既然已经清理干净，林延就没准备再浪费半点时间。

过两天季后赛即将开始，GH下阶段的目标只有一个——最后的冠军！

## 4

国庆假期结束后，季后赛的征程正式开启。

后面的比赛采取的是冒泡赛的赛制。

GH作为常规赛积分榜第二的队伍，直接占据了B组一个半决赛名额。

在接下来的安排中，组内第一轮比赛将在排名第七的UL和第六的SUU战队间展开。随后再由获胜方与排名第三的PAY进行第二轮的角逐。最后的胜者，才能获得半决赛的另一个参赛资格，与GH共同争夺总决赛的入场券。

所以说第二的排名真不是白争取的。少参赛一轮就意味着能节省更多的时间和精力，为一周后的半决赛做准备。

第一周的赛事在万众瞩目下圆满落幕。

第一轮比赛，A组的BK战队和B组的SUU战队不负众望，在BO3的赛制当中以2:0的绝对优势赢下了胜利。

第二轮正式展开。A组的BK和LDF两支队伍先打出了个1:1，最后的胜者由LDF拿下，2:1惊险出线；而B组的PAY则是表现出了绝对的强势，2:0战胜SUU，毫无悬念地挺进了最后的半决赛。

第一周的比赛结束，半决赛的对战名单正式产生。

A组常规赛积分排名第一的Three将迎战LDF；而B组由积分排名第二的GH迎战PAY。

四强战队将分别在下周周三、周五两个晚上展开最后的角逐。

随着季后赛如火如荼地进行，各队的宣传视频也早已经发在了网上。

就如当时摄影师预测的那样，GH战队的视频点击量遥遥领先。经过粉丝们的剪辑，其至一度登上各大视频网站排行榜。在这些宣传期迎延的日子里，一时风头无两。

眼看"电竞男团"的名号也陆续上了几次热搜，骆默身为GH俱乐部的经理人却喜忧参半。

喜的自然是战队的粉丝数随着秋季赛的进行呈直线增长，忧的则是颜值粉和事业粉数量五五开。

这种比例让战队的粉丝基础显得极不牢固，像现在这样表现不错也就算了，一旦日后在哪场比赛中发挥不佳，实在无法预估会不会遭受这些粉丝的反扑。

骆默的担心确实不无道理，不过当他将自己的顾虑说给林延听时，这位老大对此却丝毫没放在心上："要反扑就反扑呗！我们战队哪一个不是从黑粉堆里出来的，还怕网上的那些键盘侠？比起这些我倒觉得你这种心态才不对，阿默你告诉我，什么叫'在哪场比赛中发挥不佳'？听听，这是人话吗？这半决赛都还没打呢，你就先盼着我们的队员们发挥不佳了，要真影响到了最后的结果，这账能不能直接记你头上？"

骆默原本是想去商讨一下战队粉丝的管理方案，结果啥都没讨论反倒还挨了一通训，最后只能灰溜溜地撤退了。

眼看临近半决赛，林延在最后几天听不得半句乌鸦嘴的话。把骆默打发后，他又系统地整理了一下阵容安排，反复确定后才放下心来。

和PAY比赛当天，GH众人早早坐上了商务车前往半决赛的比赛现场。

林延无意中看到了景元洲手机屏幕上那个熟悉的头像："LDF不是打完比赛了吗，Luni还拉着你说什么呢？"

景元洲应道："嗯，就是因为打完了，所以给我们加油。"

"这算什么？"林延挑眉，"自己得不到，就只能寄希望于你这位好友了？不同队还能玩意志传承啊？"

"差不多，"景元洲道，"半决赛上，LDF输给Three的那把确实冤，Luni看起来挺意难平的。但是输了就是输了，他也没有办法，就只能希望我们打进总决赛，好好地为他们报一报仇了。"

就在两天前，半决赛的第一场比赛在Three和LDF之间展开。BO3的赛制之下，Three以2:1赢下了最后的胜利，保持住了今年秋季赛的全胜神话。

那场比赛林延看了，LDF全程表现得非常亮眼，一直打到第三局战况依旧非常激烈。可惜最后团战的时候被 Wuhoo 和 Come 秀了一手，被对方直接推上了高地，LDF 惜败。

Luni 本就准备打完了今年的比赛就退役，对这样的结果感到不甘心，也可以理解，只不过……

"进总决赛是必须的。"林延越想越觉得有意思，"前面常规赛上我们唯一输过的那一场就是在 Three 手上，就算 Luni 不说，这复仇战该打还是得打，不是为他们 LDF 报仇而是为了我们自己。"

景元洲低头，把林延的话原封不动地输入，发了过去。

发完后景元洲没再看 Luni 的回复，将手机收进了口袋里，扫了一眼窗外："到了，下车吧。"

半决赛现场比常规赛要正规很多，对战双方的支持者坐满全场，应援场面也无比热烈，为现场平添了不少的火药味。

PAY 的粉丝们一直都觉得，常规赛会输给 GH，主要是因为对方堪称作弊的战术。这种投机取巧的做法也就只能在 BO1 这种赛制中占点便宜，这次半决赛是 BO3 的赛制，必须要漂漂亮亮地赢回来才能好好解气。

回家队粉们对这样的言论自然是嗤之以鼻，他们坚信 GH 能赢 PAY 第一次就能赢第二次，新队的粉丝们热情很是高涨，在应援气势方面半点都不输给 PAY 这样的老牌战队，撑足了面子。

可惜的是，GH 的粉丝们再怎么造势，也改变不了网友对 GH 不看好的态度。倒不是因为怀疑 GH 的实力，而是对绝大部分的网友们而言，这支战队实在太新了。

回顾 GH 一路走来的历程，不是从常规的次级联赛升上来的，而是参加综艺就拿下了职业联赛的参赛资格。现在 GH 顺风顺水地进入了季后赛不说，还是以排名第二的成绩保送进了半决赛。

这样的一支队伍，除了景元洲这个队长其他人非但没有任何漂亮履历，而且还各有争议。说是传奇，也确实够传奇了，但是想要在短时间内得到职业联赛老粉们的认可，确实还差了那么一口气。

毫无疑问，GH 很强。可到底强到了什么样的地步，是不是真的已经拥有和四大豪门战队比肩的资格？在这一点上，光靠常规赛上一局定胜负打出的成绩，显然不具备说服力。

到目前为止，秋季赛已经接近了尾声，但实际上对于GH这支年轻的队伍来说，这或许只是他们向整个联盟证明自己的全新起点而已。

半决赛三局定胜负，总决赛五局定胜负。这种和世界赛相同的赛制，才更能说明真正的实力。

炙热联盟官方在季后赛倒是下了不少的心思。

和周三那天一样，半决赛正式开始前，在会议室中，官方特意为今天参赛的两支队伍安排了一个小型的媒体见面会。

当GH众人抵达的时候，PAY战队正在接受采访。

GH在门口等待。

这时正好有个记者发出了提问："想请问一下DeMen，最近外界好像有一些关于你准备退役的传闻，这些消息到底是真是假？众所周知，LDF的Luni已经确定会在本届赛事全部结束之后正式退出联盟，如果连你也准备退役的话，是不是就坐实了外媒的嘲讽，即我国赛区选手老龄化严重呢？对此PAY的各位又怎么看？"

毕姚华听完，忍不住感慨道："这些电竞媒体的记者是真敢问啊！"

林延看到坐在正中央的AI瞬间沉下了脸。

林延觉得敢不敢问他觉得无所谓，但是这些人就非要赶在比赛前刺激别人吗？照这节奏，明显把AI的战意激发出来了！呵呵，干得漂亮。那就大家一起快乐吧！

## 5

对于一些娱乐媒体来说，能有一些爆点新闻他们喜闻乐见。所以在这种采访的过程中，不乏有一些无良的记者没有眼力见地在选手们的雷点上反复横跳，试图突破对方的心理防线，搞出一些不一样的头条新闻出来。

AI很少参加这种新闻采访，接连扎心的提问显然令他有些坐不住了。

好在在他开口之前，旁边的DeMen拦住了他，将话筒拿到了自己身前："关于退役的事情，如有需要，我们俱乐部的公关部门会单独发布声明，在这里就不展开说了。至于其他赛区嘲讽我国选手年龄的问题，在我看来，没有意义。"

他环顾周围一圈，神态平静："只要还活跃在赛场，就说明选手有为战队效力的实力。包括我在内，我国赛区的职业战队确实有不少的老将，反而正是这些有老将的队伍在国际赛场上有了强势的表现。至少在之前几届比赛中，我们赛区的发挥都是可圈可点的，与其在这些没有意义的事情上纠结太多，倒不如让其他赛区的那些战队先努力地在国际赛上击败我们。电子竞技还是需要靠实力说话，真正拿到手的成绩比起这些无聊的话，更具有说服力，不是吗？"

一番话说得采访现场鸦雀无声。

林延忍不住用胳膊肘推了推景元洲，小声说道："之前谁跟我说 DeMen 好说话的？这回答是真漂亮，每一句都绵里藏针，啧，这语言艺术简直了！叫这些记者没事呛选手的年纪，看看这一个个的脸色，都快绿了。"

景元洲朝台上看了一眼："DeMen 的斗志确实很高，看来 PAY 对今天的比赛是志在必得了。"

林延笑了笑："志在必得就算了，总决赛的入场券必须是我们的。"

两人旁若无人地在那儿谈论，台上 PAY 的采访随着几个走过场的问题答完也正式结束了。

PAY 的队员们在工作人员的带领下从另一扇门离开，GH 众人跟着林延陆续上台入座。

记者们显然没想到，向来好说话的 DeMen 会突然爆发。有些顺过气的记者抬头看到新上场的一行人，眼睛纷纷亮了起来，无比兴奋地掏出了随身携带的拍摄设备。

转瞬间，现场一片闪光灯。

林延刚在中间的位子上坐下，就被这突如其来的操作闪得眼前一花，旁边的景元洲眼明手快地伸手替他挡下了光线。

林延被晃得睁不开眼，等到下面收敛了一点，才伸手揉了揉发花的眼睛。

话是对景元洲说的："没事，你也坐吧。"

景元洲把麦克风推到了林延的眼前。

和其他战队不同，GH 作为一支全新的队伍，能一路打到现在是所有人都没有想到的。因此从严格意义上来说，这算是他们第一次正式地召开新闻发布会，多少也有点新队亮相的意味。

联盟官方提前也通知过林延他们准备发言稿，毕竟这次新闻发布会算是一次很全面的战队宣传。

不得不说，作为第一支从联盟官方的综艺节目中出来的队伍，GH 受到的待遇确实得天独厚。

林延自然乐得有这种免费的宣传机会，但是让他拿出额外的时间写发言稿，又特别不舍得。所以最后，属于教练和队长的两份发言稿都是出自骆默这个职业工具人的手笔。

骆默是被林延带进电竞圈的，虽然他把俱乐部上下事务打理得还算井井有条，可到底半路出家，能写出这两份发言稿确实是竭尽全力了。

因此，等到林延和景元洲一前一后把两份稿子字正腔圆地念完，原本无比期待的记者们纷纷诧异。这两段发言，乍听完怎么有种在参加某商业剪彩活动的感觉？

记者们原本都期待着在 GH 这支近期热度极高的新队身上多挖点料，结果当听了这乍听挺充实，可实际上全是空话的发言后，满腔的激情仿佛被浇了一盆冷水浇灭了。

人家新队发布都是恨不得好好介绍一下自己战队有多实力强劲，GH 是怎么回事，从头到尾都是在分析俱乐部的商业价值！GH 才成立没多久，分析得这么透，是准备在进入联盟的第一年就直接卖队吗？！

在一片诡异的氛围中，最后主持人提醒："那么，接下来让我们进入记者提问环节吧。"

话音落下，记者们才纷纷回过神来，瞬间齐刷刷地举手。

第一名记者站了起来。

他先是简单地对 GH 战队表示了祝贺，便抛出了早就准备好的尖锐问题："首先我并没有冒犯的意思，但是因为 QOG 挂牌卖队的事实在是传得沸沸扬扬，所以不得不深入了解一下。众所周知，当初正是林教练放出话说要把 QOG '打到解散'，而且 QOG 之所以会到今天的地步，很大一部分原因就是当初的直播事件。"

说到这里他微微一顿，接着道："但是充满争议的'假赛事件'到目前为止都没有得到官方的任何回应，现在 QOG 彻底垮台实际上不是因为官方处决，完全是自己抗压能力不够。也就是说在未受到官方制裁的情况下，QOG 只是因为单纯的网络舆论就落入了想卖队又无人问津的现状，看起来多少让人感到唏嘘。"

记者抬头看向林延："所以在这里想要请教一下林教练，对这件事怎么看？"

林延抬头扫了那个记者一眼，眼底是淡淡的笑意。

这些记者为了抢新闻而提出尖锐问题他多少想到了，会问到 QOG 的相关话题也不奇怪，只是他没想到他们的提问居然直白到这个地步。

前面的话弯弯绕绕的说得相当漂亮，但其实就差直接指着他的鼻子问："利用网友舆论对 QOG 施压，强迫他们做出退出联盟的决定，GH 会不会因为这种霸凌而良心受到谴责呢？"

留意到旁边的景元洲准备去接话筒，林延先一步抢了过来，语调一派淡然："那些违规事件有没有出调查结果，那是《炙热》官方的事。QOG 要不要挂牌卖队、能卖出多少钱、有没有人买，那都是他们俱乐部管理层的事。我们 GH 只是一支安安静静打比赛的队伍，跟 QOG 也不沾亲带故的，能有什么样的看法？"

林延这番话特别坦然而且诚恳，神态间还带着隐约的疑惑，如果不是深知两支战队的那些恩怨情仇，记者们恐怕真以为林延是个彻头彻尾的局外人了。

听了这样事不关己的回答后，记者捂了捂胸口，咬牙道："但是 QOG 之所以会面临这样大的舆论压力，不正是因为你们吗？"

林延更加奇怪了："你这逻辑本身就有问题吧？QOG 会面临舆论压力，本质的原因是他们是否违规。有些事情有没有做过，都是他们自己的选择，我们 GH 只是一支新晋战队，每天为了打好比赛都快愁秃头了，不是他们爹也不是他们娘，难道还能操控这么一大波成年人的行动选择吗？"

记者在林延的胡搅蛮缠下几度抓狂："你……你……"

结果"你"了半天，硬是说不出半句话反驳。

林延侧头看向旁边的采访主持人，善意提醒道："现在的记者都动不动结巴吗？我记得今天的采访是有时间限制的吧？等会我们还要回去准备半决赛，在这种毫无意义的问题上面浪费太多的时间，是不是有些不太合适？"

记者们心想：这个问题毫无意义？当然不！相反，对于最近在网上关注度极高的 GH 而言，QOG 的最终结果无疑是一个非常值得运营的大话题。但是以 GH 目前的态度，在这一点上显然是问不出什么了。

就在所有人都以为这两队之间有着剪不断理还乱的恩怨纠葛时，林教练用自己的态度明确地做出了表态——不好意思，QOG 这种三流战队在 GH 的眼中没有半点被提起的价值。

在采访主持人的引导下，记者提问的节奏又重新被带了回来。

接下来的内容基本上围绕着各个队员展开，但是他们很快发现，前面记者的问题被噎回来，并不先生是因为提到 QOG，而是……今天 GH 压根没有好好接受采访的意思！不管抛出什么问题，林延这个"战队代言人"总能两三句话就把话题终止。

所有记者原本都翘首以盼地想要从今天的采访中挖一些猛料，最不济也想从 GH 争议颇重的来历上面做一做文章。可结果呢？任何想要的话题资料没拿到，反倒一个个在采访的过程中差点心梗。

最后，有个自暴自弃的记者报复性地抛出一个问题："众所周知，GH 当初花费了三千五百万才将 Titans 从 BK 挖过来，请问当时的管理层是做的何种思考？花费这么高额的转会金，有没有考虑过 Titans 本身存在着临近退役的风险呢？"

当时景元洲从 BK 转会到 GH 的时候，外界确实有过很多声音。其中一个说法就是 BK 战队意识到景元洲下滑的状态，在他职业生涯结束前想要让他发挥一下余热。卖给 GH 战队换取高额转会费，就是 BK 管理层做出的几个选择之一。而景元洲的年龄在电竞圈确实偏大，很多选手没能坚持到他的年纪就退役了，如果真的没打两年就退下来，不管怎么看 GH 战队这钱花得确实有些冤枉。

这事大家都懂，但是选手没有表现出任何退役打算时提出这种问题，已经算是恶意提问了。

旁边的采访主持人正准备喊停，便听到林延反驳道："这种事情还需要考虑？"

记者不死心地追问："难道不需要吗？"

"当然不需要了。不管是三千五百万还是五千三百万，就算白送给 Titans，那也是我自己愿意。"林延说到这里，要笑不笑地抬了下眼睑，"不过……这些都是有钱人的乐趣，你们这辈子大概率是感受不到了，不懂也确实不能怪你们。"

也是在这时候众人才想起来，这位林教练的另一层身份是 GH 的幕后老板……

就像回答的那样，对于有钱人来说，三千五百万还是五千三百万，都只是平平无奇的一串数字罢了。在场的所有记者顿时泪流满面：有本事别炫富啊！

你是不是玩不起？

## 6

采访环节结束后，所有人回到休息室里调整了下状态，在工作人员的带领下上场。

今天的现场解说依旧是兔帽哥和哭哭这对老牌搭档。

随着熟悉的身影出现在观众视野中，一阵接一阵的欢呼声响起。

"好的，终于等来了两队的选手们上场。"解说兔帽哥显然对今天的比赛非常期待，语气中都是兴奋，"今天的对战双方是PAY和GH两队，从某方面来说，也算是老牌豪门战队和联盟新势力的比拼。在常规赛的时候两队就已经有过激烈的碰撞，不过对于那次比赛的结果，网上似乎有着一些不一样的声音，不知道半决赛的赛制GH能不能给大家一个满意的答案呢！"

解说哭哭："说起来，上一次这两队的对决，我对GH那套双隐身的战术体系还留有很深的印象。有一点必须承认，GH的战术体系绝对是目前联盟当中最为诡变的，这无疑成了他们在常规赛中的一大助力。不知道今天的半决赛中，面对PAY，GH又会做出什么样的安排，真是让人期待。"

"这点我也确实非常好奇，毕竟双隐套路已经用过一次了，PAY对这套阵容肯定也有所防备。面对AI这个堪比人工智能的神级打野，不知道GH这边的打野选手Abyss又会做出怎么样的应……呃？"解说兔帽哥的声音陡然抬高了几分，"这是……GH这边居然没有安排Abyss上场？！"

其实不用兔帽哥说，当大屏幕镜头从入座的选手们身上掠过，所有关注比赛的观众都发现了坐在GH打野位上那个全新的面孔。

与此同时，后方显示屏上选手ID也显示了出来：GH·PPA。

这个选手名是第一次出现在职业联盟的赛场上。但是要说陌生也不对，早先K国玩家入侵国服期间，这位新加入GH俱乐部的路人王已经不止一次出现在GH官博的宣传名单上面。气势满满，让人不认识也难。

关于国服第一，早先网上就已经有过了很多游戏录屏。这种绝对肆意嚣张的风格，让网友们对这个ID背后的人物难免有些好奇。

而所有的猜测中，很大一部分人认为能起这种猖狂至极的游戏ID，本人大概率是个嚣张的社会人，可眼下落入镜头的却是一个清瘦稚嫩的白皙少年。

这不管怎么看，估计也就刚成年吧？而且这张脸又莫名地熟悉，好像在哪里看过……

众人视线下意识地往屏幕的另一侧挪了挪。

全场诡异地沉默了一瞬。

好想问一问GH官方，这新选手和贵队的辅助是什么样的关系？

简宁在当路人王打排位期间用得最多的是射手和打野两个位置，所以今天正式出现在赛场上是以打野的身份，并没让人感到太过意外。真正让大家觉得惊讶的是——不管这位路人王凭着多高超的技术登顶国服，这里毕竟是职业联赛的赛场，从来没有经历过磨炼居然直接上了半决赛，GH俱乐部的心到底有多大，连半决赛练新人的事都做得出来？！

现场很快被沸沸扬扬的议论声覆盖。

台上的两位官方解说对GH这样的安排也感到非常震惊，但是秉着职业素养，在回神之后的第一反应，是试图为GH的这个做法找一个合理的解释。

"说起来，这还是我们第一次在现场看到GH战队的这位新人呢！真没想到，国服路人王居然这样年轻，这大概就是所谓的长江后浪推前浪吧？有时候真的是不服老也不行，哈哈哈！"解说兔帽哥努力地活跃着氛围，"记得当时GH签下PPA这位选手的时候，外界就为此事有过一番讨论，现在看来，该不会是GH战队当时就考虑到今天的比赛，所以特意做出了安排吧？毕竟我们对于这位新选手的一切都一无所知，PAY也是一样，这时候突然上场总觉得有着一种秘密武器的感觉，哭哭，你说是不是这样？"

"确实有这种可能。"解说哭哭接话，"有AI这个顶尖的打野坐镇，PAY这支队伍对任何战队来说，都是无比头疼的存在。GH这个时候再出奇招，是不是意味着PPA的打野对PAY有着克制作用呢？这真的让我感到非常好奇，让我们拭目以待吧！"

解说兔帽哥也确实扯不出其他的话来了，顺势结束了这个话题："是的，让我们拭目以待！"

林延站在对战区后方，在戴上隔音耳机之前正好听到了两位官方解说的交流。秘密武器？某方面来说，或许是吧……

简宁第一次打这么重要的比赛，虽然平常时候面对简野总是叫嚣得厉害，但真在现场看到自己的ID，这种突然梦想成真的感觉让他脑海里开始放起了烟花。

检查完设备后，正盯着大屏幕上的游戏 ID 走神的简宁忽然听到团队语音里传来了熟悉的声音："不用太紧张，记得平时打排位的感觉吧？就按之前教练说的，上场后把节奏发挥出来就好。"

听到哥哥的安慰，简宁才豁然回过神来。他的声音不自觉地抬高了几分："谁……谁说我紧张了？早就盼着登上职业赛场了，我今天一定要证明给你看，我有打职业的天赋！"

简野对自己这个处在叛逆期的弟弟半点办法都没有，控制着冲过去揍人的冲动，他提醒道："自信是好事，但是别忘记了这是在比赛。之前提过的配合问题一定注意，知道吗？"

简宁虽然嘴上逞强，但心里其实也清楚得很。他动了动嘴角，认真地说："知道了，保证不拖你后腿就是了！"

战队队员们早就已经习惯了这哥俩斗嘴的相处模式，在这样你来我往的交锋下无动于衷，倒是引得旁边监听的裁判员频频投来视线。

林延忽然把麦拉到了嘴边，最后提醒了两句："其实配合问题不用在意，毕竟爬仔和队里其他人总共也才练了没几天，太过注意反倒会影响到他本身的节奏。这局比赛这样安排，就是为了让你彻底放飞自我。所以说完全按照平常单排时候的节奏就可以了，能带多快就带多快，不用担心其他人能不能跟得上。记住一句话，如果真跟不上也不是你的问题，那是他们太菜。"

这样一番话，给原本有些忐忑的简宁打了一剂镇静剂。他慎重地点了点头："放心吧教练，我一定好好发挥！"

简单的几句交流，让整个 GH 的气势瞬间提升了起来，唯有裁判员差点没能控制住自己疯狂抽搐的嘴角。跟队里其他人总共才没练几天？神仙战队是真的拿半决赛练兵来啊？！

正在心里疯狂吐槽的裁判员对上林延的视线。

裁判员顿住了。

林延神情疑惑："裁判，设备都已经调试好了，不进行确认吗？"

裁判员："好……好的。"

随着准备工作全部就绪，第一局 BP 环节正式开始。

就如之前猜测的那样，在禁用的选择上，PAY一出手就直接堵死了双隐身的战术。

又是属于双方教练之间你来我往的战略交锋。

当所有对战阵容确定下来，看着GH的最终安排，关注比赛的人再次陷入了沉思。这一次的思考和以往不同，不是因为GH这局的阵容再次另辟蹊径，反而是因为一眼看去，每一个英雄的选择不管是单拆还是整体，都太过普通了一点。普通到……一度让人怀疑这不是半决赛的赛场，而是平时游戏里面一场普普通通的排位赛。

林延让GH的选手拿的都是他们在单排中最拿手的英雄，但是当这样东拼西凑的英雄放在一个阵容中，在亲眼看到之前，众人完全想象不出能做出什么样的配合。

结束BP环节，林延走到场中央和PAY教练握手致敬，随后下了场。

此时空旷的观战区还坐着一人。这是辰宇深第一次坐在台下看战队的比赛。此时看着大屏幕上的导入画面，他忍不住开了口："教练，这样做真的可以吗？"

林延没有回头，视线平静地落在前方："放心吧，你只需要保持最佳状态，随时准备上场就好。"

辰宇深的嘴角微微抿紧，低低地应了一声："嗯。"

## 第十二章
### 他们真的做到了！

**1**

第一局比赛开始。

临出泉水前简宁不忘确定一遍："真的按照我自己的节奏来就好？那我就完全不管你们了？"

"嗯，不用管。"景元洲买完出门装备，开始往线上走，"不只不用管我们，也不用管 PAY 那边的局面。林教练已经全部安排过了，输赢无所谓，你如果能把 PAY 调动起来，任务就完成了。"

简宁点头："OK，那我开干了。"

简野操作着角色跟在简宁身后："干吧，想干谁就干谁，今天哥全程就罩着你，好好享受专用顶级奶妈的待遇吧！"

听到这里毕姚华多少感到有些发酸："享受就享受，有必要直接说出来吗？啧，这年头射手的待遇是越来越差了，要不我现场给你们唱一段《小白菜》？"

顾洛抽空看了一下野区，闻言忍不住有点发笑："哥哥们，能别贫吗，比赛呢！"

"就是因为比赛才……"毕姚华说到这里的时候戛然而止，难以置信地看着屏幕中央弹出的击杀消息。

"GH·Titans kill PAY·DeMen！"

"First blood（第一滴血）！"

随着系统声音传出，毕姚华忍不住地怪叫了一声："队长你这就单杀

DeMen 了？"

景元洲听着击杀提示，顶着残血状态回到塔下准备回城，闻言应了一声："嗯，你们教练说过了，必须把节奏拉到最快，你们也加油。"

GH 众人心想：说得倒是轻松，就算真的想听教练的话，现在半决赛呢，节奏是他们想拉就拉的？！

不过，景元洲拿下一血足以振作全队的士气。虽然他没多说什么，整个团队语音中的气氛也已经分明地严肃了起来。

在比赛前，林延已经提前整理过 AI 的开局习惯。有所准备下简宁避开了一级团的纷争，但是同样丢掉了抢一血的机会。

这时候看着景元洲在上路完成击杀，简宁想要自我表现的欲望顿时更加强烈，打野的节奏顿时更加快了。他一边迅速地提升自己的等级，一边蠢蠢欲动地在各路线上做起了文章。

开局才六分钟，一野一辅就把各条路线全都逛了个遍。其中，不可避免地和 AI 发生了正面碰撞。碰头之后，双方的中、上两路也在第一时间齐齐靠拢。

简宁在众人的围剿下艰难求生，临死前换走了 PAY 的中单，与此同时景元洲再次击杀 DeMen，随后被 AI 清空了气血。

顾洛伺机入场拿下了 AI 的人头，也被反手带走。

随着 AI 到手一波双杀，最后场上只剩两队的辅助存活，他们互相试探了一下确定谁也打不死谁，便相安无事地各自撤退。

一番交锋下来，整个过程惊心动魄。然而没等众人反应过来，下路也爆发出了击杀消息。

双方射手在一对一对线过程中，毕姚华完成了单杀。看了一眼双方的经济面板，他的心情显然非常不错："继续啊继续，加快节奏不要停！"

愉快的语气传遍了团队语音。

于是五分钟后，如毕姚华所愿，下路被 AI 连着光顾了三次。

毕姚华嚣张的气焰被迫收敛，他灰溜溜地回到了防御塔下，抓狂道："PAY 也加快节奏了！"

此时，景元洲正好和简宁、简野一起完成了一波越塔强杀。

在 AI 频繁 gank 的过程中，如果光看简宁出现在 PAY 各条线上的次数，其实只多不少。

321

景元洲扫了一眼下路可怜巴巴的状况后"嗯"了一声:"不急,继续提速。"

比赛打得惊心动魄,连带着观看这场比赛的所有观众都感到一阵心惊肉跳。官方解说也很久没有看到全程这么激烈的比赛了。

解说兔帽哥酝酿了一下措辞:"也不知道是不是我的错觉,总觉得这场节奏快得有些惊人。可以看到,比赛目前进行到现在不过十几分钟,但整个过程中双方打野似乎……咯,不是在gank就是在gank的路上?"

解说哭哭尽可能客观地分析道:"其实AI一贯以来都是这样的打野节奏,也是因为堪称完美的gank路线给对手战队带来巨大压力。不过这一局会变成现在这种情况,应该还是出于PPA这位打野也同样放飞的gank频率吧?通常情况下,两边的打野总会在试探过程中对比出较弱的一方,确实很少遇到这种双方打野都是gank狂魔的情况。这局比赛,线上战火一直处在随时爆发的状态,比赛的节奏看起来就会显得特别快。"

"不只因为PPA同步gank带来的错觉,从全场的次数统计来看,AI确实加速了。"解说兔帽哥皱眉道,"必须承认,PPA的出现让AI激发了更多的潜能,根据数据分析的结果,AI这半场的频率是以往比赛时的一点五倍甚至趋向于两倍。这明显给GH带来了更大的压力,可以看到在AI带来的高压环境下,PAY已经逐渐拉开了经济差距。"

说到这里他不由稍稍停顿了一下:"但是不知道为什么,这场比赛总让我有一种……特别奇怪的感觉。"

"能有什么奇怪的感觉,男人的第六感?"解说哭哭忍不住调侃了一声,笑道,"现在看来,GH会选择放出PPA这个新人,应该是想利用同样高频率的gank打法来对抗PAY的AI。但是从整体的收益情况看……PPA的节奏虽快但明显缺乏了一定的目的性,这种经验因素导致成功率过低的情况,还是有待努力啊!"

具体情况解说没有明说,但即使这样,看过比赛的人都能明白最后那句话的含义。

这局两队的打野选手都疯狂地在线上找事情,包括野区的交锋也是不断。但是从成效来说,AI的每一次gank选择都是有明确的目的性,在战局的推动上起着至关重要的作用。而GH的这位新人打野PPA,乍看去确实一顿操作猛如虎，但更像是在地图当中完全随性发挥，说是漫无目的也不为过。

这种发挥在首匹的路人局或许还能起到打乱对方节奏的目的，可现在毕竟是在职业联赛半决赛的赛场上，在峡谷中的自我放飞，更像是横冲直撞。

直播间里的弹幕已然刷得飞起——

"这一场比赛到底怎么回事啊，眼睛都快看不过来了。"

"太快了，这节奏是真的太快了，两边打野简直是在地图上来回飞啊！"

"没看过 PPA 以前的游戏录像吗？他一直是这种打野风格来着。"

"这叫打野风格？路过哪路抓哪路是吧，换我我也行啊！"

"稳还是 AI 稳，这数据，快逆天了吧？"

"你怎么不说 Titans 已经快神装齐全了？管人家打野成功率高不高，节奏带起来不就完了。"

"有一说一，GH 这把打得真的让我感觉像是平常的路人局。"

"平常的路人局都比他们有配合好吗！疯狂分流拉扯，以为这么搞 PAY 就跟不上他们了？"

"我现在突然理解 GH 这次的阵容安排了，算是几路同时发力，彻底分散 AI 的注意力？"

"狠还是 AI 狠啊……这样的局还可以狠抓成这样，绝了。"

"GH 这把打得也很好啊，乱是乱了点，但核心的经济也没被拉得太大吧？总觉得输赢还是不好说。"

"还是要看这波团战了吧？GH 已经错过两次团战了，这次如果能抢下来，可能还有翻盘的机会。"

大屏幕画面中，可以看到对战双方都围绕在峡谷附近伺机而动。

这时候比赛已经进行到了三十八分钟，也算是一波定成败的时刻。

其实这个时长放在平常的比赛中很寻常，但是因为前半场双方选手都被对面的打野搅得不得安宁，过快的比赛节奏，在同样的时长当中注定会带来超出负荷的疲惫感。

景元洲的视线一瞬不瞬地落在大屏幕上，放在鼠标上的指关节不动声色地活动了一下："等会儿我开团，注意跟上。"

其他人齐齐应了一声："好！"

这局比赛看起来双方在不断拉扯，但是实际上只有 GH 的队员们自己知道背后的艰辛。

要在应对 AI 的同时，跟上简宁的神来一笔，他们的专注程度远比 PAY 高。

而现在，他们顶住了这样巨大的压力，将经济差距控制在了林延交托的范围内，在这种临门一脚的时候，谁也不想让付出的努力付诸东流。

所有人的注意力都落在了景元洲身上。屏息凝神间，终于看到那个身影抓住了那一瞬即逝的最佳时机，豁然冲出。

景元洲把控全局的能力是最顶尖的，时机的选择无比刁钻。

从天而降的身影瞬间将战场分割成了两半，剑指中单。

精准到近乎完美，解说台上的兔帽哥情不自禁地站了起来，失控的声音传遍了整个现场："这波团开得漂亮！"

## 2

从 GH 阵容分配来看，景元洲的边路毫无疑问是开团核心点。

PAY 战队作为 BK 战队的老对手，对于 BK 前队长景元洲的风格早已熟悉无比。

被强行开了一波团后 PAY 并没有慌张，而是迅速地在最短的时间内稳住了阵脚。

然而，景元洲并没有如他们预料中那样留下来进行牵制。相反的，他丝毫没有理会 PAY 其他选手的意思，手中长剑一指，没有半点犹豫地直奔 PAY 中单。

这是以前在 BK 战队的景元洲从来不会做的选择。

作为团战的核心，他随时随地以全队为考虑前提，将自己的团战价值尽可能发挥到最大化。而现在，他完全可以信任自己的队友们，将自己的价值发挥到最大。

DeMen 在景元洲做出选择后眼底闪过一丝错愕。还没来得及感慨，他就快速收敛起心神，全身心地投入到这至关重要的团战中。

GH 的语音频道此时也是一片混乱。

"小心点，AI 在绕后。"简野提醒了一句，不忘在地图上打了个信号，随手在景元洲离开自己技能范围前给对方加了一口血，之后就开始死死地守在毕姚华的身边，"先打那朵，打那朵！视野我来，B 哥跟上，能杀！漂亮！"

毕姚华在后方先收走了PAY辅助的人头，接着跟在简野身后继续往前推进："射手在侧面，谁上！"

"来了！"简宁找到了合适的站位切入后方，收走对方射手的同时吸收了一人波的伤害值。看着气血值心惊肉跳地掉，他闪现避开致命伤害，慌张地往后撤去："哥，奶我一口！要死了，快奶我一口！"

简野闻言当即往简宁那边靠，然而还没走上两步，便听到了简宁的声音："别来了，我死了，你们快走！"

AI从简宁斜后方的位置跳出。也不知道是不是因为提前发现简野，短时间内他居然调整了一个全新的方位。而这个角度，精准地堵死了GH的全部退路。

毕姚华眼见情况不对，输出第一时间跟上。转眼间，AI的气血值肉眼可见地下滑了一大格。

景元洲入场直接把战场分割成了两半，DeMen恰好被拦在外面，此时姗姗来迟。

被拦住的DeMen毫不犹豫地甩出一个范围控制技能，没给对方半点反应时间，就将毕姚华和简野两人击飞在了半空。

毕姚华哀号一声："完蛋！"

话音未落，AI已经干脆利落地收走了毕姚华最后一点气血值，拿下双杀。

在过分危急的局势下，眼见简野也要当场丧命，忽然一道剑影划过。顾洛的法刺应声而至，破空技能打出一套减速，配合着简野的闪现，使简野惊险万分地逃出生天。

简野第一时间给自己喂了一口治疗，后撤进草丛，借助视野盲区终于得到了些许喘息之机。

然而另一侧，顾洛为了救简野陷入了夹击中。面对AI和DeMen，顾洛如果想要周旋，每一个操作都必须万分精准。

生死一线间，一个身影突然而至，将顾洛牢牢地护在了身后。

景元洲强势地完全阻断了PAY法师参与团战的机会，为后方队友们牵制住了其他人，也同样为他们争取到了足够的时间。

此时，看似GH被逼到了悬崖边的局势再次逆转，顾洛艰险逃生，景元洲临死前换掉了AI和DeMen的两个人头。一换二后，拿到一波三杀。

剩下二人不敢浪费半点时间，简野连加血的吟唱时间都舍不得浪费，就跟着只剩下血皮的顾洛和抵达的兵线一口气推上了 PAY 的高地。

　　GH 在全队经济落后的情况下一波翻盘，拿下了第一局比赛的胜利，总用时四十六分钟。

　　随着对战结果显示在大屏幕上，不管是现场还是直播间的观众一时间都感到有些茫然。

　　解说兔帽哥缓缓地呼了口气，仿佛这才回过神来："这场比赛打得太惊心动魄了！但是在这里还是要说一句，恭喜 GH，赢下了今天的第一局！"

　　解说哭哭同样震惊："我必须说，这大概是今年秋季赛开赛以来，或者说是今年所有联赛以来，我见过节奏最快的一局比赛了！"

　　解说兔帽哥："虽说是快节奏，但这场的节奏再快，依旧用了四十多分钟，已经算完全进入到大后期了。这样的对战强度，对双方选手而言都是不小的消耗。"

　　就在这个时候，大屏幕上的导播镜头恰好切到刚刚下场的双方选手。虽然只是一扫而过，但多少可以看出双方的疲态。

　　解说哭哭看到镜头，接话道："怎么说呢……才打完第一局，PAY 输得虽然有些遗憾，但还是希望他们可以尽快把状态调整起来。目前已经进入了 GH 的赛点，相信很多人也像我一样，希望在接下来的第二局比赛中再看一局畅快淋漓的巅峰对决！"

　　解说兔帽哥忍不住打趣："你还想再来一局像刚才那样超高节奏的比赛？怕不是想累死两队的选手吧！"

　　话落，现场在这样的调侃中爆发一阵哄笑。

　　两队选手下了赛场已经各自回休息室调整，没有留心外面解说的交流。

　　这会儿林延正好翻完自己在台下做出的数据统计，开口道："上一场整体来说打得还可以，但是前期对线期间还是有一些不足。上一局被拉开的经济差距比我预期要高太多了，就算对手是 AI 也不太应该。只能说，赢是赢了，但那是幸亏你们队长在最后一波团战顶住了，那波团战如果输了，现在的赛点就是 PAY 的了。"

　　林延这番话听起来是对所有人说的，但视线却始终落在毕姚华的身上。

　　被看得浑身不自在，毕姚华忍不住缴械自首："是我的问题！下路前期节奏确实有点乱，我下一局一定努力，一定跟上 AI 和爬爬的脚步。"

简宁第一次上场，此时依旧被获胜的喜悦笼罩，直到听到最后一句，忍不住皱眉："小许喊我爬爬！"

他想了想，试探地举手，问出了心里期待的那个问题："所以……下一场我还能继续上场吗？"

"嗯，你上。"林延早就有了想法，回答得也没什么犹豫，"继续保持刚才的节奏，可以的话最好再提一下速。PAY 刚刚输了一局比赛，AI 也已经热身完毕，没意外的话，下一场必定不会打得像刚才那么轻松了。"

轻描淡写的一句话，听得休息室里众人纷纷沉默。

所有人看向自家教练的视线里都带了几分惊悚。轻……轻松？教练你前面不是才刚说了赢得非常惊险吗，怎么一转身就说打得轻松了？谁家的"轻松"能这样啊？！

林延对众人的反应视若无睹，随手拎起一瓶矿泉水，拧开，递到了景元洲的手中。

随后，他又陆续给其他人递了一瓶："都抓紧时间调整一下状态，撑过这一把就好了，加油。"

休息室内一时士气大振："一起加油！"

休息时间很快结束，工作人员过来提醒选手们上场。

林延也需要一起去参与 BP 环节，跟上去前不忘回头朝辰宇深看了一眼，说道："Abyss，准备热身吧，要上场的话也会很快了。"

辰宇深欲言又止地动了动嘴角，最后缓缓地点了点头。他看向队友们上场的背影，眼底满满都是复杂的神色。他不知道需不需要表达一下对队友的同情。

教练刚才在休息室里的话不管怎么听都充满了激励意味，但是谁又能想到，所谓的"撑过这一把就好了"并不是赢下第二局，而是为拿下第三局的决胜局完成铺垫。自家教练连安排炮灰冲分都能表达得士气满满，是真的狠。

第二局的 BP 环节很快结束。

这次 GH 依旧没有拿出众人期待的全新阵容，相反在阵容的选择上比起第一局，令人无语的程度有过之而无不及。

林延安排完阵容后下场，可以清晰地听到场内的窃窃私语。他平静地在辰宇深的身边坐下，看着赛场上已经确定的双方对战阵容，唇角浮起一抹微不可识的弧度。

如果可以的话，他也希望能够连赢两局，但面对 PAY 这样的队伍哪是这么容易的事？在第一局极致调动起来的节奏下，能赢自然再好不过。如果赢不了的话，那就让局面彻底地失控吧。

3

随着第二局比赛正式开始，解说和观众的注意力都被吸引了过去。

因为第一局过快的比赛节奏，全场依旧处在高度的亢奋中。

在这种兴致被完全吊起来的情况下，大家不可避免地对接下来的交锋有了更多的期待。

然而众人万万没想到，战火居然还能再次升级，比第一局来得更加激烈。

这一局简野选择的辅助英雄自带了一个团体加速技能，第一件装备又出了一个加速装，使得打野、辅助两人的移动看起来更加风驰电掣，但即使是这样，依旧被 AI 的 gank 频率稳稳地碾压。

AI 自从成名以来一直都是野区王者，让对手闻风丧胆。这样魔王级别的神级打野，在今天的比赛中却解开了更高级的封印，实力也得到了成倍的释放。

短短的开局，双方已经在各路线上发生过多次碰撞。

随时随地爆发战火，一度连导播镜头都有些难以跟上。

别说是场上的选手们，就连屏幕前的观众们都忍不住屏息凝神，一度神情绷到了极点。

直播间里的弹幕更是疯狂滚动着。

"今天的这场比赛是怎么回事，两边的打野都会飞还是怎么的？"

"要不是直播我还以为这是开了二倍速。"

"这个路人王打野居然这么猛的吗？"

"绝了，隔空问候一下排行前排的玩家们，你们平常的游戏体验都是这样的吗？"

"猛有什么用，猛得过 AI？看看两边经济，已经完全拉开了。"

"gank 成功率是真的太低了，GH 是想用速度压过 AI 的话，如意算盘还是打错了。"

"只能说上把还是热身，现在 AI 完全已经放飞了吧，这谁拦得住！"

"也不用这么捧吧，上局 GH 也是经济落后，还不是翻盘了。"

"上局是上局，哪说是怎么的，没看到这局的经济差距更夸张吗？这还能翻我直播倒立洗头！"

"确实……PPA 操作凶是凶，但是没成功率，凶了个寂寞。"

"AI 是真的狠，根本玩不了吧，这场 GH 算是彻底炸了。"

"太快了，他的节奏太快了，完全防不过来啊！"毕姚华作为被 AI 荼毒的主要对象，叫苦不迭，"你们行不行？下路快废了，再不推过去我真的守不住了！"

"不太行……"顾洛中路的压力并不比毕姚华少，虽然简宁也没少来中路 gank，但是获得的收益和 AI 完全不能比，大有入不敷出的惨烈感，"对面现在压得有点凶，我暂时不太方便进行支援，你们稳住啊。"

"这把确实不太好打，AI 的节奏已经调到最高了。"话是这样说着，但是景元洲的语气却没有太多的慌张，扫了一眼敌我目前的经济差距，说道，"再稍微多顶一会儿，尽量让 AI 把这样的节奏多熟悉一下。"

冷不丁地听到这样一句话，监听裁判心想：让 AI 多熟悉？应该是尽快把 AI 的节奏熟悉一下才对吧？

此时显然没有人会为裁判心里的疑惑解答。

炙热峡谷中，无处不弥漫着硝烟。随着场上逐渐趋近于白热化的交锋，台上两位解说反倒冷静了下来。

"这样的节奏……应该是有好几年没有在赛场上出现过了吧？"解说兔帽哥的视线落在峡谷中飞速移动的身影上，语气中多了些许复杂，"看得出来两边都已经把可操作性提到了最高，但是两位打野的情况还是不能比。抛开成功率不说，AI 表现出来的强度也绝对接近 PPA 的两倍了。"

"不得不说，这样造成的负荷太大了。"解说哭哭也忍不住地皱了皱眉，"虽然可以理解这一局的胜负对 PAY 来说非常重要，但是 AI 从开局到现在这样的状态保持了近三十分钟，这样的损耗对于选手而言实在是太大了。毕竟就算拿下这局，还有第三局……"

"说到底还是有非赢不可的理由吧。"解说兔帽哥抬头朝 PAY 选手席方向看去，可以看到一号位的电竞椅上那个挺拔的身影，他又无声叹了口气，"对于 AI 来说，非赢不可的理由。"

兔帽哥虽然没有明说，但是此话一出，让现场原本火热的氛围微妙地改变了。

确实是非赢不可，最近陆续有职业选手准备退役的消息传出，比较成名的选手中，LDF 战队主动决定退役的 Luni 是一个，PAY 的 DeMen 也是一个。

虽然说 PAY 有 AI 这个核心打野魔王在，未来的路怎么也比 LDF 要来得顺畅很多，但是只要一想到 DeMen 跟 AI 平日里相处时候的点滴，即便作为旁观者，心底的某处都像被扎了一下，更何况是 AI。

为什么要拼到这个地步？当然是因为——这是他们的队长 DeMen 拿职业联赛奖杯的最后机会了！

一旦被这种过分现实的事情给刺激到，观众们再看比赛的时候都多少感到有些不太对劲。明明是热血无比的比赛，却仿佛夹杂了一丝酸涩。

特别是 PAY 的战队粉丝，已经有人忍不住啜泣。

而赛场上，AI 彻底带崩了全线，PAY 在游戏时长进行到三十八分钟时推上了 GH 高地，结束了这一局的比赛。

最后一波团战 AI 火力全开，GH 先是打出了一波一换三，结果被 AI 精准地入场，完成收割。

虽然 GH 粉丝们对这样的结果有些惋惜，但是在 AI 强势的压制之下，这样的结果仿佛也是在预料中。毕竟在经济差距被拉开太大的情况下，GH 能够把这场比赛拖到现在，已经算是奇迹般的发挥了。

当双方选手在对战区摘下隔音耳机的时候，可以听到来自观众的掌声和欢呼声。

毕姚华多少感到有些唏嘘："我还是第一次输了比赛没有挨骂，这掌声来得……有个词叫什么来着，服气！"

简野在赛场上跟简宁跑了全程，下场的时候整片后背的衣服已经完全湿透了。他猛灌了几口水后说："说真的，等今天这场比赛打完，我再也不想和 PAY 碰头了。"

顾洛深有同感："不只不想碰头……不管是 PAY 还是 AI，我都不想再听到了。"

毕姚华："回去后我就玩几百盘人机缓一缓！"

"按照赛程安排，就算你们想和 PAY 碰头，怕是也没这个机会了。"林延冷酷无情地打断了队员们后面的话,回头看了一眼因为输了比赛有些失落的简宁,安慰道,"刚才那两局爬仔打得非常可以,任务完成的效果比我预想当中要好很多。等赢了今天的比赛一定给你记上一功,回基地给你发几朵小红花怎么样?"

简宁倔强的自尊心显然在 AI 的打磨下有些受挫,下场后一直没有说话,闻言忍不住小声吐槽道:"我又不是小孩子,要什么小红花!"

"不要小红花也行,那就给你涨工资。"林延特别敷衍地拍了拍简宁的肩膀,把注意力转移到了辰宇深身上,"怎么样 Abyss,状态都调整好了吗?"

辰宇深点头:"嗯,随时可以上场。"

"很好!"林延满意地用笔尖在文件夹上敲了敲,"前面两局大家都辛苦了,提着的那口气也都稍微松一松,别这么紧绷着了。下局开始滚仔你就留在下路保 BB,其他的交给 Abyss 就行。最后一局了,大家加油。"

林延简单地做了一下动员,就把休息时间留给了队员。

整个休息室瞬间安静了下来。

林延最后确定了一下战术安排,无意中对上了景元洲的视线。他问道:"怎么了?"

"没什么。"经过两场高强度的比赛,景元洲的神态间也透露着些许疲惫,眼底笑意很淡,"就是在想,还好我们没有成为对手。"

林延有些失笑,忍不住调侃:"怎么,你是觉得我对 PAY 做得太狠了?"

"都是为了赢比赛,战术上没有狠不狠的说法。"景元洲抬眸扫了一眼屏幕上的数据统计,"职业联赛的这个舞台,在站上之前,谁都不能肯定是不是自己的最后一场比赛,大家都一样。"

听到这样的话,林延不由得抬头多看了景元洲一眼。

在此之前,林延其实就隐约有一些感觉,现在预感又浓烈了几分。他安慰道:"不管怎么样,下把就靠你了,全队的希望啊景神!"

景元洲看了一眼眼前的林延,神色动容。

## 4

同一时间 PAY 休息室,所有人都屏住了呼吸。氛围有些许凝重。

"你太乱来了。"DeMen 站在 AI 面前眉头紧皱,看着跟前垂着眼的 AI,

到底还是说不出重话，"我可以理解你不想输掉比赛的心情，但是说到底，也要为职业生涯考虑。单是两局比赛就承受这么大的负荷，万一没有控制好伤到了手，是准备跟我一起退役吗？"

DeMen虽然一直担任着PAY的队长，但平时很少会这么严厉。

这时候其他队员们听着自家副队闷声不吭地在这里挨训，一个个都不敢多吭一声。

半晌后，AI低头扫了一眼自己有些微抖的指尖，故作放松地捏了捏："我以后确实还有很多的比赛要打，但是……"

停顿了一下，他抬头看向DeMen："如果输了，你就彻底止步于此了。"

AI向来不是一个情绪轻易外露的人，就算之前被K国选手激出了火，也不过是有些许皱眉。

这个时候他脸上依旧没有太多表情，但是不知道为什么只是这么一眼，就让DeMen感到心头被狠狠扎了一下。

DeMen缓缓地呼出一口气，最后只能放弃状地摇了摇头，低叹了一声，更多的是无奈："没了秋季赛还有世界挑战赛，总之别逞强，知道吗？"

AI本来还想说些什么，接收到了DeMen警告的眼神，动了动嘴角："放心，我自己心里有数。"

周围再次安静了下来，只剩下电视机屏幕上播放着的现场实时画面。

就在这时，PAY休息室的门被敲响。

工作人员提醒道："第三局要开始了，都准备一下上场吧。"

AI将手中的矿泉水放到了桌子上，站了起来："走吧。"

其他人也跟着走了出去。依旧是熟悉的过道，观众们的欢呼和呐喊遥遥地落入耳中。AI垂落在身侧的手在无人觉察时缓缓地握成了拳。他当然知道就算战队真的在秋季赛止步，也还有机会通过世界挑战赛去争取全球总决赛的入场券，后面还有世界的舞台在等着他们。但他不希望留下任何遗憾。毕竟，这是DeMen最后一个赛季了。他要赢！

走出通道口的一瞬间，明亮的灯光径直地刺入了眼中，使AI眯起了眼睛。

随着如浪的尖叫声，决胜局正式开始！


另一侧，GH众人也已经坐上了对战区的电竞椅。

"我怎么感觉PAY这场是带着杀气过来的呢……"毕姚华一边鼓捣着设备，一边频频往PAY阵营那边看去，心有余悸，"看看AI那表情，这完全是发狠前的征兆啊！上一局不会还没到他的极限吧，这人到底是什么成分构成的？"

"可以啊BB，现在还会看面相呢？"林延在语音频道忍不住笑着调侃道，"要不BB您给算算，AI这波发狠的结果怎么样，最后哪边赢啊？"

毕姚华还真装模作样地道："我们稳赢！"

顾洛笑出声来："B哥还是强。"

林延没有继续搭腔，侧头看了一眼正在调试鼠标的辰宇深："怎么样Abyss，状态可以？"

辰宇深一直在专注调整状态，闻言才应了一声："没问题。"

林延放心地点了点头，从工作人员手中接过了选手确认名单，龙飞凤舞地签下了自己的名字。

随着对战双方准备画面投放在大屏幕上，现场早已经议论开了。

"换人了！GH居然在第三局选择了换人？这样的安排……"解说兔帽哥的语气里充满了疑惑，"怎么说呢，虽然Abyss和团队的配合肯定是比PPA要强很多，但是选手进入赛场其实还是需要适应时间的。更何况前两局双方的交锋这么激烈，Abyss在这个时候上场，也不知道能不能直接跟上这样的快节奏。"

"确实，Abyss这位打野选手本身就不擅长快攻，不管怎么看，这时候换人都有些冒险。"解说哭哭说到这里笑了笑，扫了一眼大屏幕后方站着的那个身影，"可不知道为什么，我又觉得这好像是林教练故意安排的。毕竟众所周知，GH的套路没有千条也有万条，突然搞出这种匪夷所思的操作，虽然猜不到他们的真正目的，但就是让人觉得没那么简单。"

解说兔帽哥被呛了一下："咯，听你这么一说……还真是？"

解说哭哭接收到了裁判组的指示，非常熟练地收回了话题："好的，现在半决赛第三局比赛即将正式开始，让我们看一下双方战队的BP情况吧！"

鉴于前两局的阵容情况，随着本局BP环节展开，观众们迫不及待地想要看双方教练还能祭出怎样的神级阵容，让这一局再次完成提速。

因此，当PAY先手为AI抢下他拿手的打野英雄时，全场响起阵阵惊呼。

考虑到阵容体系AI其实很少使用这个英雄打野，但每次选出，都注定尸横遍野。

一选就这么刺激，直接将观众们的期待值调动到了最高。万众瞩目下，其他对战阵容也随着 BP 环节的进行陆续浮出水面。

PAY 战队显然尝到了上一局的甜头，这个阵容明显是准备再把节奏进行提升，而这也是非常符合观众期待的。

然而所有的兴奋激动都是在 GH 阵容完全确定前。

BP 环节结束，GH 选择的英雄呈现在大屏幕上：边、辅自带回血技能的半肉（指一种英雄角色定位，通常具备较高的防御和生命值，同时又能造成一定的伤害）前排，中单远程召推塔流法师，射手是超远程自带视野的暗影狙击手，以及有野区搅屎棍之称的打野英雄萨拉曼。

全部都是峡谷中能把对手恶心到够呛的无赖英雄，俨然是一个纯正的赖皮者联盟。

现场的观众纷纷错愕，直播间也瞬间被铺天盖地的问号覆盖。

"等等，是我眼花吗？GH 这局拿出的阵容是什么意思？"

"是不是可以理解成……回家队上局被彻底打蒙了，所以怕了？"

"但也不至于啊，Gloy 都不玩法刺了，这是准备放下屠刀直接皈依佛门了吗？"

"这阵容一拿出来就是完全不准备跟 PAY 玩了啊。"

"不是吧，我居然可以在有生之年在回家队这儿看到这样的阵容？"

"哈哈哈，回家队这是准备一动不动当乌龟吧！"

"有一说一，这种阵容拿出来怕不是直接就要给 AI 打废了。"

"不一定啊，你看看这些英雄就知道了，哪个是好抓的？"

"我竟然一时间不知道怎么形容了。"

"不是……为什么我有一种，GH 这是准备全员住在线上的错觉？"

"……"

最后一句话也不过是众多弹幕中的一条，但是瞬间把网友们的注意力吸引了过去。

刚刚还感到一头雾水的众人豁然开朗，住在线上？还真是？

经过前两局的比赛，所有人的思维都倒向了一个方向，在这一局一开始，就下意识地认定了今天注定是谁把节奏带到最高，谁就能赢下最后的比赛。

原本毫无逻辑的思维方式，随着过分激烈的比赛本能地成了定式。而现在，随着 GH 战队的阵容完全锁定，才让所有人从这个误区中回过神来——团队博弈就是团队博弈，这毕竟是竞技类的比赛，而不是纯粹的竞速。哪边的对战节奏更快本身并不是关键的因素，谁最终能推掉对方高地的水晶，谁才是真正拿下胜利！

而现在，GH 的战术体系也表现得明明白白。你想跟我比节奏？不好意思，这一局我要让所有的节奏都没有意义。赖皮到极致，同样也诡变到极致。

不可否认，GH 的阵容同样存在着非常明显的漏洞，一旦拖到大后期容易变得非常被动。然而，这只是针对正常的阵容而言，现在针对对手的情况来看，像 PAY 这种高强度节奏的阵容有大后期吗？答案是没有！

既然两边都是越到后期越疲软的阵容，那就看谁能站到最后了。

安排完 BP 环节后，双方教练下场离开。

林延按照惯例来到场中央和 PAY 教练握手。

对方看向林延的眼神哀怨至极："林教练，战术真……喀，不错啊！"

林延淡淡一笑，特别绅士且客气："彼此彼此，你们也不错。"

PAY 教练差点一口气没接上来。他能在这种豪门战队坐到现在的位置，在战术分析上自然有两把刷子，到了这个时候怎么可能还看不出来，又被对方算计了。防不胜防，简直可恶！

## 5

半决赛的决胜局正式开始。

刚一开场，AI 就毫不犹豫地直奔 GH 野区。

相反的，辰宇深在知道 AI 的动向后，第一反应是选择了走向另外半张地图。

虽然一开始就觉察出了两边打野不同的作战属性，但是看到互相退让的画面，依旧让解说兔帽哥有些感慨："Abyss 让得是相当果断啊，看来林教练在这个时候安排他上场是早就授意过了，这是完全不准备像前两局那样，和 PAY 进行正面碰撞了。"

"不奇怪。"解说哭哭接话道，"萨拉曼这个英雄在升级大招前都有些疲软，一级团稍微拉扯没什么问题，但如果真要硬碰硬，确实占不到半点便宜。"

解说兔帽哥："从 AI 这个节奏来看，这是……准备去上路搞事情了吧！"

话音落的同一时间，导播的镜头也切到了上路。

景元洲和 DeMen 在线上交锋得正激烈，每一步的走位都充满了细节，如果不是大屏幕上显示着时间，完全看不出来这只是二级发生的碰撞。

留意到 AI 的靠近，DeMen 故意卖给景元洲一个破绽，试图引诱对方上钩。

奈何景元洲完全无动于衷，丝毫不像觉察到了 AI 的埋伏，可偏偏又卡在一个不好被 gank 的刁钻角度，多少让人有些捉摸不透。

眼见诱惑不到，AI 也没有浪费太多时间。他趁着景元洲补兵期间，一个短距离位移，直接从侧面的草丛中冲撞而出。

可他还没来得及碰到对方，前一秒还横在路中央的景元洲借助自身第二技能的传送预判，完成了后撤。

现场一片哗然。很显然，在毫无视野的情况下，景元洲预测到了 AI 的这波埋伏。

PAY 的团队语音中，DeMen 的声音异常平静："Titans 太敏锐了，还是不好抓，多去别路看看。"

AI 应了一声："嗯，那你自己注意点。"

DeMen："放心。"

AI 没有再多说什么，头也不回地再次钻进了野区。

DeMen 的视线扫过消失在视野中的 AI，再看向景元洲的 ID 时，眼底的神色也渐渐沉了下来。DeMen 很清楚，景元洲这一局拿下这个英雄时，就注定了边路会不太好打。

但是，就算再不好打，他也必须将上路的防御塔好好守住。

当年 DeMen 和景元洲前后脚进入联盟，正是因为被比较得太多，才让他更加清楚这个边路大魔王的可怕之处。虽然在所有的位置中，边路是除了辅助外最容易被人忽视的位置，但同样的，往往也是全局决定胜负的最关键存在。看似默默无闻，实则至关重要。

放眼整个职业生涯，DeMen 一直都是不争不抢。但这一局，说是因为受到 AI 情绪影响也好，或是真的不想在最后的职业生涯留下半点遗憾也好，此时此刻，DeMen 第一次这样清晰又强烈地意识到——他，想赢！

毕竟是在赛场上交锋多年的老对手，虽然各自坐在自己的阵营中，但短暂的几次碰撞后，景元洲就感受到了 DeMen 状态的不同。他微微地拧了下眉心，在团队语音中提醒道："都注意一点，PAY 这局士气很高。"

景元洲说话间，顾洛中路刚刚送走了突然光顾的 AI。

此时他心有余悸地呼了一口气，喃喃道："确实高，而且总感觉节奏比上一局更快了……"

毕姚华拿着狙击枪一枪又一枪地清理着兵线，玩得十分开心："正常，PAY 这局必须在前期打开优势，要不然中期就是我们的天下了。"

此时 AI 的身影在下路一闪而过。

毕姚华也不怕暴露位置，毫不犹豫地就缩回了防御塔下，还不忘继续叨叨："刚到中路这就来了，这是真拿我们当经验宝宝在养啊！"

简野迅速地给毕姚华打了两口气血，警示性甩了个光波过去。试探 AI 的去向后，他提醒道："Abyss 小心点，AI 入侵我们野区了。"

"没事，不用管他。"辰宇深早就提前绕了过来，此时给中路打了个信号，"Gloy，压一波。"

顾洛应了一声："来吧！"

随着几个技能的接连施展，一串宝石色的小精灵就被召唤在了顾洛脚下，风卷残云地清掉了新上来的兵线，直直地压到对方防御塔下。

眼见大军压境，PAY 中单当即甩了几个技能试图清理小兵，然而还没来得及把那群小兵逼走，就看到了侧面蹿出来的辰宇深。

PAY 中单非常果断地交了闪现，这才惊险地逃脱了被当场击飞的命运。

有了辰宇深保驾护航，顾洛有恃无恐地带着一群小型召唤兽啃掉了 PAY 中塔二分之一的气血值，最后还不忘专门从河道上方绕了一圈才回到塔下，有效地避开了 AI 的半路拦截。

一连串的发展被导播录入镜头，投放在了现场的大屏幕上。

解说哭哭有些咋舌："有没有感觉……这一局 AI 的 gank 成功率明显降低了很多？"

解说兔帽哥接话道："主要还是节奏问题，AI 的手感被前面两把带得太快了。"

解说哭哭愣了一下："什么意思？"

"怎么说呢……"兔帽哥毕竟比哭哭入行早，在战术分析上也看得更透彻，他想了想，尽可能地解释道，"以 AI 目前的 gank 节奏，如果放在前两局当中，自然是没有任何问题。毕竟不管是 GH 还是 PAY，两队都处在同样高频率的节奏中，可以说是一种互相制衡同样又互相适应的过程。如果拿打球做比喻的话，可以理解成前两局 AI '挥拍'过程和 GH 的'球速'成正比，自然可以精准地将同样速度的'球'接住，但是这一局就完全不一样了。"

说到这里，兔帽哥不由得抬头看了一眼大屏幕："现在 AI 的'挥拍'过程依旧是那个频率，甚至有加速的趋势，但是 GH 的'球速'已经全面放慢了下来。这样一来原本一拍一球的节奏不可避免地会发生改变，也就是说两三拍，甚至更多次的挥拍才可能完成一次和'球'的正面触碰。这样一来，挥出空拍的次数必然会增加很多。"

"可是，从全场节奏上压制对手不是联赛中常见的一种手段吗？"解说哭哭听得还是有点蒙，"听你这么说，怎么感觉 AI 这样高强度的提速反倒不是一件好事了？"

"按照正常情况来说，进行节奏压制确实没有任何问题，但是……"作为职业的官方解说，兔帽哥自然知道比赛现场上有的话能说，有的话不能，此时被哭哭这个后辈问得不知如何作答，他清了清嗓子，干脆转移了话题，"总之，不管分析再多，没打到最后谁也不知道结果是什么。也别纸上谈兵了，让我们拭目以待吧！"

两位的对话落入林延耳中，使他忍不住抬头朝解说席的方向看了一眼。

他在心里默默地补下了兔帽哥后半句话。

按照正常情况来说，进行节奏压制确实没有任何问题，但是……这一局 GH 拿出的，是最不受打野节奏影响的阵容。

节奏再快，如果只能影响己方战队，那就没有了任何意义，脱节不过是迟早的事。

如果说 PAY 早点意识到这一点，让 AI 把速度降下来，尽可能地减少这种没必要的损耗，后续或许还有得打。但现在的问题是——AI 能把这种失控的节奏重新压下来吗？

林延的眼底浮起一抹笑意。

虽然有些残忍，也很可惜，但是胜利注定只能属于一方。此时此刻，场上已经临近脱轨的 AI，已经注定慢不下来了。

简宁坐在辰宇深之前坐的位置上，原本紧张无比地看着场上的比赛，也不知怎么的，鬼使神差地回头看了一眼，不偏不倚地，正对上了那抹淡淡的目光。

简宁的动作一顿。

没等他回神，林延的手已经伸了过来，在他头上揉了一把："爬行啊，干得真不错！"

放在平时，如果有人胆敢动他的发型，简宁早就原地炸毛了，但林延语气和善又宠溺，落入简宁耳中却激起了一片寒意。

简宁彻底僵在了原地忘记了反抗，是他的错觉吗……林教练看起来好恐怖！啊啊啊！

# 6

场上的比赛还在继续。

就如林延预测的那样，AI 依旧飞奔在场上进行着高频率的 gank。这样的节奏在平时对 PAY 其他队员是很好的支援，但是这一局，GH 的阵容在赖线能力上实在太强了。

放在平时，AI 的一次 gank 即便不能收走人头，至少也能压掉敌方大半格气血值，让其回城补给，从而给对手带来不小的压力，而现在，GH 上、中、下三路线上却都没有丝毫强行硬拼的意思。

单纯地持续清兵打消耗不说，过长的续航能力总能让他们在周旋的过程中，把损失的气血值一点点地补回来。这样一来，AI 的 gank 直接失去了意义。

奈何 PAY 的内部节奏在前两局已经形成了惯性难以放缓，而 GH 温水煮青蛙式的打法对他们而言成了一种煎熬。这种感觉就像是，频频出击的重拳都打在了软软的棉花上，不得劲，又难受得很。

如果说前两局比赛人头数爆发是联盟史上最高，那么第三局，双方都停滞不动的击杀俨然要创下历史最低。两个极端。

别说场上的选手们了，就连现场观众都有些喘不过气。

但是，这样的局面却不是那么容易破除的。

在两队周旋的过程中，不知不觉比赛已经进入了中期。

随着 GH 阵容强势期的到来，团队语音中传来了景元洲的声音："可以开始了。"

一改之前沉睡般的状态，整片炙热峡谷随着忽然腾起的战意，彻底惊醒！

GH 上、中、下三路同一时间疯狂推进。

因为他们这局在线上的英雄都是可攻可守的类型，PAY选手们对上这些狗皮膏药叫苦不迭。无暇分身之时，唯一可能破局的关键点落在了游走的AI身上。然而偏偏在这个时候，故意避开AI的辰宇深一反常态地开始主动出击。

解说兔帽哥："Abyss和AI撞上了！"

话音落下的瞬间，导播镜头瞬间移向了下方野区。

Abyss，代表GH战队在赛场上亮相的新人，也因为后来揭露的暴力事件一度被推到了舆论的风口浪尖。因为其ID与AI一样以字母"A"开头，而且同处打野位，一度在网上被拿出来和AI进行比较，在AI的高光衬托下，不可避免地受到了嘲讽。

再后来，GH战队和PAY在常规赛撞上，从比赛结果来看，Abyss面对AI表现出来的确实是刻意避开的迂回态度。不管是不是战术，他多少都被人贴上了避战的标签，于是所有人都达成了共识——在AI面前，这位新人打野不够看。

刻板印象已经产生，此时在野区产生的碰撞，连GH的粉丝们都本能地在心里喊了一声"糟糕"。

戴着隔音耳机，辰宇深感受不到现场的氛围。又或者说，他根本没有心思去想这些。

他的视线一瞬不瞬地落在大屏幕上，死死地盯着画面当中的身影，脑海中浮现的是林延最后的那句叮嘱："Abyss你记住，二十分钟后开始牢牢地拖住AI。尽管放手去做，努力成全战队，也成全自己！"

怎样成全自己辰宇深不太懂，但他知道队友们利用二十分钟拖住了局面，并且给他预留了足够的时间，而此时此刻，换他来体现自己在赛场上该有的价值了！

画面中，双方打野紧紧地纠缠在了一起。没有预料中一面倒的局面，两人的交锋出乎意料地激烈。

辰宇深使用的英雄萨拉曼素来有野区搅屎棍之称，也确实是所有英雄当中皮糙肉厚、最难击杀的一个。但是再难击杀，每年被AI捶死在野区中的萨拉曼没有上百也有几十个，此时此刻能够打得这样难舍难分，完全凭借的是辰宇深自身精湛的走位和极致的操作。

细节躲避加上位移周旋，且对战双方都带了一件回血装备，通过大屏幕看去，可以看到两人的气血值肉眼可见地起伏着。惊险无比，却又始终无法分出胜负。

周围的野怪、地形、草丛，一时间都成了两人博弈的筹码。细节，细节，全都是极致的细节！谁也没想到，辰宇深居然真拖住了 AI。

不只是现场开始有了沸沸扬扬的议论声，直播间里的弹幕一时也纷纷刷得飞快。

"Abyss 的操作也太细致了吧！"

"这……真的假的，AI 居然真的被拖住了？"

"AI 都被缠住的话，PAY 的局面是真的不太好了。"

"经济差距倒是没拉开，可是总感觉 PAY 现在真的非常被动。"

"以前没注意，这个 Abyss 是今年才出来的吗？厉害啊！"

"是真的是真的，有几个操作太细致了！自信是真自信，刚才但凡有个小失误估计就已经挂了。"

"吹什么呢，Abyss 厉害，不是一样也搞不死 AI 吗？"

"笑死，前面的是 PAY 粉？这语调，听着好像 AI 能搞死 Abyss 一样！"

"只说操作，Abyss 确实厉害啊。"

"前有 Gloy 后有 Abyss，回家队的这些新人怎么回事，一个一个都这么狠的吗！"

"以前谁给的电竞毒瘤集结营的称号？改一个吧，干脆叫电竞天才集结营得了。"

"哈哈哈，吹得确实有点过，但是这个名字听得我好想笑是怎么回事？"

"前面就有种感觉但没好意思说，现在总算可以说了，AI 只要摆脱不了 Abyss，PAY 在这局怕是真的离输不远了。"

……

解说台上的两位职业解说在理论上来说不该站队，但是看着场上过分明显的局面，不得不进行了一波分析。

解说兔帽哥："前期 AI 抬高的节奏没有对局面造成太大的影响啊。现在已经进入了 GH 阵容的强势期，看得出来现在 PAY 全队被拉扯得有些难受。这种时候，就必须有人站出来打破这样的局面了。"

"但是……确实有点难。"解说哭哭看了一眼野区交锋许久最终各自撤离

341

的身影，皱眉道，"PAY 走的一直是野核，这种时候能靠的只能是 AI 了。但在这种各条线上都没有明显优势的情况下，如果想要完成翻盘，AI 首先要做的，恐怕是脱离 Abyss 的纠缠。"

"现在看来，GH 早就防着这一手吧。"解说兔帽哥认真分析道，"Abyss 拿出萨拉曼这个英雄，就已经做好了当牛皮糖死缠 AI 的准备，这是真的不准备再给 PAY 任何机会了。而且比赛进行到现在，可以发现 AI 整体的节奏也完全被带乱了，这种 GH 打定主意要打三线分推的情况，如果在接下来的十分钟时间内再找不到破局的方法，PAY 恐怕是真的难了。"

话说到最后，兔帽哥的情绪有些复杂。谁能想到有生之年，在他的解说生涯中居然能说出"AI 节奏乱"这种话。看看这三局下来，打野大魔王被折磨成什么样子了？他真的很想问一句，GH 到底是什么魔鬼队伍？！

解说兔帽哥在心里叹了口气，再次将注意力投放在了大屏幕上。

随着时间一分一秒过去，PAY 处于劣势的局面最终没能得到扭转。

可以看出，AI 确实非常积极地寻找机会，甚至再次提了一波速。可是偏偏有辰宇深存在，实在是把他盯得太紧了！

在接下来的过程中，辰宇深直接放弃了去线上 gank 的机会，全程蹲在野区进行拦截，硬生生地阻断了 PAY 翻盘的可能。

AI 无法发挥，各条线上的防御塔也被消磨殆尽。

比赛进行到三十五分钟，PAY 基地的水晶在大屏幕当中轰然炸裂。碎片四溢的瞬间，也宣告了 GH 战队的胜利。

全场被此起彼伏的尖叫声淹没。

前两局的热血沸腾，与最后一局的隐忍产生了鲜明对比。

当大屏幕上出现对战区 GH 众人的身影时，GH 粉丝们纷纷泣不成声。

从籍籍无名、招黑不断，到登上万众瞩目的半决赛现场，谁又能想到这支曾经被戏称为选秀咖的战队，他们居然真的做到了！

解说振奋的声音在现场久久回响："让我们恭喜 GH，拿到总决赛的入场券！"

## 番外
### 训练篇

毕姚华下楼的时候就一眼看到了趴在训练大厅门口的那群人,他也有些好奇地凑了过去:"看什么呢?"

突然的动静引得其他人吓了一跳,顾洛回头没好气地瞪了毕姚华一眼,把食指放在自己嘴前比了个嘘的动作:"小声点,队长和教练在solo(单挑)呢!"

"solo?!"毕姚华下意识地想提高音量,下一秒在周围齐刷刷的视线下捂住了嘴,轻声地问,"这你们还不进去看?挤在门口能看到什么?"

"你以为我们不想吗?"简野"啧"了一声,"林教练把我们赶出来的,说是不许看。"

毕姚华:"solo而已,又不是什么见不得人的事情,为什么不让看?"

"谁知道呢,林教练总是有着一些奇奇怪怪的趣味。"顾洛深深地叹了口气,努力控制住自己内心的冲动,"啊啊啊,真的好想看啊!"

"小点声!"简野伸手就去捂顾洛的嘴,但是已经来不及了,训练大厅里面坐在电竞椅上气质散漫的林延已经回头看了过来。

视线接触,下一秒,"嘭"的一声,训练大厅的门被彻底关上了。

林延脖子上随意地挂着耳机,眉梢微微地挑起几分,嗤笑道:"他们还真是好奇心旺盛。"

坐在旁边电脑桌前的景元洲也淡淡地瞥了一眼大门的方向,话却是对林延说的:"想让他们控制一下训练强度就直说,何必搞个这样的由头出来?"

林延笑了笑:"但凡他们愿意听我的,也就不需要这么煞费苦心了。"他一边说着，一边积极地敲击着键盘。

如果这个时候 GH 的其他人可以看到电脑屏幕上的画面，就可以发现早就不是最初的 solo 界面了，而是一个个正在快速下落的俄罗斯方块。

林延的操作速度非常快，掉下来的俄罗斯方块始终非常有规律地进行消除。

景元洲这边，随便点开了一个直播间挂在了那里，歪头看了看这人玩得相当热乎的画面，嘴角浮起了一抹笑："怎么样，话都已经放出去了，就真不 solo 一把？"

"不。"林延回答得丝毫没有思想负担，"我觉得不管是你还是我，应该都没有找打的兴趣。"

"确实。"景元洲点头表示同意，"不过，这样占了训练室的大好时光，是不是应该做点什么？"

林延点击键盘按下了暂停键，也终于抬头看了过去，饶有兴致地询问道："你想做什么？"

景元洲微微一笑："那得看你想做什么了。"

林延思考片刻："我倒确实有一件很想做的事，需要你配合我来完成。"

景元洲说："愿意效劳。"

说完，他等待着林大教练的下一步"指示"，只见林延起身走到了不远处的柜子旁边，从里面取出了一份厚厚的文件夹。

林延回来之后往桌子上一搁，眉目间是平静的笑容："那就麻烦景队，帮我整理一下前几天的视频复盘。"

景元洲脸上的表情出现了变化："你想做的事情，就是这个？"

林延笑得一脸调侃："不然呢？"

景元洲哽了许久，最后也是无奈地扶了扶额，一副被迫妥协的样子："也行，加班就加班吧，谁让我们的林大教练都开口了呢。"

林延对这样的态度相当满意，挑了几份资料送到景元洲的面前，不忘轻描淡写地走过去把训练室的门一锁，也投入到了复盘视频的整理中。

训练室外，原本还意图打探情况的 GH 众人也听到了那声清晰的反锁声，不由面面相觑。

顾洛："什么情况，solo 就 solo，锁门做什么？！"

简野："就是啊，就这么小气吗？生怕我们看到啊！"

毕姚华揉了一把五彩斑斓的头发，叹了口气："其实我还挺好奇教练和队长到底谁能赢的，你们也是，对吧？"

辰宇深见毕姚华说话的时候朝他看了过来，动了动嘴角，勉强接了一句话："嗯。"

毕姚华肯定地总结道："我敢保证，绝对不只是solo这么简单，这一切一定早有预谋！"

但是好奇也没用，房门都已经关了，谁也不知道这两人到底在里面做什么。

训练室的大门就这样紧闭了一天，GH众人的电脑直接被占，一天下来多少有些无所事事。

最后他们干脆一起去外面溜达了一圈，吃吃逛逛，又玩了一局密室逃脱。

等回来的时候，他们正好撞上了从训练室里走出来的两人。

毕姚华朝着景元洲明显有些疲惫的神态打量了两眼，眨了眨眼："队长，你这体力不太行啊。"

一句话直接让旁边的林延笑出声来："确实。"

景元洲确实不习惯这样子长时间进行复盘总结，这时眼看着罪魁祸首居然还在那儿幸灾乐祸，最后微微地浮动了一下嘴角："体力到底行不行，下一轮训练开始的时候你们就知道了。"

毕姚华直接噎住，朝林延看了过去："教练，队长他恼羞成怒还威胁人！"

"我觉得景队说得没错。"林延笑着翻了翻手里的文件，"今天让你们彻底放了一天假，下个阶段的训练确实可以安排起来了。"

顾洛原本正拽着辰宇深在旁边看热闹，闻言脸上的表情顿时一僵："那个……我们什么时候放过假了？"

"下午。"林延用视线点了点他们手上还提着的奶茶，"看起来在外面玩得不错？"

顾洛委屈："教练，明明是你不让我们进训练室的！"

"不进训练室就是放假。"林延轻描淡写地敲了敲重点，"接下去的训练内容都要继续加油哦！"

简野扫了一眼新贴出来的训练计划，震惊地向景元洲求助："队长，你管管教练！"

景元洲事不关己地耸了耸肩："管不了，都听你们家教练的。"

林延笑着拍了拍手:"那么抓紧吃饭吧,吃完饭后回去休息一晚,明天正式开始!"

GH训练基地顿时被此起彼伏的哀号声笼罩。

其中还夹杂着毕姚华充满怨念的控诉:"队长,你是真的不行!"

（第二册完）